中国古代书画家诗文集丛书

西泠八家诗文集

（上）

丁敬等 著
萧建民点校

西泠印社出版社

前言

文化艺术的演进总是伴随着经济的繁荣而发展。在经历了明末清初的战乱之后，清代统治阶层采取了钳制与怀柔的双重政策。一方面大兴文字狱，压制不利于统治者的言行，使得众多的士大夫人人自危，明哲保身的意识不得不使他们将志向转为金石考据、学术研究上来。另一方面，清统治者又对汉族上层知识分子实施笼络政策，开设了『博学鸿词』科，鼓励知识分子开展学术研究，这一系列的措施收到了一定的成效，逐步缓解了由民族矛盾带来的错综复杂的社会动荡局面，社会环境、经济实力也相应地得到了改善与增强，到康乾时期达到鼎盛，史称『康乾盛世』。江南地区也因其深厚的文化底蕴及优越的地理环境而首受其益。乾隆之后发现并出土了大量的秦汉、六朝、唐代的碑碣、墓志、金石、铭刻等文物，碑学之风悄然兴起，以郑板桥、金农等人为代表的『扬州八怪』群体的出现，以及活跃于乾、嘉之际的邓石如等。之后，『西泠八家』继起，以丁敬、黄易为首，穷其一生地开展访碑，寻碑活动，浸淫金石考据之学。而乾嘉学派一代大家阮元所撰写的《南北书派论》《北碑南帖论》，更是开启了尊碑的理论先河。既而，包世臣所著《艺舟双楫》又推波助澜，从此，推动了清代金石学的全面复兴，使碑学之风成为清代书法、篆刻艺术的主流。

『西泠八家』前后历时一百六十余年，从清代鼎盛到衰落，乃生活底层旧式文人的真实写照。在天灾人祸中过着贫困痛苦的生活，生存环境严重制约和影响着『西泠八家』的艺术成就。八家之中，除黄易、陈鸿寿、赵之琛经济稍有起色之外，其余几家布衣终生。

杭世骏为丁敬作《丁隐君传》云：『龙泓山人家在候潮门外，邻保皆野人也。酿曲蘖自给，身厕佣贩，未尝自异。』

蒋仁、奚冈、陈豫钟等人的经济同样如此，好友汤礼祥在《栖饮草堂诗钞》中载：『蒋山堂仁初名泰，隐居仁和东乡，老屋数椽，不避风雨，性于癖，寡言笑，精书法，初学米南宫，继学淳化二王，晚宗孙过庭、颜平原，又参杨少师，中年恣肆其书，若以墨渖倾纸，不能辨字，人益重之，有某中丞乞书，坚不与。某以贿败，时服其高识。』『奚冈，字铁生，号蒙泉外史。钱塘布衣，九岁作隶书，长工行草篆刻诗词，其画山水，得三王法，数十年仅见，识者品之在华岩之右，性放达豪饮，人目为酒狂。大史闻其名数屏驺从访之，不一见。汪公志伊为方伯，欲以孝廉方正征之，卒不就。喜谈诗，与余议论偶不合，往往攘臂而起，目张口哆，面发赤。余亦负气不相下，移进欢如故，晚沟奇祸，旬日中尽丧三子一女及母弟，家寻毁，居甫定，又遭母丧，即除服，铁生亦死。』『秋堂短小精悍，性侃直，待人以诚，遇友朋不平事，辄攘臂，又喜面折人过，俗客数为所窘，然见重交游亦以此。秋堂早衰，四十外须眉半落，常与共卧一室，夜半闻齿牙格格声，心窃忧之，盖其一生精神，悴于书画篆刻，故名成而年不永也。余以丙寅正月赴吴门，秋堂以五月死，距余之行才四阅月耳。经纪其丧者，慈柏、曼生，且为集资以抚其家。』

然而，八家人贫志坚，性情高洁，隐居山林，喜与当代名公交游，探讨金石学课，他们访碑寻碑，或穷岩绝壁，或闲房冷刹，或青林丹嶂之区，足迹无所不到，披荆榛，剥苔藓，手自摹拓，勤于考证，既丰富了自己的收藏，又拓宽了自身的见识。丁敬、黄易还将自己先期的考据成果无私地奉献出来，推动金石考据学的全面发展，而丁敬更受到时人不公正的待遇，而淡然处事，其人品之高，可窥一斑。赵一清《武林金石录遗事》

叙载：『雍正庚戌辛亥间，敕修《浙江通志》于南确关署，制府李敏达公辟召英俊之彦，命兼修《西湖志》。董其事者，以旧志具有碑碣，而《咸淳临安志》亡失此卷，成化《杭州府志》有目无文，意欲补辑，苦无底稿，莫能措手，众咸推隐君。于是，尽发秘藏，重加诠订，迨书成而不列隐君姓氏，曰：『夫夫也亦足与名不朽耶。』某积不平怀抱者，耿耿十年于兹矣。』

此次出版发行的《西泠八家诗文集》，是首次根据八家所遗的诗文集点校而成，由于资料均散于各大文博单位以及私家手中，故『西泠八家』诗文补遗难度相当地大，况且历年来人们对『西泠八家』的认识与继承，总停留在篆刻方面，忽视了其它方面的研究，以至于『西泠八家』的书名被篆刻艺术所湮没。因此，从严格意义上来讲，此次《西泠八家诗文集》是『西泠八家』除篆刻之外的首部诗文合集。美中不足的是这本合集资料收集起来十分困难，缺佚殆尽，留下仅吉光片羽，不能代表他们真实的艺术水准，这与晚清的屈辱历史，以及『西泠八家』整体的经济状况窘迫有关，令人扼腕叹息。

诗词方面：《西泠八家诗文集》以丁敬、陈鸿寿两人的诗集最全。丁敬《砚林诗集》

存诗二百八十八首。《砚林集拾遗》存诗一百〇九首。《砚林集续拾集》存诗七十七首，共存诗四百七十四首。黄易《秋庵诗草》存诗一百五十四首，存词三十四首。蒋仁无诗集行世，《国朝杭郡诗辑》存诗一首，《两浙轩录》存诗六首，《卧陶轩诗集》存诗二首，《灵芬馆诗话》存诗一首，印跋上存诗二首，共存诗十二首。奚冈《冬花庵烬稿》存诗二百〇九首。陈豫钟即无诗集也无诗行世。探寻陈豫钟的人生足迹，也应是一位能赋诗的学者，如乾隆五十七年，朱彭、奚冈、何元锡、陈豫钟、陈鸿寿等在何元锡西湖别墅葛林园内成立『得树轩吟社』，他们『经旬订嘉会，唱和分诗简。』在奚冈的《冬花庵烬稿》中存《夏日，何梦华招集得树轩，同余慈柏、陈秋堂、曼生、汤点山、沈西山分得『客』字》诗，足以证明他具有赋诗能力。陈鸿寿《种榆仙馆诗钞》存五百十一首，另补遗四十九首。赵之琛无诗集行世，仅印跋上存诗数首。钱松无诗集也无诗行世，尽散见诗数首。

文史方面：丁敬与黄易主要以金石考证学著述颇丰，保留最为完备。丁敬除《砚林集拾遗》存文二十三篇，还有《武林金石记十卷》。黄易文集保留十分完整，此书收录了《岱岩访古日记》《嵩洛访碑日记》《嵩麓访碑记》等集。陈鸿寿除《粤游合笔日记》保存下来，《桑连理馆文集》《续金石文萃八卷》均佚。其余几家均无文集收录，仅收录八家少量的印跋。

综此上述，『西泠八家』诗文方面的造诣，在整个清代的历史长河当中成就并不突出，没有跨入中国诗学的顶级行列。清代著名诗人陈文述在《颐道堂文钞》集中，对清代各期诗人进行比较归类，仅陈鸿寿一个入选：『国朝诗人辈出，踵武、前代、亭林、桴亭为学人。愚山渔洋为诗人。梅村、迦陵为才人。乾嘉以来，於斯为盛，并世诸贤，略可屈指。为诗人之诗者则有我师仪徵阮云台先生、无锡秦小岘、司寇蒙古法梧门祭酒、山左石桐少鹤兄弟、莱阳赵北岚、山阴邵梦馀、嘉兴吴淡川、长洲王惕甫、彭秋士、吴枚庵、太仓彭甘亭、华亭姚春木、江西乐莲裳、吴兰雪、吴江郭频伽、海昌查梅史、钱塘厉樊榭、袁简斋、吴谷人、朱青湖、马秋药、钱谢庵、东生叔美兄弟、屠琴邬、从兄曼生，为才人之诗者则有武进黄仲则、阳湖赵瓯北、洪稚存、湘潭张紫岘、会稽商宝意、大兴舒铁云、嘉兴王仲瞿、扬州汪剑潭、竹素、竹海父子、遂宁张问陶、金匮杨蓉裳、荔裳兄弟、金华周鈖云、丹徒严丽生、常熟孙子潇、吴江赵艮夫，为学人之诗者娄东萧樊村一人而已。』

由于时间的关系，《西泠八家诗文集》仅为一个阶段性的成果，大量的文集与手札散落在全国各地或海外，有待后来者进一步悉心整理并补充完善。

本书特别鸣谢文清华、鲁永键、陈利均等先生在我收集资料过程中，给予我最大的经济支持。感谢湘潭大学何崇恩教授的悉心指导以及西泠印社出版社老师们的大力协助，此书才能在最短的时间内付梓，不当之处，谨请海内外专家、学者指正。

萧建民

二〇一二年十二月十三日于梦石山房

目录

砚林集拾遗

砚林集续拾遗

丁敬诗集补遗

丁敬印跋

溪冈卷

冬花庵烬馀稿

奚冈印跋

黄易卷

秋盦遗稿

黄易印跋

陈曼生卷

种榆仙馆诗钞

桑理连馆拾遗　一

桑理连馆拾遗　二

桑理连馆拾遗 三

曼生壶铭

粤游合笔

曼生印跋

蒋仁卷

蒋仁诗拾遗

蒋仁印跋

目录

陈豫钟卷

陈豫钟印跋

赵之琛卷

赵之琛诗拾遗

赵之琛印跋

钱松卷

钱松诗拾遗

钱松印跋

丁敬卷

砚林诗集

砚林诗集序

乾隆庚申，同书与先生长君仍叔同入郡庠，始获拜先生於床下。然一城之隔，未暇数数候起居也。越三年，金冬心先生自扬归。先大父馆之桐乳斋中，先生尝相过从。时先君子侍养家居，谈诗话旧，藉以得老人欢，盖皆江干故交也。会其时，乡耆宿或致仕归田，或倦游还里。如顾月田、沈峙公、郑玑尺、金江声、吴东壁、周穆门、鲁秋胜、厉樊榭、杭堇浦、施竹田诸先生，一时并集，而方外则有烎虚让山高人，则先生与金先生两人诗社为最盛焉。每宴集，先君子辄命同书随侍坐隅，因得备闻老辈言论丰采，以先生古体之作，硬语强韵，有笔落千丈、气压万签之势，为会中诸公所畏伏。后同书以应试赴北，不得亲近者十年。中间先生遭邻火之厄，图籍诗稿悉为灰烬，入城数迁其居。未几，长君死。又未几，少子死。心事寥落，凡所著述益不自整理，惟一二门弟子藏弆其零残涂抹之作，其所弃置散失者不少也。先生擅文同四绝诗之外，篆隶镌刻，各臻高妙，不肯轻与人作，遇达官富人尤靳之。独同书得先生印章最夥，尝谓子于：『缪篆一道，能心知其意余所乐。应犹记丁卯夏过余斋云：「子今秋当飞去矣。」子向觅天龙寺贯酸斋书「山舟」二字不得。今仆拓得一纸，并镌小印为赠，若俟秋后，人将以仆为佞子矣。』同书之以『山舟』名，实自先生所贻始也。窃尝念先生生平孤介而僻，善骂人，非易事者。同书自弱冠至中年以后统计三十年中，未尝见忤於先生，每接謦咳，懇懇款款，教以所不知。偶得旧物或书画，辄出相赏，先生之待予厚矣。今春松观察刻《砚林集》成，同书亦谬附检校之末，其何可不缀一言。同学侄梁同书谨跋，时年八十有五。

序二

王先生茨檐，移家北郭，颜其斋曰『静便』，日吟咏其中。一日余过先生，适龙泓丁隐君亦至。先生以予所和《移居诗》四律出观，隐君曰：『予固知生稔矣。今见其诗，诚后来之秀，他日其可量乎？』未几先生归道山。余块然独处，茫然无所向。当是时，隐君住城南，北郭二十余里。及走访之，野屋三楹，图书充塞。隐君欣然出见，剧谈良久，先经史而后词章，退而自喜，不啻如吾茨檐先生之启迪也。自此寒暑无闲，时时过之。一日留余饭，曰昨山右冯君所饷五台山天花蕈甚佳，试共尝之，既而出示《春草园感旧诗》，即书扇见赠，书竟放笔大恸。春草园者，隐君石友赵氏谷林之别业也。时主人物故已久，隐君过而悲之，诗之所由作也。于是知隐君交情之笃，有张范之风焉。明年吾母五十生辰，乞隐君文以为寿，不日辄构就，且以八分书之。及期，布袍藤杖，过余草堂，亲祝嘏焉曰：『年来庆吊，久不与闻。今日之来，盖重太夫人之节孝也。』于是知隐君行古人之道又如此，视世之奔走声利者，为何如耶？隐君诗不苟作，偶有所得，不自爱惜，往往友朋收拾其散佚什袭之。余友魏君秋浦，与隐君善，常欲刻其遗稿而未果，无何卒于其子成宪江南官舍。成宪奉丧还里，复访求得若干首，承先志即付剞劂，以杭太史堇浦所撰《隐君传》弁其首，复请梁侍讲山舟暨予序之。予不文，何能序隐君诗，然念隐君于余情谊，后学中若尤厚焉。尝忆岁己卯，就婚王氏。是年闲居家食，坎壈倍常。隐君知之，过余谓曰：『生毋忧，都南濠不云乎：「天壤间。当不令都生饿死。」』平生知己之言，视昔文举之哀盛孝章，不是过也。其何敢辞？因次第为之序。若夫诗之高华雄健，艺林传诵已久，奚俟余赘。同里后学何琪。

丁隐君传　仁和杭世骏大宗撰

隐君名敬，字敬身，号钝丁，自称龙泓山人。家在候潮门外，邻保皆野人也。酿曲蘖自给，身厕佣贩，未尝自异。顾好金石之文，穷岩绝壁，披荆榛，剥菭藓，手自摹拓，证以志传，著《武林金石录》。分隶皆入古，而於篆尤笃嗜，《啸堂集古》、《吾邱学古》兼入其室，非性命之契，不能得其一字也。秦汉铜器、宋元名迹，入手即辨。性耽群籍，家贫不能出重资购买，门摊市集，眼光所注，无留良焉。小楼三楹，屠弆满室，从残不复整理，皆异册也。上以栖诸子，恣其弦诵，下以酬接宾客。客至辄止，不听去，果饵杂进，腥熟并陈。老母恒质贷以佐之，孺子寒饿不计也。诗学其所专长，布衣金衣相距一鸡飞之舍，与之齐名。美辞秀异，敬或不及；铺陈终始，豪放不可羁，緤衣不能逮也。寒人张沅，字畏庐，号渔邸。老栖荒江之上，兀傲自负，敬与酬和，叠险韵至无算而气不竭，故谈艺者以城南为诗国、闲房冷刹、青林丹嶂之区，足迹无不到，题咏无不及也。邻人不戒，灾及其庐，所收蓄顷刻皆尽，而楼亦烬焉。不自聊，与人群处辄隙末，意所不可，辄嫚骂累日夕不肯休。余与梁翰编启心，每嘲弄之，以深契故得不怒。方制府观承爱其铁笔，媚制府者欲得其一二方，通意指而恶声殷墙屋，惊而逸去。江苑卿春慕其诗，将之武林以币贽谢，勿与通，春亦畏其锋，瑟缩不敢进。晚买宅于张纱衕迁矣。而以母柩先往，亲串有以不吉告者，勿为动，曰：『吾母不及见也。』未几竟死此宅。有二子，健与传皆诸生。健为余女夫，传从上元谢野臣学历算。少子曰佺，亦能诗，而八分得父家法。

砚林诗集卷一

三月三日，同人修禊湖上，集庄子篇中字为四言诗，拈得德充符

青青万树，明明远天。春月季矣，日已载迁。泛流合席，规彼越贤。去垢蕲嘉，郑国所传。水容山貌，争来目前。物情骀荡，人意洗然。执尊唱和，少长忘年。眇乎謷乎，游焉乐焉。

武林金石之刻，以飞来峰顶伏犀泉侧唐杭州刺史卢元辅摩崖诗刻为最古。乙酉春，与灵隐佛基、无畏两上人排突峰顶，拓取数纸归，方丈因次卢元辅韵呈玉山主席，留为山中故事

同游幸有两袈裟，缘会云山仗释迦。筇杖自应搜桂子，棕鞋相称破苔花。薜帷翳洞知猿隐，松盖团阴待鹤家。拓取卢郎诗刻去，晴光烘遍海门霞。

分咏宋元诗人故宅，得鲍郎中当

郎中参军裔，俊逸耳之久。高吟赏闲僧，新编惊太守。漫兴托孤雁，与世定寡偶。命集

见素襟，人称之为鲍清风，以其集名也。吉甫思尚友。想其拓健笔，万物听奔走。怀哉暗门外，故宅讯谁某。离离绿径竹，僛僛扫波柳。耸肩昧昔所，怅望枉搔首。但睹郁栖连，湖侬自耕耦。解唱鲍家诗，秋坟骨应朽。

题北宋刘益之画梅竹山鸡图，用杜少陵书鹘行韵

介鸟如俊鹘，劲奋见毛骨。何时来轩楹，野态浑傲兀。得无丹青手，驱自山水窟。令我注目久，赏此写生物。寒梅更便娟，霜竹亦秀出。烂烂粉墨光，不受古烟没。曾闻山梁嗅，知几忽腾越。如何处堂燕，昵昵多缩瑟。始信草泽姿，宿抱挺拔质。休嗟绢素朽，堪豁选懦郁。

郊游同厉樊榭、杭堇浦、符南竹作

闲情无远近，处处似相黏。坐或村童杂，吟多野鸟兼。春畦舒翠罽，花径糁红盐。榆火传新乞，孤烟出短帘。

题沈石田冷泉亭图，次石田自题韵

清诗直比谢元晖，写向丹青自入微。林影了如依石瘦，泉光浑欲抱亭飞。山中故事今谁续，石田记语云：『留为山中故事。』画里高流得见稀。画上有史西村、汝其通诸公诗。片纸真堪抵琼玖，几经辽鹤忆人归。

岳鄂王女死孝铁井阑歌

井阑郁郁生烟雾，应是岳娘心铁铸。泥中知不匿蛟龙，云里宁轻下乌兔。岳王岳王真精忠，一死能令骨肉同。形骸虽后天地出，声名不与天地终。银瓶昔抱身如绠，一堕千年此寒井。昼神夜鬼时时警，不敢近前窥己影。

丙午正月，樊榭自扬州回，携示汪祓江拓赠厌胜钱文并同人诸作，因成七古一章

厉君昨返芜城楫，过我山楼赏晴雪。论文考古眉宇飞，出示缥囊古泉迹。古泉田田数居五，形如小璧文奇古。未辩铜钧谁氏炉，但见墨凝遥代土。或云厌胜昔所宝，吉语纷纷夸善祷。虽非勾漏赤灵符，堪配刘家玉刚卯。万岁千秋保命长，满堂金玉交辉煌。伏邪斩妖矜祕术，

瞢腾之语何荒唐。铜龙欲吟金虎吼，威凤高骞横北斗。就中致祝谁最奇，元鹤白龟齐白首。镇魅更闻廉颇钱，幕马如跃鞭影先。天籁珍藏白石录，可知好古同钻研。陈眉公云：『项氏藏赵将廉颇钱，背有一马，固是镇魅之物。』吁嗟乎昔之衰世多贪佞，奚独孔方司福柄。渡水曾悬夏禹章，汉人佩夏禹印，以厌水，见吾邱子《衍学古编》。鉴形更冶驱邪镜。见周密《云烟过眼录》。想像装成初佩时，灵巫偃蹇前致辞。竞言此胜可长保，讵省转眼秋风吹。吾侪岂负长舆癖，把玩聊因文字力。画如洪氏汉碑图，书比薛公钟鼎帖。萧斋墨响谁传拓，生香秀句吟红药。祓江自称『红药桥边吟客』。令我阿堵生清凉，飘飘似跨扬州鹤。飘飘似跨扬州鹤，楼外千山雪重作。

题堇浦松吹书堂图

高松无凡声，旷士无近想。风帘展奇书，朗诵答清响。

二月十日，同厉樊榭、金质甫、陈江皋登宝石山天然图画阁

江影湖光两未降，泥人高阁倚吟窗。遥山笑客来重叠，古塔撑烟峙一双。残照落墟春漠漠，

微风罨柳翠幢幢。僧房到每忘归去，居士前身合姓庞。

五月十三日，同厉樊榭游智果寺

偶停艇子叩虚寮，初见森森竹放梢。鸟语狎人浑不去，湖光似雪更难销。名泉旧自高僧著，坏碣曾经野火烧。五月藕花思往句，吟魂虽在倩谁招。

庚戌八月七日，梦堇浦归自日下，为述途次洚水之阻，语最了了，后询之，果抵家，于是日亦异矣

闲窗读罢鼠窥灯，块影凝然澹似僧。合眼便教来好梦，故人眉宇见秋棱。

同厉樊榭、杭堇浦、王茨檐、汪西颢、符南竹游城西报国院，池上分韵得『门』字，僧静山妙于茗事，频供不倦

清池临净域，一径隐城根。鱼意不嫌客，鸟言如在村。趣增茶串妙，静觉石阑温。与共论诗久，谁参不二门。时樊榭云：『今日诗中不二之门，惟先生得之矣。』成宪按，城西当作城东。

观梅蔚十六罗汉画册

宣城梅氏饶画笔，瞿山听山雄相当。中间蔚也更秀绝，人物迥追元宋唐。即如此册所画小身罗汉一十六，一一精彩无低昂。或从苔广瞑定度，千劫坚守清净韬，神钺或趺华林熙，怡展微笑虚空无。著无畦疆天龙一，指出磨衲法华三。昧然匜香大安隐，石坐寂历最光明，地行端详露衣真。见骨梗梗启卷似，有经琅琅颔髭松。茁颈鹤瘦错落老少分，丰庢其余七者亦清古，面昇皙黝坳圆方杯浮，锡飞且钝置团圞，共此摩尼光慈云。恍惚现霭霼天花，仿佛来芬芳，我疑画师前。身的是老尊，宿鹿苑鹫岭。合十常趋跄，似觉尊者沦。精飞魄入其腹然后得以行笔跳动，宛转如此随豪芒。桐腴似漆椿似雪，已历花甲无纤伤。何人宝此得完善，新城诗伯尚书王。册中题跋尽名伟，金风亭长尤雄强。枯查句子妙创获，八分小字如骞骧。云烟过眼真幻耳，玉鱼金椀何慨慷。池北书库迸鱼钥，一朝飞落尘中坊。陆君欣得谨包里，只许良友开囊箱。我适谛玩夏之朔，绿阴池馆生清凉。疏寮棐几滴岚翠，主人爱客陈壶觞。座中廓达二三子，脱帽露顶同清狂。兴酣掩册欲起舞，便去振衣屋外千仞冈。妙画通神或恐变，飞去为属山灵呵护，主人为我长珍藏。

和施檗斋明府金鹅山看桃花，山顶值雪，绘图作歌元韵

桃花得气红云绕，淡宕韶光觉春暖。施侯出游人尽乐，野寺山桥聊一款。水光穿林绿掩映，花色入溪红续断。人来异境恍自失，鸟在故群浑不乱。金鹅昔闻仙客画，晓日烘晴寄萧散。何如微雪点花梢，薄粉搀脂岂嫌浣。施侯胸次本浩荡，百里春风归领管。看花未惮路窈窱，高俯鹳巢邃熊馆。兴酣诗思如迸泉，笔落溪藤瘦蛟满。定知幽梦亦飞腾，大笑野人真我伴。

《金鹅晓日图》，元道士方方壶画。按：首句绕韵不叶，疑『暖』字之误。

和竹垞先生松山霭山房六咏

四松迳

偶坐松下石，爱此石上松。轻鼬忽窥人，露滴声重重。

山茶院

谁以赤玉碗，满注黄金芽。阇梨供佛久，两树山茶花。

清籁居

淡然溪上居，月好树先得。老僧断声闻，一任风起灭。

西涧

西涧云林西，曲折递隐见。流出冷泉亭，闲浸云一片。

栗园

霜饱栗房开，风劲栗叶堕。锦里先生园，清味宁是过。

竹笕

泉脚青袅袅，�筒与之俱。客来热恼捐，冰液满香厨。

北郭舟中同樊榭、西颢、茨檐作

峭风抑舟行，春水轧桨力。摇摇俯淡沲，桑柘影如棘。三山起北郭，黄鹤更幽特。闻多坏衲僧，息意内栖匿。神车驾飘然，已落化人国。愿礼初月光，不畏入林黑。

石鼓亭

独树号天风，石鼓但馀想。敧路鸦堕樵，破岸鱼入网。古迹置严戍，佳名列横榜。博物更何人，空亭日来往。按：『樵』疑『巢』字之误。

游佛日净慧寺

古寺空山中，幽敞足遐企。来游况佳侣，潇洒得把臂。虚榈拱灵籁，一听含众异。微月破春暝，疏梅耿寒意。心魂清佛火，短榻翻可弃。明当讨陈迹，历证鲜于记。

晓起，彻上人导行黄鹤峰下观龙藏泉，遂寻龙洞至仙姑洞

深山候参差，林鸟春未聒。漱齿清我心，束带紧履䩮。僧语助精锐，不惮磴鲜汰。奥迹许倒窥，神物此曾拔。蜿蜒留石蜕，雷雨胆犹怛。一洞顶覆釜，一洞口悬钵。龙气坐欲噤，仙户瞰疑豁。裂石走狡兔，兴云埽妖魃。灵境讵容了，登顿出松栝。憩足空亭中，寄目远巀嵲。

题朱鹿田先生苏门灌畦图

我闻苏门山，琤琮百泉流。泉光如冷蛟，飞舞青修修。仙人发长啸，鸾凤声最遒。先生

偶爱此，遂卜林塘幽。方春请学稼，学圃亦易投。高人本寓物，夫岂粮稻谋。一朝翻然归，诗情更绸缪。思括日月根，万象入雕锼。湖山喜旧主，亲戚情话周。旷哉鹿田翁，此乐能自求。

唐元宗泰山铭歌　并叙

封禅文字镌石者，始皇、光武其最著乎，然皆操笔臣工，未若开元帝之悉自己出，且规模鞏壮，千载以来未有与匹，诚群臣之绝采，辟王之鸿构已。词人题者类加以讥诮，欲使元宗无置喙地，何欤？顾唐易姓而王垂统悠裕，开元之治，媲美贞观。东封之举，正当熙洽，岂逾分乎？其铭文曰：『一夫不获，万方其罪。予一心有终，上天其知我。』又曰：『后之人听词而见心。』又曰：『铭心绝岩亦可想见其慎徽盛典之所存矣。』禄山逆焰灭，不旋踵，虽颜、郭二公之神策，有以克之，而默感于天神之际者，如张神蜀道著灵，昭陵石马呈异，方册照烂，安可诬哉。代州冯秀才以墨本请余作歌，乃遂题之云尔。

东封文字论实迹，始皇光武刻始彰。野火焚秦土埋汉，徒令好古心傍徨。七十二君事漶漫，五三六经传炜煌。西鹣东鲽表符瑞，南茅北黍严馨香。夷吾谲谏讵非分，殊祀岂愆易姓王。六代崩分夥惭德，狰狞割据窥胡羌。先王钜典旷莫继，堂枞密柏愁苍苍。太宗树立信宏达，革扫隋政恢天纲。开元几平声。埒贞观治，论功仿佛跻成康。群臣固请亦有以，时休岁熟言非荒。封于太山禅社首，林涓土涤营坛场。群方助祭帝躬燎，天休对越瞻端详。金泥银绳备严毖，亲封玺玉回虹光。发函藏牒绎古制，跪进不用尚玉郎。礼成肹蚃百灵妥，郁葱齐鲁青低昂。秘殿鸾回斋祓御，饱濡烟液书天章。文规谟典色敷润，字兼篆隶神雄强。篆隶相成为八分。纵经横纬一千字，森森金薤垂琳琅。搀空翠壁仞那计，分区画界磨中央。勒石谁言亚神力，镌字岂甘输静藏。贞观《集王圣教序》，勒石者诸葛神力，镌字者武骑将军朱静藏也。兹刻因崖摩壁尤为难能。至今壮观屹照眼，嗤秦陋汉昭皇唐。从来狼子负恩泽，轧荦一朝驱犬羊。戈挥郭令挺神武，六师所到天威扬。逆还付逆示报疾，膨脝豕腹流膋肠。两京收复钟簴故，凶诛默有天神创。词人几辈赋墨本，类同蟠绰嘲郎当。呜呼知人其难圣犹儆，孽臣奸狡逾狐狼。千年我尚愤肝裂，异代谁如敢谏张。元宗至蜀，追恨不从张九龄之言，遣中使至曲江祭酹，其诰词刻白石山崖上，见《安史事迹》。作歌聊代史公钺，《史钺》，杨铁崖所著。磔斫奸魄幽冥乡。卷碑起立一矫首，廓然四顾开苍茫。

雪中同山右冯右书登吴山酒楼分韵

朔雪峥嵘浩莫攀，故人来伴一登山。顿教城郭生新态，未许江湖识旧颜。展眺江湖，但茫茫一白而已。奇景自增诗力健，寒光渐勒酒容删。明朝日上吾尤爱，来听溪流响珮环。

出郭偶成

迥野秋光已十分，林枫遥映出斜曛。浑忘柏子分胎候，错认丹霞闲白云。

花朝集程柯坪、穆如轩微雨中过满月庵

莎埂隔闾阎，僧房竹覆檐。时花方娅姹，春雨忽廉纤。且放杯唇滑，同挤屐齿黏。归途频斗句，讵厌考诗严。

同石门袁舒雯，同里沈乐城、吴绣谷、赵谷林、意林看夜潮作

月外寒潮雪岭倾，风前诗思客峥嵘。飘沈铁箭生遥感，震荡银河只旧声。倚槛共怜良夜永，隔江大有好山横。谁人得似眉山老，鱼钥留教出凤城。

汪水莲掇赠宋石刻刘商观弈图拓本，同次卷尾沈石田韵奉酬

绘刻真看四绝名，遥遥阅世几亏成。色同漆断文弥古，香以芸多蠹不争。花外卧游浮气敛，茶边坐读细心生。高人把赠非无意，要使双瞳老尚明。

大恒禅师赠纸酬以一绝

绝胜羊家白练裙，禅师笑掇一番分。拟将不点纤毫墨，看作通明岭上云。

题徐纪南出行册子

别酒谁能醉，且作千里游。亢步出门去，长啸千诸侯。单舸凌绿波，迥若天上浮。孤帆引晓星，暮投何处洲。花敧旧吴苑，柳嫩古扬州。春色纷在眼，客意讵绸缪。闲登钓鱼台，诗妙珊瑚钩。怀古知激烈，逞子笔力遒。相思满淮水，浩荡不可收。会当托明月，好寄淮南秋。

冰灯次金冬心韵

荧煌朱火映鲛冰，压捺包家剪制能。藏得何烦司秬吏，敲来自有煮茶僧。浑疑照处同怀月，

恰称题成写拨灯。转眼消归南浦去，縠纹依旧影层层。

维扬汪巢林寄示新刊诗集，辄题以寄

手把幽人遥寄集，搔头读罢向谁论。宠梅念竹有真意，翦水断冰无俗痕。画就易炊聊复尔，吟成且坐每忘言。只愁或被时人见，冷怪先生道太尊。

顷索巢林画梅，书来云目已失明不能复作，因次其甲子腊八日集寒木斋喜予至扬之韵

邗江惜别十冬春，每忆茅堂满案尘。赵壹门间时谢客，梁鸿灶热肯因人。饮安茗乳平生嗜，画断梅花宿世因。肉眼已无天眼在，好看万象又更新。按，茅堂真迹作巢林自注云：『巢林亦犹吴仲圭橡林草堂之替称也。』

题让山开士松风凉吹小像

林下真宜坏色袍，徐行知得兴能高。耳根早薄声闻觉，一任松风上布毛。

咏湖州乡里糕

湖州农家腊月所成糕饵香软耐久，远胜杭城挼青抹白及五界庙归锦桥水百果等，制人以出自村落忽之。昔人有言：『声誉不起，友朋之责，人道固然，物亦宜尔。』予既知之矣，能默于言乎，聊书数韵，邀二三故人和之，张其幽仄。

吴兴好田畴，四体勤不惰。播琴众力襄，芸鼓群竽佐。璀璨埽霜浓，跌荡辟场大。仓箱雉斑秔，廪囷乌香软。醪醴付均节，糕饵出舂磨。远姻筐篚馈，岁节敦槃贺。遂令乡里为，高压城中货。法岂邓连贻，烝捣无点涴。当时翠鸳堂，颜博娥眉破。故人劳将遗，短童献提里。整其冰弦裁，坚可霜刃剁。笑命莱芜甑，镏向少陵锉。周旋仗觚突，相射藉水火。入盘随高低，到箸任折挫。软同含兜罗，香等鼸百和。扪腹笑老饕，盈亏自料摞。讵避颜公卑，畏蹈李相过。懒诵周笾文，聊肄楚筵些。黄华趁米锦，赤枣伴杏餹。韦谢凤龙夸，陈白歌诗播。饾饤浑琐间，事偶兴则那。如何诗豪嘲，小宋意成左。曷观三百篇，华星焕天逻。遐哉昔诗人，字检何经作。悠悠诗案在，莽莽千载过。谁返刘郎魂，摇笔为我和。

城南看桃花分韵

晓风遍坼绛桃须，争看城南万万株。露色夺将游女艳，春声喧集饮人粗。翠茵班坐随高下，粉蝶惊翻乍有无。无限闲情谁似得，长江如练远平铺。

金玉生青山白云砚子歌并序

金玉生者，友人吴兴姚秀才世钰也。薄游维扬，偶获端砚，色质双绝，因铭砚上切肖之状曰：『青山白云。』复撰五字长句咏之，邀索朋好和章，以助狂喜。予乃作《金玉生青山白云砚子歌》贺其佳遇云。

姚兄砚子真大奇，青山白云相撑披。岱宗小朵分巀嶭，封中大片馀葳蕤。窗中岫列翻怜近，掌上山空笑可移。少陵隐几意惝恍，贞白倚楼情悦怡。俨然米家小立轴，从来不卷倒好嬉。中间紫玉腻无翳，籔睫已涌坚逾糜。妙形粹质两完善，扬州贯鹤谁言稀。《研北杂志》米元晖书砚云：『此端石也，先子得之山谷大室中。』磨李廷珪墨，试诸葛笔，人生真有扬鹤也。主人病懒百不医，便便腹笥非时宜。家贫未肯便干禄，衡门托疾常忍饥。一朝得此乐忘疲，有如好色遇燕姬。绸缪燕妮宁远离，霍然洗病逾参蓍。行縢袭里每自携，拟呼良工匣琉璃。

垂金小篆先铭劄，西塘山人篆镌四字于背。淋漓诗句为重题。诗成手涤写行楷，墨光争耀琼琚辞。传观石交和者谁，龙泓樵人丁翰之。

左侯庙四咏

碧沼

莹净古碧沼，人呼清水潭。时拂灵旗影，恍惚云鬖髿。

槐龙

老槐势盘拏，因以槐龙名。架月如抱珠，喜无贪虬争。

苏文忠公书『当境土谷左侯神祠』八字匾　字大五寸许

前身五祖戒，后身苏玉局。遗榜历红羊，曾免毁祠辱。

董华亭书匾　同前八字，大小亦约略同之，瘦劲奇妙，诚名迹也

华亭书中仙，举体实遒媚。匾字继眉扬，遥遥垒堪对。余谓若有善人以苏、董二公匾访好手钩下，刻石庙中，嵌之墙壁，一如横匾之式，庶可垂久也。后来不乏有心人，记此俟之。

南屏精舍避暑分得『林』字

言贪佛日长，共入薝蔔林。寿师禅脱馀，妙香清我心。巾袜任放逸，轩窗出崎嵚。平湖莹虚境，高松韵天琴。翛翛一味凉，难买万挺金。始知离垢地，了无热恼侵。山云亦多情，故作空中阴。吾将托云卧，且散风前襟。

春淙亭次樊榭韵

亭子石桥上，宜人徒倚间。分阴同茂树，留响与空山。清听时相接，奔流去不还。尘缨何用濯，来此自能闲。

同历城杨莳园，同里金冬心、杨诲仲、杭堇浦过映壁乔松诸兰若分韵

秋云无定姿，疏雨小酿寒。山行偶合并，遂得林下欢。涉岭路未遐，于野兴忽宽。僧舍桑翳户，向径仄且盘。入门抚大树，叶似榛栗檀。预思十月初，来看霜叶丹。妆台眇留踪，粉泽久已干。映壁有故宋妆台、洗铅池诸胜迹。想像明月中，香魂应凄酸。邻居结构佳，低楼带层峦。森吹剧竽匏，窗外松丸丸。沙弥解敬客，擎茶肃且端。次第为小留，怀古

劳肺肝。往事如惊飙，谁能向空抟。超哉觉王言，万古归一弹。长啸指后期，南塔访灵鳗。

小雪初晴，樊榭见访，同游梵天讲寺

朝来幽事动，良友过我早。清游敦宿昔，一雪晴正好。迤逦城之南，几度略彴小。踏冻干藓坡，徒倚疏林杪。磵风划松雪，残玉落翠纛。钱王此缔构，突兀双塔表。劫火虽皱皴，句勒犹夭矫。金容归浩空，追蠡翳勿考。依稀景泰字，剔辨劳指爪。灵鳗应就蛰，寒甃慑深窅。衰回日停午，古意益绵眇。高僧句通禅，心折玉局老。月履疑往来，烟钟寂昏晓。久立肌骨森，烦虑脱如埽。江光莹不摇，极目点云鸟。

绣谷亭观赵松雪画维摩示疾像分韵

摩诘人天师，写像谁与为。超超虎头笔，千年浩难追。何时松雪翁，俨然见清羸。仁慈出两眼，严净连微髭。闻昔方丈室，坐对文殊时。香积有馀馨，天花多奇姿。请答不二门，妙义不可思。遍摄四阿含，何况七俱胝。始识初九龙，无异藏六龟。世人丧厥真，掉舌屡忘疲。三缄适不谨，万口立见摧。颐颏涨涛澜，肝肺森厜㕒。颠倒石火中，宁知劫风吹。

至哉大医王，嗒焉示犍椎。床外空诸有，一杖亦偶随。佛身夫何病，愿与众生悲。照壁耿无言，目击心已归。使我电住身，如入毗耶离。寄言大千众，来此具威仪。

题顾丈升山涤砚图自写真

砚非亲涤字难成，颠米将无太瘦生。何似阿翁聊复尔，郑虔三绝久知名。

右丞自写逃禅像，巾服萧然俨列仙。想见追踪髯老子，团蒲勤礼辟支前。先生小像巾服，追摹右丞，自画礼佛像，故云。

湛湛圆云信至公，后贤谁似虎头翁。君看真砚归真手，世守云仍永不穷。东坡砚铭：『真砚不损，真手不坏。』

同徐纪南、赵天庚端绮堂看雨

陡作鸣空雨，高天肯借凉。扇俄闲曲几，杯欲泛坳堂。变尽浮云态，频生湿翠香。何烦藉藤枕，已足傲羲皇。

题豁堂僧画石

豁公画石如画水，满纸墨光浮翠痕。彷佛闲游曾见得，南屏山下古松根。

新夏过圣因寒公丈室，遂历北山诸胜

高僧禅寂处，安隐北山阿。暇日牵船访，凌风共客过。粉苞丛稚竹，翠叶冒新荷。鹤渚梅林外，沿缘踏短莎。

题林朴斋遗照

翛然人拟地行仙，美景争迎榔栗前。社屐赏花千度放，朋尊坐月几回圆。无机不藉驱愁帚，有子常供买笑钱。荡荡三朝身健享，真堪画作逸民传。

挽云林寺在瞻和尚

禅师受姓共吾家，弹指泥洹倍可嗟。佛子早传青应器，君王曾赐紫袈裟。空山望到三生石，净土知登上品花。最是情怀堪念处，弥留犹饷赵州茶。

乌思藏香歌并序

周孝廉亦庵自日下归，以乌思藏香一枝来赠老夫。绀紫其色，其修赤只，圆若春芦之抽水滨矣。月腊之八入灵隐，敬燃佛前，四方戒众圆成菩萨戒，寺中饭千僧流连法喜。暮始抵家，拥炉雨作琤洒不止。念是日以是香而作佛事，非宿缘其能之乎？乃涤砚染毫为作短歌，辍笔次衔柝殷然已报夜甲。

藏香蠖手从三揲，巧窃孙郎蝟髯色。里束西风万里来，故人把赠怜初识。土台居者乌思重，
万本楞迦供呗讽。悬知窈窕释迦前，煎擎唎马迦毗众。粥香长者精和熏，忉利市方资策勋。
揽将天苑质多露，散作华宫清净云。忆昔胡香惊吊谲，一月长安香不绝。谦粒涂暗卅里闻，
博张志埽于阗铁。黄头外道声唵吽，组铃扇鼓铿糰风。馩馧馥逞酣羊酪，旃檀侧信伊兰丛。

出郭偶成，呈净慈恒禅师

碧翁怜我欲山行，又放春阳一日晴。好鸟翻飞频弄韵，野花随步不知名。云林漏日尤多态，
香市成风似有声。莫笑老眸眵冒甚，隔江犹向远峰明。春间，远近奉香天竺者晓夜不绝，于路野外林间例多铺席，杭人称为香市。

题姚玉裁夜雨图，为悼令弟炳衡作

双蘀玉树几经春，不待他时已怆神。砚北奇书空好在，琅琅清夜绝同声。断雁随风递语哀，阿兄泪眼镇常开。池塘彻夜萧萧雨，小谢无由入梦来。炳衡弟世鎰亦不永年。

旌门桑孝子抱铛图

人生失怙情难述，况复亲存抱奇疾。通肠入胃百未能，除却铛糜无异术。豚糜羊糜渐谢功，子心如沸一铛中。明明亲在养不得，岂待皋鱼挠木风。宛转亲亡肠欲裂，思见团团煮糜铁。抱铛哭绝咽无声，啾啾有耳铛应泣。

岁辛酉，杭郡庠頖池侧掘得苏文忠公表忠观碑，原石二片，樊榭作歌记其事，索余次韵

圜池湛湛清不淆，绕池柏吹鸣居巢。頖宫典礼最严毖，行人过此屏平声。嚣哮。琼镌玖勒遍廊庑，谁知巨刻土尚包。《表忠观碑》忽掘得，未审何日移南郊。观旧在龙山之阳，南渡后祀圜丘地也。钱王伟绩森在眼，怒涛犹觉回强臂。文忠健笔抉公是，一洗六一横訾嘲。

五百年馀论定久，读史无复纷喧呶。五代史。广文先生性好古，诸暨萝村。拭洗请定金石交。想当衣苔卧江浒，卫守定严虎与蛟。不然桑海几尘浪，岂免入劫铺堂坳。即今重树岂偶尔，隐见若为天所教。高文磊落在人口，车隘未藉鸿都钞。走观好事快奇觏，登登打拓烦烟胶。我来杌看日卓午，檐花弄影凌呀庨。较以重刻虽阙半，成化年间，郡人重刻，树立湖上表忠观。真龙头角终硗硗。戈回竖屹神气耸，骥渴奔水鹰饥捎。墨埽我待百本蓄，毡布谁将万事抛。龙山璧水论今昔，昔依林莽今轩庖。大厦深檐与盖覆，盲风怪雨难侵敲。何当四石旧观复，后小跋云：『碑有四片，面背刻字。』文连字接如吹筊。作歌记事慰怀古，讵宜闭口同悬匏。

雪中集南华堂，赵谷林兄弟出观蜀广政石经、毛诗残本、宋廖莹中世彩堂刻韩集作

半闲狎客沦亡久，蜀国降王亦乌有。红羊换劫黄尘飞，遗物惊看在人手。百折麻笺如梵册，一卷毛诗出镌勒。写者秘书张绍文，校理博士孙逢吉。雍都旧本馀面目，《十国春秋》云：『《蜀石经》据雍都旧本书。』义析调輖字堪质。内『调饥』作『輖饥』，与今本异也。中间古印辩不真，惨沮疑殷战争血。韩家吏部笔如虎，驱走六经天织组。何人辄效穆伯长，世彩堂中事雕抚。

佞人作事亦有补，添得泰山一抔土。休嘲家国付渺茫，从古兴亡那堪数。说诗今无匡鼎来，文章真诀谁起衰。孙樵云：『文章真诀，得自韩吏部。』但闻杜鹃口血洒，巫峡葛岭蟋蟀悲。荒苔池平殿陊浑，如掷留得区区几方策。园林雪好且开尊，莫漫摩挲三叹息。

次韵蔡紫峤幽居述事

潇洒衡门绕绿苔，悠哉时复得游哉。吟成偶为奇花发，酿熟刚逢妙客来。雅裂晓霞红叶乱，鱼冲夕照翠萍开。寻常俯仰皆堪乐，未觉心情负草莱。

论印绝句十二首

九字镌镵法相斯，健蟠精铁细蟠丝。如何王常。顾从德。夸淹雅，开卷流传昧所知。秦人『疢疾除，永康休，万寿宁』九字玉印，余曾见于范氏《芸阁真谱》中，瘦劲如丝发，真有昆吾切玉之致，旧藏朱伯盛家。云林尝赠以诗，详《名迹录》。云间顾氏《辑古印谱》，王延年为审定云：『此印曾入清秘阁。』盖伊偶见倪集中有此诗，遂误认倪物耳。

古印天然历落工，阿谁双眼辨真龙。徐官周愿成书在，议论何殊梦吃中。徐官隐于医，魏庄渠门人也。同庄渠著《六书》精蕴，官又自著《印史》二卷。周愿《印说》一卷，余昔有之。

三桥制作允儒流，步骤安详意趣遒。何事陶庵印人传，不知待诏先去声。箕裘。周减斋云：「印之一道，自文国博开之。」後人奉为金科玉律云，仍遍天下。陶庵亦栎下别号。

六如居士最清狂，两字曾传柏虎章。想见罔良遮白日，疾邪聊示铁肝肠。罔良畏虎与柏，见唐封演《闻见记》。唐六如尝刻印曰：「柏虎真迹。」《实录》云：「亦一奇品。」

米公辨印掩仓沮，疑似真能判鲁鱼。一笑清河矜的嗣，斋徒硬截古时书。南宫有「辨汉人薛宣」小印，见《志林困学》，斋徒见米庵《鉴古百》一诗。

卫青玉印本寻常，砚北先生少较量。洞鉴端须胸次阔，合将天眼让苏黄。陆友仁得「卫青」玉印，王顺伯定为汉物。陆因作《印史》。东坡与元章简云：「卧阅四印，奇古失病所在。」山谷以谢元晖古印，赠小米诗曰：「虎儿笔力能扛鼎，教字元晖伴阿章。」陈仲醇题《苏黄题跋》云：「惟苏黄乃具天眼耳。」

道君诸玺真环古，可惜曾无一谱留。若把云台镌印级，杨郎应是邓元侯。杨克一有图谱，张文潜甥也。张有序，见《宛邱集》，此宋人印谱之先声。

襄阳六印出亲镌，白字能攻白玉坚。只恐庸镵玷名迹，莫将微技诮前贤。

周家小篆印人存，措语徒多眼自昏。请玩裒然真谱在，那将郑卫当云门。
说文篆刻自分驰，嵬琐纷纭炫所知。解得汉人成印处，当知吾语了非私。
古人篆刻思离群，舒卷浑同岭上云。看到六朝唐宋妙，何曾墨守汉家文。吾竹房议论不足守。
三玺累累密并窠，居然成谱意如何。憎他谬种流传处，满眼奸邪佞态多。胡龙川云：『来阁大印，孙退谷《禹碑字谱》诸种。』

汉铜雁足灯歌，为马半槎赋

石渍土胶绿青赤，铜魄铜魂已消释。短檠矗矗未一尺，蹼足铸翻沙上迹。循椠细铭好摩挲，蝙匾联绵势遒迫。野夫怒看竟宁字，倾城恰为呼韩置。受灯内者是何人，铭有『为内者造，受内者』字。亲见尤应涕滂泗。火德寻为祸水消，倦烬宁劳劫风吹。首山灵琐莽蒿莱，髑髅嘘焰碧于苔。大风不埽悲云开，云中赤帝空徘徊。《三辅黄图·首山宫》武帝梦高祖所作，以为高灵馆。形模莫便嗤偏只，一足曾扬子卿节。斗酒高烧读汉书，定有馀光出东壁。

和樊榭齿痛诗

吾衰不待老，六府早便虚。读君齿痛诗，忆我曾患初。冷怯梨薦脆，风畏冰油疏。昼数隐窗几，夜或绿阶除。朝饔及夕餐，每味疑居居。吾闻跃渊火，足以焚左车。《内经》：肾经之火命曰龙，火齿乃肾外候。刀圭讵取验，遮眼厌方书。迄今两矧间，所有将空诸。人生贵申意，安能镇龃龉。折梭与断龈，惊世君有馀。何必师李聃，守气孱□欤。

题唐六如听泉图

高士两耳尊，每寄物外赏。空林绝行侣，意到时独往。飞泉张天琴，虚牝递清响。缅思古伯牙，千载如俯仰。唐生澹荡人，绘画屏效放。想其盘礴初，主雁已入掌。素壁摇琤潺，倚枕声忽恍。

砚林诗集卷二

论茶绝句六首

松柏深林缭绕冈，荈茶生处缊真香。天泉点就醍醐懒，安用中泠水递忙。

湖上茶炉密似鳞，跛师亡后更无人。纵教诸刹高禅供，尽是撑瓯漫眼春。金沙港跛僧也。漫眼，见米海岳诗。

金髯斗茗枉锱铢，被尽吴侬软话愚。满口银针矜特赏，谁知空撚老髭须。老友冬心先生极嗜茶，按，『枉』字真迹作『极』。

天上穆陀谁获见，人间仙掌亦难遭。琼芽只合滋仙骨，留付诗中一代豪。按，『付』字真迹作『与』。

武夷茶品益欺虚，小瓮花香重吏胥。堪嗟吸鼻夸奇味，尽出南蛮药转馀。近日闽茶绿饰益甚，非复真茶耳。

常年爱饮黄梅雨，垂死犹思紫梗茶。寄语香山老居士，别茶休向俗人夸。偶获江右柴客深山松下紫梗茶，奇绝冠世。

秋雨集桐乳斋，同用『乳』字

清霜未应钟九乳，流火虽过气犹煦。后洋街西赴佳招，迎人先酿催诗雨。高斋客至略主宾，文宴喜无繁礼数。闲庭敞净似佛场，曲槛虚明通药圃。参差花弟联石兄，潇洒桐孙扶竹祖。吟情郁勃讵可留，争向秋光思一吐。撚须绕遍却月廊，袖手已看日卓午。眼中诗将真劲敌，突兀骚坛张旗鼓。僧中权可剩结习，亦把旛幢森部伍。有如众乐和宫商，金木丝匏兼搏拊。主人澹宕南宫仙，大笑轩然为起舞。信知翰墨有真乐，莽莽俗尘安得侮。吟成各自拂笺书，归道凉烟压柔橹。

衰柳和李书存

不堪瘦影写寒塘，宿鸟生憎月似霜。未免有情钟我辈，谁能齐物学蒙庄。拂檐尚忆三春暖，倚槛曾蒙六月凉。休向桥头频怅望，行人去后态空长。

试灯前一日，集小山堂观琉球墨谱，同用山谷松扇韵

海外墨形惊满纸，白璧元圭宛相似。谱式谁传李伯扬，珍囊讵是金溪子。几上疑有松光寒，双眸已落熊野山。《谱》云：『取彼国熊野山松为煤。』鞠通嗜好真可笑，局身惟见枯桐间。

花朝雨中泛湖

东风吹动湿云堆，看雨湖山未拟回。谁解春容将画取，须知天意把诗催。商量疏响凭柔橹，压捺馀寒仗浅杯。最惜低迷生翠里，桃花红试一分开。

甲子春日书怀，次堇浦韵

选得幽居好息肩，操觚摘椠拟年年。一尊喜有慈亲奉，三径欣同益友连。峦翠挟春当户暖，江声趁夜入床遍。如今懒散随形迹，不羡华阳洞里仙。

道在何烦计醉醒，客来花影满门庭。无官拘束便耽奕，有子聪明乐授经。出郭云涛清晓望，隔墙僧梵静时听。群书绕座高连屋，安事金荷六曲屏。

漫言勋业压龟趺，戆直人人已遍呼。苏老性情通玉帝，鲁公文字及花姑。无营胸腹颜常泰，

随意冠簪发任遒。只惜百花潭水少，草堂端合置狂夫。诗人心地玉坡平，齿颊清风读处生。七字应教称独步，五言谁复据长城。早为天子怜疏野，渐许渔樵识姓名。我是城南旧游侣，往来容易雨兼晴。

复园红板桥成，同人诗以落之

削板成桥也自娱，为通碧沼小施朱。纵饶疏雨行何碍，好趁新凉坐不拘。拾级浅犹排雁齿，倚阑清可见鱼须。闲门已具西湖味，柳带荷衣色未徂。

周穆门招同人游玛瑙寺，访元僧芳洲后仆夫泉，分得『石』字

玛瑙寺中泉，名踵仆夫辟。舍舟试探寻，午风透絺绤。入门气萧沈，坏佛珠脱额。老树团空阴，清凉护甑甋。纵横未方丈，入绠才数尺。居僧味缘起，汲泻但朝夕。岂知老阿师，深引孤山脉。有怀中庸子，气味久莫逆。斞以浇诗脾，兼之洗琴格。去兹四百年，寂莫闭真宅。惟馀泉内光，森冽上苔壁。淡名犹不居，先后命臧获。想其孤分胸，宁肯供俗客。甘疑玉迸浆，冷似冰沥液。三漱讵下咽，敬为高禅惜。何当题擘窠，为我勒坚石。

甲子九月二十七日，喜诸先生同过小园看菊分韵

疏篱花事喜升平，诸老身闲便出城。自是白头饶野兴，翻怜黄菊亦多情。人依晴色形同爽，诗答秋光语倍清。从此年年三径里，婆娑杖履奉徐行。

堇浦招集桂堂池上

雪霁空堂好，书帷自绝尘。来寻真率会，俱是不羁人。池水遍矜冻，庭梅尚惜春。留连将物色，聊悦病余身。

渡浙江

入海白泱泱，江流接混茫。放舟乘晓阔，击楫驭风长。趁渡人喧队，间征雁整行。回看吴岭翠，来映越山苍。

西兴关

秋风吹衣裳，秋草绿靡靡。软趁沙路平，步屧凡几里。次第四庙过，巀嶪一关倚。乌喙

此誓师，霸业久云已。运河中泻灌，但见鹈鹳喜。千巖远相招，越游自兹始。且就鹭波明，一饭舵楼底。

武佑将军庙 庙在萧山县北干山中，有刘文成所撰庙碑

飞雅陈陈岭云平，谁荐将军庙里牲。未见狂秦三户灭，终教强寇一军惊。重瞳合共当时愤，假手犹通后世名。事见《辍耕录》。忽卷松风散灵雨，举看遗像飒如生。

江寺

江淹本恨人，身后舍其宅。平生文字功，何如空寂力。嵯峨梦笔桥，对眼牛鸣隔。流波汩人世，柳斩阑堕赤。宋华镇题梦笔桥，有『柳丝低拂赤阑桥』句。经幢倚墙腰，行路眇珍惜。咒镵陀罗尼，秘密古未译。樗寮书江寺，龙象入点画。长年照通衢，猛势骇腾掷。殿前双塔废，突兀尚百尺。中空天可窥，外涩足堪踞。直上非枝梧，稜转壮瓴甋。剥尽丹垩容，翻泯风雨迹。留连题榜沈，惆怅画水戚。撑帘天圣碑，光莹喜未蚀。书摄三唐魂，文探六朝赜。崛孥篆额强，远与徐李敌。惜乏濡墨具，摩挲生叹息。栋宇换齐梁，钟呗起朝夕。

不见息心人，江与袁子明书：『采药稽山，息心越峤。』空嗟游目客。好风促解缆，纡步市声迫。矫首暮鸦盘，萧然远山碧。按，『眇』疑『鲜』字之误。

梦笔桥

扁舟暮并河梁泊，北干山头日初落。写波不见赤阑干，柳痕久埽秋萧索。岁去河流迹自陈，至今桥影压通津。淋漓采笔依然在，惆怅当时梦里人。

卧龙僧楼听雨

淅沥冒檐雨，依违荡烛风。游情三客抱，吟兴一楼同。投醪上声河边水，卧龙山半松。清声与寒响，占断此宵中。

雨中谒禹陵

窆石秋生润，低回字欲销。适当风雨至，应有鬼神朝。閟殿虬枝拱，阴崖瀑水摇。稽山烟雾里，翘首转岧峣。

禹陵窆石歌

华星陨天星効职，天锡禹陵为窆石。沈沈一色古光满，鱼头无鳞龙角短。我来拜观零雨濛，模糊汉隶题者谁。得毋司马迁蔡邕，扶持不用神明力。元气浓凝绝苔啮，即教天地混沌再，巍然此石应常在。

游兰亭

骋怀游目此清秋，共向溪桥却小舟。未觉云山成寂寞，果然王谢擅风流。渚田稻熟兰先萎，湍濑沙明竹自修。顿使形骸浑放浪，那能深抱昔贤忧。

游戒珠寺　右军墨沼与玩鹭之池俱在寺中

桥经题扇旧，寺入戒珠偏。卧佛无留影，残僧已废禅。坏幢馀劫烧，五代石幢新出土中。苦蕺泯秋烟。剩有鹭池月，时同墨沼圆。

游宝林寺　在飞来山上，一名怪山

兹山云飞来，宝塔跨其上。仁祠自刘宋，雕藻几消刱。传闻岳阳王，再世如房相。宿命一披豁，结构展崇亢。鶱甍久泥灰，想见阑楯壮。试探巨人迹，兼瞰灵鳗状。风铃空中语，似请客间望。凭高秋刻露，心目随跌宕。湖开芙蓉奁，山转翡翠障。霸气沈疏芜，淡淡寒不王。斜阳讵相待，揽事漫惊怆。轻飔拂归篷，星光起暝涨。

鸞泾祠

一椽古社静无邻，粉榜浓书照水滨。日午鸞泾祠下过，小桥疏树最留人。

泛若耶溪至云门寺，以暴涨回舟作

朝曦曜嵚岑，阴溜远明白。目游既萧放，坐泛益奇绝。出泾意如遗，入港兴转得。石势富惊采，林影鲜定碧。前瞻源疑穷，后瞩境俄失。恍惚武陵源，宛转见阡陌。沙竹摆秋烟，溪绕烟外田。高滩争喷薄，响接云门泉。泉声鸣不已，我心清似洗。翘首帛公禅，心落云门里。云山千万重，今朝非樵风。南船吹以南，舟人困奔淙。驾言玩归流，忽过香炉峰。

篷背满幽翠，尽是溪上松。

显圣寺 天启中徙建

云门显圣寺，今徙石帆山。坐觉松分润，声怜水去闲。乌欣施食罢，僧请喫茶还。闻有虁藩虎，斜阳欲闭关。

次日再泛若耶溪至平水，肩舆入云门、广孝二寺

昨行已超忽，兹赏顿清燕。如何曾游处，迷惑如乍见。磊落沙渚生，曲折薜碕现。娟娟媚石涟，僛僛绿岸箭。来林忽匿景，过岭复在先。山翁语多朴，溪女服非炫。篱落鸡犬放，鸣吠亦安善。莹流无遁色，云物澹葱蒨。飞鸟贪倒窥，侧捩意不倦。空光相荡戛，虚驶杂游衍。滩湍溯积叠，屡上愈撇旋。且舍穷源舟，一踏松径便。

游云门、广孝二寺

牛车盘头始遵陆，水形似之。阁阁竹舆鸣且肩。墟炊陇穫五七里，竹桥踏过愁相颠。苍山

横截斗面起，抒青拗紫争句连。洪溪左泻抱山去，下注若耶生涡漩。壮声磊落搏轩鼓，细响幽抑张娲弦。蒲芽石发亦希有，活碧已占千千年。石梁小转寺门见，黄泥墙堵围圜遍。老松伛拱似迎客，断云忽堕疑来仙。一虫不语众籁寂，静气直接无古先。虚堂坐久啜茗罢，起梯楼阁巡廊榜。祖龛将徙东度印，僧寮久冷西来禅。前身我似此三宿，历揽陈迹心依然。曾闻万栋架金碧，已同过鸟随飞烟。放翁碑版无剩石，辨才塔劫馀颓砖。桥亭影断丽句在，诗名岂待栏栌传。独留穹碑照寒翠，高宗楷书『传忠广孝之寺』六大字。峥嵘奎画摇星躔。字涂丹液自昔尔，字以朱饰，自宋迄今其色不渝。秋风露洒红霞鲜。于戏忠孝佛所本，梵夹每见瞿昙宣。穷生再世重澡行，缁薙讵了三生缘。看人老鹳忽一叫，响回空谷殊铿妍。同游二子共惝恍，瘃立懒觅来时船。莎塍竹路惜归去，野情古思何联绵。

平水道中　元微之云：『平水，镜湖旁草市也，村学童多诵诗者。予召而问之，曰：「先生教我乐天微之诗，不知予即微之也。」』

白盐赤米几朝昏，草市千年迹尚屯。去水春增镜湖浪，来山秋展石帆痕。诵诗学子声堪忆，拾箭樵人业自存。过客解囊聊济倦，一瓢谁与问清浑。

过天章寺，内有右军画像，额乃宋仁宗御书，又有高宗书兰亭石刻，元代悉毁于火

苍松偃仰竹鬅鬙，路入天章拂野藤。山色犹看朝佛坐，御书曾此降龙腾。流觞苦忆为文客，献砚难逢好事僧。米襄阳有智永砚，云天章寺僧所献也。薜径莓梁且归去，蹇驴摇镫笑凌兢。

镜湖四绝句

双三亭在镜湖之中，地不数弓，颇尽湖胜

双三亭下望湾环，一镜遥窥万髻鬟。绕遍清光三百里，分明都是会稽山。陆参法《华山碑》云：『夏后氏巡狩越山，方名会稽，后世分而为秦望，厘而为云门、法华，其实一也。』

凉风袅袅水增波，绉尽吴宫尉后罗。曾是西施昔游地，至今菱蔓系人多。

鹭客鹅宾断续村，几家依样水边门。低峦吐尽秋云散，付与斜阳影倒吞。

风流一散水云荒，谁似稽山贺老狂。不见荷花上纤手，徒教五月有清凉。

柳姑庙

姑即诸暨鲍、柳二仙姑之一也，其来颇久，放翁有诗：『村氓以是地多匹女，遂塑社公配焉。』庙有老学究云：『姑之灵去此久矣，谅哉。』

湖边今见柳姑庙，湖中昔闻道士庄。笑煞越侬浑卤莽，小姑竟遣配彭郎。

祁忠敏公寓山庄 水次有碑刻『祁忠敏公殉节处』

满眼云山拱废墙，舟人指点寓山庄。入门荷影小桥净，隔牖松声短阁荒。皎皎臣心秋水在，绵绵国恨暮天长。龙髯一堕无由接，千载啼鸟定夕阳。

归舟出迎恩门道中，怀古二首

越地筼筜雾比浓，奇音妙赏偶遭逢。枯风裂雪知多少，尚在茅檐忆酒龙。

铸影平波拭镜清，刘公迥得一钱名。后来岂是无廉吏，应懒将心与水争。

钱清江边孤冢有碑云：『过路难妇死节之处。姓氏无存，亦不知是何处人也。』

江边烈妇坟，碑字出斜曛。失姓谁能问，无名世共闻。心应化琼玖，魂定蹑风云。试看幽堂草，霜前气不群。

丙寅闰三月三日同人集湖上续修禊，效兰亭诗体二首

元巳闰节，烟景天予。懿兹莹拂，在湖之渚。舟觞宛澶，袛舄容与。旷代匪遐，兴接斯举。

秀楚写连岭，斐云游穹霄。骀荡眷群瞩，雨徂风复条。吹万齐一籁，趣洽情自超。何言永和春，抚景陶轩尧。

题王西瀍教谕仙都小憩图，仿张贞居体

仙李昔年曾吏隐，先生吏隐乐何如。逸少远想蜀都画，茂先宿解郯嬛书。华芝讵便胜苜蓿，健笔况能穷鲁鱼。绝似文翁居石室，从游路远渺愁予。

宋宫秋望，同樊榭，用钱思复韵

残碑无复见文章，散作僧居礎又荒。铅水自随乾蘚缩，脂痕空借野花妆。七朝王气沈江浦，五寺秋风埽佛场。惟有潮声是依旧，年年飞怒撼城墙。

书带草堂食蟹联句

高秋万宝登，秔稻被原隰。周京穆门 萧条吹金风，狼戾散玉粒。输芒蟹正肥，截苇罅争入。金志草江声 势若招潮来，兀如拥剑立。施安竹田 雌雄辨尖团，足跪攒戢孴。戴廷熺鹂亭

爬沙方横行，郭索旋就执。许大纶初观　群声松涛喧，怒沫竹雨湿。郑江筠谷　市逢亥日饶，卦取离象叶。杭世骏堇浦　解缚只须臾，受烹在呼吸。顾之珽月田　内黄侯可封，卧瓮客爰集。金农冬心　畏柿盘戒饤，鸣姜厨待给。龙泓　登筵堆红铜，破殼揭圆笠。吴城瓯亭　肌分侧理呈，指染清气袭。陈兆仑句山　流膏蛎不如，研雪脍差狭。脐饱独彭亨，螯粗双岂岌。梁启心口林　入馔调鲜醯，适口佐米汁。汪台复园　右挟虎斑翻，左讶鹦觜涩。句山　雄啖恣攫拏，细剔勤掇拾。拉杂外骨摧，咀嚼内腴浥。江声　瞠目嗤空匡，夹舌诧攒钑。竹田　珍逾烹鼎五，馋舍裂饼十。月田　雾滃枯已迟，汤焨悔奚及。初观　如何横海豪，罹此溉釜泣。穆门　始知矜躁扰，讵若永幽蛰。即事聊感伤，当食莫怏悒。筠谷　揉菊腥腻蠲，搓橙香雾裛。薮林　词补乐府题，事隶秘书笈。瓯亭　横琴想遗声，摹画笑结习。鹂亭　拍浮兴已阑，江湖思弥急。堇浦　转愁烟簖空，预想渔具葺。龙泓　作志羡天随，吴淞理轻楫。复园

瓶花斋食腊八粥联句

岁序何峥嵘。周京穆门 星纪忽已帀，八叶抽尧蓂。金志章江声 五德重汉腊，吟社邀䕺联。厉鹗樊榭 山馆喜簪盍，浴佛东京遗。梁启心葰林 设供西竺法，溉釜精作糜。龙泓 析薪燎以蜡，果兼桧榖肤。杭世骏堇浦 米概升仑合，释之复揉之。全祖望谢山 载剥还载掐，滤泉刀斧冰。顾之麟寸田 蒸馏气焚蒳，汩汩醅汎缸。吴城瓯亭 浓浓乳倾榼，宿办胜咄嗟。丁健诚叔 早起占噬嗑，坐疑集栴林。汪启淑秀峰 围如礼花塔，不待木鱼呼。穆门 何烦斋鼓鞈，素瓯满同盛。江声 净馔齐一呷，甘芳滑流匙。樊榭 磊块利用梜，群喋讶水凫。葰林 馀沥施檐鸽，口香闻诸天。龙泓 腹果傲古衲，利益瞿昙云。堇浦 家风靖师答，缅思烹谷初。谢山 轩后泽溥洽，玉井象昭垂。寸田 橐饘纪职纳，人皆依食住。瓯亭 俗始理生狭，贵或糅元黄。诚叔 三品侈和杂，贫或点齑盐。秀峰 七宝争嘬嚃，或诡名目奇。穆门 料斗说阘阘，或困众指繁。江声 餔饮沸吹喝，焦传放翁诗。樊榭 膏载叔庠札，寒持济军饥。□林 晨炊恤僮乏，何如我辈闲。龙泓 文史共欢狎，蜡饮用上寅。堇浦 谈议资某甲，岭梅吐萼才。谢山 山茶破红恰，骋辞笔纷飞。寸田。 搜秘神有嗒，节物斗

朋笺。瓯亭　故事征梵夹，流连至缥黄。诚叔　新月照帘押。秀峰

小寒食湖上泛舟，用杨铁崖花游曲韵

宜人春气香濛濛，吹来多情感东风。平头舫子鸭头里，峦翠四围天共水。苏家柳色解遮门，沿堤草绿已侵裙。纷纷故相上船步，都是嬉春与浇墓。惊鸿忽从天上来，鸦鬟照入瑛琼杯。人间几见出金碗，尊前小拍休亭板。沺沺碧玉流向西，群公健笔襟可题。何须苦被浮名使，狙公芧子争三四。供使岂少金花笺，兴来且赋嬉春篇。

绣谷亭藤花歌

蝉花诗伯难再见，手种朱藤转葱蒨。拏空直与霜雪争，据地每容蝼蚁穿。三春香散九衢知，六月阴成广庭遍。看花止当谷雨后，影落深杯春拂面。蜜蜂粉蝶性情真，火急经营不知倦。信说仙家紫凤娇，益看麝帐流苏贱。凌虚天女万璎珞，破壁神龙少雷电。青帝几时遗草书，婀娜飞腾更多变。李公潭上景足忆，《平泉草木记》有忆潭上紫藤花诗。白傅筵中味堪荐。牢宠夜月光破碎，禁架晓风情婉娈。齐奴步障成俗夸，南子卷帏嫌特炫。何如不睡酌花影，

休放韶光过如箭。

过赵意林赐锦堂，见沈椒园六月舟中见怀之作，同意林次元韵寄椒园

别酒不能劝，徒清湖上风。惟馀相念处，寤寐与君同。岳色官斋里，云容海国东。政闲诗应数，好付雁声通。

挽张柳渔给事

飞飞丹旐返秋风，寂寂黄肠掩殡宫。荷叶又看迎舫碧，桃花忍忆别筵红。新亭信觉山河异，旧社浑惊岁月匆。地下了知怀抱慰，吟尊应与故人同。吟社中自顾丈月田至给事，盖九人矣。

下南屏山作

款漫风前杖，谁知客意闲。蝉声疏树径，湖影夕阳山。

登韬光同王君实分韵

白傅回翔地，游人泥笋鞋。泉声如导客，竹影惯依阶。活翠生业薄，晴阳豁野蘼。湖云

与江鸟，望眼可须指。

题汪复园亭角寻诗图

复园居士诗观久，妙意能从活句参。昨夜亭前明月好，应过池北绕花南。
亭角桥心路净便，忘机鱼鸟共翛然。吟怀绝胜陈无已，可要蒙头蹋壁眠。
爱汝园林兴不孤，淼然池上似江湖。来游每欲分吟席，柳外闲亭肯借无。

读程文衡先生其旋馆诗钞题后

一卷瑶华太古音，吟馀转见古情深。金徽玉轸多零落，似对黄门碎后琴。

梁溪父先生湖中寿宴诗

缓移兰棹轴青帘，如画亭台任所恢。山翠遥分春酒润，诗情浓比柳丝添。夔龙接席须眉古，支许连吟格律严。恒公、让公。永日从容陪笑语，陶然身世在羲炎。

魏景初帐构铜歌

状圆如筩，径一寸长，四寸许，中空而底方，旁出歧枝有孔，上有字云：『景初元年五月十日，中尚方造。长一丈，广六尺，泽漆平坐帐上，广构铜重二斤十两。』凡三十二字，八分书。邗上方西畴所藏。

魏宫帐暖春云热，挈壶谩报铜龙咽。巧笑长蛾缉父风，悼后至今沈恨血。凄凉往事逐飚风，忽睹千年帐构铜。景初换朔希殷正，土德黄矜见处龙。景初元年正月，山茌县黄龙见，因改元。摩挲铭文三十二，泽漆朱竿知旧制。蝇头小字密于蚕，笔踪疑擅邯郸势。漳水冲洪日夜哀，曹家陵寝久蒿莱。哀王冢破亦见此，云伴团团铁照子。汉广川王好发掘冢墓。周哀王冢石床上有帐构铜一具，无馀异物，惟铁镜数百枚，知此物之制其来旧矣。见《西京杂记》。

己巳腊月二十八日，同樊榭过潮鸣寺访大圜上人，请观戴进所画功德残本一十三轴

城隅返照明，仁祠面寒塘。天风遏海潮，但鸣金琅珰。访古空寂舍，穹碑失朱梁。老僧具威仪，导客青豆房。请观画功德，沙弥起趋跄。磊落十三轴，抖拂塺坌黄。丹粉信沈著，绢素惜皴皵。睹史陁铁围，苦乐意何长。慈云散豪端，恍闻知见香。修罗摩醯众，善气

各飞扬。髑髅惨欲语，争乞甘露浆。咄哉两眉妩，牛头嗤阿旁。画手识前辈，戴老久擅场。被逸获放归，斯焉寄禅床。事见郎仁宝《续七修类稿》。青蝇早粪土，白玉终何伤。发挥逢我曹，妙伎应更张。出寺忽大笑，俗物真茫茫。

正月十日，集南华堂观薛素素兰竹卷

春气媚晴日，集君池上堂。竹斜如中酒，鸟涩未成簧。随意开横卷，安心据曲床。玉台遗迹好，珍重认吴娘。

岁庚午春仲，同人往湖上扫穆门先生墓，用皮袭美过张处士故居韵

先生高节抗明霞，俯仰仪型客共嗟。松下那堪人展墓，柳边况复燕还家。沾唇痛把生前酒，照眼愁看去岁花。风雨空山催步返，不禁清泪洒湖涯。

谢金冬心见寄画佛

自古情多惟有佛，知君画处尽商量。弥漫苦海悲常见，合眼须臾当道场。画作树下合眼佛。

笔端超出十三科，但觉慈光纸上多。欲向画禅参一语，只愁笑倒老维摩。顾恺之画佛像，光照一室。

画佛高人昔碎琴，肯将点墨易千金。多君寄赠清狂客，暂慰如荼欲绝心。时余有幼子之痛。

挽施竹田

瘦骨惊秋病转成，衡门从此绝逢迎。每嗟清嗽如君复，忽阻颓龄似曼卿。有子自应同不死，参诗知可达无生。年来吟社频凋替，又为夫君一怆情。

秋草四首，和梁午楼元韵

天涯芳草转光风，才入秋来便不同。旧景只馀吟袖色，轻香已散佩环空。可能嫩染河桥外，无复平铺洛水东。更有闲愁潘鬓上，物华人事两匆匆。

青原紫陌日依稀，不比花时缓缓归。蝶梦翩翻迷处所，鹅群妆点是耶非。缄愁郑国寻芳屧，敛怨荆江理熟衣。塞上早衰应更甚，惊看旅雁已南飞。

亭皋萧飒阿谁怜，漫道嬉游堕宝钿。谢客池边惊昨梦，齐奴园里閟荒烟。密藏蛩韵初零露，软衬踶痕待涉年。尚喜墙阴明熠耀，三生依约景娟娟。

芸其黄矣点霜华，飘瞥浑同镜里花。秋士感深倾凿落，胡姬忧抑拨琵琶。几多断梗抛寒戍，一任飞蓬薄迥霞。遮莫萧兰共憔悴，那教游子不思家。

题皇甫古尊借书图

载书旧是君家事，生面欣逢妙墨开。乍接五车临朽革，浑如三益破苍苔。胸襟自得流观乐，腹笥聊资引证材。应似苏卿供下酒，夜深想见尽馀杯。

龙泓憩馆图

松阜先生与仆交垂三十年，未知其妙于水墨也。去腊，忽蒙手写《龙泓憩馆图》见赠，更题古体长句于上，思清格老，称许过情，盈尺间三绝备矣。仆何幸哉，因次元韵奉酬。

吾乡山水吾真爱，江态湖姿纷向背。先隐虽遥境未湮，松乔石古人疑在。嗟予束发罥尘网，扠身欲去徒生慨。已谙昼夜等穷通，久把功名同茹退。喜招道士理茶铛，耻向公卿掉书袋。思图憩馆在龙泓，窃比神楼存大概。吴兴刘南坦尚书不能构楼居，文衡山为画《神楼图》。

见闵元衢《欧馀漫录》。吁嗟垂老将就木，始获素心留墨采。论交吾兄卅载强，未悉豪端能尔绘。外史钩皴迂偶觌，张贞居不以画名，偶写奇石为倪云林所赏。元章蕴蓄坡犹昧。坡公读米公《宝月观赋》，与手简云：『与元章交三十年，尚知元章不尽。』信知云梦荡胸宽，鸿戏鲸呿安久耐。一笑欣将昔愿偿，魂游定向斯图内。

为堇浦悼亡姬

消损幽燕玉一枝，多情奉倩不胜悲。已虚女嫁男婚愿，空剩天荒地老时。学绣床间曾静对，舞鸾镜在忍重窥。六如亭下成新冢，须信朝云是本师。

吴可堂以诗见示，拟约出游湖上及城南胜果寺诸胜，因次其韵

襟怀拟散转茫茫，好友招携出野塘。斑白形骸憎疾疢，余卧病月余，甫能出行，然尚需短筇也。踏青时候感存亡。时舒云亭、施竹田相继下世。且看天际云为狗，漫忆山中石化羊。万物参差聊自遣，懒将高论学蒙庄。

侧理纸歌

曩于南华堂酒次，出观海纸一枚，诧其奇诡。予曰：『此纸纹理倾侧，一斜百随，古所云「侧理殆目征之矣。」』时谷林抚掌称快，及韪予论，遂为鉴定。今已进于天府，楮生遭际古所未有也。追惟良友欢踪，尚在心目，而纸之形模修广，予曾见来。因作短歌，示诸好事。

眼中海纸形怪特，旋转无痕浑非接。一围漫拟玉抱肚，夺得妒罗霜雪色。何年脱下白龙皮，却向胫腔分一截。高量七尺径三尺，入手笑看纹理侧。隙月斜窥那计条，倚空映日爱周遭。鲜光靡滑软莫比，疑捣蕊渊秋兔豪。人间之书不敢书，翩然飞入蓬莱居。只合红云香案上，供挥鳌掷与鲸呿。回看凡纸皆局促，枉讶百金才购幅。纷纷尽是可悲藤，不如且饱朱詹腹。君不见流纨汗简溯上古，何似庖犠画时土。

过赵谷林春草园八首 并序

园中杂饶名花，无非佳种，花时谷林每作简趋伻慇勤相请，未尝以不速客视友朋，如杜老江村之燕也。追诗池上，布席花间，若为园中故事者。至暑疐邵侯之瓜，寒说宋公之饼，敦陈盘列，豆进笾加，珍侔段炼，巧压荀炮，斯又馀事焉。尔偶兼旬未面，辄申其手笔讯问。无他，重以绿蓏、紫鬣不待吴移新脯，精粗宁劳颜乞。或订幽寻，或期佳赏，张爱宾有言：『经年共赏，山泉永日。惟论书画，古今同致。』讵不信然。昔诵少陵『谁家数去，百遍未阑』之句，谓亦约略可见当日人情之鄙，故沾沾感此不厌。清狂之主，若以视谷林，所谓九万里风斯在下矣！愧无少陵俊笔，使其神采照耀行墨间耳。予老矣，颓废侵寻，行将就木。追维昔交，情多礼笃。久而不渝，若谷林者真生平良友第一人也。今春偶经其园，感从中来，怅触不已。呜呼！过嵇吕之旧庐，乏向生之藻赋，低回俯仰，我愧如何。爰赋绝句，聊托凄怅云。

赵兄情抱水迢迢，逢著花开即见招。怜似春风也相忆，殷勤犹到最繁条。

曾共髯翁把酒来，高低忍踏蹋旧亭台。梅花了解相思苦，抱著寒梢不肯开。

淡淹池光洗钓矶，当年柳影见依稀。池边多少闲鸥鹭，早伴寥天一鹤飞。

缥缈岑楼构意新，只容青霭作比邻。遥遥天目应惆怅，不见掀髯倚眺人。岑楼四叠，可眺天目山，即以名焉。秦蕙田八分书。

垂杨倾倒草萋萋，遮断蒙苔印屐泥。野鸟不知人怨听，飞来犹是尽情啼。

柳邱谢墼称胸成，亭台树石，悉出谷林布置。散步真教五欲清。他日何人知惨淡，任随轻薛发狂生。

连蜷桂树小山丛，异种疑分白兔宫。月斧云斤消息断，一枝遗恨向秋风。忆乡试报罢，予往慰之，谷林曰：『予犹作此举者，老母命也。』语次，泪数行下。谷林孝思纯笃，惟我知状，因附记于此，示其诸孙。

径草萧萧劲似麻，文梁徙燕槛升蜗。无情最是高松树，曳翠牵藤荫别家。

砚林诗集卷三

石鼓歌　并叙

平生颇好金石文字，收蓄千馀件，一夕忽毁，无留只字。复抱沈痛，老亦侵至，益无聊赖矣。梁兼士孝廉、山舟翰林叔侄日下归，以石鼓文打本赠视。我昔有，虽加损剥，而氊椎之工颇强人意。盖以我所笃喜者慰我憭慄耳，用意如此，能无感哉！因揽笔为《石鼓歌》，略举故人情事录之册后，示我后人。

我闻石鼓在太学，左右对列森衙衙。绕吟知鲜白屋履，来观定溢鸿都车。周家世代昧远近，但见畋猎刊词佳。我车我马骖左右，啴啴猛士严钲鍜。斿旛桀戟肃队仗，纵然奔趠无喧哗。来东归西差可按，遵循汧洛凌岐崖。控搏恶兽执异兔，窜奔皀音绰兕音铎颬貀豝。鱄魦鱮鲌鰋鲕鲤，曰渔橐音瓢罟非弓扠麌。䨲音杳貙兕豕蹶锋镝，射夫骋艺摇弢韔。用参牲特告太祝，更坦原隰安菑畬。有唐中叶迹始著，左司老手开吟义。韩光苏焰继摛掞，铿撞大句瘖呙哇。至元己卯音训勒，潘迪欧阳元黄溍才俱姱。金风亭长剧疏证，马说未见难攻瑕。朱检讨呼马定国为伧父之言。琉璃厂人黑白埽，易金每入通人家。纷吾有癖似欧赵，分无紫禁趋闉阇。形模但向甲秀见，旧藏《甲秀堂帖》石鼓缩本，鼓形，宛然字确体妙。团圞块垒何碨硱。黝黯疑为列星殒，斑驳似受狂雷挝。往看未遂老遽至，安能万里驴骡跨。我生况更后韩老，鹏䘹又换千年遐。弆藏幸获双翠墨，拓怜乌夹分金纱。旧藏两本，一浓墨，一淡墨，皆百年外物也。闲中岂止百铺展，静处不啻三摩挲。素心辰良或戾止，出玩屡点头纲茶。髯金农碑版熟掌故，瘦厉鹗石墨长镌华。轻舒漫掩世虑远，杳同佛屋繙楞伽。六丁瞰妒忽下取，化为朱雀兼乌鸦。寻常忆著便搔首，肝肺突兀生扠枒。故人情多念衰朽，十纸郑重封题斜。里笺急与拆鱼子，褾绫孰暇思姜芽。呼儿钉壁宛转看，盖头病发忘鬖髿。辛壬甲乙顺次第，高下联缀齐参差。墨怜轻活调点漆，纸喜韧薄抄纯麻。槌均扑细极整顿，工人造尔能堪嘉。依稀三百四十字，错落星斗瞻开遮。怒猊掌抉醉象蹴，饥蛟尾掉馋鲸呀。书人在昔妙心手，势穷觿扁徐公夸。徐骑省谓『鼓文得觿扁法，非老手莫能到。』见《学古编》。审音且任读吾我，陶滋《石鼓文证误》本音『吾』读作『我』。结体聊知殊鳎鲨。柳杨柞棫半摧折，『柳柞』字又剥小半。麀鹿雉兔犹纷拏。一微辛鼓剥又尽，汹如浪白翻蛟蛇。元时，第八鼓尚存『微』字，《潘迪音训》。今已尽剥。繁钩疏带间磊砢，态度何异东陵瓜。瘢煤疻楮剩跟肘，钩金拣出恒河沙。字亡谁能乞仓史，石破我思求女娲。纷纭流峙意趣别，但可默会言难加。日月愈远鼓益损，后生所见应尤些。『日月愈远，后生所见益微。』坡公跋，右军帖语。
想见他时转漫漶，满身凹凸增窝窊。顽然将返太朴始，瘾瘮瑟缩如虾蟆。低回未便乏好事，
扪探索摸犹咨嗟。我躬丁惨心力槁，作歌那肆奇芬葩。目搜心讨漫检校，后慧耻拾前人牙。
坡公悯世羡鼓寿，成毁终逐风中花。坐对真成三欢惜，应与吾身行有涯。

咏绿牡丹，和梁兼士孝廉

倾国名花擅色奇，绿阴庭院看依稀。侭谙姚魏称呼艳，翻惜黄徐点染非。毛女衣轻贪掩映，
刘郎鬓秃怅因依。晓鬟忍拟秦宫赋，早共咸阳一炬飞。元裕之咏牡丹：『金刀一翦肠堪断，绿鬓刘郎白又生。』

题半砚斋图 吴门吴生岑渚得汤岩夫篆半砚斋额，又得赵寒山半砚写图，求题

东坡无田食破砚，山谷有墨仅半囊。高人于物不求备，文采风流韵转长。幽斋愔愔俗虑遣，
清供罗罗间事忙。平头奴子注水处，陶泓亲涤师元章。

堇浦书至，并寄见怀之作，辄成奉答

粤东人去动经年，念我书来喜欲颠。心力健看摛藻内，眼神衰想见花前。因蛇瘴厉休嫌酒，应蟹潮寒莫损绵。落月停云思最苦，何时归话两湖边。

张无夜解元以竹纸五十枚、羊毛笔双管寄我，盖见我诗稿纸笔敝劣过甚故也，物虽微，情则殷矣，诗以报之

湖颖寄来同越楮，怜君谙我字难成。欲知用意缠绵处，一缕霜豪一缕情。

秋九三日，入南屏山拜张苍水先生墓，同王桐墀、万近蓬、顾鉴沙作

空山撮土葬朝昏，谁识堂堂碧血痕。西市成仁天柱折，南朝挺义海波浑。芃芃周粟郊畴广，历历殷顽信史存。绕墓幽泉偏曲折，长年不断似声吞。

南屏让山开士作山舫于精庐之左，芗林相国为书额，开士集社友赋诗

偶架方舟在硐阿，时亲猿鹤远蛟龟。峭帆忽挂白云断，短缆常牵翠葛多。就日系来横塔影，

倚烟浮出接湖波。阿师久舍洪流筏，夜负从渠有力过。

过南屏山舫，拾得拳石于古松老栝之下，通体脱沙，形类屏障，一径上通，如五丁之乍凿蜀嶂者，然白章青质，朴而多姿，信砚席之雅玩也，因邀让公同作

偶探坏塔余阳紫，拾得南屏小朵青。乱脉握来残后雪，散芒想见陨馀星。窪尊旧记邻三癸，削嶂今看凿五丁。好与陶泓偕气调，应同壶岭擅仪型。

咏橄榄

格榄曾闻老郝经，橄榄，南人谓之格榄，见《郝临川集》。李蓬溪《释名》未收者。红盐落处出炎蒸。形模锐似华林枣，颜色青同钜野菱。枪畔遍宜沈酒客，徐景山酒枪，见《世说》。瓯间小佐点茶僧。果中我欲呼仁者，后获先难味足征。

重九后一日，同赵天庚、魏星槎、陆筱饮登紫阳山，游丁仙阁、瑞石洞诸胜

言寻城中山，颇肆尘外志。佳辰过上九，好客携数四。飕柯悦倾耳，霜翮来决眥。江光

薦遥碧，小立衣欲渍，况当宸游初。天藻掞仁智，云霞媚镌鑱。潭洞豁灵秘，悬厓惊结构。高下皆入意，坐堪撷蘋芹。月波池已疏瀹宽广，蘋藻浮动于中。行或穿薜荔，侧足感花岩。回首一心悸，春风小院诗。已往石与厉，当时潇洒游。入林欣把臂，秀句各峥嵘。追吟辄酸鼻，俯仰邈山河。空未城郭异，野鹤何时还。浊世诚可遗，昔与厉二樊榭、石大行之清游于此，同用苏公释迦院诗韵，忽忽三十馀载，二君墓木已拱，余发亦白，且种种旧诗并忘之矣。

前诗意犹未尽，复成六首

人区名胜閟云萝，树石新承雨露多。有景楼台翔铁凤，无尘街郭胜铜驼。香山诗：『铜驼街郭暖无尘。』江山信合归图画，邱壑翻怜近绮罗。我欲横空招野鹤，元裳缟袂意如何？

亭台飞耸径参覃，旧是仙人白石龛。渫后荒池尤衍漾，搜馀古洞更谺谽。曾纡天步苍苔贵，忽送风声老木酣。水叶山条纷异状，谁笺草木似稽含。山有白莲、古柏、千岁藤、紫竹及成道树，悉异他产。

长廊行尽瞰澄江，更觉遥岑气未降。天外秋痕谁最占，城中灵境此无双。临风送鸟云为路，坐石窥鱼树当窗。怪底仙凡分咫尺，炊烟乘午起名邦。

仙去亭留鹤影芟，野鹤翁辞世，偈碑已为人击碎去之矣。云归洞壑自空嵌。黏苔狮子凭泉吼，化石蟾蜍见月馋。飞鸟导寻烧药灶，游人争上感花岩。天章焕处青瑶迥，知有神工细细镵。

小步迟迟径转佳，引升高处不须阶。海明似见飞仙岛，林定如投古佛斋。登顿讵嫌清露湿，徘徊况得好秋偕。幽遐历遍诗神王，老眼分明不用揩。

曲槛斜檐结构牢，淹留岩腹与山尻。深杯漫就今朝菊，健笔新题昨日糕。痕识洪濛波变石，爽澄寥泬气增豪。斜阳影裹频回首，归路诗成发屡搔。

重九后五日，送汪西颢之广州应制府幕

天青湖碧媚晴阳，瑶席同衔惜别觞。话久浑忘柔缆远，游酣讵藉瘦筇长。且怀处士留双鹤，漫说仙人跨五羊。君过曲江知吊古，琼镌为我剔苔苍。以明皇祭《张曲江文碑》拓本奉托。

云闲菊秀映清尊，惆怅河梁日易昏。饮为将离宁惜醉，别当垂老更消魂。指挥百粤需鸿笔，

整顿严疆待说论。此去长途正堪画，千林参错炫霜痕。

同傅玉笥丈游龙井韵

游事南山久寂寥，漫随荒藓过溪桥。凌秋俊鹘争轻翅，趁暖闲蜂出细腰。石状片云欺玉瘦，泉成碎雪响珠跳。当年佛法无多子，只待中天绛节朝。群公重游龙井，知改旧观，故落句及之。

题让公南屏山舫看梅图

梅色缟于，冻鹤石棱。瘦似高僧，但觉香空。诸有恼禅，破戒何曾。我友今之，北秀团瓢。在古南屏，偶举梅花。公案休参，梅子青青。

陆筱饮秀才自武昌拓李篆怡亭铭见赠

楚雁书来病眼青，急张幽拓豁沈冥。绝怜裴李专词翰，铭乃裴虬所撰，铭序乃李阳冰篆书，铭乃李莒八分书。益信江山助性灵。残雪斒斓知石泐，轻煤婉嫿识苔馨。元郎往句真堪赏，怡亭篆铭『蛟龙缠金』，元遗山句也。满壁蛟龙动古厅。

人日立春，同人至湖上，见微雪

且探人日逢春立，漫惜新年带腊徂。艳雪并来先柳絮，彩幡浑欲斗桃符。诗裁蜀简真堪忆，酒压荆盘底用沽。便觉风调欢雏雉，试看水暖适游凫。

祥符寺陁罗尼经石幢歌 并叙

己卯立春日，倪生建中、周生亦耕、黄生相圃、厉婿绣周同游城西祥符寺，观唐开成二年处士胡季良所书陁罗尼经石幢。黄生为予遣工氊蜡墨本。是日微雪，饮黄氏琴趣轩，诸生请为此幢作歌。

祥符古寺尊胜幢，谁其书者胡季良。礫䃺束裹别擅长，非钟非索非二王。篆额八面垂琳琅，仙人倒鬣师务光。锁纽宛通偏劲强，篆贵宛而通，见《书诀》。盘拏瘦骨矫莫当。玩之良久如腾骧，一顿一挫神洋洋。八分行草迹尽臧，季良于篆书、八分、正书、行草无不精擅，见《诸道石刻录》《复斋碑录》《宣和书谱》。更娴诗歌与文章。案，《吴兴吴文皇帝庙碑》及《吴夫人墓铭》《德本寺碑》皆季良所撰，见《复斋碑录》。《题然公山房诗》《大乘寺诗》《昆山寺诗》《读元和文》皆季良所作，见《宣和书谱》。宣和入谱陋未祥，《书谱》但云：『胡季良不知何许人，不见于史册，惟工行草而已。』

自命处士耽乐康。朱门钟鼎应早忘，清才妙艺老一乡。临风那不生慨慷，不见贱伎幡绰黄。史册翻令垂有唐，譬戛瓦缶抛笙簧。古来公道多渺茫，想见斯人抱幽芳。洒然千载如在望，幢拓我昔韬古囊。帐作邻火朱鸦翔，黄生敬恪笃中肠。响墨为我穿僧廊，毡槌均活响抑扬。既击既扫黑白彰，我时怀古心徬徨。起巡闲园绕苍筤，天中真塔昧两缸。短莎遍踏徒伥伥，唐国一禅师真身塔，以两缸合而瘗之。德宗赐塔号曰『天中。』今寺基分裂，未审塔在何处。昔日九里皆宝坊。九曲灯火争星芒，九十九井分银床。泉光已入千家凉，几经浩劫换红羊。惟留慈幢屹不僵，石盘敦敦出坳堂。久为民居閟墙隍，一朝呈露还佛场。合掌鳳集耆黎相，拓得即是孽海梁。岂惟妙笔珍青箱，是日春立司东皇。忽教微霰撒明珰，寒风瞥尔吹衣裳。笑归曲室开壶觞，当杯探韵兴讵央。诗成迭咏声琅琅，黄琮白璧皆铿锵。酒酣坐立任相羊，试铺墨本向明窗。重修岁月按几行，清顺治十二年明崇祯九年递溯元延祐八年宋湻祐八年梁乾化五年大中之修尤足征，名僧信仕纷劻勷。大中五年，法师、讲师、大德僧共十三员、搢绅明经十四人同修。奉为多生爷与娘，上镌奉为国王、太子、大臣，多生父母，十方施主等。读之酸泪欲栖眶。字亦阿那含清刚，了知书手非寻常。唐目书经者，为书宝幢手。山僧如法何代郎，辄将咒字胡皴皺。记云重书实残戕，第四面咒后嵌刻一行云：『大明山僧如法重书此咒。』实以刀镂原迹耳。痴肥臃肿铩锋铓。旧迹竟使遭剥创，咄哉阇黎真野伧。得无好名成妄狂，陁罗尼义万善纲。总持众善免众殃，大原发自大觉王。获沾幢尘等慈航，经言，得沾幢上吹下微尘，及幢影映身，皆获利益。至今幢顶舍利光。二曜不敢同低昂，乾化五年，重修头陁处道，以琉璃瓶安置舍利五十四粒于幢下。我作此歌黯自伤。举口无力当衰尫，维原有情普供藏。聊述本事非铺张，清晨盥诵能勉遑。巍巍功德知无量，檀函好伴伽嚧香。

梁山舟翰林以高丽贡墨一巨挺见赠，面有『公山乌玉』四楷字，背有升龙，外浴以漆，黝泽特甚，作此报之

贡墨曾闻出猛州，高丽墨上有『猛州贡墨，张力刚造』字，见《宋李孝美墨谱法式》。忽惊容易到双眸。砑程蜃市骄难测，针路狐帆险屡收。砑程狐帆，见《高丽图经》。小字屈蟠乌玉重，瘦龙依约柳枝柔。柳枝瘦龙，见黄山谷、李廷珪赝墨诗。摩挲漆液□涂妙，一点韦郎似得不。

偶过倪生建中小园，乐朋来馆，适诸君拈题集字正酣之际，仆不能也，辄用其题成五十六字，留质西林老友

吟朋幽事偶招携，绝胜迢遥把杖藜。春到闲园人自得，情遗万物孰能齐。锦囊探字功争捷，玳管捶琴格肯低。寄语沙河吴处士，新诗为我抉瑕鋻。

芦溪翁遗像上见玉几先生两绝句，因亦题七字两韵二首，应其令子星槎秀才之请

措思奥淡陈无已，举体萧闲魏仲先。二老风流见何许，清诗遗像各翛然。

霞明水瘦炎方剧，柳重天青日正长。莞尔形容无热恼，了知怀抱足清凉。

箧茶已罄，而瓮水尚馀，戏成一首

古罂梅水醍醐厚，净箧春茶白雪香。罂满箧空徒怅望，何人封绢致卢郎。

意林以龙井顶春见赠，病中手自煎饮，风味清绝，衰骨为之一振，因用同林倡和韵

合署芳茶百草王，菁华俊压一崦苍。分来定走披缁侣，点就何须拾翠郎。此日云腴仍旧井，里龙井人谓之：『老龙井产茶为诸山冠。』当年风味想闲堂。在龙井寺，宋辩才法师退居之堂名。

知君赠我深萦意，悲火浇时感岂忘。

冯右书饷五台天花菇，以二律题之，且勖他日之操云

代北台怀五顶平，天花幽茁素霞茎。隐芝应喜闲为伴，合蕈堪嗤浪得名。竺法兰餐悭洗钵，孙思邈煮惜揩铛。高奇自是仙灵供，肯向顽山劣水生。

一裹封题整不斜，故人遥致代天花。银盘比处微嫌俗，翠釜烹成重岂加。配以参差宜水旨，合莼丝作羹尤佳。芼之左右称山家。于公峻节吾乡事，老舌虽馋敢漫扠。忠肃于公前后巡抚山西、河南几二十年，入京不挟土物饷当路。汴人尝诵公诗云：『手帕蘑菇共线香，本资民用反为殃。清风满袖朝金阙，免使闾阎议短长。』见杨循《吉蓬轩别记》。

意林以龙井春芽、西湖蕅粉见饷，更用苏公《与参寥行园得黄耳蕈》诗韵作诗见示，适右书以五台天花蕈寄赠，辄分小裹以饷意林，并依元韵答之

茶泛金芽促鼻香，蕅澄银粉沁心凉。扶羸颇振筋骸劣，破睡堪锄学殖荒。聊学吴侬轻点蜜，肯同朔客浪投姜。报琼偶掇仙山蕈，点缀残春笋蕨乡。

右书又以太白茶见贻，辄赋短歌报之

故人两致太白茶，茶名久播东海涯。点就惊浮白玉浆，摘来看落黄金芽。胸中沃焦嗟突兀，一时顿化清凉国。何意衰迟就木身，馈物频劳故人仆。故人情蔼逾春云，千金百朋奚足云。欲报惭无郭生句，苔岑臭味孰能分。

恒公以邵坟豆见饷

下荚天然绿蛹形，见李蘋湖语。土膏云液出南屏。迎眸候恰同妃紫，《维扬芍药谱》：『黄者王，紫者后妃也。』入口柔堪笑帝青。处士画图劳渲刷，金陵陶缜事，见《宣和画谱》。大著色名渲刷。陈王词句怅零丁。何如雅掇高僧饷，及佐承欢水一瓶。

楚中王先生寄赠同茶

同茶真是胜真茶，益肾滋脾却眼花。只惜老夫田宅败，待他来世发黄芽。《黄庭经》：『寸田尺宅可治生。』

水莲、拳勺两先生，予故人也，归道山久矣。拳勺令嗣隰有忽以两先生手迹见示，如对故人，欣慰何已，因题于册

二老风流远，吾生只惘然。云归终寄岳，鹤化已辽天。妙翰金生润，清文玉比坚。古香藏处好，真爱后人贤。

清明后一日，集琴趣轩

吟格贪师谢，开轩亦慕陶。奇怀欣客共，狂态识吾曹。茶赏煎新火，花怜坼露桃。冥观随物化，未觉此生劳。

李松游以抱经亭看牡丹诗来索和，诗中似惜秾艳为雨所败，因次其韵，且以鄙见慰之

牡丹开后谁家好，欲向城南问诗老。岂知鞓红在槛外，坐失欢娱徒悄悄。恰成微雨养花天，薄曀轻扬君慢恼。新诗寄我如玉溪，似惜回中迹同扫。李玉溪有《回中牡丹为雨所败》七律。想见飞觥阖双户，花绕虚亭赏清窅。何如晴好出郭西，缓缓湖隄踏春晓。

题沈沃田桐阴结夏图

官斋岑寂碧梧长，且喜曾无热客妨。洗后襟怀见高士，击余态度想三郎。就阴点笔豪俱绿，和影吞茶齿亦香。此意正须儿辈觉，何如更画北窗凉。东坡句：『此意只愁儿辈觉，逢人休道北窗凉。』

挽陈授衣

别后光阴脱兔奔，把君讣纸一声吞。三生已觉扬州梦，午夜应归浙地魂。澜漫琴书珍令子，峥嵘诗笔守诸孙。当年觅句斋空在，花发愁看寂闭门。君读书吴山梦绿庵，曾乞程松门高士画《闭门觅句图》，浓墨干笔，邱壑深润，茧纸小立轴。

沃田至杭，畅晤于湖舫，足慰怀想之素，辄成近体

久耳云闲俊，相逢各老苍。山襟卑卫霍，诗笔抗储王。饮吸湖光动，谈随槛日长。酣馀指灵竺，期我共相羊。

送桑弢甫水部之历下讲院，次其留别之韵

客程舟外见芦花，迢递官河纵复斜。老去景光应爱惜，秋来月色不须赊。鱼龙城市迷青海，李杜池台莽白沙。知尔讲馀多遣拨，好凭双鲤降瑶华。

题恒公梅花作伴图

似雪寒梅遍涧阿，临流憩石偶婆娑。定回应笑庞居士，偕偶唯吾偈亦多。『不与万法侣，唯吾自偶偕。』庞居士偈也。

的历明珠迸玉胎，横斜掩冉不胜开。风姨了解师无著，恣取生香透竹来。

梅花久擅北山北，阿师今住南屏南。一片香光满湖水，依然境界是同参。恒公今住南屏，此图则住北山时所画者，当与拈出。

题陈玉几小齐云图，为江云溪作

尺纸千峰来眼底，通神画爱穆陀翁。僧渊喜并川岭侧，幼舆宜置邱壑中。客境自教幽意足，家山安藉梦魂通。题成蘸笔欲书草，娆人脞务重匆匆。

火肉粽歌 并小叙

端午南徐、泉皋各以火肉斧粽来饷，走笔戏作短歌，即以写寄蒲醪边当作下酒物也。

罗含孤黍春绵孰，彭生曲股香红玉。肖形柯烂青霞斧，束裹茎疏陨风箨。天中斯味老夫谙，故人分饷驰筠篮。堆柈捉箸颇酣恣，人生适意吾宁贪。水精著齿了无声，琥珀如酥亦足珍。更遣戫盐相串合，扬州贯鹤一时并。

杖藜

杖藜随晓步，黄叶又秋风。老觉时光速，贫谙世态工。坐深怜止水，望远托冥鸿。江白山青外，朝暾正上红。

陆筱饮楚中归，赠中兴颂墨本

陆生客游祁阳归，手中出赠《中兴碑》。湘烟生翠浮纸墨，草堂展看明晨晖。颜书元颂两奇绝，千秋照曜浯溪湄。读之令我生太息，病肝老肺俄崔嵬。禄儿天礫固早示，天宝遗事终堪悲。强军只辨抗行在，哥舒用武嗟尫颓。潼关一挫犬羊入，九庙顿尔成飞灰。

苟无颜郭奋忠义，两京疾复谁能为。三郎悔祸中兴启，昭然天意如风回。制文遣祭曲江老，文镵白石高岩隈。罪躬旌直应有作，想见文字倾琼环。桑枯感退古所有，一念信移安与危。何人为我致墨本，好同斯拓相追随。

春禊日，皋亭九曲道中即事

春流宛转橹呕呀，著眼风光胜若耶。远翠冒云堪滞酒，小桃临水欲蒸霞。田间阁阁蛙初沸，陌上迟迟日未斜。徙倚篷窗徐莹拂，幽怀宁让昔人夸。

题恒轩吟卷

旧德知能继，名门见异才。清仪挺鸾凤，妙笔泻琼环。静展奇光起，长吟逸韵回。老夫颓废久，怀抱顿时开。

初秋山舫雨中写望

小雨湖山趣，真成水墨屏。云拖无定白，山作几般青。已觉秋能爽，浑堪醉欲醒。谁呼孤屿鹤，一唳起青冥。

题桑东愚养爪采药小照

至行无低回，至道共根柢。子舆启手足，考叔捐脑髓。呜呼孝子心，各就圣人轨。人言东愚翁，养爪亦有以。藉此如冰渊，是亦保亲体。频年凛一朝，敢有秒忽毁。惚恍衫袖端，似弄玉尘尾。伊予赋性褊，去声。举动少慎葸。啮鲜舌或伤，搔蛘肤屡疻。披图见道貌，令我颡有泚。闻翁乐壶隐，采药向崀嵋。缠绵收兔丝，磥砢择狗杞。首乌藤回环，伏苓根逶迤。取之颇艰辛，无乃劳爪指。何如城东偏，草木烂霞绮。维昔耆婆言，大地药靡靡。

江滋伯请和游浴鹄湾晚归之作

淡淹浴鹄湾，阿那啼莺树。清旷少游人，旧是元洲路。湾为张外史元洲精舍幽境之一。当年获到人，不异蓬山渡。晚步足徘徊，凉烟薄于雾。访古水无言，但有擘拳鹭。江生具远情，于此拾佳句。归艇风吹裳，波面月已吐。风月宁有私，闲者得其趣。

同弢甫水部次济南名士辈，以太白恰及千岁设祀酒楼元韵

李侯仙去久，楼耸碧霄间。佳句阿谁并，清风如可攀。云颓思醉态，月皎识欢颜。傲骨千年在，青青谢朓山。

送让公主桐乡龙翔寺法席

楗椎鸣处即津梁，岂异毗耶据一床。龙凤刹高风范古，龙翔、凤鸣皆桐邑名刹。梧桐乡美午阴凉。闲拖竹杖看农事，静数云帆笑客忙。寺临官河，客舟往来。惟怅白头同社侣，良辰不共炷时香。

秋日南屏僧舍茗宴分韵

晴光扫断雨霡霂，景物僧堂远近兼。客爽瓯香通竹外，人怜钟韵落风尖。莲皱午渚红初退，树入秋原翠转添。只惜座中吟侣减，下河船已去支纤。

庚辰冬日独游龙兴寺二绝

酒墟葱肆几腾蒸，市井中间閟佛灯。只有诗人谙著眼，对桥门榜认龙兴。
远幢重复小徘徊，闲趁冬曦偶独来。解事沙弥怜熟客，园门为我早先开。

寺后高树婆娑，隔垣可望沙弥，言祥符寺内树也。又言先有龙兴，后有祥符，盖承其师语云：『尔但鲍老因缘，未知尚能悉否？』再赋一律

瓜分古寺感萧梁，塞雾回熛叠宋唐。北宋、南宋、中唐、残唐。穿蚁游人咏苏老，辨雅贵女降钱王。吴越王妃曾降香此寺，施舍龙乳簪为寺中十宝之一。塔埋铁劫消寒影，井徙银干又夕阳。惟有石幢肩佛日，万人曾睹玉豪光。志言寺内有铁塔座，久埋尘土矣。

归途过鲍公古社，当即萧梁舍宅人也，以一绝记之

支河岸北石幢南，闻有猫儿旧日庵。鲍老精灵呼欲出，数千年是护伽蓝。志言：猫儿庵在石幢之南，鲍公舍宅后所居者。

题万夫人八分书遗迹

墉城人已去，遗墨转分明。妙继中郎体，九沙先生令爱。频伤君子情。鸾回秋影疾，雁逝晓波惊。德矩依然在，袁昂讵敢评。

湖墅米山堂，前明孝廉胡贞开瑟庵所构也。孝廉善诗工画，有霜林、寤歌、且朴等集。首夏，与魏星槎秀才过之，堂久易主，轩窗荒陊，鱼鸟不亲，邈焉兴感，辄成一律

平冈复洞几湾环，露叶烟藤满目斑。直是小山丛桂地，未输流水古松闲。旧巢招鹤芜难下，辛槛呼鱼杳不还。唯有狂皴留败壁，尚同遥翠斗巉顽。瑟庵画石一株，尚存坏壁。

书台移居

幽居闻向古塘迁，想见朝昏乐事便。水近何须赊月句，窗虚不用买山钱。任扶行药蛙头履，易唤探花燕尾船。更爱盘餐贫转媚，兰香笋先去声。到门前。

上九日游西溪永兴寺，访宋僧篆书白云流水之扁，同何东甫、陈象昭分韵

高僧篆扁隐灵踪，耸意来看怅未逢。桥废难寻跨溪石，寺移久断出林钟。风轻爽爱生衣薄，秋九晴怜令节重。归路夷犹信堪恋，水流云白竞为容。

过张庄诗 并小序

丁卯首春，梁葰林编修招吟侣看梅西溪之张庄，并游永兴寺、芦庵诸境，山楼联榻，水槛分题，流连越日，各得杂体诗数首而还。越今辛巳才十五年耳，同何、陈两生游永兴，路经庄前，因艤舟览之，桑阴弥望，故踪悉迷。聊裁近体，用记前尘，即以『张』字为韵，两生亦次弟余韵。

栽遍成都八百桑，遗踪人指曲江张。罗浮梦断梅花杳，濠濮情非荇藻荒。倚酒闲楼销蜃气，挽歌好鸟付残阳。横空只有将颓版，尚占如规一亩塘。

游吉祥寺诗 并小序

吉祥寺去拱辰桥西曲折不里许，平桥导客，老树应门，颇为幽寂，余少时曾一游焉。辛巳九月之晦，北墅严可亭、包采南、何东甫、陈象昭诸子请同余往，舟舆兼济，扶掖惟谨，诸子诗笔既清，情话

更笃，盘桓流憩，移晷始迁。老夫自抱病以来，未有此乐也。诸子欲以韵言记兹嘉会，因用杜少陵『寺忆曾游处　桥怜再渡时。』句韵其平声，各赋五字近体。

依依怜法树，似识我来曾。竹霭仍归佛，花光乍倚僧。野云侵稻色，河影荡桥稜。归路晴兼雨，秋阳尚郁蒸。

秋日重游龙兴寺

小立曾来径，重看古刻幢。耸知诸垢离，慈摄众情降。旧物阑移井，园中观音三昧井去经幢不数武，砖甃参差，石阑已失。高禅塔覆缸。国一禅师塔。溯初思愿力，呼寺合同江。萧山县城内觉苑寺，乃江淹舍宅。宋张即之特书江寺旁，以表之龙兴乃萧梁大同二年鲍侃所舍宅也。

题魏静陬拥书图

散花滩上栖迟地，为爱积书森满家。幽处薰香闲事业，静中驱蠹小生涯。何烦安世补三箧，直似惠施盈五车。有子能攻真足乐，百城应笑昔人夸。

腊月十五日，饮黄氏琴趣轩，玩庭下红梅，时小雨乍晴，龙兴、祥符、戒坛院三处近在跬步间，遂与诸生过之，各拈韵赋六言律诗，得二萧

劝饮庭梅似醉，牵吟邻刹如招。霁日况摇金影，寒云行卷玉膘。云『护苍林玉有膘』，米海岳句也。宅舍时遗六代，寺分世慨前朝。三地原萧梁鲍老舍宅之一，寺也。且趁梵香浮动，谩嫌市壒纷嚣。

同人喜西颢归里，置酒湖上。西颢向予诵孤山探梅五律，清绝不愧昔贤也，因呈近体四十字

老喜朋簪盍，归来见素真。酒怀元迥俗，诗笔益如神。未觉头成雪，微看鬓似银。梅花新句好，浮动故乡春。

陈象昭贻佛手柑

迦文慈示，耀金拳普化南天。鼻观禅气，饱秋风云叶白色。

砚林诗集卷四

四照亭晓望

平湖百顷展风漪，眺向危亭远更奇。杨柳抱烟春正晓，桃花得露鸟先知。虚无意入诗神王，料峭寒随酒力移。翻恐游船来指顾，橹声摇破软琉璃。

张芑堂自平望来，饷我闵糕，诗以报之

闵姓名糕深雪色，到眼团团秋半月。只少迷离玉兔儿，桂露犹凝昨宵湿。唯春鲁望识香杭，不用渊明材酒秫。浮三淅九法方好，堪譬难渝素交节。卖处曾游渔钓仙，噉来频见鸡苏佛。松甘软淡宜老齿，易慰贫儿供洁白。酒客操戈或偶然，茶人把盏宜三益。韦龙谢凤竞雕藻，徒炫华筵一金直。虹桥夸目双晕花，烟丝播咏加浇蜜。何如此糕平且淡，似水相于情转出。张生携馈登我堂，径尺浅浅疏筠筐。馋花绛纸相掩映，招人榜子看几行。兰馀斋占殊胜寺，殊胜寺在平望，寺门有卖闵糕者。专久此斋无别房。老夫一笑为庋置，朝笾范甑腾馨香。慈颜倚桯见莞尔，婆娑鹤发神扬扬。淡然无味天人粮，黄庭有语义允臧。老人食之寿而康，

感生之馈足慨慷。揽笔作歌嗟学荒，一雪忽霁开朝阳。歌成转觉情苍茫，独立矫首风吹裳，慈乌哑哑青天长。

题陆筱饮何东甫雪饮图

快雪时晴映薜萝，一尊刚喜故人过。瑶台月色朝能借，银海花光暮转多。诗垒疑驱汝阴笔，酒兵如乱蔡州鹅。披图我亦思乘兴，门外溪流淡不波。

九月二十六日入净慈丈室，同恒公吴瓯亭、带星昆仲、魏星槎过万峰山舫看红叶，用东坡卧闻禅老入南山韵

小李将军著色山，斜阳衬出两湖间。昂头白鹭轻将起，纵目朱霞巧任攀。漱茗聊参逃世味，同僧又得此生闲。凭阑久眺松窗下，点笔诗成未拟还。

送让公北上

万里春风策瘦藤，梅花树下送南能。山登齐鲁未了处，塔埽云烟最上层。此去谛观觉王法，

来归应续祖师灯。白衣居士心空久，拟问毗耶第一乘。

哭汪伯子

伯子赋性静默，然诺不苟。中岁益去纷华之习，食饮衣著益淡泊，不趣时好，搜书鉴古，力求精确，砣砣无倦。近年喜书八分，遒方拙古，饶有汉意，惜未多作耳。绝似陆友仁、朱性甫一流人也，斯今求之，其可得哉。予交伯子，迹虽疏而实有尘外之契。予被灾后，伯子屡约至其苏城之居，大出书画请为鉴定，间为跋尾。余衰病日增，未果往，而伯子忽焉弃世，呜呼可悲也！已闻决去，了然无怛沮，是亦晚年澄澹之力也。因赋长句哭之，并记其平生崖略。他日有欲知伯子者，当征吾言之百佞。

中年求道渐成翁，肯把襟怀许俗同。绝爱三余坚晚节，翻嗟一寿厄天穷。铭心鉴古陆研北，刻意求书叶水东。渍酒我艰磨镜往，寄将衰泪向西风。

清明日湖上同魏星槎作

嬉春讵惜买春钱，挑菜时光又一年。已快临风舒朗啸，何须向月觅闲田。崇桃积李纷无次，活水流云递接连。怪底飞花太轻薄，残红时坠丽人前。

虎邱

池寒月黑剑消磨，虎阜匆匆夜一过。高牖闪灯僧闭阁，坏碑寻字客缘坡。吴娃粉黛馀干藓，山鬼衣裳出女萝。绝似范宽垂老笔，模糊树石见无多。米公《画史》云：『范宽老年之笔，树石不分，似暮夜之景。』

游金山

江半单椒快一登，寒潮滚滚下金陵。云边山色都归雪，槛外风波不到僧。舟入长空帆点点，鹰盘浩气塔层层。行人争满瓜州渡，手拍阑干唤不膺。

宋拓苏文忠公小楷金刚经，前后有明关中郭孝廉宗昌印，因次钱叟题所藏华山庙碑歌韵题于后

金刚之经谁写者，苏家学士来岷峨。珠遒玉媚神采耀，起迄知无菩萨魔。《华严经》佛言，诸善男子、善女人等书写经时，横事欻起不终，当知是为菩萨魔事。此经佛语称第一，净信能拔多生疴。须菩提悟大涕泣，天帝释卫严摩挲。章泯卅二陋分割，不从昭明分章。字经六译穷

浮讹。六译见《史通》。曾闻结习付贤圣，阿难尊者头频摩。《楞严经》佛语：『阿难见汝，清晨频摩其头。』了知书写自严毖，不比戏换山阴鹅。人评忠义挟姿媚，评出山谷。自云刚健含阿那。平生碑版照四裔，瑶青珱翠争砻磨。无端党籍起元祐，妙迹隐晦嗟宣和。《宣和书谱》不列公书，以党魁也。穹镌滮漫翳息壤，壮刻黯黮沈流波。山亭水榭风格沮，空看滉瀁同峨嵯。『山岳峨嵯而联冈』，见卫恒《四体书势》。钱王祠碑损猊抉，柳侯庙碣欹鲸呿。伊此细楷睹尤罕，势惊纵绰兼委蛇。到眼居然古色烂，如枪获龙尊获牺。爨琴椽笛拟神韵，岂烦触捥稽康《琴赋》：『触捥如志，捥音别。』劳捘挼。马融《长笛赋》：『捘臧挼拏。』『捘』音『精』。舒笺点翰安且雅，想见威仪如切磋。维公真气贯金石，疾恶勇逾搉喉戈。吁嗟时相忌謇谔，迁转一似蓬飘科。兹衔责授副团练，踪迹知在黄州多。东坡春好供拾句，赤壁月明邀放歌。石藏刻后是何许，拓本完好无纤蠹。依稀髯郭小印在，姓名幸免升枯蜗。斯人金石欧赵亚，检点汉唐多润诃。『亦须缮写，更请润诃伏珽语也。』郭有《金石史》二卷。汲古不撄阉党辱，鸿飞冥冥超云罗。腥貂羶绥互倚藉，视同鼃龟骄虷科。见《庄子·秋水篇》。风尘澒洞起转眼，秦晋郊原悲坎轲。何期穷市入我手，阿谁携取过黄河。乃知公迹神所祐，诗案昔枉奸舒唆。《宋史》言：『公以诗下狱，乃奉化舒亶唆弹章者成之。』堂堂况复法中宝，藏处合熏茶矩么。茶矩么，郁金香也，见《金光明经》。得无当时寓斋内，安老祝釐为保阿。按，《年谱》：『公以元丰三年二月到黄州，四月书此经，八月公乳母任氏卒。公有志铭。』眼中近刻见马薛，扬州马秋玉、苏州薛生白各刻有公书《金刚经》黑字本，马楷，薛行，亦皆小字。估断岂止百倍过。自幸残年获希觏，澡祓思造双伽陀。韵踵蒙叟事偶尔，规音抚节聊吟哦。邯郸之步示儿辈，彫肺琢肝如老何。

梅日大师圆寂于中秋后二日，将葬乾峰，以诗哭之

别后俄惊叹逝川，冰轮初减二分圆。缘堦履知空秋草，倚壁床移但晓烟。有问悉酬存普愿，随机无著示真禅。残年一掬知交泪，欲寄江东绕塔泉。

重题山舫，用『山』字

昔同诸吟侣分得『阿』字为让山社友题山舫，会录之裒然成册矣。近予卧病鲜出，每思一蹑其境，而倦未能也，乃用『山』字重题之，辄便写寄，俾悬舫中，知山舫之有重题自予始，胜笻高屐经此，

倘辱和焉，当为山中故事。

道人水观元非实，岩屋如舟夜不关。安稳宁劳木杯渡，嵌空险笑石船山。新松影壁图成易，候雁横空字岂艰。颠米曾夸虹贯月，何如此舫占孱颜。

正月十八日，同王淡和过忠天庙观陆少微画壁

寒力入裘如入缟，未遣梅花洗烦恼。乍过收灯喜饱晴，日脚裂云红皓皓。城北故人天机清，有约灵祠事幽讨。芍兰兜西路不纡，共曳青鞋踏霜草。临河庙旁金惨淡，肃奉社翁及社媪。到门嘈囋匏竹骄，从簇村巫炫虔祷。进探佛屋阑槛冷，画壁模糊半倾倒。三长六法粗可辨，陆瀚丹青艺林宝。毗沙威神剩塔劫，毗首威仪失幢纛。馀墨萧瑟讵容识，但见戈铤杂箭笴。森然端丽五天女，三日双瞳犹炯好。水衣风带虽剥落，想见云裳与霞袄。再观罗汉淡如梦，仿佛两躯疑草稿。流派骎骎戴进亚，若遇谢循应见媢。陆翁斯地旧庐在，画此定应增祓澡。研青炼紫自琢意，岂惜役思枯髓脑。人生积善信有报，俶傥佳孙盛文藻。谓筱饮。四菩萨板记苏公，一行脚僧移米老。惆怅今时妙赏希，空付庸僧支燼熇。世间何者足坚牢，万物终伤难自保。蜗涎雀粪竞相妒，转眼流光迹定埽。平生搜奇未肯后，却恨来看知不早。

风前把茗漫徘徊，流览且与开怀抱。堂中大佛亦奇古，戍削精严出谁造。论工宁下宋元世，数百年经几润燥。起寻碑读稽时代，久作泥沙供砺捣。闲结游曹拟再过，墨本氊椎庸一考。

老躯羸劣，饭非米之久困而质同黄糯嗅等红莲者，则肠胃屯颛而生畏。方外友净慈恒公知余若是，辄蒙见赠。金华吴少君，高士也，尝呼此米为檀香米，岂虚誉哉。咏之四韵，用记高情

精凿红莲久盖藏，陆鲁望诗：『近炊香稻识红莲。』南山禅老远分将。晻成炉畔旃檀色，带出林闲薝蔔香。六腑升平从可贺，三冬春簸入嘉尝。维摩右掌何须托，满钵清芬供道场。《净名经》云：『持戒是道场，得愿具故；精进是道场，不懈怠。』故余当于一生补处消此饭香，不虚我友之所供耳，辄笺落句，以自警策，且请我友证明。

立夏后三日，登吴山，题文昌道院壁，同赵浅山

樱笋年华又换春，江山付与客吟新。云趋列岫朝炊动，雪绕迴沙识浪频。句践故关如在梦，田横远岛欲生尘。骚人可奈登临思，陈迹无端易耸神。

晦前三日，重游吴山，再用前韵题壁

尚有徘徊四日春，四山柔绿莽争新。景闲翻怅时过速，境好何妨客到频。万甃鱼鳞通蜃气，
一槌清磬画红尘。凭高自觉诗成易，漫道高歌有鬼神。

昭庆寺画壁诗　并小引

寺内戒坛后壁画观世音过海相，吾杭顾升山、董云有两翁合笔也。两人皆丈人，行惜未一接其眉宇，而余之礼足于相下者屡矣，翘企钦瞻，因成长句。

吴踪孙迹各称雄，合手何期见两翁。佛带光疑温散日，龙裾波恍响连风。百年转恐消磨渐，
再劫应难绝艺同。拂尘闲看吾岂敢，惟宜稽首颂如空。温飞卿、贺知章楼壁草书七律小序中有
『拂尘闲玩』语，稽首如空，睟容若睇。唐张继善观音变相先天菩萨画幓颂。

贝叶经歌　并叙

庚寅重阳，奉香天竺，入云林寺与佛基上人登寺右借秋阁，林容艳爽，茶倚颇久。阁主出《贝叶经》见示，奇古尊重，开荚肃然，绨几徐翻，恍游忍土。但愧懵昧梵字，未辨摄自何藏耳。因赋长歌，以俟彦琮元奘其人，且幸吾生斯缘之非偶。

蔡侯造纸精思独，海内方知捣麻谷。敝缣败网尽入用，未成十寸逾千幅。印扫典籍散天下，倭溢蛮陬皆易畜。箧穿谁谓鼠无牙，廚局多付蟫充腹。遣一难逢从事贤，在片翻资奸相毒。藤縻竹烂石臼穿，应使嗷嗷鬼腾哭。何如天竺古先生，惟用本来真面目。多罗力义质蠲异，产自建那补罗国。形模简尺翦刀裁，书写灵文备恭肃。不涴人闲造孽尘，能使苍生罪还福。云林禅房颇幽旷，上九风光媚梧竹。借秋阁上一来看，惭愧阇黎为开椟。稽首皈依四悉檀，斋心冀代三熏沐。展舒郑重妙香中，泼眼山光浮几绿。横才半肘纵三指，颜色浑同截蒲箨。次第流观卌四番，梵字旁行往而复。绵联仿佛队行蚁，匀整依稀布元粟。起左迄右书反覆，载字虽多用材缩。细探笔法转奇妙，气势盘拏森纵伏。横牵逆拂合顿挫，侧点斜飞存蹙衄。缅想西天尊者闲，林下徐调墨瓶墨。毛锥未合拣鹅翎，松液悬知炼鸡足。洗手聊为谢客翻，弹舌惭工苑咸读。恍共涪翁观宝轩，《黄山谷年谱》：『崇宁三年正月，礼衡岳思大禅师遗像，阅三生藏贝多梵字经等物，为书「观宝轩」三大字。』失却人间垢坌黩。中央环束贯弱络，上下平齐夹轻木。纽以绀文昔代钱，马奔阴缦铜姿活。横书进岁记咸平，贝叶计四十四番，面背皆有梵字，第八十七面无梵字，小楷横书，『咸平三年九月十七日进』十字。赵宋官家旧曾瞩。瑶岛香飘供养严，鼎湖云合升遐速。世易还同佛爪飞，物存亦似龙髯脱。雾黄灰黑任尘寰，鬼护神呵自幽谷。榆棁初离白马驮，或出摩腾法兰袱。求经昔者闻显永，元奘遐踪实私淑。白羽虽能轸客心，黑狮未畏饕人肉。鱷齿骄河波浪劲，羊肠涩径峰峦矗。键镕济馁口頞噤，椰栗支疲手常瘃。林纡野迥万由延，国异城荒几重复。开士从来悲愿洪，誓将大地迷云霩。荚启齐裁讵偶然，书亲半满休总促。宝光旧秘载南都，顾起元《遯园杂记》：『南都宝光寺有西域贝多婆力经，长六七寸，广半之，叶如细毛竹笋壳而柔腻，如芭蕉经字，如赤豆大旁行蠕蠕，如虫豸不可识。外以二木片夹之，其木如杉，细致可爱。』溥山往赐传西蜀。汤允谟《云烟过眼续录》：『西域贝叶经，经长二尺馀，高止二寸半，叶色如蒲，裹以竹帘，内有织成字云：『大蜀皇帝赐抚州溥山院二片。』三叶僧夸开福专，闽人姚旅犹登录。姚旅《露书》：『陕西安城中开福寺有贝叶经三叶，每叶横书梵字四行，其叶如竹箨，阔竟三指，长四之，短者两叶，视长之半，主僧云唐时物也，今天下只有十叶，彼寺得其三云。』伊予所觏况圆成，湛湛摩尼动盈掬。一卷还闻景德藏，慈光我渐叨多烛。佛语真文遭遇难，何曾灵山亲付属。老夫贪佛能自信，饱却平生清净欲。再观黏纸字分明，护经木面之腹，黏笺纸一条，上左书贝叶经三字，下右书古佛弟子冯武敬藏。下扣冯武私字『元陵』、

『两雌』字印，气韵妍雅，当是明季人也。弹铗后人知不俗。芸櫶荃囊获弆藏，信渠古佛因缘宿。舍到香龛定几时，得无避起龙蛇陆。怀古摩挲意转长，不觉颓阳闪林麓。日月无端只促人，难驻景光当眼新。一穿薄叶千年在，谁识禅枝劫外春。

回回李翰十纸联幅墨蒲桃歌　并叙

回人李翰，平生好画墨蒲桃，生纸残煤，遇兴即作，山僧野人见乞无吝，书成例不著款，自娱而已。但扣市刻二印『塞俗人意』、『满洲线公』，开府浙中，亦雅善此艺。时见翰作，延论墨法，翰说言对之不阿，旨以取容也。予偶从废纸担上得此十纸联幅，尤为杰作，惜知翰者希，因为手篆刻章志之，并作短歌，用荐后之能传翰者。

李翰蒲桃墨法熟，生纸枯荣随所欲。兴来兔鹘信手追，真有洋州胸次竹。论画何心阿爱增，谠言曾抗线中丞。澡瓶还我四体洁，瘦骨偏向秋崚嶒。曩时曾识李翰面，回辉寺外寻常见。今之回回堂，旧名回辉寺，有正统年碑立堂内，钱唐郑厚撰文。翦髭寒映葛衣霜，回首光阴闪眸电。鸥性从来鄙架鹰，肯向华轩受绦镟。于乎一艺能自重，死后风标始惊众。仿佛佯狂温相公，脱略擅威杨总统。此画纵横二丈强，纸联十幅宣州光。夭藤大叶何苍茫，飒沓似有风吹裳。想见连骈帖高壁，帖纸于壁，见米公《画史》。静爇钵衣诸念息。回国呼香为钵衣。猛然振笔数回环，宛似老回书黑忒。回国呼『字』曰『黑忒。』梗健惊看火树横，颗繁忽讶摩尼黑。滃壁迷离烟雾生，满堂惚恍龙蛇入。当年画成知自惜，款印俱无付真识。老夫使留异代名，磊落石章为手刻。老夫龙钟头雪色，俯仰应成远行客。他年挂向草堂中，未识何人重太息。

吴小谷以诗寿余，并以古玉、画轴、佳纸、毫颖见投，次韵奉答

槐清竹润爱吾庐，素友能来戾小车。快比酒边逢阮籍，真堪泉下视曹蜍。出观雅贶同良璧，得诵新篇敌异书。抵掌掀眉秋照乍，横空爽气更谁如。

婆娑石畔更花旁，与共寻欢破草堂。篆倚古钗烦野叟，茶分酿乳爱支郎。谓北山恒公。不嫌礼数疏还放，自觉交情淡转长。别去蓬门当复掩，任他尘满旧绳床。

冬日重过忠天庙

村庙寒生翠，门前树几株。重来如乍到，小坐忽长吁。供茗僧成懒，看碑客转孤。何须悲俯仰，陈迹久荒芜。

豆腐绝句三首　并序

汪静甫秀才过舍，诵其尊叔西颢先生《豆腐》绝句，卷轴葩流，风调蕴藉，不意纤俗之题，见此大雅之作，会仆恰有冬菹冻腐之荐，不觉忽起效颦之兴，极知牛原笛吹未可与凤台箫韵同其节奏，而各有自得之趣则一也，知西颢必有以教我。

茅店鸡声板迹霜，最怜菽乳晓时浆。更看小试酸咸手，不羡蓬壶软玉方。

莫道儒餐粝与粗，免教面目视屠沽。寻常不把菘芹芼，也似神仙冰雪肤。

冰腐寒菹各称材，聊听瓦釜一鸣雷。当餐笑语砂锅老，合与冰壶合传来。

寄巢秋禊

恢台转素节，闲馆鸣秋蝉。露晞花房明，日淡松阴穿。纤鳞戏层波，小蝶翾凉烟。抚化卷物理，矧慈□舄联。羽觞一以泛，列坐屏管弦。晚风扇蘋末，散发池上眠。长谣摅幽，皎然尘襟湔。

把镜篇寄希曾，致尧山甫诸弟

晨朝把镜看，我面如弟面。觌面不得语，孤踪寄异县。所幸诸弟贤，各各事笔砚。仲氏志专一，纂言及星算。霜晓闲风宵，手钞书等案。叔兮性儒缓，摛词工缱绻。偶然书八分，上夺崔蔡善。季也更小年，亦复弄柔翰。文选手一编，杂拟诗可玩。汲古道自尊，干时计非便。改弦而更张，听者或忘倦。美女匪良媒，谁欤致金钏。爷娘坐高堂，六十颜玉练。大父与大母，八十且健饭。人瑞四世难，天乐一家擅。胡为守圭蓬，落然久贫贱。及早图致身，庶称识时彦。毋效阿兄痴，为世笑风汉。

法相寺竹阁观李先辈画壁

阁中谁洒雪色壁，檀园居士留笔迹。溪山幽窈树苍瘠，颖秀坞景妙创获。题云：『十月之望，游颖秀坞归，把灯写此。』惜哉风雨半崩坼，年深墨淡意荒率。想见揎袖岸巾帻，虞老长孺。闻生子将。同笑哑。我来恍坐空亭侧，读画看山并一夕。昏鸦啸群饥鼠咋，竹外吹来寒月白。呜呼万事等浮尘，佛宇曾遭劫火焚。何况过眼之烟云。寺旧毁于火。

徐纪南泛舟城南遇雨，叠昌黎韵见示，次答一篇

端居无俚破幽寂，藤床昼卧攲枕函。我友扁舟远造访，来看城南山青巉。好雨淅沥响篷背，回风浥湿白苎衫。足音跫然闯蓬藋，求羊径辟莓苔衔。肯嫌地主少看待，江光帆影窥门缄。

萧萧巷陌贮秋气，相对烦事皆湔芟。新诗投我复洪秀，字句剔薮兼疏岩。有时清味盘苦硬，何止与俗除腥咸。有时蒲牢振镗鞳，坐废絮语倾喃喃。及其放笔写沈痛，如屈被谤贾被谗。镂肝錾肾斗奇诡，意匠所到神工劖。谁云雕虫一小技，子云文章后世监。古来饕餮铸馋鼎，唯于坟素供人馋。伊予失学懒莫比，笃好往往惭毕諴。因君为我发针砭，庶几痼疾瘳厖纤。

普贤寺铁象歌　重二十万斤，南唐袁州刺史边镐铸

晋朝古寺城南隅，中有铁象形模殊。体巨貌诡劳仰视，调驯驭狂愁番奴。蹴踏直欲凌九有，想见截流尾不濡。普贤大士慈容愉，敷衽而坐恒晏如。六牙分身百千亿，暗中摩顶发蒙愚。谁其铸者边和尚，一方偏霸嗟无恙。君臣惑溺纪纲颓，福利营心恣欺诳。围城高坐讲楞严，仓卒谁知北兵向。后身灵运亦何为，维摩须久招讥谤。可惜铸铁竟铸错，枉使洪炉役工匠。

大安寺铁香炉歌　向传吴赤乌元年铸，今按款识乃太和五年，太和为杨吴睿帝年号，非吴大帝时也。唯三国魏明帝有太和年号，岂以讹传讹欤

竭来五月洪都客，访古来寻谢尚宅。连朝牵率无事朋，昨日城南今城北。入门突兀见铁炉，

大可隐身高过额。魍魉知难川泽逢，饕餮宁为风雨蚀。斓斒绣涩晕苔花，叩之铿然韵铜石。摩挲忽认太和字，始辨从来赤乌惑。细数春秋八百余，却为杨家增叹息。政由东海鼎祚移，孺子危如枰上奕。杨花化李岂偶然，卒至彭奴改元历。让皇晏驾丹阳宫，伤心空把香炉掷。十国春秋，睿帝迁丹阳宫。是日，有使命来，时帝方诵佛书于楼上，使趋前，帝以香炉掷之，俄而报晏驾矣。十国瓜分何足论，徒拥虚器堪笑哑。何如此鼎镇三门，运往不随年籥易。团蒲顶礼佛前灯，香破廊阴开薝蔔。

侧理纸歌

旧闻海苔曾作纸，南越之人能造此。水绵万杵出蛮槽，芨皮松皮未足拟。今朝获睹形模奇，高尺有七径四咫。皤腹虚心类鼓腔，旁无接联下无底。映空谛视文庚庚，细雨斜飞白云裹。博物何人识者谁，茂先既逝道衡死。鲛工巧制擅千年，倭僧肯留轻万里。小山主人清决閟，藏一幅世宝缄藤箱。蔡伦左伯造不得，肌体妍妙坚而光。不敢自私献天子，亲洒宸翰辉天章。君不见澄心堂纸百金值，流传江南更江北。刘韩苏石梅欧阳，赋诗同声三太息。争如此纸得遭逢，楮生进侍明光宫。即今赐锦成佳话，韵事应传百岁翁。赵文意林以此纸献行在，拜赐宫锦四端，沈观察椒园以赐锦名其堂，梁观察瑶峰为之书，沈宗伯归愚为之记，梁少师芗林书以勒石。

九日拟游张家寺，阻雨不果，集桂堂作

古寺南湖上，西风酿雨寒。水田秋破碎，野树暮团圞。细路妨游屐，虚堂展食单。相将弄篱菊，亦足助清欢。

九月十六日登宝石山天然图画阁

戍削秋峦紫翠开，危楼遥面水云堆。残僧似鸟依枝宿，闲客如鱼逐队来。城接断霞明绣岭，塔移斜日下荒台。病馀腰脚还堪试，不怕阴崖有滑苔。

春夜四照亭玩月

吹尽游氛天倒开，水晶宫里涌楼台。凭谁唤醒春城梦，到此月明湖上来。

修川道中，却寄范大雪轩

连林乌桕杂鸡桑，罨岸青芦卅里长。一閧趁墟人散后，水风凉入打鱼庄。丁傅，字希曾，号鲁斋，仁和诸生。

隐泉 在南屏山小云岫旁

沿缘岩岫闲，有泉自穴出。其源最幽邃，厥名表贞逸。挂瓢此为宜，盥耳有馀洁。利世功难任，在山意须决。莫漫比池塘，但慈春草茁。

渡琼海

潮来打鼓舶解维，东风猎猎徐闻碕。船头画眼怒若鲵，掉尾欲徙南之涯。海船之头皆饰两眼以象鱼，不为巨鱼吞舟。在港小使鳞鬣动，出洋奔突无坦夷。六鳌翻背坐卧下，风帆上接云霓飞。横空黑浪万山叠，闪烁斗碎青玻璃。波涛漫说涉忠信，好勇过我愁宣尼。心肝呕出肠胃吐，身旋若筛簸若箕。足臂横撞皆敌国，各各无语颜涂泥。忙催老版速抵岸，听钟大庙魂犹迷。大庙，天后庙也。已抵琼岸矣。篮舆扶上慰我恐，珍馐罗前酒满卮。当食不食发长嘅，轻身渡海夫何为。

笔饮歌 并叙

梁山舟太史以毛颖染墨后，一经燥枯便不适用，为出新意，掾锡方二寸馀，高如之，面设四穿，大小各二，以受卓笔，中容水数合，使得上润毛颖，不至渐濡而止，名曰笔饮。太史自造铭以宠之，海盐张秀才芑堂为镌其侧，因作长歌，以落成之。

管城徙栽金城居，凿斯池也清不淤。咄哉非灌晋阳水，何以沉沉直同三板馀。是有灵气润枯槁，腾达上接元云腴。渴乌望见飞就饮，果腹不比滴蟾蜍。菡萏倒垂类藻井，无怪花生任猎渔。为想鹿豪松管初，仅得弢藏杂冠裾。笔有簪有佩。一床似得偃息舒，终无异与筒斗胪。颠毛未秃渴相如，金茎露迥不得呿。何如淩波若步虚，沆瀣饮饱烦燥除。先生书兴豪不沮，擘笺濡墨取此欤。眷哀抽毫信手涂，惊看池飞北溟鱼。中书君劳何慰渠，金印如斗非相于。寻思别有锡典诸，汤沐封邑从此书。按，『诸』疑『储』字之误。丁佺，字致尧，号松老，钱塘布衣。

题杭堇浦二丈赴召集

韩杜不可作，斯文渐汩没。谁能挽狂澜，夫子奋岩穴。力追风雅遗，彬彬绍前哲。孤吟动清商，逸韵俨白雪。不独茂春花，于兹掇秋实。大可医膏肓，小亦愈头疾。经国须贤手，造醴必麴蘖。丝纶贲邱园，旌蒲耀衢术。儒林叹异数，耆长并挢舌。乃知北溟鳞，会化摩天翮。披吟发长啸，清风动林樾。

笔饮歌，次鲁斋仲兄韵

於戏毛颖来前汝且居，石田汝耕体沾淤，唯德润身泽不斩，譬彼宫墙鲜丽拥赢馀。汝言津津泻不竭，汝貌卓卓清而腴。胡然颠顇未转瞬，如鱼脑减待兔蜍。岂其病渴应坦床，抑混江湖垂竿渔。汝本中山被褐夫，未醉五斗咏云裾。一从被泽入中书，如下藉句，上藉胪。苏林注《叔孙通传》上传语，告下为胪，下告上为句。今赐水田宅一区不须营。谋噞不呿齐桓谋，取莒口呿而不噞。脱帽露顶任欢娱，侯赐恩泽头衔除。立身不屈喜有徒，林林在水一方欤。曾念渴骥奔泉无，濡沫争同失水鱼。笔耕亦须问沟渠，不至不毛患在于。

信说肤寸即灵雨，试看淋漓否中书。

雁字二首

联翩旅雁势回环，妙迹天然不可攀。几点银钩生碧落，两行玉箸滴红颜。衔芦漫拟簪华格，避缯浑同堕翮山。多少情怀题未就，羡渠挟藻达重关。

横空仿佛展云蓝，倒薤垂波体自谙。绝似璇玑图始演，好将羲画卦相参。书空咄咄翻难隐，入雾悠悠忽见函。引起征人无限思，一时回首向天南。

早春小园梅花盛放，喜而有作

物叙风情喜欲狂，梅花消息透春光。一枝明媚出修竹，万朵暄妍照夕阳。瘦骨自应无俗态，清姿端合占群芳。徘徊欲折还相惜，好待他时金鼎尝。

酬魏五星槎

风雪柴门无剥啄，故人冲晓独过从。绨袍解赠情何限，记取年时戊子冬。

乞陈大象昭画竹

写取筼筜万个强，伊人胸次似潇湘。不须醉日分幽锸，好乞风枝埽俗肠。

砚林诗集后序

砚林丁先生为先大夫挚友，成宪五六岁时，肃揖坐隅，获承謦咳，迄今犹可忆其古心古貌。曩昔所居遭吴回之灾，诗毁罕存，先大夫曾搜辑为上下二卷，后从知不足斋鲍氏得写本，略有增益。数年来，张君芑堂、陈君象昭、何君梦华咸各钞寄卷中未备之作，山舟梁丈更录示数十首，且汰其十之二一。顷与令子曜北重加商订，厘为四卷，而以诚叔、希曾、松老三子各数诗附于卷尾，冀并传之。自先生之没，逾四十年，而诗集甫授梓人。感先友之云，亡手吟编而郑重，且以竟先大夫未竟之绪焉。嘉庆十有一年，太岁在柔兆摄提格，仲冬之月，同里后学魏成宪纂。

砚林集拾遗

题迎銮新曲

孝治真看迈百王，慈宫亲捧九霞觞。新声拟祝无疆寿，才子迎銮各擅场。
群仙争集百灵趋，龙笛鹅笙调自殊。碧落空歌谁敢和，笑他郢雪只区区。
柝角分官未易才，共将藻思泻琼瑰，一时驹豹争声价，曾唱钧天法曲来。
词笔汤徐信老成，同时对垒合争衡。南湖花隐瓯亭长，他日应传供奉名。

（见厉鹗吴城原刻）

赠让山

一壑松风六月凉，人闲最是篆公房。未须白社莲花漏，自有黄龙木穉香。窗外钟声连鸟韵，林闲月去并湖光。何时清话酬三宿，潇洒同师共石床。

同吟社诸公秋日南屏坐雨

山风吹雨洗秋心，散入湖南薝葡林。远寺烟生云外画，高台泉落石边琴。塔荒空问黄妃字，釜坏全消帝子金。倚槛苍茫意何尽，拟拼莎笠一相寻。

同人题让公竹趣图联句

深竹有幽趣，坐听琅玕声。顾之珽 中有静者影，簌簌清凉生。周京 虚中起妙悟，直节见高情。鲁曾煜 九白坐禅定，对青识嘉名。厉鹗 仿佛绿天庵，风露飘纵横。施安 万午风尾密，几个鸡腔轻。汪台 画比净照揭，偈似多福呈。敬 寂应雨馀磬，韵叶风中铛。杭世骏 凉霰落夏簟，翠色围山楹。张熷 小年日卓午，秋信暑伏庚。吴城 何时就林中，同参玉版烹。许承祖

（以上见《释篆玉话堕集》）

断碑砚歌 并序

碑为《苏文忠公墨妙亭诗》手迹，缺泐之馀，仅存一十七字。明漳海黄公石斋得以为砚，上隶刻『断碑』二字，下勒『道周』小印，微凹其中，以受墨汁，土花周遭，入手轻腻，盖古砖也。今归吾友汪子学山求是斋中，学山手拓墨本装册，请数交好斐章以纪清胜。时则庚申岁之余月。

黄公遗砚何巉崿，曾是苏诗断碑作。纵几三寸广羡黍，略就砻磨谢雕凿。拓本谁传墨妙亭，砚材今压香姜阁。藏归石斋记小印，搜出蒿垣烦大镬。模糊苔髓尚渍面，斑驳土痕犹透膜。裂馀遗字如疏星，色正芒寒炯联络。篇章缺折句虽颇，策掠横飞骥仍渴。爱之欲与三日卧，米海岳得南唐宝砚，抱卧三日，然后请苏公作铭。见《米公外纪》。宝以须闲一宵攫。元祐党人碑足重，阙下完人砚堪恪。黄公自称『阙下完人』，常刻印章用之。乘云骑尾各千载，俯仰摩挲增叹噩。袭来直可并琼瑶，用处寍徒写糟粕。君不见同时蔡魏碑磊落，牧竖耻将牛砺角。

（见张燕昌《金石契》）

题湖船录

明湖终古水烟清，酒舫歌船俱有情。不是东城陶谢手，谁能一一记嘉名。

（见厉鹗原书）

十月十二日集瓶花斋，对菊食蟹联句

诗盟趁冬闲，折柬践佳约，登高已后期。周京 良会欣有托，清言答吟蟀。朱樟 胜友占噪鹊，侵窗短景红。金志章　映户萧云尉，弈随握槊为。戴廷熺。句间捶琴作，主贤善娱宾。厉鹗　伫兴非寂寞，盆菊正斓斑。汪台　蔛蟹殊磊落，乡物吴俗同。梁启心　雅事晋人各，把玩掇其英。敬　拍浮佐此酌，京兆谁所饷。杭世骏　郦县古云乐，中央后衣明。张湄　外骨土介薄，性躁喜未糖。全祖望　味甘宜入药，香堪制積龄。施安　隽适供大嚼，元黄血初凝。江汝器　紫白色交著，征名锡延年。吴城　解经诠郭索，输魁芒在腹。京　除蠹叶留脚，水仙薦可分。樟　雾女出应愕，潮上见蜕馀。鹗　月中合裁却，一枝乌帽斜。志章　几辈寒蒲缚，鸣姜听隔厨。廷熺　采杞伴携镬，风芏看微动。台。霜壳恣群掠，摹形尖团异。启心　绘影浓淡错，漫咏屈子骚。敬　匪逃秦客疟，汤官笑蹒跚。世骏　圃师爱戌削，花经品或差。湄　食指动能博，觚大诧轮囷。祖望　钱小怜灼烁，朵休冒雨寻。鹗　螯只如云斫，洗手馔法新。安　照眼秋思昨，艳披愚斋谱。汝器　饕续疏寮略，羊何坐不无。京　韩孟体相若，排比费搜罗。樟　饤斗资嗢噱，朋欢忘宵长。城　烛灺转街柝。志章

（见《杭世骏诗钞本》）

明郑贵妃书泥金《普门品经》，同樊榭作

比似杨家妹子书，颜挑柳趯更怜渠。贵妃书学颜，颇腴劲。蒙将白马驮经力，已到红羊换劫馀。敲冰茧纸帘青光，蘸水皴毫苦末黄。『苦末』梵语泥金也，见翻译名义。想见庄严书竟处，开函犹拂内家香。

月堕云飞不可攀，琳瑯金薤见来难。祝釐有愿缠绵在，遗事分明似阿环。宋张端义《贵耳集》，真定大历寺藏，经皆唐宫人所书，经尾署姓氏，极可观。佛龛上有一涂金匣，藏《心经》一幅，字尤婉丽，后题云：『善女人杨氏为大唐皇帝三郎书。』了无印跋流传久，钿匣香厨昧几家。绮语莫教增障习，好同天女散来花。

（见蒋光煦《东湖丛记》）

哭周穆门先生

一夕魂招淞水滨，乍闻音耗肯疑真。琴尊迟合湖中櫂，杖履俄惊劫外身。老向吟哦遍跌宕，寒逢侘傺更情亲。他时触处思遗事，花下风前倍怆神。

（见周京《无悔斋集》）

过辩利院，访西林值讽经

西林居士远愁嗔，牢缚频伽埽障尘。十笏团瓢贪佛地，一椎清磬唱经人。王中允合推先辈，杜五郎疑是后身。怅我无缘同鐀子，识田从此种生因。

偕樊榭、西林游辩利讲院分韵

日脚逗松顶，同过松下门。房开青豆小，墙接古苔昏。晴磬韵尤渺，秋虫语不烦。坐来成小劫，未觉石阑温。

（以上见吴颖芳增辑《辩利院志》）

琴台观梅

不辞清晓到南台，瑟缩山梅尚剩开。小鸟似怜春半去，高枝应识我重来。馀香彷佛凝空碧，残薄依微衬白苔。数曲石阑相坐久，不禁吟玩首慵回。

上巳修禊湖上，复过小有天园

近日园林好，春游足细娱。风中过梵磬，松际出仙竽。奎画三辰动，天章七曜扶。趋瞻应自众，笑比蚁穿珠。最爱迟迟日，同人得得来。留连生树石，应接好亭台。残艳桃犹倚，新妆翠故颓。堪嗤刘与阮，辛苦说天台。

题秀州沈石弦秀才南屏读书图

操觚力奋青云客，散帙来依白足僧。结想已超无联外，置身合在最高层。石闲泉咽虫鸣槛，松际窗虚月替灯。课暇秋声知有赋，欧阳健笔继腾凌。

（以上见释际祥《净慈寺志》）

挽厉樊榭

西风一棹返蓬门，岂意俄成冢上魂。白发顿枯伤子泪，红萸空坼乞诗痕。案头残稿犹思妥，箧内遗编待付孙。回首寒梅香又好，扬州明月忍重论。

卅年情抱与君同，眉宇何堪瞬转空。一代词人姜白石，两湖诗客鲍清风。搜穷万象应生妒，静倚高天转欠公。张贞居诗：『只有天公终可倚。』俯仰春光看飘荡，泉台可有杏花红。君每春乞余园中繁杏作供。

（见写本《厉鹗樊榭文钞》）

小雨新霁，集琴趣轩

云卷中宵雨，天青向午风。朋来三径好，恰喜一尊同。馀滴听蕉叶，新梢揽竹丛。尤怜葵放处，淡映夕阳红。

过琴趣轩，与倪生建中、周生亦耕、黄生相圃、思荫、星桥食蚕豆，黄生家园所撷者，色味双绝，当与邵坟之产争俊也。因以七字近体示诸生

吴蚕笛上未成眠，豆子初离绿蛹圆。一任风梅窃颜色，聊同露茗斗芳鲜。闲餐偶并亦嘉会，小撷刚逢似夙缘。节物关情春已夏，新诗题就转茫然。

黄生相圃福建回，以烧酒蜂蜜所渍去壳荔支见饷，赋四韵示之

烧春崖蜜护芳鲜，闽水闽山路几千。眼底乍欣光磊落，舌端谁别味中边。绛囊已解凌风结，紫核犹含抱露妍。个是远人调剂法，轻刑未肯玉堂仙。东坡咏蜜浸荔支用『轻刑』句。

（以上见吴振棫重编《杭郡诗辑》）

黄生请用『庚』字韵再作　前有《庚辰初秋重过祥符寺观陁罗尼经幢，用题中平声字分韵，得『幢』字》一首，已见诗集

昔僧迷某印，故道昧夷庚。再访从前迹，弥深望古情。园中高树直，门外远山平。信有人天果，孤幢赖佛撑。

甲申十二月，龙兴寺为邻火所毁，惟唐胡季良书陀罗尼经石幢屹然无损。予曾为此幢作歌，事后往观，叹佛力之弥坚，喜善缘之不阙，因吟四韵，用慰馀生

一火俄教尽万椽，地中三日尚浮烟。市空直叹人灾烈，幢在方知佛力坚。俗驾何曾谙击扫，

良材枉自极雕镌。几时客有如欧者，下马轩眉此布毡。

（以上见黄士珣《北隅掌录》）

养素园十景诗

绕屋梅花

寒香时到榻，瘦影欲当门。梦回闻语鸟，何异罗浮村。

倚楼临水

虚楼近渊沦，鱼儿清宛宛。抚槛一会心，濠濮夫岂远。

远树柔蓝

野树多青葱，爱之欲徘徊。浮浮容不定，疑映水光来。

乾溪雨涨

未堪游鲋鲫，且足噪虾蟆。莫谓流因雨，遍能浮落花。

夏木垂阴

乔木识故家，苍然拱而俯。把卷倚胡床，那觉长昼午。

疏雨梧桐

我爱孟襄阳，疏雨梧桐句。此间秋霁馀，萧然契诗趣。

三秋丹桂

团团桂之树，遍放秋时花。路人不知处，但说香来赊。

古寺鸣钟

晓杵和霜敂，宵鲸带月铿。妙因钟韵旧，只隔一牛鸣。『接待鸣钟』为湖墅十景之一，古妙因寺也。

秋深红叶

朝霞入衬奇，夕阳林映好。醉客忘秋园，疑是春花早。

远山雪霁

雪后景物佳，园林净如刷。尤怜拓高窗，湖上山巘巘。

余撰《养素园寿宴序》，篇中有『遍咏园中景趣，蹑诸先达之后』之语，行夺它事，未辄为之。今年二月十有九日，与北山恒禅师、湖干徐秀才诣园中登岑楼憩，幽石茶话，婆娑意趣甚洽，归而烧灯渍墨，信笔成之，聊以记兴，会践宿诺耳。先达芳尘，其可蹑乎？丙子二月二十日。

养素园寿燕诗

一时风素羡谦谦，三径从容乐事厌。竹子成龙初解箨，桐孙栖凤已凌檐。园中客至频移席，湖上峰高试捲帘。石髓会先嵇氏得，樊阿休道托青黏。

（以上见王钧《养素园题咏》）

王容大浴鹅图

唼藻开萍素翼齐，宛然顽傲出清溪。羽毛摇漾春波活，漫道濠梁旧子西。

池塘春涨绿参差，正是桃花对影时。曾记大毛公有语，暖回鹅也得先知。

王容大耕读图

高堂粉壁张新图，图中萧洒耕读俱。呻其佔毕者谁子，乌衣少长鹓鸾雏。浇梧洗竹列翠幄，签芸帙蕙开香厨。砚北先生发未理，俨然画出癯仙儒。日长课暇且散步，红荷风摆青菰蒲。

操觚岂便为干禄，要使儿曹知厥趋。君子之学乃为己，圣人所好云从吾。烟锄雨耒况足力，屋外麦垅连瓜区。夜检枯蟫成脉望，晓驱健犊逾于菟。当年卜宅更佳胜，北郭绕舍通西湖。山容日见遍婉孊，池光夜起非模糊。我时过游烦款曲，披襟屡倒花前壶。听书玩稼乐莫乐，人生似此何求乎？他年邻并傥可遂，呜呼吾道庶不孤。

立秋日见阶下梧叶，和澹和

应月阴初灭，报秋声可知。偶看缘砌叶，应堕出檐枝。俯仰殊堪适，枯荣会有时。吾生任天与，即物且裁诗。

（以上见王德溥《宝日轩集》）

食百合同樊榭作

肺病宜亲百合汤，煮教莹滑即良方。色同云子分明白，性带风姨掩冉凉。瓶里玉莲初散蕊，筝馀银甲尚凝香。从来俊味多清苦，相称山人木石肠。

同人泛舟北郭至皋亭看花，即送柳渔侍御还朝二首

花外离筵好，尊前野色酣。棹移春宛转，树倒影髟髟鬖。兴得吟情助，愁消纵酒谈。飞英红点点，一水正挼蓝。

水引委蛇绿，花迎掩映红。频教兰棹倚，肯放醁尊空。呖呖莺吭语，轻轻蝶翅风。物情浛淡宕，归去莫匆匆。

南屏山舍分韵，赋春霁看湖上新绿

物色怜春霁，僧窗入小凭。柳情风靡靡，山态霭层层。白鹭行初起，红舷兴正乘。谁人槃薄裸，昼出未应能。韩诗：『浓绿画新就。』

万近蓬秀才明州回，以崑定镇吐铁见饷

海于天地间，物钜无与最。炉天既铸物，括地富环瑰。惟错难具陈，聊尔及锁碎。泥螺固后闻，李莲溪云：『今宁波出泥螺，如蚕豆，可代充海错。』风味自一队。壳软骫而骳，肉漫

柔转臑。拖油呼岂诬，担于市者高呼：『拖油吐铁。』吐铁比何慧。肉吐壳，后者色同于阗之铁，信状物之能工矣。螔蝓蚹蜬众，螺蛳蚌蛤类。天眼尊者出家好睡，佛呵云：『咄咄，何为睡螺蛳蚌蛤类。』波君虮虱臣，水族小弱弟。疑入《礼经》传，惜未《尔雅》载。惆怅木生赋，脱略枚叟对。沦形并洲渚，冥迹潜沙濑。微生终夭阏，就呷辄千辈。初出如粟米，卖者呼『呷千』。时清舶艄风，气豁霉雨会。纷纷濒海氓，啸侣各乘橇。闻以昂首木版前卓短柱握手，屈一足坐其上，以一足作棹，盖泥行乘橇之遗也。远趁横淤潬，近绕沿途汭。罥皆篾篓悬，道或席帽盖。目觑同电张，手掠等风快。渍以熬波素，远就骄日晒。趋镇噪崑定，付贩藉驵会。故人念所嗜，分送走僮介。陶坩满提携，王斛牢糊泥。愧乏钑镂盘，唯供捭阖快。杭人呼箸为『快儿』，方言也。鼻选馨自来，舌交味能外。讵损串珠喉，遍宜府谷胃。齑盐贫士安，藜藿腐儒耐。口腹亦何者，猪肝仰屠刿。慢言卷龟壳，且挹若士袂。

题画

相称昭文不鼓琴，西风淡荡好园林。梧桐月上秋池净，想见幽人会处心。

汪蔗田秀才以徽郡酥糖馈岁，漫咏六首 缺一首

青青箬篚护香醖，徽郡名糖远见分。仿佛尚须规茧样，《齐民要术》有茧糖。模糊谁更证犀文。《续烟云过眼录》：骨笃犀出回回国，文如糖糕白点，真者手摩之作岩桂香。浑疑甘露和恬雪，仙家上味有嵰山恬雪，见《七签》。堪傲香霞与辣云。段柯《古牡丹》诗：『东风吹日护香霞。』《清异录》姜名「百辣」云。最是花前茶宴好，几供豪盏策谈勋。

谁驱董磨悄胡麻，吴均说饼，洛阳董德之磨。饴餯相成制可夸。《广雅》：饴餯，餹饧。未许蜂糖要莫逆，十国春秋，杨行密据江淮民间呼『蜜』为『蜂糖』。《云仙杂记》：『陈防得蜀糖，以蜜浇之，日与蜜本莫逆交。』只容雀麦附通家。造酿品饴饧，凡诸种米、粟、秫、大麻子并皆可熬造，非麦糵谷芽不成就耳。仙侯恬逊金狮子，权相香输玉辟邪。肃宗赐李辅国香玉辟邪一对。为恁何郎酥似否，『何郎为恁酥。』见苏诗。真宜残齿与疏牙。

小割春柑见短棱，薄披云叶起多层。松难胜指飘□雪，弱不胶牙碎薄冰。梵夹何劳搜黑石，《吹景集》：说者欲以棱严经黑石蜜当糖饴也。天厨□□并红绫。拈来忽记神通喻，铁脆钉柔骇异僧。大历中，太清宫道士史华奏乞与当代名僧角佛道两家之法，径山沙弥崇慧于京师章敬寺庭树间梯

刀，锋利如雪，跣蹑巅顶，上下如飞，更蹈烈火，浴沸油，沧铁叶，同杯托，嚼钉线如脆饴，道流掩袂遁去。盖华先行梯刀跣蹑之术耳，而慧之所蹑更逾百尺也。于是代宗称叹，赐『护国三藏』之号。宋僧宗净《径山集》。

黑非乌腻白非霜，乌腻糖见《湘烟录》。方法伶渠别擅场。卖贩笑曾经姥妾，后汉冯敬通与妇弟任武达书贩糖之妾，《南齐傅琰传》有卖糖老姥。品题惜未遇苏黄。东坡『冰柈蔫虎魄，何似糖霜美』，山谷『远寄蔗霜知有味，胜于崔浩水晶盐』，皆咏蔗糖，非饴餦古法，故洪迈、王灼二家之谱，与斯糖直判然者。□搂巨胜餐逾好，《道藏》：服巨胜法，汤浸布里，搂去皮，即胡麻也。结后伽南鼰更香。千古贤愚怅触在，釜王柈杜思苍凉。《世说》：王君公以饧沃釜杜诗燋糖，奉一柈。

麷蕡疏解说经儒，知是笾人实处须。杨升庵《经子难字》、《周礼注疏》：熬麦为糖曰『麷』，麻曰『蕡』，今俗曰『麻糖』。李时珍于『麻蕡下』引《周礼》『朝事之笾，共蕡』，又引《月令》『食麻与犬』云『麻可食，蕡可共。』稍有分别，盖壳有毒，而仁无毒也。按，《周礼》祭宗庙，四笾悉食品，惟朝事之笾有形盐一品，亦即盐人宾客共其形盐，散盐王之膳羞，共饴盐之义，盖为膳羞设者，『膳羞』二字亦倒括上句，宾客在内朝事，笾内有膴鱐。注：膴，鱼肉、大脔；鱐，乾鱼，膳羞也，故云：『共盐矣。』经文云：『凡祭祀共其笾，薦羞之实，此其字乃贯四笾，时珍独以『共』字属之，于蕡又引《月令》『食麻与犬』以证之云：麻可食，蕡只可共，稍有分别，则亦未悉乎经文尔矣。别有疏香终异酒，虽非乾酪自成酥。词招宋玉情难尽，书报王昕事久徂。堪笑史游馋朵甚，早同瓜枣播奇觚。

（以上见真迹）

戊寅稿

挽陆抑斋给事

同舟回首十年迟，冻踏鼋鼍诵我诗。讵意凌云成赋日，渐侵薤露作歌时。推金鲍子肝如雪，顾曲周郎鬓未丝。从此尊前排调尽，汀花隄柳不胜悲。

送沈椒园三兄之京拜授新除

趣授新除趁早朝，台司原是旧词曹。最怜乌府威能淡，不改青山趣转高。服政已曾芬简牍，题诗定更念渔樵。知君久厉寒松操，应慰苍生属望劳。

题张青兰霞城春草，即次春兴十首中之『拈』字韵

湘管情多信手拈，托将春兴任洪纤。花如解事香侵案，草若知人色入帘。懊恼天公通体碧，生憎月子两头尖。诗人自古遍萧瑟，例向欢场叹遇廉。

同周、厉两秀才太平门外看菜花，分用『东』字

嬉春闲出郭门东，畦菜花香十里同。好比黄尘涨沧海，浑疑中色落轩宫。遥林松益干霄翠，近渚桃增委地红。贪逞野行迷曲折，绿江路熟讯耕童。

和陈玉几先生阶前玫瑰花之作，同赵意林作

天花号徘徊，菲叶更萋衍。绿阶初骈罗，在砌已照烂。青琴爱插裹，紫玉讶刻琰。风泛香依依，水鉴影艳艳。茗沦快嘉会，糖搀怅糅玷。贞馥实性成，异质殆天选。幸遇别花人，深浅意应验。

余既与赵六意林、沈二松阜次玉几咏紫玫瑰韵，复以佳纸乞玉几为画此花，玉几不余弃，更手写原作于后，因复次韵奉谢

松管束毫铦，苔笺研波衍。破墨金错飞，小字银钩烂。酣同春入赏，清恍月在揽。婉娈玫瑰容，渍渲胭脂艳。紫琼良可方，青蝇岂能玷。画品迥登逸，诗格峭厌选。健药出胜流，差俗有殊验。

三次玉几咏阶前紫玫瑰韵，书其所画卷子后，同意林作

尝笑青霞翁，坐隐布大衍。陆象山言，奕乃大衍数也。翻令岁月促，竟局柯已烂。何如诗画适，荡虑若天揽。熙荃挫奇踪，陵信劘古艳。小掇春莽赏，远屏寒具玷。漫言千金值，讵识万钱选。惟应我辈人，针芥堪喻验。

（以上见新会卢氏刻《龙泓馆诗集》）

己卯稿

题宫守陂先生久视图小照

去古万万古，来今畴能垠。绵绵世之久，相配惟吾人。君视圣与贤，至今照乾坤。夫君出邹鲁，大雅藉扶轮。愿学在孔孟，不朽知要津。夷犹仁智乐，襟度粹而温。清扬有默会，目击道斯存。修名一既立，自有无穷春。岂彼学仙子，只卫三彭身。黄庭秘久视，绛宇咀谷神。朱颜润绿发，私快凝精魂。借问安羡流，伊谁补彝伦。久住历千劫，曾何比逡巡。

恭和御制咏侧理纸二首，七言古体二十韵

纸法旧自蔡伦遗，海倭岛蛮谁传之。谲诡有类火生藜，形圈理侧超常思。讵容颜色拟麻衣，纹斜纺织冰蚕丝。飘空应作白云疑，好裁奇服遗江妃。奚独煤颖侣方宜，左张虽巧式莫追。天撒素帷差似兹，琼章何幸邀宸私。楮生的合遭际奇，得拜焕烂纠缦辞。赓歌直接唐虞时，群公皆恭和。连韵肯数偷桃儿。典司西清谨耗糜，不朽名同郦食其。振拂敬诵我后诗，创说环奇比项斯。

五言古体十韵

楮生入天府，珍重压珠玖。争说获遇奇，啧啧盈万口。深严多宝藏，赫奕百灵守。遂使微物名，顿□金石久。益知帝皇恩，大块犹逊厚。刻玉与槌金，米海岳言：『越纸万杵如金板也。』畴能出之右。三辰既蒙照，六丁其敢取。堪嗤蔡泽言，富贵吾自有。庶类唯芸芸，日事牛马走。何如捣抄馀，恬然速臧否。

病中维扬，张南垞携名香见赠

一病翻怜万事慵，卧游聊藉妙香供。高人只有穷黄九，解把幽情付小宗。

扶屐支筇两未堪，名园无分近阑干。吴侯小样怜分赠，几缕依稀当牡丹。京师安息香，尚明恭顺侯家遗法也。

题仪真张南垞叠韵诗卷后，即次其韵

吟瘦江南万象魂，旗亭几处墨将昏。山重水复情何限，壁贯珠连句转尊。字遣碧空时作语，笔如春梦了无痕。真堪一首轻千户，抉破诗家不二门。

题绍兴吴好山小照二首

松下岩前自在行，翛然风骨古冰清。毗邪举示弥天愿，只待灵根起众生。《维摩诘经》云：『以一切众生病，是故我病。一切众生得不病者，则我病灭。』

托兴聊携鸦觜锄，山苗漫付药笼储。诗人宿具神通笔，痎疟头风看扫除。

维扬张南员先生出汪巢林高士弥留时所赠平生铭心之笔，有以见汪之倾倒于张也至矣。南员属余笺题数言，为书七字绝句二首于装界之左。忆甲子岁余始与汪把晤于维扬，匆匆十余年矣。今闻其化于正月之初旬，来去翛然，不异坐脱，盖神仙佛果中人也。余亦将与汪为骞林睹史之游矣，此诗虽为汪作，即谓余自挽亦可

短幅惊看折股钗，摩挲老眼怆幽怀。邗江一晤同弹指，何日松颠化鹤来。

回头存没两茫茫，记得相逢各老苍。泉路交期知不远，不须惆怅向斜阳。

庚辰稿

同意林六兄咏龚田居先生旧藏日月合璧七星连珠端砚，即用田居所用东坡先生龙尾石砚歌韵

乡贤遗物当钦惜，奚止砚良同尺璧。七星二曜龙光怪，纷纷眼底皆凡石。龚家御史立朝时，谏草不愧秋霜辞。尚书宰相任侧目，骨鲠独有仁皇知。□同此砚绝纤垢，富贵功名我何有。归来忍饥但诵经，炊烟屡断宧忧后。忍比遥天割处云，凄凉曾翳海中尘。图书千卷吹□叶，迸散飞凫掠买人。石卿具眼谙趋择，肯逐污泥如墁画。王孙诗笔□逾铁，风流先后畴能别。

以近体二十八字乞玉笥傅先生书

玉笥太史玉堂仙，翰墨纵横五百年。乞予数行张草阁，饱看满壁走云烟。

老友金冬心以画梅扇自扬州寄我，复写近作五绝句于上，潇洒自得，致足乐矣。不知予之怀抱恶劣，阅之转增摧抑耳，辄以三绝句寄之

新绿园林径满苔，故人犹寄画梅来。不知意蕊心花落，怎似江梅烂漫开。

杜老寻春实怕春，情多自是转伤神。老夫更苦筋骸劣，数步攲危也困争。幽酸默恨水悠悠，但向遥空一举头。天意最怜惆怅事，只教徐庾擅言愁。

挽胡敬铭

朝来得计转踟躇，疑是宵残噩梦馀。入世形骸偏骯髒，好吟情性任纷拏。方酬尚子婚男愿，忽起庄生念友戱。阛阓喧阗君影寂，参差忍睹案头书。

朱大近漪过草堂，出示归里后漫成二律，念及衰朽，即次原韵二首

收得湖山自在身，棕鞋桐帽称诗人。久谙韦孟襟期妙，一换秦楼壁垒新。闲步任霑林下露，深谈肯杂世间尘。合教杜老怜交道，入手文章信有神。

兰芬蕙馥岂相侵，苔岑偏怜在一岑。华剑自来邀特赏，牙弦从古惬知音。得朋行爱招同类，则友因惟尽寸心。与子居然成二老，晴秋相趁踏空林。

挽汪抱朴

散步萧台万虑捐，铭旌岂为惜微官。兴来酒态狂堪忆，病剧诗盟怅久寒。流水只闻扶杖听，远山犹爱拥衾看。檐花从此空丁倒，忍踏名园一倚阑。

和严味村先生七十自寿次原韵

沧洲道在百无忧，鹤迴芝间角绮俦。拄腹经书如水泻，薰天富贵等云浮。深杯每自酬欣赏，双屐频教伴胜游。脱手新诗怀抱好，沈酣跌宕更温柔。

天阔云轻雁北征，凌秋老气转纵横。高怀久已安三乐，圣代从来重五更。黄雪正当飘远韵，青黏底用托长生。康匏举向金风里，应畅千秋万古情。

紫庭尊兄以雅物四种见遗，各纪小诗一首报之

郑宅茶

老去真宜郑宅茶，芬奇甘永岂全夸。闽山九曲无由到，且把云腴漱齿牙。

鹿角胶

惭愧仙胶赤玉肥，形骸我久任天机。惟当付与潘张手，和取幺云绕笔飞。

圆眼膏

谁家枪鼎好工夫，烂得骊龙颔下珠。最爱把来闲玩处，白霞瓯里紫醍醐。

麋势腊

八百千春未是年，曾闻淫女跨人仙。班龙莫漫夸头角，舍却斯根始脱然。

曾波臣鲸绘张卿子隐君小像

张公龙鸾徒，及壮丁阳九。射易得无闷，先生有《淡窝射易》之著。肥遯吾所取。弦哥乐三迳，卖药聊饮酒。清诗括众妙，往往在人口。苦心托轩岐，活人功肯有。公是韩伯休，名姓到童妇。至今城东偏，委巷藉不朽。嗟余生也晚，佳人未携手。虚堂展画像，低回获瞻久。衣冠鲁诸生，须眉杜陵叟。何妨太瘦生，道胜神自厚。俨然高视外，一任云衣狗。皇天重阴骘，贤者信有后。乡人爱曾幺，祠官肃尊卣。湖光照栗主，大吏祀先生木主于六一泉。

流风被隄柳。庭除有落花，吾愿躬一帚。

（据真迹）

匋头菱

菱芰乘时比舍供，匋头名色噪吴侬。豚团混混鱼缄口，角短磥磥鹿起茸。生剥雪肤愁爪损，熟餐霞髓溢唇浓。老夫也是闲知味，屈到情怀漫一钟。

（见魏标《湖墅杂诗注》）

雨后同人集云居云巢上人禅室，分韵得『起』字

云居西南城，厥构何代始。入门劫烧馀，丰草翳殿址。给级寻僧房，今朝风日美。解衣各自在，一释束里累。云公合瘦权，诗得幻住髓。殷勤导修廊，潇洒大半里。豁耳南屏钟，照眼湖山起。天开云态媚，林霁鸟音喜。鸎湹不模糊，涌现絇履底。晶明青铜镜，重叠绿玉几。天公爱诗人，先令霉雨洗。茶酣且夷犹，吟足更徙倚。归携诗稿看，湿翠生袖里。

（见释明伦《云居圣水诗志》）

新晴，南屏山中同人看梅分韵

背岩春色在，掩映石苔间。残雪犹依树，好花多在山。世情浑得断，诗意最相关。更惜吹香径，庵僧送客还。

（见《释篆玉话堕》）

堇浦二兄书至并赐见怀之什，辄成七字近体一首奉答

粤东人去动经年，念我书来喜欲颠。心力健看摛藻内，眼神衰想见花前。因蛇瘴厉休嫌酒，应蟹潮寒莫损绵。落月停云思最苦，何时归话雨湖边。

（见杭世骏《岭南集》）

题汪客吟先生舸小像

客吟先生与仆相遇之初，在大恒禅老北山丈室中，回首廿年直一弹指，而仆衰相益增，了非吾昔，命题僧服像，略及近状，知先生之必我念耳。

陶公擅雅语，万族各有托。汪君亦何者，斩焉异初服。伽黎坏色新，画有林下秃。宛彼

包挂壁，坐待云堂粥，嗒然了无言。莞尔如有属，情深自工诗。眸清知寡欲，成佛古漫云。在家便为福，君有象贤子。斯意良易足，回首定交初。须眉映湖绿，相逢意气多。别去岁月促，吾衰不待老。况乃迫风烛，斑髩总如银。齿十九有脱，论世百无能，唯当啗粱肉。

（据真迹）

谷林、意林以红酢见贻，报以臈醞次韵

年来脞劣灭青童，扶养须教气味同。恰举梅盐资野客，聊缄雪酿报山公。神酣柳槛清吟后，液涌华池默漱中。两地情怀真自可，钩诗却疾总成功。

左味吾生亦所贪，只无仙骨愧苏耽。桃花映肉红真似，梅子胶牙比略堪。和水曾供豪士饮，穷经定有腐儒谙。寒居兔盏沾唇后，桂酒奚须傲岭南。

佳味新诗总擅场，我惭郏莒敢相方。展来陡觉尘心远，蓄久能扶药性良。陈古案吟红烛短，入辛盘喷绿衣香。胜情雅事酬何所，拟放梅花一苇杭。

水北山南久未经，忽逢清快豁心扃。琼章乍许联村馔，法醯聊为返市醽。味压木奴成曲直，

句酬花萼叹零丁。余鲜手足，每诵伯仲之诗，不胜怅羡。从今入戢延佳客，可怕曹腾醉不醒。王郎空学虎头痴，不与榴家酢酢宜。欢伯肝肠虽易接，迂儒风调更堪思。羽人旧落烧云灶，我欲常珍奔月卮。最是策勋须记取，寒檠读倦睡来时。

（见《赵信醯略》）

赵药君秀才馈北菘，漫成短歌计百二十一字

踏残寒藕初洗出，冻后枯蕉分数截。北菘乍见眼迷离，翳腐才披惊玉雪。熟餐兰茝绕唇吻，生嚼宫商鸣齿颊。平生颇爱汪冰壶，菜根劝咬贤哉夫。平生颇爱苏云卿，荒园菜深铲锄名。张家魏公是何物，眼中相将鸿毛轻。豪门酒肉饱蝇子，局蹐寒人饥欲死。噫吁嘻！莫漫南华论齐物，安能蔀屋孱黎人人面上无此色。

予丙辰长夏同友人倪馀姜游韬光所作，每欲写一通留之僧阁，用答山灵泉石之贶，辄以懒废。今年仲夏，吾友戴鹂亭、金闻石两君发兴入山，三宿而返。斯地为闻石课诵旧馆，故所得诗八章，皆流连恣适，有一唱三叹之音。鹂亭倚而和之，如回琴点

瑟，清弦高张，自非尘土之胸筝琶之耳所可倾企而听也。两君既各书一册，留为山中故事，复要予写斯作于首，予虽不克同两君入山，今乃附名其间，则山中潭光鸟影、竹色泉声，犹把臂共之也。因并记此，以志吾喜。乾隆八年六月初十日

满坞苍寒曲复深，僧龛古老白云岑。一溪漱雪盘盘下，万竹闻泉步步阴。小有江湖分静眺，频来钟梵结空音。金莲凋瘦清池在，洗净人间热脑心。

春日同人集倪笔农乐朋来馆，迟西林不至，集字

惆怅佳人手未携，只疑贪佛近阇黎。岂知白社抛陀慧，去看青山号鲁齐。跂石定应鬓屡撚，照泉想见首徐低。归来劣句烦赓和，似捧元珠就黑瑿。

（见周骏发《卧陶轩集》）

清明湖上即事，分得『田』字

嬉春讵惜买春钱，挑菜时光又一年。已踏临风行乐地，何须向月问闲田。崇桃积李纷无次，活水流云递接连。怪底飞花太轻薄，残红频堕丽人前。

清明后一日，集相圃琴趣轩，分韵得『劳』字

吟客贪师谢，开轩亦慕陶。雅怀忻客共，狂态识吾曹。活水煎新火，和风坼露桃。冥观随物候，未觉此生劳。

题周亦庵中秋吟卷

自樊榭垂世，予亦不事吟社，独游踽踽，鲜所乐欢。今秋馆甥绣周偕其友人周君亦庵过予草堂，出《中秋吟卷》相质，见其调度鲜新，才思勃发，良可爱玩，因喜吾道之不孤，而东城吟事之继起有人也。为抚髀雀跃者久之，辄题三断句于前，聊代序引，当知老子于是道兴复不浅耳。

刻意悲秋费绮辞，风流宋玉最相思。从教吟客贪惆怅，月瘦风尖尽入诗。

菊候萸天琢思清，少年才调喜纵横。信他长爪先生语，秋室从来少俗声。

频搔短发笑飘萧，漫把新诗散郁陶。更拟霜林遥著绮，澄湖如镜倚兰桡。

次周亦庵九日过访韵奉答

晨曦散广除，有客过吾居。醇醪开襟抱，新诗出手书。坐深真意洽，吟罢俗情疏。格比芙蕖秀，何烦彩笔于。宋画院于清言善画荷花，障时人目，为于荷花。

年糕

迎年腊鼓打频频，糕压长街白荡人。粔籹人情筐篚健，桃符物候闬闳新。骚筵蜜饵悲些楚，《楚词》注：『蜜，饵粉糕也。』贵宅花糍媚捣春。虢国夫人『翠鸳堂』透花糍，厨吏邓连所供。见《云仙散录》。最是青红儿女意，收灯风里倍欢欣。欣入真韵，据毛西河《唐律诗韵》。

青攒白餈竟提携，报节糍糕亦枣齐。《周礼》粉餈郑笺云：『今之糍糕，寒食赤枣糕。』见《荆楚岁时记》。未遇诗豪名自好，诗豪刘梦得事。《武林旧事》：『元旦食年糕，取其名之吉耳。』藉他员外价翻低。《清异录》有卖花糕致富而纳粟为员外者，人呼花糕员外。点茶衲子能供蜜，今之糖霜，又称白石蜜，见《本草》。划粥先生解断虀。杭俗供糕糖霜之外，佐以冬菹幽菽等。灶妾何须愁皓腕，笑看一切玉如泥。

立夏日，同梁溪父、金寿门作

忽传迎夏节，犹觉媚春风。入雨滋新绿，随莺蹴落红。堂留擎酒客，巷唤卖花翁。径笋将成竹，行看势接空。

（见梁文濂《后洋书屋诗钞》）

戊辰六日立春，同人过清勤堂小集，限『春』字

送腊迎阳物候新，招邀况得任闲身。彩緒已厌无穷胜，玉简知为第几宾。《陶贞石登真隐诀》云：『太极真人常立春日，日中会群真于堂，以白玉简记仙名。』桥酒浇肠须劝醉，梅花扑鼻早偷春。草堂又待题诗笔，共说明朝日是人。

雨后同人集云居云巢上人禅室，分韵得『起』字

云居西南城，厥构何代始。入门劫烧馀，丰草翳殿址。拾级寻僧房，今朝风日美。解衣各自在，一释束裹累。云公合瘦权，诗得幻住髓。殷勤导修廊，潇洒大半里。豁耳南屏钟，照眼湖山起。天开云态媚，林霁鸟音喜。鑑屋不模糊，涌现絢履底。晶明青铜镜，重叠绿玉几。天公爱诗人，先今霉雨洗。茶酣且夷犹，吟足更徙倚。归携诗稿看，湿翠生袖里。（见释明伦《云居圣水诗志》）

新晴南屏山中，同人看梅分韵

背岩春色在，掩映石苔闲。残雪犹依树，好花多在山。世情浑得断，诗意最相关。更惜吹香径，庵僧送客还。

（见《释篆玉话坠》）

一角编序

簿录书画之编，前古罕见。自南齐《高帝名画集》、梁虞和《法书目》而下，继者叠起。或志传流，或衡精粗，或仅列标目，或惟猎技能，取裁不同，各归攸当。至明之朱性父、郁逢庆，于所见墨迹，凡诗文题跋，悉著录之。使名贤幽介之遗文奥笔未得流布者，或于是中漱其芳润，识见尤卓。而嘉禾汪乐卿、吴中张米庵，暨本朝卞中丞，排罗搜纂，愈为富衍。高文恪之《销夏录》乃并详纸素之修缩，连缀之次第，虽狡于鬻古者无所措其手足。朱竹垞检讨以为簿录书画之法，至是始备，然悉合他氏之有与典籍之旧而成，非一家之专蓄也。友兄周晚菘氏《研田》所入蓄书画百馀种，一一精订而手录之，体例虽仍乎《销夏》，而所录悉一己之藏，不阑入他氏一鳞片甲，至装潢亦纤屑具备，则为晚菘所独创。晚菘善鉴赏，饶洁癖，类米海岳。每得一笺握素，必低徊审谛，累数日不去左右。昔人所言，棐几三展，明窗百回，晚菘有焉。嘻！贾秋壑藏兰亭至八千匣，严世蕃书画亦不下千馀件，惟于身沈势去之日为大吏治官所簿录，以示贪黩。视海岳之举，拂萧然悉以藏弆，纳诸天府，为何如也邪？由是而论，彼虽多，犹牛之万毛，此虽少，若麟之一角。顾晚菘犹恐人讥其眼福之薄，而取马远氏之支称，以字其编，无乃太谦矣乎！

时雍正十二年岁次甲寅，城南友愚弟丁敬拜题。

（见《东湖丛记》）

赏延素心录序

顾长康所画《清夜游西园图》流传至唐，河南褚公亲为装背。宋郭若虚犹及见公题记，郭有《图画见闻志》，特详录焉。米海岳以诗题《大令帖》后云：『龟澼虽多手屡洗，卷不生毛谁似米。』盖自矜其装背之妙也。故每得剧迹，必手自湔涴尘垢，界运楮溜，始入于笈。即他氏收蓄有入意者，亦躬与背饰之。如苏激家《兰亭》、张仲容家《张曲江诰身》，载之《宝章待访录》，可按也。而自藏顾画《维摩像》，标识『虎头金粟字』，玉牌亦李伯时手琢以结缘者。他如梁之虞和，唐之卢元卿、武平一、张彦远，宋之赵叔盎，元之周公谨、陶南村，遇法装名饰，皆谨其条件款样，以荐嗜古之士。呜呼！是诸公者，岂好为不惮烦，与工艺之流较优劣哉？良以粉墨虽微，古人之神理所注，大可以辅治道、益神智，小可以破嚣纠、涴俗氛，至精忠奇孝之点画、高隐名贤之皴染，又不待论矣。慨夫日月愈远，楮素之朽糜愈深，求装潢好手，如汤翰凌、偃殳叟者，已渺不可得；况李仙丹、张龙树、姚明、陈子常其人者邪？致使烟云黯沮，花鸟深愁，良堪痛悼。吾友周君深忧之，于是酌斟修饰之法，自揭洗至县置，凡得一十件。虽未尽兴与古合，要皆已试之方，一一悉有成效。今而后，收蓄家人储一帙，按法而治，庶不恣俗工莽匠之捋撦涂割，岂非霁目赏心之快举乎？

先是，予从《曝书亭簿录》中见有明人周嘉胄《装潢志》一卷，亟欲传写，匆匆未果。今得受周君是编，精而不苛，简而有要，知彼周郎自当退避三舍也已。

雍正甲寅仲冬十六日，城南友愚弟丁敬顿首拜撰。

（见周二《学原书》）

养素园介寿诗序

湖墅归锦桥之南，有园曰『养素』。花深鸟闲，亭榭疏窅，周不五亩，而流目散武，则旷如奥如，景趣递变。即游衍竟日，未欲遽去者，为王秀才容大奉其尊人驭陶先生怡老之所也。旧为武林金氏之宅，吾卿柴秩于、顾且庵、洪稗村诸先达皆有题咏。其树石奇秀，悉百年以外物，山矐张适为写图传之。

国初黄文僖公额其概曰『涧阿幽赏，信品目渊』，妙之语已。驭陶先生既有是宅，顾斯园而乐之。每风日佳好，辄诣园中，登小阁，临清池，眺山色之连蜷，赏花影之明靓，悦性导和，相羊忘倦。容大时率诸子撰杖以从，隅坐绕膝，济济跄跄，曳彩分甘之娱，率为常事。人咸谓驭陶先生之能安其素，而叹容大之善事其亲也。容大天质纯懿，事其尊人能曲体意志。自处甚约，遇寒素侘傺之夫，则情义款笃，务塞其意而歉然若谷，惧或有几，微德色之见于眉睫之间也。人以是益多之性，尤勤敏于学。绮妙之年即已声噪艺林，为侪偶所推。乃益聚四库书，构『宝日轩』藏之。日键户披诵，严督课其诸子。吾友茨檐王先生，鸿笔硕学之儒也，风性高简，非其人未尝一窬其阈。容大延之家塾，久而弥敬，论文课诗，相得欢甚。暇则手自排纂旧闻，勤勤不已，北墅之掌故，赖以渐举。于是胜流长者，多折行辈，乐与容大交，而驭陶先生之风素，益以远矣！若夫标榜之子、趋附之徒，容大望而避去，惟恐其将浼于己也。白华之诗曰：『堂堂处子，无营无欲。鲜侔晨葩，莫之点辱。』容大有焉。今年仲夏，驭陶先生七十称庆，既张群公韵言于屏，以侑康爵，以衎嘉会，而容大更请予序次其端。予闻『御板舆』、『周家园』见潘岳《闲居之赋》，摛辞家掇为养亲乐事。然而岳与石崇辈招望尘之讥，遗恫厥亲，为儿童所羞视。容大之砥学自爱，见重于贞洁芳茂之士，其贤不肖为何若，必有能辨之者是知。容大之克遵其庭诰也深，而驭陶先生之所得于养素之乐者，不既多乎哉！当循陔奉觞时，先生定为引满加爵无算，喜可知也。予交容大盖十年于兹，每出北墅，未尝不过其家，间或一涉其园，小留移晷而后返。他日尚当蹑诸先达之后尘，为次第以赋园中之趣，容大得不为我和乎！龙泓丁敬。

（见《宝日轩附存诗》）

与吴西林书

亡友王茨檐落拓嗜酒，晚年颇思归心佛乘，节修脯之资，请观世音菩萨尊像，合知交相赠者有五十馀轴，悉王容大秀才付名手装缥，画皆名流，无俗工点染，杂厕其间。逢菩萨俗尚斋供之日，则以香华净果，张供王氏『养素园』中。友徒来集，同诵宝号，食蔬果而已，茨檐一旦溘焉，斯事遂已。今其子聪甫馆谷所入，未足供食指之什三。环视室中，父遗长物，唯有此耳。而家中了无空洁之地及谨信之人，将来秽渎，有不忍言者矣！先生当代宗雷，咳唾足重，得藉指挥，择一清干僧。先生作一募缘疏引，募诸善信男女随缘所起，务足三十金。内可除去数金，作一高足杉木厨，弆藏画轴，馀以尽付聪甫，则尊像不致失所，而寒素亦获所济。若当禅诵为群，日出而供之，各办馀工，礼诵宝号千声，斯亦现前实地功德。先生当撰《观音画像供养记》，弟愿手书八分，刻成小竖碣，嵌置庵院墙壁间，亦我辈老年，林下无尘，清净缘也。先生其韪鄙言乎？但得及举为妙，恐弟残喘无几，不克与此胜缘。临纸云云。

（见《辩利院志》）

书冬心先生续集自序后

昨秋八月既望，厉二樊榭自扬州归，语我曰：『兄见金二十六自序其续集之文乎？大怪绝语。语皆述陈人之言，类点鬼簿，然自佳。不拾人牙后一字，不一涉操觚家蹊径。见髯老倔僵处，闻渠腊尾返家江行，必质之子矣！』予曰：『唯然。』魏武感乔幺一言，遂有车过腹痛之语，盖深悼知己之不易也。况文人自昔，工于倾敝，求一寓目，即生嫉妒者，已如星中月，况能举其所得，誉之终身者乎？况其人已往其语，尤可念乎？未几，樊榭下世。予哭之失声，且迁怨髯老之诗之异，何称之者，遽为陈人也邪。今春人日，髯来请曰：『予将开雕予续集，先雕此序，君书足张我军，请勿惮指腕之劳也。』嗟乎！予爱髯诗，末后诸老往往能举其全篇。尤爱其七字四句之作，以为风调顿挫，别擅酸盐。三唐以还，无是作矣。然有予甚喜者，顾不见之集中，何邪？每欲手钞其七言绝句，都为一卷，时得披咏，会阻多病。今其请勤勤，予何可辞，乃语髯曰：『子援东莱赵詹事邻雞之语，应指新城，特新城未见子耳。使见之其倾倒，必有出于群公外者。奈何承天水公阳秋口吻乎？』髯无以对，第曰：『予袖中一瓣香，从未为过去贤劫诸佛拈却。子言良是，行当为蚕尾老人作最后之供，以忏此罪过。子但为我书此，毋作丰干老舌锥也。予乃一笑罢。去日来风雨经旬，颇多暇逸，因涤南唐所琢羊斗岭石砚，试晶阳子天关煤，为录竟此序，计一千三百六十有六字云。

乾隆十八年岁次癸酉春三月望日，同里友弟丁敬身并记于砚林。

（见原书）

飞鸿堂印谱跋

印谱之作也，始自宣和王球子弁氏有《啸堂集古录》，元赵文敏子昂有《印史》，太末吾衍子行有《学古编》，浦城杨遵宗道有《集古印谱》，钱唐叶森景修有《汉唐篆刻图书韵释》，明长洲沈津润卿有《刻谱》，王常延宗有《集古印谱》，梁溪程远彦明有《古今印则》，萧山来行学颜叔有《仿宣和印史》，相继作者不一人矣。钱唐汪君秀峰好学嗜古，手辑国朝名家铁笔，名曰《飞鸿堂印谱》以行。予考私印乃游艺之一端，施于简牍书画，其用至广，讵可苟而已邪？溯自周尔，节汉斗检封，而后急凿缓铸，莫不以铜，间或以玉。自王元章以花乳石为之，而私印愈广。今观兹谱，偏旁繁简，辨证殊精，位置疏密，安排颇妙。予愧学，书记姓名，将从而问奇焉，爱缀数语题其后。太岁在玄黓涒滩涂月，龙泓同学弟丁敬拜手跋。按：此首后半文气与先生他作绝异，颇疑秀峰窜改，如《飞鸿谱》中有伪丁印，魏锡曾记。

（见汪启淑《飞鸿堂印谱》）

颜鲁公麻姑仙坛记跋

右《颜鲁公麻姑仙坛记》，系南宋旧石，前明中叶已损失。万历中，益藩取罗近溪家旧拓重勒於石，虽姿媚有馀而骨气无是本之洞达矣！碑阴刻卫夫人、褚河南、虞永兴、欧阳率更、薛河东、柳少师、李北海七家书缩本，精妙一如玉枕兰亭然，真翠墨中妙品也。刘织《五石瓠》言：《仙坛》旧石，明季毁于火。盖即益藩翻本，又非此石之比也。吾家已得唐石本，此遂屈而居次。然晴窗无事，每一摩挲，辄兴虎贲中郎之叹，具赏之士定能相证吾言也已。龙泓小隐在翠微窗记。

丁龙泓先生与先子扪碑论古，晨夕过从，先生之手迹，宜乎不少，然寒家五十年来书卷零落，惟此岿然尚在耳！拓本固可宝，而先生词翰尤不易得，重加装池，永为枕祕。乾隆癸丑五月，黄易题於济宁官署之秋影行盦。

（见鲍昌熙《金石屑》）

宋天圣八年免杭州灵隐寺田税牒文跋

右《宋天圣八年放免杭州灵隐山景德灵隐寺庄田夏秋二税牒文》，寺中护法之宝也。不知何年藏韬光庵内，主僧守护惟谨，不敢失堕，亦可嘉已。盖庵系寺中属房，儿孙相承，专一可守，出入可稽，乃主席者立法之善也。按：仁宗乃章懿皇后李氏所生，时章献明肃皇后刘氏以为己子。终章献之世，举朝未敢泄也。章献临朝，李后进位宸妃以薨，未得遽称太后。则牒中所云『奉皇太后圣旨，宣赐庄田，祝延今上皇帝圣寿』者，当是章献。而《武林梵志》作『章懿皇太后所赐』者，误也。牒颁於天圣八年十二月，而延珊奏中之语云『宣赐庄田已今五年』，计之正当天圣四年，《梵志》以为二年者，亦误也。延珊，字慧明，洪觉范《僧宝传》言雪窦显禅师在座下甚久，堂中常满千僧，其法席之盛，道行之卓，亦可概见。吴之鲸亦录其问答机锋于《梵志》中，而孙宇台先生修寺志所列师名，寥寥数语，未与标举大略何也。古庵邵先生乃吾杭高士，两山志乘，多经研削。是跋精当，足备寺中故事，惟云『壹疋肆赤绵』，不可晓。王褒《僮约》：『三丈一树，八赤成行。』米芾《书史》云：『所收织成，佛阔四赤，长五六赤。』赤、尺，古通。先生偶忘之耳。是牒当时背面皆钤中书门下之印，欲装难于措置，故阅七百馀年未经糨潢，今渐就糜烂。予以背纸二印，缀诸牒尾，出所藏古锦、犀轴整顿之，将来庶免损剥之患矣！

乾隆九年岁次甲子佛生日，钱唐丁敬洮頮谨跋。

（见石刻）

崔子忠醉归图跋

此崔高士道母所画也。行笔绵丽，一变□劲清古之气，岂戏效宋元人作邪？中酒公酣态颓缓，十八九女郎扶而行，若不胜任者，踉跄欲何之，殆将入睡乡矣。饮醇酒，近妇人，亦须聪明才智之士。若庸奴纤儿，当付吴道子《地狱变相》中排遣，安有风流清放尔许。戊辰冬至次日书，敬身。

（见陈墫《西畇寓目编》）

跋老莲、卢同煎茶图

画人物至陈老莲、崔道母两先生，然后顾、陆、阎、吴复见于世，其他虽极脱鳖之技，于无笔无墨处能擅难言之妙者，罕矣。此画无论卢徵君，即此一奴一婢气格，能使寻当措大家藏获可承当乎否？长须身甫露半，而全体之神蠕蠕欲出，尤为奇绝。仆止酒三十年，日仰真茶，用益毛发，见此画几蒙多生贪著之障念。吾友冬心先生方卧病，大需参术，将此出授真赏者，吾愧赆助之，忍夺之耶？乃借县茅斋，漱茗饱看，方始还纳，一日何但百回也。

乾隆十三年十一月八日，钱唐丁敬身谨书于龙泓吟馆。

（见真迹）

跋周密云烟过眼录

右《云烟过眼录》二卷，为周公谨属笔初本，所记多周详，源流井井，足资稽古者考订，与他刻本不同。借钞于吾友汪承斋通守真祕册也。惜元钞粗率脱误最多，再得善本，细校一过，真珠一船，何足拟耶？

乾隆己卯五月六日，晨曦映窗，敬身老人记，时年六十五岁。

（见原书）

观妙斋金石考略按语

按：棠陵方豪，字思道。重立《宋文贞碑》，有《断碑集》一书，以记其事。余见之太和堂吴氏藏书目中，访之三衢方氏后人，或有存者，只少有心之人耳。

（见《金石萃编》）

飞白录十则

葛洪 《海岳名言》：葛洪『天台之观』飞白为大字之冠。《宝章待访录》晋葛元飞白天台字，

右见石本，真迹闻在台州

《海岳名言》『天台之观』是葛洪书，则《宝章待访录》『天台』字疑亦稚川手迹，何以云『葛元』邪？当再考之。按：僧无尽镫《天台山方外志·神仙考》有吴葛元传，又古迹中有元『茶圃丹井』，无稚川之迹，或仙公元手书也。但米于『天台之观』之额及『天台』二字石本，皆得亲见，洪、元并记，不应有误耳。

（见陆绍曾《张燕昌飞白录》）

王羲之　李嗣真书后品右军飞白犹雾谷卷舒云云

右形容右军飞白之妙，可谓能取情状者矣。末言右军飞白之趣甚长，已之词笔，短弱难尽，陈其缕细，尤觉一往情深，笔有馀地也。

萧子云　《书断》创造小篆飞白云云

子云飞白，既变古法，自刱新意，所以能擅名当代，独立千载。怀瓘又嫌其少乏古风，抑居妙品。此等识见，欲以评断古人，自成一书，真庸妄之流也。

唐太宗　『唐书太宗五日飞白鸾凤』等字扇子云云

据太宗语，盖一扇一字，可见飞白，自昔不书多文矣。

欧阳询　《法书要录》徐浩论书云云

张彦远言，欧阳询飞白，旷古无比，盖目击之。惜欧之飞白无一字石刻传于世也。

宋仁宗　玉海、张士逊等入朝奏曰：『陛下万几之暇。』云云

以『神笔奇奥，旷古未有』八字颂宋仁宗皇帝飞白书，可谓切当，并非过谀之词。

又　玉海以飞白文词字赐翰林侍读李淑，后淑出守许州，为《飞白宝章记》摹石州廨

在石梁县州北城上。

黄伯思　《东观馀论》张怀瓘云：『飞白全用隶法。』云云

飞白之妙，无过宋仁宗皇帝，却全用草法成之者。伯思，当时臣下也，而云今世人为此书乃全用草法，与古背驰矣。何其粗率乃尔邪。

汪鸣瑞

汪鸣瑞，字旃来，又号黄山白史，著有《然石草》，云与陈老莲友善，集中有谢友人索飞白诗。余观其诗不佳，飞白亦可想矣。

无名氏　『飞白歌空庭，映竹饶奇花。』云云

此歌不知何人所作，当考之。右歌在鬻古肆中钞得于册子者，绫上以空心行草代飞白，殊谬。书者姓张，名斐，字非文，歌岂此人所作邪。

祭张南漪文

呜呼，南漪！自君之亡，岁忽期矣，当秋气之峥嵘，更秋风之凄，其木依依，其将脱云，渺渺而孤飞。今将厝君於南山之南，西湖之西。自是而后，登君之堂，步君之庭。想像追忆于君者，益复与君相远，能无黯然而消魂，怅然而兴悲念君。平生天质粹夷，孝友之笃，烝烝怡怡。论交每先于直谅，宁声誉之妄希。若夫文章尔雅，诗笔玮奇，既星辉而珠列，亦霞散而绮披。袖南丰之瓣香，抉真诀于昌黎，故得获君文之赐者，莫不叹铸

辞之俊伟，而服析理之精微。君颇娱饮，温克自持，初惟龂唇，言若不支。及乎论文道古，送难质疑，则如徐卓夫只轮之事，而操八蚕之丝。群经诸史，纷纶葳蕤，批却导窾，决百川而东之。信多闻之益友，允授经之大师。而清扬莞尔，温恭可思。其强记不矜，有如此者。

呜呼！君今往矣。有如君者，其又伊谁。睢阳安世征君，家典有足信矣。岂彼世俗之交，而标榜每出于阿私。君之禔躬积学，早见重于吾党。而言论风采，洵邦家之羽仪。使君登玉堂、麻石渠，分纶綍之著撰，校编纂之误遗。凡知君者，谁云不宜。

在昨之岁，天子倾意经学，诏求实儒。海内绝韦之叟、编蒲之彦，皆列荐牍。而君为钜公之所首推，斯正君翱翔乎青云，而得展其醞抱之时，何遽返孝廉之船，而年寿遂止于斯。

呜呼！南漪何君之文与命，其若是之，错迕而参差。古人有言，富贵其偶，修短其数。维卓然之名，不与富贵年寿同尽，而永为后世之所知。而君已能立之于身前，而吾党庶可少节乎？嗟咨！况令子之多贤，行昌炽而奚疑。独是君之雅言情话，已漠然其不可即。

而仪容风貌，应随黄泉而渐澌。则当朋笺友斘之间，安能不有所怅惘，而为君一雪乎？涕洟呜呼。尚享。

（见张烩《南漪遗集》）

砚林集续拾遗

像赞

古极龙泓像，描来影欲飞。看碑伸鹤颈，拄杖坐苔矶。世外隐君子，人间大布衣。似寻科斗字，苍颉庙中归。题龙泓居士像，袁枚。

砚林集续拾遗序

吾宗钝丁先生诗，嘉庆丙寅同里魏春松先生编辑付梓，名曰《砚林诗集》。先修甫伯兄尝辑拾遗诗文一卷，附刊以行。今辅之吾姪有续拾遗之辑，得古近体诗如干首，露钞雪纂，匪伊晁夕，一珠一字，甄采靡遗。盖致力若是其勤也。夫先生品学之纯粹，志趣之高迈，讵必俟诗为增重矧。先生之诗魏先生刻行于前，先伯兄拾补于后，亦既褒然成帙，即闲有名章隽句遗逸于天壤间，其于先生名山之从亦何缺憾之足云。唯是诵先生之诗者，非唯爱其诗，实甚企仰先生之生平，盖诗以人重也，一诗有一诗之精神，与其所寄托，足令后人涵泳佩服于无穷，乌可听其散佚不传也。尝考先生之箸述，经哲嗣鲁斋先生表章者为多，《武林金石录》其尤著者也。魏先生《砚林诗集》之刻，亦承其尊人未竟之志，今补之此辑，盖亦本得之庭闻者而益引其绪，而非唯劬学耆古有独异之微尚也。风雅继绳后先同揆，讵非执林盛事哉。书成属余弁言，为书其梗概如此。上元戊午清和下沭，钱唐宗后学立中序于善本书室。

戊寅稿

汪又新花烛诗

凤池才子染天香，蟾窟仙娥佩月妆。薇省桂宫佳气洽，韶光丽景吉辰良。合欢扇引开檀阁，连理丝牵出绮堂。最是关雎行乐处，吟琼赓玖擅俱长。

题王会来丛桂留人小照

花下先生未白头，聊歌招隐擅风流。眼前更看孙枝发，闲倚吟尊醉好秋。

赵意林六兄以芗林少师所书归愚宗伯所撰赐锦堂记墨本见赠，因次原韵用谢

文比欧阳书比王，两公峻格并雄苍。崑珉勒就追韩相，宫锦颁来记赵郎。盛典自登懋勤殿，奇踪好继古香堂。闽中刻蔡忠惠公书，名《古香堂帖》，以楷字书《锦堂记》居首。晴窗倚几流观久，户外春深顿觉忘。

意林重赠赐锦堂记数卷，毡捶精妙有加于前，因复次原韵，用写良友雅意之万一云

莫讶贫中直是王，五字陆鲁望句。案头有宝敌玄苍。收藏合付传经子，摹勒知烦琢玉郎。山谷尝手书『琢玉坊』额，赠石工安民。台省文章真衮衮，耆年笔法信堂堂。黄文节公书虽工拙，在人亦须年高手硬，心意闲淡乃得入微耳。多居叠赠情无倦，情似冬曦讵得忘。

雨中入云林，偶用坡公过辨才不值韵，留一绝于在公丈室

行粘湿翠到岩扉，爱看空濛憺忘归。怪觉青山无定相，鹫峰浑欲作重飞。

（以上见知不足斋鲍氏钞本《龙泓馆诗集》）

己卯稿

龙兴寺陁罗尼经石幢歌 并小叙。按，此诗刻入《砚林诗集》卷三，题曰：『祥符寺小叙，及诗后半均有更改，原诗仅八十二句，不及此诗之详，故再刻之。』考经幢在龙兴寺，此当是改正之作也

己卯立春，恰逢人日，里中鲍秀才廷博、郁秀才礼、倪生一擎、周生骏发、黄生模棠、厉婿志黼同游城西龙兴寺，观唐开成二年处士胡季良所书《陁罗尼经石幢》。黄生为予遣工毡蜡墨本。小出湖干，一探春意，斗焉雪作，回饮黄氏琴趣轩，各赋七言近体，诸生请作《石幢歌》，乃牵缀是日情事记之，凡一百又八韵。

龙兴古寺尊胜幢，谁其书者胡季良。磔掣束里别擅长，非钟非索非二王。篆额八面垂琳琅，仙人倒䪣师务光。纽结婉通偏劲强，盘拏瘦骨矫莫当。玩之良久恍超骧，一顿一挫神洋洋。八分行草迹尽藏，季良于篆书、八分、正书、行草无不精擅，见《诸道石刻录》、《复斋碑录》、《宣和书谱》。更娴诗歌与文章。案，吴兴《吴文皇帝庙碑》及《夫人墓志》、《德本寺碑》皆季良所撰，见《复斋碑录·题然公山房诗》、大乘寺诗、《读元和文》，皆季良所作，见《宣和书谱》。宣和入谱陋未详，《书谱》但云：『胡季良不知何许人，不见于史册，惟工行草而已。』自命处士耽乐康。朱门钟鼎情早忘，

清才妙艺老一乡。临风那不生慨慷，不见贱伎旙绰黄。史册照然垂有唐，考戛瓦缶抛笙簧。古来公道多渺茫，想见斯人抱幽芳。洒然千载如在望，碧梧翘翘栖鸾凰。清风渺尔吹粃糠，幢拓我昔韬古囊。化作燐火朱鸦翔，黄生敬恪笃中肠。响墨为我穿僧廊，宣城楮肤欺雪霜。歙州松髓磨珪璋，毡槌的当响抑扬。既击既扫黑白彰，梵策便思规样装。惜无好手付汤强，汤强二氏，明嘉隆间装池上手，见周家胄《装潢志》。我时探古心旁徨。起巡闲园绕苍筤，天中真塔昧两缸。短莎踏遍徒依依，唐国一禅师真身塔，以两缸合而瘗之。德宗赐塔号曰：『天中。』今寺基分裂，未审塔在何处。昔日九里皆宝坊。九曲灯火争星芒，九十九井分银床。泉光已入千家凉，几经浩劫换红羊。惟留兹幢屹不僵，莲趺敦敦出坳堂。天龙神鬼分卫将，雕琢虽损形严庄。久为民居𬮱垣隍，一朝呈露赖金汤。走观曾闻隘衢疆，入天欢喜非嬉狂。长者居士争趋跄，胡跪顶礼逾对飏。撰疏复古词张皇，有复古尊胜幢、猫儿庵、观音三昧井、并探索国一禅师真身塔、《缘起志略》一册在寺中，乃崇祯九年丙子佛欢喜日云栖弟子广湉张尚美述，又丙子秋日，博山释雪关智訚于妙行院可静居所撰疏引。愿回洪流布航艎。来看虽后亦梓桑，传拓拟思悲愿偿。不独名书重青箱，是日春立司东皇。已疑春意到隄杨，咲移徐步讨青阳。

湖干咫尺出阇闾，远波嫩绿浮瓜瓢。瓢空远响闻鸣榔，濯缨清思遍汪汪。寒风猎猎吹衣裳，忽教微雪故飞扬。笑归曲室开壶觞，当杯桷韵兴讵央。诗成迭咏声琅琅，黄琮白璧皆铿锵。酒酣语默任相羊，试铺墨本向明窗。重修岁月历纷攘，清顺治十二年。明崇祯九年。遞溯元延祐八年。宋淳祐八年。梁乾化五年。大中年岁尤铺张，搢绅释子争劻勷。大中五年法师、讲师、大德僧共十三员搢绅，明经十四人同修。奉为多生爷与娘。上镌奉为国王、太子、大臣、多生父母、十方施主等。读之酸泪欲栖眶，字亦阿那含清刚。了知书手非寻常，唐目书经者为书宝幢手，见《梵天寺经幢》。山僧如法何代郎。辄将咒字胡皴皵，记云重书实残戕。第四面咒后嵌刻一行云：『大明山僧如法重书。』此咒实以刀镂原迹。痴肥臃肿録锋铓，古刻怅焉遭剥创。咄哉阇黎真野伧，得无好名成妄狂。檀施姓名求吉祥，绕镵层刊似墙匡。济济夷塞来觉场，庚排甲比连女行。百七六人如联珰，吾家仲蠲历千霜。第四面第一百五十九名，有丁仲蠲名，最明显。知贪佛日获斯祥，同姓起余增勉遑。摩挱讵忍离其傍，陁罗尼义万善纲。总持众善扫众殃，尘影沾荫亦大昌。经言：『得沾幢上吹下尘，及幢影映身，皆获利益。』济拔幽显功难量，至今幢顶舍利光。一曜不敢同低昂，乾化五年重修头陁处道，以流璃瓶安置舍利五十四粒于幢下。彼岸互接孽海梁。寄语有情普供藏，檀函好伴伽炉香，我歌杖佛非捐唐。杖即仗，出《汉书李奇传》。

题方密庵观化图

林下水边人，梅花又见春。偶游宁有待，小立自无尘。迟日团青霭，微风漾白蘋。最怜相赏处，万物跃鸿钧。

双节诗

岩松谷柏心同久，叠雪层冰操共深。两世清风振颓懦，百年劲节挺崎嵚。彤编应与扬休烈，黄鹄真堪嗣好音。却笑顽蛟空逞暴，孱躯偏有鬼神钦。方密庵出示《双节诗册》索题云：『两世苦节，蛟发水漂多人，节妇在水中一日不死，仍在屋内。』

二月十日送沈书台之闽，即次留别韵二首

以锦雄才久出群，远游聊尔托青云。离襟掩映桃花艳，别酒流连柳带芬。海峤烟霞须丽句，

幔亭弦管待高文。知君此去饶新乐，莫漫回头怅落曛。

鹤饥未为稻粱谋，且试南天汗漫游。揽借骖鸾真跌荡，吟因攀桂益温柔。江山客境恣登涉，宾主闲斋足唱酬。三十六鳞驱使易，休同王粲赋登楼。

次韵答禾中庄杉屋贡士

爽爽禾中彦，襟怀抱月晴。曾倾花外盖，共泻竹间觥。别话堪频忆，来诗见远情。调闲如戛玉，一洗候虫鸣。

题禾中沈秀才小楼听雨小照手卷

小楼凭处见神清，烛下萧然罢墨兵。拈出放翁春雨句，信知才子自多情。

恭和御制咏侧理纸一首，五言今体四韵 按，原诗三首已刻《砚林集拾遗》者二首

苔纸闻来旧，曾传出海东。一逢虞舜咏，即与卿云同。稽古罗群典，怀贤比百工。洋洋窥圣作，体物意无穷。

送顾敬斋赴中书之职　按，是诗见顾震之印款识，己卯四月二十五日所刻石，今藏予家

微郎清迥切三台，霖雨承天自此陔。遍路薰风舜弦近，一条活水禹波来。致身事业全资气，报国文章始见才。野老蓬门幸堪乐，不须回首怅离杯。

挽杭母王太夫人

低回坐上瞻灵久，惆怅堂中拜母频。禔福每缘阴教长，祯祥时籍内规臻。心清玉映全虚朗，口慎金缄绝怒嗔。礼擅闲家清并水，仁能及物霭同春。柱残自足能来友，机划何烦更卜邻。樛木义高人屡颂，鸤鸠恩重客还陈。罗阶次第荆枝茂，倚槛骈延桂萼新。欧荻自来传劲拔，柳丸从古赏勤辛。趋庭弈弈容仪肃，侍坐怡怡语笑亲。也似陈荀兴颍水，岂惟轼辄挺峨岷。木天著撰声摩汉，麻邑弦歌政报循。文举论文倾海内，柴桑于惠遍郊闽。久为家国培元气，实与朝廷产凤麟。照眼琮璜怜济济，差肩兰茝益振振。陈□□处□千卷，虞按供时备八珍。花玩板舆频送喜，果分藤盒每流津。优游老境颜弥睟，绰绾长年骨有神。独具搢绅怀似雪，共惊却杖鬓如银。贤褒紫诰鸾轩翥，服贲皇封鹭雅驯。馀庆只今方未艾，幽光长看起松筠。

次禾中沈德芬见赠之韵　时在邻近雷二衙西塾见过，出诗相质

物候冬来好，连朝净冥阴。况兼邻近友，相过见情深。把茗怜风味，论诗识道心。何当共闲步，潇洒接微吟。

汪格斋以水蜜桃五枚亲携过草堂见饷老夫，闻老夫卧病思珍果也，因以一律谢之

汪伦的的情深甚，特挈珍桃饷老饕。汉殿分馀笑堪比，王母分授武帝桃，亦五枚。见《汉武外传》。绥山得后兴同豪。甜疑玉瓮天浆溢，润压金盘晓露高。即物忽来怀古恨，萧翁蜜水思徒劳。

题汪湘芷小照

爽袷轻风似有私，林园潇洒径苔滋。眼前松菊盘桓久，应读陶家绝妙辞。

寿倪虎似先生七十

南山秋气日峥嵘，东郭先生杖履轻。居东苑。人爱传经似刘向，自怜漉酒学渊明。漫惊寿骨关天与，须识深心向古倾。况复承欢有才子，凌云词赋早纵横。

题吴醇庵照

相称昭文不鼓琴，西风澹荡好园林。梧桐月上秋池净，想见幽人会处心。

题是空图二首

阅罢金经解悟深，眼前何虑色尘侵。前身定证须陀果，看取莲花不染心。

乞食输歌尚倚狂，心中席上落担当。何如自在毗耶老，天女时时共道场。

赠傅玉笥先生

按，是诗见石畲老农印，款识曰：『王文成公有阳明山人朱文长印，奇逸古雅，定出胜流，今仿其式，奉玉笥尊丈老先生清鉴，又奉赠五言律诗一首附刻印石，以求教定。』印乃乾隆己卯冬日所刻，与诗稿正合，后为吉罗居士所得，加刻一跋云：『此丁丈得意之作，今归予斋。戊戌九月，蒋仁记。』今石藏予家

婆娑玉笥叟，老笔峻韩门。岂以巍科重，居然大雅存。寒松姿转耸，云梦气犹吞。绝听真堪乐，多年静世喧。

天庚良友以精庖粔妆二器馈岁于老夫，并索篆刻，遂作口号一绝刻于石上。张打油，胡钉铰，任人比拟，何暇计耶，己卯除夕记

砚林今答馈岁印，东坡昔作馈岁诗。呵冻刻成还一笑，口忙二字最堪思。『平生为口忙。』东坡句也。

庚辰稿

大恒禅师赠糯粉，走笔报之

松下禅龛镇晏如，忽将黍粉慰衰馀。也堪雅会名蒸雪，应使浮生热恼除。

题鹤巢清照

许君神仙裔，天姿泯骄谄。贞素抱冲襟，缁尘讵能染。惜无鲁中叟，合宠吾与点。琴德信懿茂，爱之夫岂忝。韬囊山水间，托兴殊渺缅。风回松弦和，流曲古调显。何烦触⿰扌𣬉蒲结切。为，宛尔协钟洗。

咏同心玦

雕镌文质檀彬彬，入手真怜美玉真。真玉火之三日不变色，山道藏洞真部。论格宜呼联璧友，《古玉格》一卷，见《辽史经藉志》。问名合赠臭兰人。堪方共命生天竺，共命鸟二首一身，出西竺。见翻译名义。谩诩双珠出海滨。松柏最怜苏小句，佩来谁是壁车身。『妾乘油壁车，郎骑青鬃马。何处结同心，西陵松柏下。』六朝妓苏小句也。

偶啖蜜渍贡荔，色味双绝，惟搦际欠芬烈耳。信一日色变，二日香变，谱言不谬也。辄同意林六兄用东坡韵

绛同嘉实在江萍，圆拟秋霄耿处星。何事矾禁平声。兼蜜渍，竟如旧典共常刑。奇芬两日怀三峤，俊味千年艳四溟。非身到闽，莫能啖全美，但有闻言生慕耳。可惜灵均遗汝在，惟将一字见骚经。

顷承恒轩同学以令祖司农公大集见赠，并示见怀之作次韵

清诗俊逸胜兰言，信是趋庭学有源。久识君才抱廊庙，敢云吾道在邱樊。秋光耿耿如堪挹，

往事悠悠欲就昏。何幸蓬门来钜制，随珠赵璧肯同论。

倪母赵孺人挽诗 意林女

淑慎兰仪迈左芬，清风林下迥无群。奉蘋礼备人争法，咏絮才高族早闻。垂死相夫勤尚切，终身慕父语犹殷。他年国史标贤孝，中垒鸿篇藉策勋。

挽王驭陶先生

名园养素久从容，佳日尝知乐事浓。娱彩分甘兼饲鹤，看花习静每依松。传家有道惟安读，远俗无奇但课农。俯仰何堪失眉宇，清言频忆昔过从。

代金质甫挽王驭陶

德采风规重里门，老成虽谢典型存。藏书净辟三间屋，养素闲开一亩园。花黍吟时知意美，蓼莪废后尚声吞。孙贤子孝承垂范，谈笑应安碧落魂。

代吴寿祺宿长挽王驭陶

养素频闻杖履康，如何忽隐少微芒。人钦庭诰风猷古，自爱园林景色苍。谢树只今同玉耸，田荆会见拂云长。佳儿休痛音尘远，闾史时时式彦方。

代汪槐塘挽王驭陶

君子重谋道，富贵非所惊。俯仰能自乐，千载驰令名。悠哉养素翁，希古掇翘英。遗荣小隐甘，园趣日涉成。甘分子孙爱，话悦亲戚情。传家懋典则，力务读与耕。佳儿既卓荦，摛文玉琮琤。白衷向同类，清怀老成倾。孙辈亦秀出，所皆在瑶琼。善积庆必至，德厚福自亨。伊予托末契，过从快鸣嘤。古颜松乔对，蔼言金石铿。春树屡移席，秋花每飞觥。披写忘宾主，未觉岁月更。玉棺下王乔，翛然返蓬瀛。瑟辍吁里闬，箦易感童婴。怅焉我心悲，屡日如中酲。生刍敢云后，临筵一吞声。

翁允高七十寿

四代乡闾近德邻，庭阶三凤羡振振。青云自有鸣家子，白发欣看杖国人。壮岁营生惟好善，老来向佛离贪嗔。几年鸠马同欢日，早服情怀似饮醇。

题温静夫探梅图二绝

问讯孤山玉万枝，凝眸好句最关思。分明左辖当时画，钟贾山前策蹇时。
雪后寒梅也断魂，罗浮漫说古时春。白云皓鹤成千载，温伯无言道自存。

顾文学鉴沙以佳什见示，渊雅多风，知其于别裁转益之功深矣，辄次来韵答之

洗尽篇章眼底埃，骚坛窔窔力能开。词清字字珠离浦，思妙层层玉耸台。王氏诸男真令器，谢家群从信多才。欣君欲我连衣钵，自愧佯狂老万回。

长夏至南屏僧舍，过江滋伯明经读书处，分用『僧』字

竹里南山访客登，满怀凉吹失炎蒸。真怜啼鸟能求友，翻喜吟蝉解聒僧。湖色远开心共净，荷香数入声。至鼻难胜。凭窗咳吐成空翠，恍在诸天最上层。

长夏中，维扬张啸斋暨其小玩渔川寄赠其新雕诗集至，披读次以二绝报焉

暑气难当似沸羹，瑶编忽到眼双明。才吟几首同冰雪，万户侯翻不足轻。

二张性情竹林同，织雅梭风各擅工。不寄他人遥寄我，炎窗知我有清风。

新安江生兰出啖烧酒杨梅，戏成一绝

风味天成各有私，朵颐须索解人知。试拈鲜荔经矾后，何似杨家果醉时。

西湖采莼曲 代畹香作

笑煞人情不自由，春来湖上几淹留。当匙不恨湖莼滑，拂马翻嫌隄柳柔。

小艇沿缘任所之，倚舷随意撷莼丝。盈筐忽讶冰能软，照眼真疑玉似脂。

雨中放舟湖上，同江云溪畹香小师法喜，用『奇』字

万顷湖光万处宜，一枝柔橹划流离。来看西子雨中态，始识东坡句里奇。雾鬓云鬟真燕婧，风裳水佩信逶迤。元真簑笠浑难见，有几渔翁解去迟。

题江云溪康山移居图

南村卜宅诗情逸，东野移家器具酸。自昔名人游衍地，从来才子乐盘桓。步馀杨柳烟千叠，望里金焦翠两丸。康老琵琶高韵复，清词吟处不须弹。

送云溪回邗江

绝妙诗歌绝妙词，相逢湖上好秋时。如何陡作倾尊别，只为趋申扇枕私。荷蒲晓风开舵健，荷叶浦属杭地。枫桥夜月卸帆迟。黯然应念湖干老，愁把江郎别赋持。

次韵答代州冯右书文学二首

藉甚西京彦，吟升作者堂。清新范颜谢，峻拔企储常。白璧情原洁，朱弦调自长。相与休恨晚，艺圃共徜徉。

寂寂衡茅下，能来问隐沦。宁输题凤客，真是不羁人。把茗怜秋澹，推襟识我真。他年车笠谊，倾盖定如新。

黄生蘅洲写竹见赠，辄以一绝报之

浥露稍烟写竹枝，殷勤为索老夫诗。恨无耘老临溪屋，相看官奴把烛时。

寿汪彝叙六十

深比花潭各有情，千年先后两汪伦。学行孙解分甘乐，侍坐儿工娱彩嚬。桐帽未侵双鬓雪，匏尊相称满怀春。知君自是台符裔，仙骨无愁更少嗔。

寿徐母余太君八十

淑慎仪高福自遐，珩璜杂佩协冲牙。生儿不独同珠树，养母兼能补白华。莱室迥成多士式，虞堂漫著古人夸。长筵底用麻姑酒，荔挺芸生物正华。

寿汪可舟六十

风前每忆深情汪，楚水吴山道路长。有乐自能寻崷崒，无尘应不仰沧浪。松高想见寒姿劲，诗好悬知寿骨强。寄语阿中贤令嗣，好吟吾句佐称觞。

次韵答王桐墀慈水学署见怀之作

高怀我久把降旌，兰讯欣承雁一程。剧喜诗来资细咏，预愁履到失趋迎。悬知冬日烘檐侯，饱听天风划海声。好待湖壖赴良约，寒梅如玉赏初荣。

索曹荔帷致鹿肉

老去扶羸少隽材，脾羶豚腻未怀开。凭君健笔如长剑，为割斑龙两股来。安邑猪肝不累人，平原鹿脯乞鲜新。千秋辞爱风流在，更爱陶公更率真。

过宝日轩，子年四世讲以螭环求赋

想见娉婷旧日纫，未知盼盼与真真。在探合快还魂子，得赐应怜放谪人。莫笑并头疑白额，更惊交尾起苍鳞。龙拏虎攫浑游戏，庄羽何劳力有神。

和朱近漪大兄腊月十三日过无所住庵见示韵

惮㤘残年石火身，残年又欲见春新。除夕前一日立春。何须文送穷称鬼，且纵诗随笔有神。

光湛茧笺知墨细，乳浮毫盏识茶春。休嘲闲事如忙事，始称髭鬓白尽人。

腊月十五日饮黄生琴趣轩，又过龙兴、祥符两寺，步履颓蹇，益不及前，知残年之无几矣，因以一绝示从游诸生

破寺曾游几辈豪，东坡、南丰、石湖、攻愧、放翁诸公。老夫频喜踏周遭。骚怀荆思吟难尽，物色分留待汝曹。

寿贳虚大和尚五十

皈依许我具殷勤，鹤立逢师迥出群。慈视自教狂象伏，清吟聊任列仙闻。钵分浩湛青天露，衣赐萦纡紫府云。最爱省人能借境，圆来钟韵日初曛。

奉和近漪大兄腊尾过草堂话旧之作，次原韵

最爱文章共赏奇，近漪携见和贝叶经歌相示。素心人肯数来时。不嫌衰草遮三径，正是疏梅破几枝。愧似乐天频设酒，敢云表圣只论诗。拥炉且作团圞话，腊尾业残莫我知。

顷见西林老友赐和拙作，再用前韵奉酬　三月四日过春晖堂

惆怅佳人手未携，只疑贪佛饱蒿藜。岂知白社抛陀慧，去看青山傲鲁齐。跋石定应须屡撚，照泉想见首徐低。归来劣句烦赓和，似捧玄珠就黑瑿。

顷承西林先生重和仆『携』字韵诗，示以清游之乐，词致斐然，益更高妙，因再叠前韵呈正，素心聊申把臂之私，工拙未遑计也

恨不同君杖屦携，石床随坐岂须藜。白怜飘渺云初起，绿喜参差树不齐。负手花源知水定，拂头柳市识春低。即将游趣垂佳和，腐芥浑叨接美瑿。

题云溪杏花影里填词图　谱《浪淘沙》

一往识情痴，横竹孤吹。杏花分影月华滋。此情惟有恨人知，微风飏鬓丝。　揉撚按推移，指妙参差。私谱生花绝妙词。恰被姮娥觑见时，禁否相思。

曹子茎九以诗来乞余篆刻，既应其请，因并来诗附刻此印之上，用托一时清兴云

古字日茫昧，谁能正谬伪。铜符迷契窍，桼简绝编抄。捉刀工追寿，擒毫相则何。慨然
成子请，异代好㧑呵。

（见『洗句亭』印款识）

吾友徐纪南氏偶于吟馀制合印色即精妙可人。乃知斯如造墨者然，烟胶良矣，和
剂不悟，终不入妙，故出文士手即具胜赏者，会悟妙也。彼沾沾以秘方夸人者，守株见
耳。纪南以所制相贻，求余篆刻，既应其请，且作近体五十六字刻此印石，以纪事云

齐奴如意碎火树，麻姑仙爪幻丹砂。真红世远鲜不沫，宣和印泥争赏嗟。合和深透墨关捩，
流传多见玉丫义。徐生悟妙弄笔外，古罂赠我赤城霞。

（见『徐堂印信』印款识）

丁丑上巳日，余方外友南屏烎虚中禅师蒙赐紫衣，余赋长句美之，更为手制名衔两面大印及此印，即以余诗附刻此印之石。他日有纪，敏夫者流知，定编入纪事诗中耳

名山领众轸皇情，特拜伽黎赐紫名。想里黄罗高捧至，应投白拂远趋迎。函关气织天梭异，古洞云裁月翦轻。遥识吾师空色相，禅门至宠了无惊。

（见『宗镜堂』印款识）

荔帷解得老夫篆刻无法之法，以诗来谢，相应之速且要次韵并刻印石，亦佳话也，因如其请

石章刻就石生辉，绝似朱弦信手挥。却笑解人千未一，说难吾久是韩非。

（见『芝里』印款识）

雪庄食秋莼，分得『麻』字

八月湖莼乱似麻，参差多近水仙家。芼羹最爱香盈七，压酒悬知冷胜瓜。牵挽鲈鱼归忽忆，

合和盐豉语非夸。长吟莫笑贪风味，已觉清腴遍齿牙。

（见真迹，湖州周梦坡庆云藏）

乡里糕歌

丙戌春正四日，荻江君以乡里糕一筐兼以蜡炬名香躬设先灵，诚恪之心，溢于容貌。余谨泥首以谢，惨沮竟日情不能已，遂永言之，以识锡类之仁，工拙非所计也。

糕名乡里非市酤，水陆迢迢隔异县。先君平素嗜粉糍，寓意有时托笔砚。思亲所嗜未能致，感君无忘特来荐。焚香燃蜡侑灵爽，拜跪殷勤如对面。呜呼昔年馈岁今设奠，生死交情真不变。既感且泣愿有言，索肚搜肠拙且谚。深情雅谊铭肺肝，未敢云酬聊自遣。

（见石门蔡氏醉经阁分书汇刻）

题方氏潜山寻墓图

我读寻墓记，清风飒飞翻。笃哉孝道传，作述在一门。伊昔丧乱际，道远阻烽燉。死者虽有殡，岁月迷坵墦。呜呼！近百年乃有贤孝孙，岂有四方誉。用慰三世魂，心先长江棹，足遍潜山矾。境来村人导，天留老姑言。石洞棺已破，声放□能吞。金簪验故髻，鬟松犹可扪。精诚合冥漠，痛符白骨痕。信知真气感，枝远总连根。载归葬非渴，春秋奉粢膰。有如于野水，复得还其源。叹□满行路，高行动乾坤。吾思空山□，未少黄肠屯。旧鬼转惆怅，新魂多烦冤。风雨几陵替，乌兔空崩奔。此翁足风世，浇薄庶有敦。何人擅载笔，援处当一论。

送诗客罗君遯夫归扬州

作客光阴更似飞，那能送别不依依。春风未为牵游舫，夜雨偏来湿钩矶。酒趣无缘徒怅怏，梦魂虽接但依稀。惟馀一事差相慰，画里形骸共子归。遯夫画我倚杖坐石大像归。

又承赠棕鞋于老夫，酬以一绝

赠我棕鞋称瘦筇，缘云拟上最高峰。闲苔新长茸茸地，惟许麕麚看过踪。

代州冯秋山送闽中朱橘

日魂星髓比来珍，筐篚深劳远饷人。海漱金波予甘液，天垂朱火益芳辛。剧燐庄喻沾唇爽，一赏杨占入眼春。信是后皇嘉树果，试拈吟笔觉如神。

题海宁陈母张太君高节卷

冰霜历尽几酸辛，争颂兰闺竹柏身。家保乱离全仗节，舟超劫外岂无神。陶妻信道能成子，孟母何劳更卜邻。高行定应烦史笔，崇荣先兴出枫宸。

题罗两峰画金冬心蕉林午睡图

老友冬心先生平生无戏言媟语，并无一粗鄙语，吟诗鉴古，绰然古人，独于分其蕉林桃断袖之爱，则涣漫而不能割也。适见《午睡图》，出其诗弟子罗君两峰之笔，神态宛然，岂独貌似哉。后有侍史偎蕉根，得鼾齁状，正先生所称明童辈已，因以二十八字题而戏之。武帝英主也，东方以俳调咏柏梁，辄受上赏，知吾老友当不吾怒耳。乾隆壬子七月二日。

蕉鹿光阴合眼空，休嫌午睡欠惺憽。多情赖有雄神女，慰藉先生一梦中。

（以上见真迹）

丁敬诗集补遗

同西林樊榭游辨利讲院

日脚逗松顶，同过松下门。房开青豆小，墙接古苔昏。晴馨韵尤妙，秋虫语不烦。坐来成小劫，未觉石间温。

送桑工部之历下讲院，次其留别之韵

客程舟外见芦花，迢递官河纵复斜。老去景光应倍惜，秋来月色不须赊。鱼龙城市迷青海，李杜池台荞白沙。知尔讲余多遗拨，好凭双鲤降瑶华。

荔帷明经，载酒湖上，同椒园按察，维扬项、罗两诗人至圣因寺看贯休十六罗汉画轴

风徐云薄作微阴，乐事湖头趁好寻。波借清凉频合桨，峰贪浓绿不分林。擎茶小尉僧恭意，看画同生法喜心。斗顿催诗来骤雨，拟留禅榻撞柔衾。

江畹香请和游浴鹄湾晚归之作

淡淹浴鹄湾，阿那啼莺树。清旷少游人，旧是元洲路。湾为张外史元洲精舍幽境之一。当年获到人，不异蓬山渡。晚步足徘徊，凉烟薄于雾。访古水无言，但有惊拳鹭。江生具远情，于此拾佳句。归艇风吹裳，波面月已吐风。月宁有私，闲者得其趣。

陆秀才飞楚中归赠中兴颂墨本，请赋此歌

陆生客游祁阳归，手中出赠中兴碑。湘烟生翠浮纸墨，草堂展看明朝晖。颜书元颂两奇绝，千秋照曜浯溪湄。读之令我生太息，病肝老肺俄崔嵬。禄儿天磔阗早示，天宝遗事终堪悲。强军只辨抗行在，哥舒用武嗟虺颓。潼关一挫犬羊入，九庙顿尔成飞灰。苟无颜郭奋忠义，两京疾复谁能为。三郎悔祸中兴启，昭然天意如风回。制文遣祭曲江老，文才白石高岩隈。罪躬旌直应有作，想见文字倾琼瑰。桑枯感退古所有，一念信移安与危。何人为我致墨本，好同斯拓相追随。明皇到蜀，追恨不听张九龄之谏，亲制文遣使至曲江祭之，命刻白石山崖上。见《安禄山事迹》。

陆筱饮秀才馈匋头菱，戏效杨诚斋律体报之

菱芰乘时比舍供，匋头名色噪吴侬。豚团混混鱼缄口，角短碟碟鹿起茸。生剥雪肤愁爪损，熟餐霞髓溢唇浓。老夫也是闲知味，屈到情怀漫一钟。

和岩味村先生七十自寿次原韵

沧洲道在百无忧，鹤迥芝间角绮俦。拄腹经书如水泻，熏天富贵等云浮。深杯每自酬欣赏，双屐频教伴胜游。脱手新诗怀抱好，沈酣宕更温柔。

天润云轻雁北征，凌秋老气转纵横。高怀久已安三乐，圣代从来重五更。黄雪正当飘远韵，青粘底用托长生。康匏举向金风里，应畅千秋万古情。

过赵五谷林春草园绝句

赵兄情抱水迢迢，逢著花开即见招。恰似春风也相忆，殷勤犹到最长条。

曾共髯翁把酒来，高低忽踏旧亭台。梅花了解相思苦，抱著寒梢不肯开。

淡淹池光洗钓矶，当年柳影见依稀。池边多少闲鸥鹭，早伴晴天一鹤飞。

缥缈岑楼构意新，只容青霭作比邻。遥遥天目应惆怅，不见掀髯倚眺人。岑楼四层可眺天目山，即以名焉，秦蕙田八分书。

径草萧萧蔚似麻，文梁徙燕槛升蜗。无情最是高松树，曳翠牵萝荫别家。

（以上见《两浙輶轩录》）

丁敬印跋

古歙汪氏啸雪楼主人珍藏夏商周金石文字、秦汉官私印信、唐宋元明人诸章、历代名人书画尺牍之钤记

昔萧子良以刻符、摹印合为一体，徐锴议之，谓符以取信，印以记事，判然为二。若后世官私印章既以征信，复记姓名，正合子良之制。吾友秀峰博雅好古，凡秦汉金石及古人真迹无不搜罗，今以旧作斗印索刻，予应秀峰之请者，盖喜其石之佳也。丁敬。

藏之名山，传之其人

予生平不喜作闲散章，谓其浪费笔墨，不足以名册。乃自与秀峰共东皋吟社，称诗颂酒，友契于心，深重其好古专笃，藏书百厨，工吟咏，得古印几盈万纽，汇为印存。又集时贤张子盘石、钱君乐父、王君子复辈，不惜重聘延之家园，相与参订商确，集名人韵语镌诸佳石，悉合于古，海内高手大半皆出其门，诚所谓广厦千间，使寒士欢颜，

古今艺林中一大观也。予老且衰，跂足拭目以望，复何敢泥古鲜通，以为群贤所笑耶，因刻石以应命。乾隆壬申七月，龙泓山人敬叟。

千岩万壑之轩

晋甫沈居士博雅好古，尤擅诗古文，诗似陶、谢，文学苏、韩，粤中名士也。今卜居山阴，门外曲水一泓，隔岸众山环绕。每当春夏之交，启窗远眺，诸峰浓翠欲滴，因颜其斋曰『千岩万壑之轩』。招集四方名士作文酒之会，请堇浦太史撰记，西唐高君绘图，樊榭山人书额，予作印，共八人。是日，庭中梅花盛开，分题检韵，消寒会无是乐也。丁敬记。

平阳旧族

汪氏为平阳大族，子姓蕃衍，虽南北分居，然皆冠以平阳，示不忘本。秀峰吾友求作此印，簪缨世胄，清白家风，勿以声华相诩，此老夫所深望者也。丁敬。

秀峰先生咏世德之骏烈，诵先人之清芬，古人举笔不忘规戒，是可法也。至篆法苍古，固砚林翁馀事。

易得捧观，殊以自幸，爰志数言，仰希附骥云尔。黄易。

著集龙溪

宋南渡词臣常以龙溪汪公为领袖，其草隆祐太后手诏感动人心，文章报国，莫大于此，公所著《龙溪集》，秀峰吾友为公族，文章气节克似之。嘱予作此四字印，虽世胄云遥，而典型犹在，秀峰其勉之。钝丁并跋。

寿道士

寿门老友久客广陵，不见近五载矣。今年七十三岁，自写《寿道士小像》邮寄属题，尺幅中笔意疏简，扶枯籐一枝，有顾影自怜之慨，并索篆『寿道士』印。他日归江上，与吾友杖履相接，高吟揽胜，见吾衰容当不改山林气象也。丁敬并记。

金农

古人篆刻思离群，舒卷浑同岭上云。看到六朝唐宋妙，何曾墨守汉家文。此予三十年前论印诗也。乾隆七年二月，吾友寿门出石索刻小印。钝丁仿六朝印。

奇石为良友，名花当美人

尤物之留于人间，世者得之固不易，赏之良犹难，非具只眼者不足道也。予古缘颇深，所得往往出人意表，亦宿世奇情也，作此印以志快事。丁丑中和节，钝叟并记于无所住庵。

问梅消息

通州李方膺晴江工画梅，傲岸不羁，罢官寓金陵项氏园，日与沈补萝、袁子才游，有句云：『写梅未必合时宜，莫怪花前落墨迟。触目横斜千万朵，赏心只有两三枝。』予爱其诗，为作数印寄之，聊赠一枝春意。梅农丁敬。

傲骨热肠

钝丁仿汉人印法，运刀如雪渔，仍不落明人蹊径，识者知予用心之苦也。丁丑夏日并记。

金石有声，不考不鸣

君子抱璞，非知音不肯稍露本相。金石有声，不考则不惊人。环山布衣，守道之士，外若木讷，实才高北斗，胸富五车，寄情山水，溷迹江湖，莫知其名者数十年矣。余虽不合于俗，亦颇以文墨为命如布衣，余深识之，作此章以赠，不知以为然否？龙泓山人丁敬身。

春草园

功千以临川李公与其从兄铁岩同官，少司农闻其才且贤，荐之。功千雅咏温恭，筑春草园，藏异本书近数万卷，与同里沈嘉辙、乐城吴焯、尺凫陈芝蔚、九符曾幼鲁、厉鹗太鸿及弟信意林，搜集南渡遗事，系以断句，名《南宋杂事》刊行之盛，为海内所称说。予为仿三桥居士法刊此奉赠并记。砚林中人丁钝丁。

不可一日无此君

不可居无竹，无竹令人俗。《齐民要术》所载：『东家种植，西家得利，又非人力所能施也。』吾友寿道士江上旧庐四围多竹，阅数世不改其操，今徙居何氏旧斋，瓦松梁苔，薄见曦影，而苍筤一竿无有也。秋窗独坐，颇思慕之，因出石索刻斯印，并自画数竿置之壁间，亦可谓好之深矣。戊辰秋九月，丁敬并志。

诗癖画禅

雪鸿老友本籍桐城，移家白门，天资高迈，兼三绝之誉。为人疏放不羁，旷达自喜，既罢官，遍游吴越间，所至人争重之。性嗜酒，好吟咏，酒酣兴发，挥洒甚捷，若在歌席舞筵，尤不自觉其气之豪纵墨之淋漓也。尝以率笔写杂剧三十图，随手钩染，须眉逼真，有简略生动之致。其他游戏笔墨，皆自出机杼，不落时蹊。今以七古一首赠予，并索篆印，作此以供吾友吟咏书画之用。乾隆十二年二月，泉唐丁敬记。

秋药盦

秋药老友以文章气节重于时，书法古健似李北海，山水得大痴神理，下笔扫尽尘俗，喜作丑树顽石，自率胸臆，不悦时眼，尤好吟咏，皆不求工而愈工，允推吾乡高手。著有《秋药奩集》，有『梅花一枝鼻功德，茅屋三间心太平』句，为同人传诵。前二年，出石索篆『秋药庵』印，久之为人攫去，长夏无事，仿吴仲圭『梅花庵』印奉偿。丁敬志。

半园逸叟

竹初吾友博学多文，兼仲圭、子久之长，尝自画《竹初庵图》，征诗同人。归田后，得唐荆川旧园之半，葺而居之，名『半园』，种花植竹其中，享幽栖之乐，与同里毕蕉麓相往还。近日，笔墨益精，随意所作皆疏老苍浑，别有会心。今年七月，过我砚林，出石索篆『半园逸叟』印，因志数语，以作他日记事珠可也。丁敬。

人淡如菊

人以淡成以甘败。君子之交淡如水，故久而不渝。吾谓诗亦然。陶、谢之诗，所以高出诸家者，以意真而味淡。菊及秋始华，而不似春花之艳，但见其淡，而不知其敷荣累月而不萎。人能悟此，作诗之道在此，交友之道亦在此。余故摘《诗品》句而断章取义焉。钝叟。

赏雨茅屋

雨得其时，则欣然喜人之情也。嘉宾聿至，把酒谈心，拈题分韵，而好雨适至，则野老农夫皆为欢悦。予与秀峰相别已久，忽惠然肯来，时家釀甫熟，相与衔杯，雨从东来，殊惬怀抱，秀峰取《诗品》句属篆，予亦乐为奏刀。钱塘丁敬志。

贤者而后乐此

予好古不啻好色，吾友赵功千亦抱此癖。今年四月与尺凫吴君买舟访友于苕溪市上，得一汉印，文曰『刘章』。白文，鼻钮，归即携印来，予谛观久之，爱不忍舍，功千知予心好，遂以见与，因作此印以答其爱我之深。丁敬。

五老云峰

余主秀峰家，出所藏小米山水卷，长二尺馀。瘦松破屋，面对云山，溪沙清远，芦荻萧疏，神气超越，不愧神品。后有云林诗题：『结屋正临流水，关门巧对长松。为待神芝三秀，移居华岳西峰。舟泊溪流曲曲，乌啼烟树重重。独思白鹳遗址，将居五老云峰。』明吴匏庵亦有跋。因摘倪迂诗句以就雅正。乾隆十有七年三月，丁敬识。

清气若兰，虚怀当竹

褚摹兰亭墨迹，秦中摹本为宝晋斋珍秘之物。考河南书法，虚舟称其字里金生，行间玉润，如瑶台婵娟不胜罗绮。比之武定本，欧为有道之士，褚为绝代佳人，此论极确。秀峰主人出所藏宋拓褚临本，笔力纵横，有不可控勒之势，与寻常本不同，盖书家变体，无所不能也。秀峰鉴赏极精，想不以余言为河汉。龙泓山人丁敬并记。

泊鸥山庄

山阴陶篁村得汪氏旧庄于葛岭下，葺而新之，题其室曰：『泊鸥山庄。』并题句云：『高士门庭云亦懒，荷花世界梦俱香。』予为仿元人法，作印赠之。敬叟。

新篁补旧竹

癸卯秋日，客京口。梅甫先生属作石印数事，时风声、雨声、涛声、欸乃声与奏刀声相奔逐于江楼头，数声者欧阳子《秋声赋》中无之，爰补于此云。龙泓山人丁敬。

拜石山房

怪石堪供。叹天生异质，谲诡难穷。精华时孕宝，变化或成松。谁辇致，傍帘栊，远岫与遥峰。断香檀，商量位置，图画之中，传闻米老遗风。看一拳何幸，下拜呼兄。折腰偏不惜，仰首竟无从。安斐几，拂苔封，屈指达微悰。笑平生崚嶒丰骨，甘自趋风。钝丁老人作于砚林左个。

寄情邱壑

竹堂吴君淡于荣利，著作等身，书画并臻妙品。山水师华新罗，墨竹仿鲁千岩，而秀逸超拔之致，于长幅为多，时人得其片楮，莫不珍同球璧。间作写意士女，尤极隽冷。

乙卯冬日，天寒欲雪，野梅初放，试所赠双鱼绿玉研，为吾友篆此小印。丁敬身跋。

诗境

昔人论王摩诘『诗中有画，画中有诗』。吾友寿道士对景写情，即具诗意，可谓深得此中三昧矣。今年七月，画梅花便面寄予，予作此二字奉贻，个中人当必以予为确论也。钝丁记。

金石契

秦印之结构端严，汉印之朴实浑厚，后人不能拓摹也。剑夫世好以龙尾金星研见饷老夫，作此答其敬老之诚。钝丁并记。

香远益清

昔周子尝著《爱莲说》，谓其香远益清，亭亭净植，可远观而不可亵玩，为有君子之操也。余亦喜莲能拔俗于汙秽中，清洁自持，名誉远闻，有合于君子之道焉。钝丁并记。

名士风流

堇浦老友以所著诗集示余，且属删订。赞赏良久，因作是印奉贻，盖美之也。时丙戌初秋。钝丁并记。

乐此不疲

人之性情，必有所好而乐之，乐之不厌，遂以成名。瓦弃小技耳，而辽秋擅古今名。况其大焉者乎？书画虽小道，然非天姿超迈，学力纯粹，博观古人名迹，神而明之，必不能自成一家。吾友昔邪居士诗文书画天分既高，学力又足以副之，四方求索如云，得之珍同拱璧。予于此道亦笃嗜不倦，故刻此印为赠。壬子七月，丁敬身并志。

岭上白云

余避暑湖上，小颠时侍左右，诗颇清新，无和尚气，有隐士之风，为刻『岭上白云』四字贻之。钝丁。

烟雨渔师

故人老矣。喜江南烟雨，扁舟尝泊，秋去春来浑不管。底事柳阴栖托。青笠绿蓑，雨丝风片，只有渔师最乐。新醪沽得，陶然醉卧村落。

南洲老人解组归，自号烟雨渔师，属制此印。梅农丁敬。

为竹传神

竹与梅皆至高之品，于风露冰雪中精神愈健，故易于绘形而难于传神。今观二泉巨嶂小幅，无不臻妙，盖由天分绝顶，学力过人，是能得熟中熟法。龙泓山人又记。

天香庭院

竹君老人移居城西，颇有幽趣。丙戌之秋，招饮后园，值桂花大放，醉后分韵作诗，竟日夜之乐。他日别无所赠，爱作是印以记事。钝丁。

幽人空山

笠舟朱君精鉴赏，喜结纳，所居苕上池馆幽胜，山水清华，多蓄鼎钟、书史及宋元名人真迹，工诗，有唐人遗韵。余虽未谋面，闻寿门述其生平，并代索刻此印。龙泓山人丁敬身记事砚林中。

诗酒僧

小颠居灵隐，诗学盛唐，得李杜法，喜酒善琴，落拓不羁，慕宋僧道公之为人，自号小颠。求余篆刻二石，用之扇头笺尾，甚高雅也。敬老人。

江山风月

此二印仿汉人刀法。近来作印工细如林鹤田，秀媚如顾少臣，皆不免明人习气，余不为也。钝丁。

研北生涯

吾人日事笔研，每望年年无恶岁也。吾友二石生平珍玩诸品若汉灯、古泉、古镜、富贵长乐汉砖，皆葺室贮之。画善花草，师檗庐山人而参以己意，脱略简老，在青籐、白石之间，今篆斯印，因志数语于石。丙寅冬日，钝丁。

身在画中

丙戌冬日，偶过冬心先生画馆，相与考论金石，竟日不倦。将行，复以乌目山人《秋山行旅》出示，赞赏良久，因作是印以记，时漏下三鼓矣。钝丁。

庄凤翥印

吾杭昌化石厥品下下，粗而易刻，本易得印中神韵。红者人尤珠玉定直，不知日久色衰，曾顽石之不若矣，安有青田、寿山之久而愈妙耶？余故素拒此石。杉群契友一时不能得佳石，又甚渴余篆刻，因勉应其请，重其雅意之笃耳。己卯八月，敬老人制并记古砚之林中。

吉金乐石

上世器物，莫古于金。金钟鼎彝。周、秦以来，刻石记功，而石始与金并，自汉迄今。

商、周、秦、汉之文字所赖以流传者，惟金石而已。吾友汪君秀峰，笃嗜金石，能别真伪，收藏富有，因篆『吉金乐石』印以贻之。丁敬并记。

与梅写照

二泉五兄工写梅，庭中植老梅四五本，每当窗明几净，晴雪一帘，輙为此花写照。性耿介，嗜饮，索其画者多载酒至门。今作梅花手卷贻予，因刻此二印奉报。戊辰夏五月十日，钱塘丁敬记事砚林中。

思于物有济

予不刻闲印，今为恂士会元破天荒也。盖重其立志之卓，存心之厚，友以辅仁，同研分耳。敬。

偶为人所容

巳酉秋七月，作秦朱汉白印于古砚林中。七十一叟敬身。

息景斋

逝者如斯，百年驹隙。谁则息之，谁则不息。不息亦息，息亦不息。月送阴虚斋自寂。龙泓并铭。

大吉羊

汉有『大吉羊宜用』洗铭五字，旁作双鱼形，又有『吉羊铭』二字。昨从春雨处见『大吉羊』洗铭三字，古色盎然，爱不释手，今背摹是印，未得形神皆肖也。梅农记。

东村小隐

『小人哉学圃，诸生耳傭书。门前绿柳荫清渠，东风菜吐。游仙枕外分朝暮，牵丝棚外看来去。选官图外论赢输，闲中乐乎？』调寄《醉太平》。

香草亭长有归隐之志，筑园东山之麓，栽花种竹，颇具幽趣。自制新声述其梗概，乞余治印，且属刻其词于石，则用心苦矣。余乐为奏刀，声如奔雷骤雨，俗人不知焉，赏音者定为拍案叫绝。辛巳花朝，梅农丁敬，时病目初痊。

寿古

古印留遗，莫精于汉，刻此用存古意。七十一叟丁敬并记。

饮香浴露

春暮坐雨龙泓山馆，仿汉刻烂铜印。丁敬。

诗人司空廿四品

天中祝明甫为豫堂先生子，诗品极高。余素耳其名，今笠亭朱君以《西涧草堂诗集》见示，觉疏硬苦涩具体涪翁。工画梅，横斜瘦影，妙极自然。笠亭代索此印，虽与祝君未谋面，而已订石交于百里外也。龙泓山人丁敬身并记。

龙尾山房

龙尾山房汪雪龙室唐，自来居樵广侨也。陵之南尾，盖山名著于星渊。石君之铿铿，水之泠泠，他山无或过，因刻此印以赠，美其不忘故土之志，工拙在所不计也。庚寅六月二十五日，敬叟并记。

（以上见秦祖永辑《七家印跋》）

西湖禅和

圣因大恒和尚，予方外契心之友也。二石求予篆刻，迟数年久未有以应之，此重公案，直令我佛无下口处，惟吾两人相视莫逆耳。因作此『西湖禅和』四字印赠之，它日有续西湖高僧事略者，不能遗此僧也。丁卯冬日，钝丁记事于砚林。

胡姓翰墨

余昔藏米元章真迹六十字，后用朱文『米姓翰墨』印，盖公自刻者。今仿佛之。钝丁。

此丁钝翁仿米老作，其劲锐如李将军射虎，箭镞入石，诚胡姓家宝也。胡姓失之，沈学士朗亭得之，持赠家秋农叔祖，印盖得所归矣。己酉冬，同客长兴，出以见示，余手拓之，并叙颠末，以志印之辗转相遇。噫！人生遭际，大都如斯印耳。常侍卅世孙，富春胡震记。

下调无人采，高心又被嗔。不知时俗意，教我若为人

此唐张洪厓先生句也。虽辞气兀傲，而矩镬中庸，和光同尘之意了然言外。吾友秀峰汪君有会于怀，求予篆勒，以代韦弦。予素不喜作诗句闲散印，今日应秀峰之请者，盖喜吾友之能希辔于先觉也。丁卯仲冬八日，钝丁记事砚林中。

文章有神交有道

石巢进士，彬雅能文，翩翩少年，有古君子风，与老友近漪大兄居相近，暇时辄过访之，以自序文艺就正老夫，笔致高妙，远擅古人之场，而书法古拗，浑朴之气溢于毫楮，用刻此印赠之，即以订石交之永好云尔。癸酉六月，砚林漫叟并记。

白云峰主

白云峰在今法喜寺北，即故上天竺寺也。内有白云堂，宋守沈文通为高僧辨才所建。余方外友烎虚中禅师来主法喜之席，乞余刻『白云峰主』四字石章以为闲玩，盖欲招辨才为同参，以苍石为可语，其远情高韵，殆与是峰竞爽哉。余因欣应其请，顷刻而成，不假缘饰，颇得吾友本色住山之致云。甲戌，丁敬身记，时年六十。癸虚禅师以埜蔌见贻，风味清远而柔翠可结，云名窝笋。岂以形似条萌可以窝绾耶！辄作四十字，附刻于此答之。『埜蔌来何地，高禅远见分。翠疑闲摘杞，柔比一窝云。苦益平生操，清资世外闻。多师珍重意，何胤肯茹荤。』敬身上。

略观大意

米襄阳自刻姓名真赏等六印，且致意于粗细大小间，盖名迹之存古贤精神，风范斯在，非欲与贱技者流仆仆争工拙也。刻附数语质之，鹤峰老先生真赏。钱唐丁敬。

苔花老屋

余江上草堂曰『带江堂』。堂之东有园不数亩，花木掩映，老屋三间，倚修竹，依苍苔，颇有幽古之致。余名曰：『苔花老屋。』古梅曲砌间置身正觉不俗。丙子春，丁敬篆并记。

石泉

施秀才石泉世兄作长歌一篇，求老夫篆刻，瑰丽跌宕，极为可喜，并请附刻其歌于石，以记雅事，盖嗜老夫款字，多多益善耳。恨目昏手强，老态顿加，此歌几周一石，良非易易。因以余近作五律一首附刻之，使后世人知老夫今日之况味，亦可喜也。且字约略百有六十馀，亦足以塞石泉之雅好矣。如何？『杖藜随晓步，黄落又秋风。老觉时光速，贫谙世态工。坐深怜止水，望迥诧冥鸿。江白山青外，朝暾正上红。』乾隆丁丑冬日，敬身叟并志于古砚林。

只寄相思一点

老友冬心先生，好古拔赏，与余有水乳契也。容维扬不见者三年矣。书来，作此印答之。戊寅三月，丁敬并记于无所住庵，时年六十有四。

汪彭寿静甫印

静甫以此石求老夫篆刻，留案头者甚久，今日偶为作之，顷刻而就，犹劲风之扫薄霭也，识者若未见石，当以玉章目之耳。戊寅三月，敬叟记。

樊榭后人

余婿厉绣周课文之余，时攻有韵之言，每以所作就正老夫，其致思用笔骎骎日有家法，深喜吾友樊榭先生之有后，而吟事继起之有人矣，因刻此印赠之。樊榭有灵，知必凌云莞尔不已也。时乾隆戊寅三月，敬叟篆刻并记于无所住庵，年六十有四。

芝里

荔帷解得老夫篆刻无法之法，以诗来谢，相应之速，且要次韵并刻印石，亦佳话也。因如其请。曹倡：『烂铜破玉好光辉，多谢神斤大匠挥。不比三年刻楮叶，先生应笑宋人非。』丁次韵：『石章刻就石生辉，绝似朱弦信手挥。却笑解人千未一，说难吾久是韩非。』戊寅三月，敬老人记于砚林。

苔华老屋

老屋亦犹先人之弊庐，苔花则存仆雅而不事华美之意乎？吾友西颢先生特名其书室，其意深矣。小阮静甫秀才乞余篆石章用之，可谓能承敦素之志者，余故乐应其所请。时乾隆戊寅三月，敬叟记。

徐观海印

余为徐秀才寿石作此两印，有怒猊抉石/渴骥奔泉之趣，顷刻而成，如劲风之送轻云也。石在余许，已至宋人刻楮之期。刻成，漱茶自玩，庶不负三年之迟。秀才吾鄗解人，知不河汉余言。戊寅秋九月，胜息老人丁敬身并记于砚林左个。

顾震之印

『微郎清迴切三台，霖雨承天自此陔。遍路薰风舜弦近，一条活水禹波来。致身事业全看气，报国文章始见才。野老蓬门幸堪乐，不须回首怅离杯。』右七言近体一首，奉送苇田契友赴中翰之职。即附刻其素余篆刻印石上，砚席间，当如时与素心悟对也。己卯四月二十五日，同里丁敬并记。

曙峰书画

古人托兴书画，实三不朽之馀支别派也。要在人品高，师法古，则气韵自生矣。象昭贤友求作此印，并为识数语，盖重其请益之诚耳。敬叟，己卯冬日。

石畲老农印

王文成公有『阳明山人』朱文长印，奇逸古雅，定出胜流。今仿其式，奉玉笥尊丈老先生清鉴，又奉赠五言律诗一首，附刻印石，以求教定。诗曰：『婆娑玉笥叟，老笔峻韩门。岂以巍科重，居然大雅存。寒松姿转耸，云萝气犹吞。绝听真堪乐，多年静世谊。』乾隆己卯冬日，丁敬顿首上。

此丁丈得意之作，今归予斋。戊戌九月，蒋仁记。

宝晋

山舟藏禊帖绝异，予定临出米老。因仿宝晋小印，脱略形模，亦同米临此帖耳。敬叟。

我是如来最小之弟

山舟求刻此印，恐有罪过。余曰：『若能心心体佛，佛必视为良友，况弟之乎？』己卯，敬身记。

王德溥印

秦印奇古，汉印尔雅，后人不能作，由其神流韵闲不可捉摸也。今为吾友容大秀才一仿汉铸一仿汉凿，容大用至耄耆期颐之年，见其浑脱自然，当益知其趣之所在矣。六六翁敬身钝丁记。

且随缘

余新卜居祥符佛寺之西，素心良友，朝夕过从，颇有品茗斗句之乐。一日，恒开士以《龙泓小集图》见赠于余，笔墨高远，颇契予怀，作此奉酬，并志一时雅事。六十八叟丁敬。

寓意于物

此昌化石，余从未措手。今为桐君老友破例，一似远公之过虎溪，亦可以一笑也。丁敬记。

汪宪 联珠印

扇头笺尾，印之雅便，莫连珠若。文衡山自能刻印，年及百岁。笺扇只此，亦可见其行己有矩处也。甲申夏，钝丁叟。

（以上《中国历代篆刻体粹》）

奚冈卷

冬花庵烬馀稿

奚冈印跋

冬花庵烬馀稿

序一

浙西布衣石门方兰士薰、钱唐奚铁生冈两人皆以画名于时，又皆工于诗画，宗法不同，而各有胜趣不减古人。余知铁生最早官杭州七年，每以诗画投赠，而未尝一识其面。兰士仅于西湖楼见之，朴野寡言笑。余强之坐官舫中，谈片晷别去，亦尝赠余诗画，无何兰士以穷死。铁生狂于酒，酒酣作画赋诗，意气自豪，其人殆又视兰士异也。余去杭州，闻铁生得酒病，家毁于火，子女皆死，旋遭母丧，而铁生亦死。吁天之祸，铁生亦酷矣。吾门汤子点山与铁生为忘年交，悲铁生之遇，而为之传，又集资刻其诗邮余京师，属为之序。铁生诗清冷绝俗，肖其为人，尤爱其题画诗，风格绝似吾乡倪瓒。余尝怪明季华亭陈继儒者，自号通隐，宾客交游，车骑阗溢门巷，故所为诗殊有俗气。康熙年间李渔辈人品逾下，其诗佻巧俚鄙，更不足言。安得如铁生者，一洗若辈之陋邪。曩见兰士诗甚幽回，摆脱尘坌，他日得见全稿，余亦当援笔而为之序也。嘉庆乙丑十二月无锡秦瀛。

序二

呜呼！天之厄诗人者，何其甚哉！厄之以穷，厄之以火，厄之以死丧之戚，终厄之以死，而究之其死也，终不得而死之也。吾盖于吾友铁生而信之矣。铁生嵚歒磊落，不可一世，特无所以发之，往往于画洩其奇，而于诗穷其趣。当其酒酣泼墨，簸弄烟云，岩壑峻深，大含细入，若先与名理相深，及其位置，既成吟豪，斯属神妙之处，能令有声之画与无声之诗并传。故铁生之诗无不工，而独于题画之诗则尤工，无他诣之所，精神与之合也。向使铁生挟其技以游于世，则海内外亦孰不钦其名者资其贽币，所入立可以致富。顾生平惟二三知己，肝胆与共。遇缓急，辄倾其橐无少留。若意所不可者，有酒所恒谩骂之，时或大吏屏驺从往访，亦拒不纳。夫士穷，乃见节义，节义立故可穷也，如铁生者。即不以诗传，而其人不既矫矫也哉。然天所以挫折之者，亦有异于常人。当旬日间而丧其弟，丧其三子，丧其女，犹未已也。邻人不戒火，延其居，俾所藏书画俱成灰烬。及移居后又遭母丧，益忧郁不自聊赖，比至服除，而身亦死矣。

呜呼！苍苍者其有知邪？其无知邪？如其有知，何独于诗人而酷虐之若是邪，不可解已。君诗清而腴，峭而不险，其标格与白石、云林为最近。惜当吴回氏之灾，稿亦亡失。今友人汤点山重为葺之，略成三卷。梓成，属序于余。忆乙巳假归，尝与君曾于项秋子『寿花轩』会，必有诗，今已无复存者，其逸去不知凡几。然即此数百篇内，远致胜情，含蕴无尽。使就山水间一再诵之，其精灵当必有呼之欲出者，然则铁生为不死矣。嘉庆乙丑冬，钱塘吴锡麟。

奚君蒙泉传

仁和汤礼祥撰

君讳冈，字铁生，号蒙泉外史，姓奚氏，钱塘布衣。父讳元瑨，为名诸生。先君二十年卒。生子二，君其长也。九岁作隶书，及长，工行草、篆刻，兼通诗词，而于画尤为擅长，精心孤诣，亦似有天授。上溯元四大家，以逮董宗伯、李檀园、王太常、廉州、麓台、司农，皆心摹手追，能得其神髓，脱去蹊径，点染花卉，皆生动有致。论者以为接迹恽、王，少即见赏于杭堇浦、吴西林、方雪瓢诸先生。四十后名益重四方，以书币求画者不绝于户，估舶携至海外，夷人皆悬金以购之，故君之名远在琉球、日本间。为人豪迈不羁，与人交，披露肝胆，周人之急，倾囊倒箧无所吝，久而相忘，不责偿也。豪于饮，往往酣嬉淋漓，酒气从襟袖间出，同席者皆倦，君方左右叫呶不休。或稍避之，则大怒，以是人目为酒狂。君既以友朋为性命，然非其人不与之接，大吏或屏驺从访之，拒不纳。汪公志伊为方伯时，欲以孝廉方正征，不就。阮抚军元、秦廉访瀛争欲识君之面，多方致之，终不一见。晚年叠遭家难，旬日中丧其同母弟銮，又丧其三子濂、澧、冲与女子子而四。濂十九岁，澧十五岁，冲始七岁，皆幼慧。无何，家毁于火。迁居后，又遭母丧。既除服，而君抑郁死矣。余交君几二十年，君于朋辈中常以气节推余，性既相似，故往来尤密。文酒之会，无月无之，又常结伴放舟湖上，遍游南北诸山，兴尽乃返。喜作诗，每得句必就余商榷，有时议论不合，则攘臂而起，目张口哆面发赤。余亦负气不相下，虽座客满堂不能解，移时则欢笑如故也。君卧病，余间日必造其庐，忽语余曰：『吾将死矣，然终不肯与诸君分手，愿结后身缘，任诸君呼为小友，无所憾』。未几，而君死矣。

濂聘汪氏女，闻其殇，水浆不入口，求归奚氏守节。君初不许，以死自誓，乃许之，未即迎也。君殁之前月，汪氏又请，遂来归。犹及侍奉汤药，亲视含殓，尽礼尽哀如子职，是益可悲也。君殁于嘉庆八年十月二十四日，年五十有八。所著《冬花庵烬余稿》，余为之删定，而君之友醵金刻之，以传于世。

论曰：昔韩昌黎志为马少监墓，以为四十年中，哭其祖子孙三世，其文悽怆，不可终读。余乃三年中亲见君之丧，其母丧，其弟且丧，其子，若女，至今君死，而余又哭之，然则久不死。而观居此世者，真足为大悲也。然而盛名之下，坎壈缠身，又乌知君之不以脱屣人世为可乐也耶。吁！

冬花庵烬馀稿卷上

忆云林山房

云林幽绝处，石上闻松声。下有清泠泉，夜响孤猿惊。烟筱隔岭秀，风钟度水清。所得入元赏，相绊嗟浮名。每发尘外想，遂惬栖遁情。山中老比邱，一卷贝叶横。时遗古洞书，迟我话无生。

游宝石山

我登宝石山，山瘦削寒碧。巍然窣堵坡，天半卓孤立。迥焱荡空林，霜叶鸣策策。侧步怯危梯，逼面起苍石。赏奇心固幽，造极境忽闢。属目送飞鸿，烟江一痕隔。冉冉空中云，转瞬已无迹。浮生正如斯，胡为苦形役。不若来山中，优游惬所适。醉卧苍松根，不知烟磬夕。

龙井片云石

龙泓有片云，从龙布膏泽。何年天风吹，一朵堕空碧。龙归云不飞，化作岩阿石。含气常氛氲，滴乳仍濛霢。巍然势欲起，屼立俨如擘。灵踪从神巧，幽窦漏虚白。奇峰写长夏，爱此郭熙格。欲去三摩挲，我有老米癖。

龙挂

墨云满天天欲黑，狂飙怒卷波涛立。蜿蜒曳尾垂海东，水气溟濛腥雾湿。是时旱魃方作威，力排赤帜牵朱旗。田禾焦槁涧溪涸，疲民苦渴还苦饥。一朝茫洋薄光景，睹此神物蟠空飞。行人咋舌不敢语，舟子纷拏无泊处。俄惊霹雳震山谷，雨点沾衣急飞镞。我方探奇向岩麓，湖滣独就僧庐宿。一夜掀扉翻瓦屋，晓看拔起千年木。

云林寺古木歌

古木杈枒多丑异，千章深锁云林寺。老藤时作瘦蛟蟠，高枝夜挂哀猿戏。撑空溜雨何年栽，疑与灵鹫同飞来。根盘石罅饱冰雪，苔侵铁干迴风雷。今年逭暑来岩谷，林间倚石听幽瀑。不知赤日行中天，但觉凉阴覆平麓。山僧期我话禅房，竹间已为安绳床。何当坐我莲峰顶，紫烟红雨看斜阳。

移榻山中，约心公游凤麓、梵天二寺

逭暑来山中，便有出世心。焚香对苍竹，向水鸣清琴。松风有时至，洒然披素襟。破除热恼苦，静耽禅味深。雪坡老阇黎，妙行今道林。每说无生论，夜半闻法音。会当从公去，古寺云边寻。一醉沧江月，长啸青枫岑。

陈春渠先生过冬花庵话旧

载酒红桥赋柳枝，廿年回首不堪思。图书已散江淹宅，荷芰应荒山简池。往事孤云无定迹，旧交寒竹有真姿。知君老去情多感，不敢临风诵此诗。

首春至葛林园，偕小师寿之过南屏

才得清闲便出城，野梅香里一舟横。春如有约年年至，老却无端冉冉成。衔岫日斜分霭细，拍堤风软蹙波轻。南屏归去钟初动，多谢僧雏伴我行。

同人放舟皋亭看花，次郎蠡湖韵

诗豪酒敌快相逢，雨里看花兴更浓。十里红云连野色，一篙春水破岚容。已无倩女哦新句，可有渔郎觅旧踪。领取风光归醉眼，肯教篷底别诸峰。

夜读杨诚斋诗

忆昔颇自鄙，不读诚斋诗。今宵春灯下，展卷始觉奇。字字出真性，语语生遐思。我不如诚斋，放翁不吾欺。古人尚云尔，今人复何为。回首顾妻子，正值酣眠时。一笑读未休，恋母如吾儿。

夏日湖上，同朱云岩、刘耕绿、汪又山

渺渺千顷波，小舟放其中。浮生寄寓内，亦复如飘蓬。身亡名自存，千载一逋翁。种梅赋新诗，招鹤弹孤桐。南阳与东山，倒睨此二公。非无王佐才，高蹈柴桑风。
延缘苏白堤，讽咏二老诗。风流不可继，青山恒若斯。渚莲媚疏花，风柳迴高枝。凉波六月秋，鸥鹭相娱嬉。生幸脱世纲，百岁谁可期。对酒须尽觞，为乐当及时。
湖湄古招提，几来避烦燠。舣棹盼乔柯，入门荫修竹。老僧喜相迎，把晤松下屋。茶瓜

滌尘襟，风荷款幽独。须臾墨云翻，巨雷震山谷。骤雨倒银河，一凉快三宿。

西湖打鱼歌

岚容黯淡波光连，渔子晓集三潭前。小舟叶叶鸣榔先，轻如浮鸥相盘旋。长罛密网纷纷牵，中流一截百尾鲜。大鱼竞赴输官钱，小鱼戢戢亦可怜。银刀拨刺跳满船，就船买得缩项鳊。老饕一饱腹便便，醉来湖上夜不眠。清寒沁骨月满川，展我尺幅沧洲烟。疏灯忽射葭菼边，一渔犹唱明湖天。

秋日集舒园，次严历亭韵

闲趁山樵到郭东，习家元合醉山公。方塘得水深深碧，曲榭回阑段段红。声乱芰荷时送雨，秋多杨柳不禁风。欲还尚觉牵吟兴，新月破云凉印空。

最宜观水小楼东，得句评论有至公。软葛袭凉秋露白，深杯摇滟夜灯红。桥阴网挂归渔艇，花外蝉移别树风。比似玉山情自胜，只无元璞坐谈空。

题花卉小帧

紫艳红香压绿枝，小阑风韵最宜诗。朝来宿雨含新霁，留得春阴好护持。

为柳溪作柳溪清泛图

窄窄瓜皮浅浅波，溪行凉趁柳风多。先生寄兴沧洲外，欲就元真借钓蓑。

知是磻溪是富春，柳条不染市朝尘。一竿一卷间家具，随意江湖号散人。

柯博士霜柯竹石全学李成，盖从寒林图流出，秋窗拟意并纪此诗

营邱画后见丹邱，腕底云泉著意收。消得闲心向山色，萧萧寒日一林秋。

放慵

泥饮狂歌侭放慵，不将芥蒂系心胸。卧游每爱云多态，舌战须知剑有锋。烟际渔竿闲北渚，竹间僧榻冷南峰。凭谁问我行藏事，锦里先生素所宗。

为周树村写颍湖辑句图题后

先生囊中无一钱，先生胸中诗万篇。穷乃工诗固其理，食贫奔走空年年。去年归来清颍尾，眎我箧里诗成编。芙蓉亭亭日初照，骊珠一一绳为穿。自言辑句颍湖上，湖中风景殊堪怜。绝无红阑低映水，只有绿柳高参天。索余放笔写大意，留作张本他时传。我闻欧公守颍日，爱此十顷玻瓈烟。东坡竭来弄秋色，欲把杭颍争媸妍。先生笔健气豪迈，能追二老称诗仙。琳琅满帙足寿世，即今轗轲非徒然。

高迈庵为孙烛溪写剡溪山色图

我曹写山须神行，兴酣落笔还经营。觚棱钩角实凡近，云横雾塞灵奇生。此理妙解在明暗，董家一一陈其情。吾友迈庵最精到，一洗时习豪毛轻。前年游剡去年雪，驱使山怪吞元精。胸中浩气笔端赴，欲使苍浑生虚明。迈庵迈庵吾语汝，莫夺董气下董名。江东孙郎碧眼睛，能识汝画如琼莹，宝之不易十五城。

题墨竹

萧郎两从吾未见，老可千亩谁为传。平生食笋不计数，有时吐出胸中烟。凉堂汲水泼清影，一一小凤飞秋天。梦魂今夜落何处，满篷明月行湘川。

坐雨

坐雨南轩兴转孤，出游又苦阻泥途。西湖处士梅花在，东郭先生屐齿无。慰眼且开书满箧，解酲还藉酒盈壶。翻怜懒与闲相称，一任林间唤鹁鸪。

余慈柏、陈秋堂携酒招同陈曼生过汤古巢

故人携酒榼，邀我过茅庐。展轴开青嶂，行歌把素书。会怜今雨合，情在古欢余。醉里忘佳节，黄花弄影疏。

秋日水心亭

软琉璃上一尘轻，知是蓬瀛是化城。晓色排色千嶂翠，夜光浮月四窗明。画船疏柳笙歌队，

曲槛残荷鸥鹭情。欲与诸君重结社，时来载酒继前盟。

汪静庵得钝丁小梅花屋印章，贻小麓

赤虬瘦影疑欲翔，质莹体润仅寸方。丁居士刻石括苍，小梅花屋文二行。舍人之舍适正当，梅花一树横书堂。快教大阮贻小阮，不似庭坚戏阿章。

吕纪画雁

昔观徽庙寒碛图，雪色凛凛开江湖。西风萧飒吹黄芦，阳乌十百如相呼。闲听今展青瑶轴，又见衡湘秋一幅。谁其作者吕指挥，老笔盘旋惊众目。独开生面写荒寒，衰柳疏花散碧滩。万里来时关塞远，一行飞处水天宽。指挥昔直仁志殿，岂特徒工写群雁。进规立意秉忠贞，艺苑今犹称笔谏。宅相双石能继声，画禽最得禽之情。谁知更有吕文英，赢得人呼小吕名。

题陈老莲停琴听阮图

停鸣琴，听摘阮。临深渊，向绝巘。雅如二乐音清婉，逸调流风竹林远。健笔盘空势欲仙，超奇绝俗陈老莲。腕底能传昔贤事，眼中忽见今龙眠。当时七十二贤像，一一摹写形神全。以方规圆更奇绝，顾尔余子谁争先。凉堂出赏群称快，玉鸦叉向屏间挂。百十年来无此翁，讵能传得翁宗派。自翁解和无声诗，我曹因写有声画。画里还疑听有声，七弦才罢四弦鸣。悄然坐我松风下，泉石泠泠太古情。

和余慈柏游虎跑，用东坡韵

虎为疏泉猿炷香，山深四月绿阴凉。青虬隔涧蟠藤上，紫凤穿林解箨长。松下清斋思往日，云边疏磬落何方。寻僧与子不同寺，石铫新茶各自尝。余是日游南屏。

和慈柏喜雨原韵

乍见云容生远墟，俄惊飞镞集庭除。病狂一夕遇良剂，得赦数行来诏书。簌簌风凉潜到竹，潺潺石溜欲平渠。羡君觅句闲情在，七字吟成过隐居。

题画与闲存上人

一枝筇竹倚岩隈，流水何曾去复回。心似道人无所住，空山闲共白云来。
疏樾蒹葭冷暮烟，西风孤雁叫长天。能牵高士萧闲趣，只在荒江落照边。

宜秋士女题郭十三频伽水村图诗：『深闺未识诗人宅，昨夜分明梦水村。却与图中浑不似，万梅花拥一柴门。』余读而爱之，为作图并系一绝

七字销魂似水仙，香痕绘月复描烟。如何一段空尘境，不让咸平处士先。

为筱岩作秋江小景

秋易成悲未觉非，一舸烟冷占渔矶。芦花江上看如雪，只作春风柳絮飞。
霜落秋江柳色寒，芙蓉消尽水天宽。惠崇芦雁王维雪，剩写沧江一钓竿。

花家山看红叶

湖波绕隄玉半环，舣棹独上花家山。湖山酣霜似酣酒，高下万木成酡颜。轩然一亭倚寒峭，快哉坐我红云闲。遥村几处连平麓，四顾苍茫如锦簇。近疑野烧断前溪，远曳残霞映深谷。

却怜西子晚妆新，点缀如花二月春。仿佛武陵溪畔路，渔人来此欲迷津。旧游最忆莲峰下，红于阁上秋曾借。满前风景似当时，看到斜阳酒频泻。

大雪湖上访心公招贤寺，用东坡聚星堂韵

披出渔蓑舟一叶，玉削千峰万峰雪。斜阳倒射烂银光，林谷微茫鸟飞绝。揭来湖上作伟观，住屐寒沙齿欲折。欣然载酒忽径去，水上楼台看明灭。苏隄宛如战退龙，僵卧中流许谁掣。孤山回首不知处，但见松冈云细缬。招贤老僧安枯禅，纸窗竹屋听骚屑。旋作围炉半日留，共叹前期过如瞥。平生只有邱壑兴，不辞穷讨凭诗说。今朝真个坐冰壶，篱外野梅横瘦铁。

丁巳首春过南屏访云公

独行不觉远烟色，密树参差到寺开。青嶂当门映碧池，僧闲知昼日永山。冷放梅迟偶检藏，经箧披图记岁时。案上有余画册，迄今十又三年矣。

同人展魏柳洲墓

忆昔会葬时，事往迹俄顷。峰壑沈阴霾，风雨助凄冷。今来展君墓，宿草迷荒梗。石碣何巍然，诗人名自永。同侪竞毕集，俎豆亦修整。一杯酹其前，地下君可省。仿佛君生平，高怀忽奇骋。逸思灿烟霞，妙句常冋冋。白云有时还，浩气归山岭。封木集昏鸦，深谷延落景。归来一叶舟，漾漾寒色净。回睇杳霭闲，霜红弄秋影。

同道悟松光登慈云岭山亭

半壁分寒日，江湖眼底收。乱云连野树，残雪冷荒丘。沙鸟争帆远，山僧喜客留。为看花事胜，有约此重游。

与胡莳塘题陈原舒墨荷

陈侯古豪士，落笔风雨快。尺幅写枯荷，远过白石派。孤花迎露展，老叶向风拜。遥知秋江边，乃有此境界。岂可寒具汙，最宜雪壁挂。我亦耽此技，能事欠狡狯。三日宿君家，欲画不敢画。

湖上用放翁韵二首

澄湖夜来霁，诸峰尚含雨。柳风掠轻舟，婀娜翠腰舞。桥阴展青镜，寥寥旷天宇。渚亭掩疏篁，出没隔荷蒲。永怀孤山人，清名占千古。何当缚数椽，于焉灌园圃。

坐久远公楼，忽喧池上雨。云起四山阴，风来万荷舞。魏子偕余弟，繙经到佛宇。相与同舟还，摇摇出烟浦。岸旁冢为谁，石几制独古。云是孙花翁，吾当问老圃。

登飞来峰

蹑境心已寂，世人徒此行。置身云壑冷，到耳石泉清。鬼斧何年劈，僧钟隔涧鸣。更穷樵径上，眼底淡浮生。

同余慈柏、徐秋雪、汤点山游韬光

老衲石林迹，诗禅直到今。乱泉双涧落，修竹四山阴。出世消尘劫，频过长道心。同侪多胜概，吾独怅幽襟。

寻石筍峰

久识云峰秀，穿林石笋长。万竿盘野竹，一径出危冈。厨冷艰晨爨，山深易夕阳。烟霞有余赏，惆怅奈归航。

题吴仲圭墨竹

道人卖卜春波里，腕底清风时一起。轻绡半幅翦鹅溪，数丛为扫青鸾尾。绝似湘川过雨新，还如嶰谷绝无尘。顿教六月浑忘暑，凉堂坐对融心神。东坡能夺湖州巧，澄晖亭下留风筱。道人百遍苦摩挲，叶叶枝枝更清矫。分明前夜独登楼，月落烟空景未收。记取一林声飒飒，冷云吹破碧天秋。

夏日何梦华招集得树轩，同余慈柏、陈秋堂、曼生、汤点山、沈西山分得『客』字

晨兴理游屐，去去安所适。多君折简招，遂造子云宅。疏窗列奇树，回飚洗苍碧。宿霁含余滋，新凉生几席。同俦散烦襟，委怀在典籍。鸣蝉递逸响，飞鸟振幽翮。顾此清景佳，因之缅畴昔。南湖接邻壤，荆榛幻芳泽。豪家广亭榭，转瞬已陈迹。荣华固其常，迁化

理难易。营营大块间，寓宇孰非客。忧来帐中筵，请君罄欢伯。

题林居图

林居少尘事，镇日掩柴关。晚雨过溪上，秋声在树间。种鱼茎自补，莳菊谱还删。时有听泉约，寻僧更入山。

为吴更生作湓浦琵琶图，系以一绝

含情都在四条弦，泪湿青衫帐别筵。只有湓江流不去，芦花枫叶自年年。

赠汤点山二首

君是文章地上仙，五经腹笥笑便便。下帷肯为功名早，立行争教意气先。叫月鹤冲闻易远，拏云龙隐见难全。怀清家学真堪羡，惊座雄谈尊酒前。

五十初谙世俗情，多君五字屹长城。诗如秋水宁嫌淡，骨似寒梅苦畏清。老去谁能重然诺，狂来吾独爱纵横。幽期共遂炎尘外，十里风荷一舸轻。

题王元章墨梅

种梅湖上林君复，千古高名在山谷。一从鹤去冷巢居，顿失白云三万斛。广平一赋绝世尘，尝与铁干争清新。霜风凛冽苦摇落，空香数点回阳春。藉君孤洁守贞素，不少知音赠君句。玉妃自驾白鸾车，素女应迷明月路。平生几醉桃李场，红紫压帽浮千觞。酒酣耳熟忽起舞，此番方识梅花王。梅花作图飞醉墨，临风大叫王元章。须臾铁龙吹夜月，衣袭寒芳沁诗骨。游仙旧梦殊渺茫，手把璚株坐冰窟。我身不曳侯门裾，繁华过眼云烟如。独爱一枝横竹外，纸窗伴我读残书。

题烎虚上人画

青山嵯峨白云起，落日苍茫淡烟水。疏松列柏半欹崖，谡谡寒涛生磵底。咫尺能移千里情，烎公胸次何峥嵘。挥豪已过倪漫士，到眼忽惊王叔明。须知衣钵传宗远，禅定初回收粉本。雁下寒塘别浦秋，烟浮层岫前溪晚。我从法子来蒙泉，谓心远上人。展视短轴还长笺，当时饱眼固奇绝。似此拓境尤超然，僧房寂莫年华速。回首千峰尚浓绿，公名自在南屏山，一幅流传看亦足。

题姚云岫宗伯先生听涛图遗照

曾从群玉到寒山，九里涛声共往还。奕世佳城岩壑里，先生高节栋梁间。望云正系归田梦，拜诏翻登曳履班。此日披图为重写，松风谡谡夺苍颜。王蓬心太守先为补图，为水渍汙嗣君属余重写。

冬花庵烬馀稿卷中

从云林入韬光径

云林古兰若，老树森交加。何年灵鹫峰，飞来梵王家。石泉喧磵户，秀壁豁谽谺。探奇试初入，忽旷心神遐。跻攀从胜侣，发兴岩峦赊。万竹冷幽翠，一径盘修蛇。缅怀白太傅，曾此驻游车。高吟韬光诗，间觅金莲花。素瓷洁野蔬，活火烹清茶。既得静者趣，更爱山水佳。丹梯不数转，极目情无涯。海门如可即，物外空云霞。落日晚钟动，欲去翻兴嗟。

游龙泓涧，同沈舫西、姚小岫、古幢、修白

昨从韬光游，风磴盘竹翠。今日寻龙泓，群峰锁幽邃。神泉浸岩阿，下有潜龙睡。飞流散满山，泠泠激松吹。架壑阁凌虚，嵌空石欲坠。流憩极视听，啼鹃劝人醉。吾侪兴固豪，探讨穷诡异。白云飘然来，惬我清净意。当时老辨才，于焉足高寄。开社追东林，群贤为毕至。即今留遗迹，一读壁间志。虚廊立斜阳，临风结遐思。

和汪筱岩长至日对雪

一阳初动连朝暖，梅乍作花枝尚短。雨馀忽卷朔风来，大地长林雪吹满。屐岭先生抱吟愁，拥炉袖手白氍毹。想见孤吟下重幕，东坡白战穷冥搜。我方醉乡谋小住，忽枉瑶华掷新句。泠然冰雪沁脾脾，眼底纷揉赏寒趣。曾忆狂酣舒氏园，漫空乱作风花翻。飞甍尚识临川阁，曲径潜迷映竹门。明当更践湖湄约，先生蜡屐应先著。萧萧寒影压平堤，如泉酒饮鸬鹚杓。楼阁参差望欲无，琪花瑶草来方壶。此际高歌定回首，扁舟坐我范宽图。

吴兔床先生赋画松歌见赠，走笔奉答

何年手写苍虬枝，博君七字璚华诗。纵横涂抹不复记，读诗始觉吾松奇。毕宏韦偃固未见，古人已往今人思。近代好手不间出，沈文陈董皆堪师。檀园松圆写其意，往往逸笔图之而。烟客先生独超绝，瘦硬直以书法为。忆曾抽豪作直干，手腕尚逐寒涛驰。写竹胸中有成竹，画松亦要松生腹。梦中每见十八公，秀鬣长身立如鹄。我方东邻走看花，忽枉好句投山家。笔力与松相攫拏，益我画稿纷烟霞。即如偃也写两树，杜老欣然为题句。他年图画随云烟，但读君诗应一遇。

湖上晚归

晚来湖上景，浑似雨中看。云气沈山黑，烟痕带水宽。磬清知寺近，灯远到城难。荡漾凭舟子，孤吟吾自安。

和陈曼生早梅

性冷矜高格，开时不待春。卷帘惊屋角，移策探溪滨。香逗月痕浅，寒分雪鬓新。由来多洁疾，肯受软红尘。

秋日杂兴

雨余寒色满荆扉，散漫秋棠茉莉稀。心自爱山身懒出，溪头闲却钓鱼矶。
西风策策振高柯，欲试秋吟杂睡魔。不是夜来村酒薄，月明溪上有渔歌。

渡江

到此头堪白，江行有死生。风高声愈壮，潮落势难平。漠漠瓜洲渡，迢迢北固城。扣舷歌短调，极目雁南征。

病疡对梅花戏作

身同老梅偃蹇长，满枝蓓蕾如吾创。一雪三尺冻且僵，含蕊欲吐还收藏。人生此疾湿所作，老梅受湿虫因伤。自关痛养逼残岁，愿托根蒂回春阳。排星散漫藓连石，叠鳞脱落痂敷床。灵休举体苦流血，广平铁石为心肠。短篱高枕屹相对，敢以孤洁方颓唐。赋诗聊尔索共笑，老梅不语横茅堂。

余交汤君点山十余年矣，文章高义与余最合。庚申春日，以旧画竹泉听雨图索题，因赋此诗为赠

竹泉听雨小窗幽，闲散输君第一筹。古调文章唐气势，清言人物晋风流。肯悬雪后看山屐，常系花前钓月舟。旧画重题感迟暮，萧萧白发已盈头。

北郭冶春词

柳送花迎入望青，就中山色是皋亭。烟云乞与鸥波手，领取仙源写卧屏。
夭桃秾李满平畴，载酒年年此出游。付与吾曹供醉眼，万金难买一春愁。
几处湾环瓜蔓水，一声款乃竹枝歌。春光百五撩人醉，奈尔风鬟雾鬓何。
陂塘忽转水烟空，小泊垂杨一树风。爱尔三家村落好，竹篱无数野桃红。
匆匆花事近清明，鸥浦渔庄取次行。忽入香云最深处，画船箫管杂流莺。
粉痕香泽洹难分，晓雨才过又夕曛。记取放翁诗思好，全家真欲隐红云。

题天潜山人玉壶买春图，高迈庵与余同作

东风初来满郊甸，鹦绿猩红散如霰。鞠尘十丈罥游丝，一片青帘花外见。恰闻花外唤提壶，知有前村酒可沽。天潜山人兴独往，从余索补买春图。顾我擂椎悬十指，数峰乞与烟萝子。春云一砚湿梨花，笔笔清真乃如此。花源可似武陵春，渔舟不作问津人。自是山人有仙骨，芒鞋竹杖称闲身。君家左右皆修竹，酒熟应知悬此轴。重约烟萝子共来，萧萧赏雨黄茅屋。

题画竹小帧

漫展桃笙小炷香，清风时送北窗凉。几竿翠影萧萧下，一卷残书卧夕阳。

秋日与余慈柏访方兰士湖上还，过德生庵

一曲林塘秋思多，萧萧疏柳带残荷。谈禅野寺寻僧去，读画山楼喜客过。渐觉壮怀归淡泊，不妨老子兴婆娑。吟诗正恐闲欧笑，奈尔咸平处士何。

秋日湖上，同樊仲行、王寿石、金云槎、余慈柏、梁蕉屏、王检叔、徐漱石、庞箨葊、沈竹亭

几日役尘事，林峦欲改颜。云阴都化水，雨气忽沉山。入寺名心尽，投竿客思闲。回舟出丛薄，一塔峙荒湾。

秋日同许修门、汪西农、栗田、未山游湖上

登临劳远瞩，山水入楼虚。有客此携酒，无人来读书。连云两岸树，断浦一舟渔。不定

阴晴外，秋分景物疏。

挐舟随所适，逸兴满林塘。岩桂低成屋，池莲老坼房。莼鲈秋意味，泉石病膏肓。几处闻歌吹，还来醉夕阳。

同赵竹屿、陈瀫水、王秋湖、余慈柏、徐秋雪游宝石山还，过葛林园池上晤高爽泉

巾子峰前路，苍苍远树林。岭云含暮雨，岩桂堕秋阴。向水有闲意，安禅了世心。频来对词客，惭愧老夫吟。

题王蓬心先生拟大痴法写竹懒诗意

画意吟情两得之，一峰老笔九疑诗。溪山便欲从兹隐，鱼鸟应怜向后期。烟墨尚传娄水派，安危深羡鹿门遗。先生解组将归去，底事惊传噩梦奇。时闻先生归道山。

冬日过访舒晓山，遇李浅山，小饮园亭

彭泽归来三径幽，园林萧散足娱游。诗成水竹清吟骨，酒熟岩花伴醉眸。半日得闲逢逸史，

一冬应苦唤晴鸠。关情最是帘栊外，雪点寒枝上小楼。

题松月风泉图

流泉泠泠石齿齿，灵鹫峰前境如此。数重幽邃豁谽谺，百道奔腾弄清泚。明月皎皎松苍苍，我昔夜坐龙泓旁。晶莹一片忽飞入，阴森万树随低昂。朅来胸次何超然，襄阳得句如得仙。豪端巧取一段烟，赠君松月还风泉。不须洗耳闻根净，寂处空林满清听。岭头寒逼玉龙翻，涧底涛生四山应。山中人兮黄绮俦，选石高坐风飕飕。相赏独耽尘外趣，孤吟自写云边秋。世人但爱春山绿，桃李成蹊无乃俗。问谁来此赏孤清，荦确山行赤双足。君家玉山最佳处，逸韵风流有馀慕。漫从诗画继因缘，聊把心情托豪素。图成自愧少新诗，翠影清阴满砚池。欲插袖中三昧手，合教来问虎头痴。

寒夜读元遗山诗

雪虐风饕逼岁残，遗山诗境最高寒。夜深判到烛三跋，笔老屹如山百盘。野史有亭名不泯，孤臣无国泪难干。辨冤甘露碑何在，剩把陵川七字看。郝伯常有《辨磨甘露寺碑记》。

丁巳除夕

流光似水去堂堂，又是逢除饯此觞。酒国自饶安老计，愁城空赋送穷章。寒梅香里春如许，细雨声中夜未央。喜奉慈亲罗稚子，灯花笑指说丰穰。

南山纪游，同徐秋雪、汤点山作

石屋洞

云根豁谽谺，虚敞出神构。应有古仙人，养真此岩窦。挂壁烟萝森，入罅寒月透。孤云有时还，遥睇隔林岫。

水乐洞

出洞泉洑流，泠泠发清赏。竹风与之俱，令我情一往。吾闻音乐鸟，释氏壮龙象。如何山骨髓，亦作宫商响。

烟霞岭

南峰卧烟霞，日夕景万状。古洞迷行踪，陟岭发遐唱。画格愁荆关，秋林展屏障。会当凌层巅，佛掌出云上。

理安寺

峰迴石径转，目极得幽意。人语泉上亭，磬响烟中寺。落日山更佳，松篁弄寒翠。我欲安枯禅，一龛此高寄。

凤麓庵

游心惬素侣，淡虑怀兹山。日夕云水秀，因知尘外间。竹炉秋茗苦，石幢寒藓斑。何时此岩麓，开士留禅关。

胜果寺

落日水声里，萝径转山曲。一僧出石林，延我话松屋。隔崦风磬清，到门烟江绿。兹辰展秋怀，霜寒气已肃。

辛酉三月，新居甫定，友人多以诗赠，聊作二律答之

衮衮尘劳抵死忙，浮生如寄亦堪伤。丧明徒抱千秋恨，曲突宁辞一炬光。本愧不才非避世，

都缘豪兴误称狂。从今悟入无生去，任说空王与法王。

重感鹁鸪寄一枝，今朝敢却草堂资。长鉼到户多携酒，矮纸题墙各赠诗。笑口强娱慈母老，雄心深负故人知。平生味淡还求淡，隙地栽梅待雪时。

得黄小松讣

少年笔研角新奇，朝野中分遂别离。秋影庵空人去后，散花滩冷客来时。古碑到处收行箧，清俸争先寄旧知。从此酒杯花月夜，思君一度一涟洏。

屠琴坞、胡秋白读书清平山，招同汪枫谷、陈秋堂、裘茉雪山中逭暑，余不到此几四十年矣，因作七言二律

尘劳底事苦相牵，却爱诸君结静缘。琢玉才高云汉上，生花笔落海山前。哦诗好借安禅榻，煮茗时分洗钵泉。欲踏层冰消热恼，来追凉月醉江天。

闲房重过感偏多，往日交游叹逝波。树色尚馀盘竹径，江声依旧隔云萝。由来岁月伤迟暮，终古林泉足啸歌。又为开尊成一笑，老年难得醉颜酡。

热甚戏作

今年酷暑苦难逃，汗湿麻巾首自搔。忆得西泠烟磬夕，一襟松露听寒涛。

默数三庚未到期，人闲可畏是炎曦。西风忽送清凉散，正读遗山雪后诗。

九日同人饮吴山道院

道人可是解忘机，满屋青山昼掩扉。九日登临兴不浅，一年欢赏事犹稀。经霜林麓秋容改，落照湖天暮霭微。懒散形骸君莫笑，醉呼江月伴同归。

同徐秋雪、鲁思岩、孙啸谷、周松泉、云伯、李西斋、抑斋游云林寺

远渚遥峰不惮寻，快从良友向云林。巉岩逼路石桥转，老树映门山寺深。午磬有时来竹院，秋泉无事落松阴。重游愿借枯禅榻，卧听孤猿啸月岑。

感怀

一尊宁复寄吾真，书画沦亡感故人。谓小松兰垞。易散烟云轻过眼，难抛笔研苦劳神。潇

潇凉雨秋堂竹，寂寂生涯病榻尘。若个江湖解闲意，愿从蓑笠问前津。

壬戌十一月六日忽得危疾，汪枫、谷天潜竹林过治，不数剂而起。天潜属余止饮，遂作止酒一首为谢

卫生止酒陶元亮，荷锸携壶刘伯伦。驹过隙中时太促，鹤归华表语何真。尽捐鉼榼逃轰饮，好藉蒦苓起病身。从此醉乡非故土，杏花来看董池春。

病中闻雁

脱离矰弋苦，难免稻粱谋。病翮几时振，哀鸣何所求。月寒烟塞晚，霜晓玉关愁。藉尔聊征句，浮生寄一沤。

癸亥上灯日，喜徐秋雪见过

病起翛然四壁清，半帘寒日短窗明。春回此夜灯初上，客到经时酒未倾。不死更消闲岁月，立身尤恶旧声名。对君淡泊无他供，风里萧疏竹自鸣。

屠琴坞有诗见赠，作此奉荅

病后西窗久未开，翛翛竹影弄风回。吟哦有客投诗去，剥啄无人乞画来。三月卧痾聊自慰，十年作赋愧非才。破除万事休增感，不饮何妨设酒杯。病后不胜杯杓，屠君诗有见嘲处，故及之。

卧疾有感

静掩衡门剥啄稀，空斋卧病思依依。看成荣落今何在，味尽酸醎昨已非。终古双凡无息影，到头一梦有深机。青山不解悲霜鬓，人自营营鸟自飞。

梦里繁华一晌过，世间得失竟如何。愁深楮墨诗人泪，狂入莺花酒客魔。荷锸尚嫌为物累，抚松亦足养天和。秋声静觉来窗竹，因病翻闲念老坡。

题孙俌之醉墨图

性不嗜饮惟嗜墨，醉墨何如到酒国。骤惊风雨走豪端，落纸云烟眼中黑。李白一斗称诗仙，张旭三杯草圣传。君独沾濡满砚席，快意短幅还长笺。君家插架碑墨奇，纵横恣尔供临池。

数行欹斜酩酊后，一泓酣适淋漓时。因之取意长帽翁，女阳亭长欣图为。太史超然走长句，争好一卷看迷离。区区酷嗜壶觞好，酒后都惭笔阵埽。是时天瓢一倾倒，人生难得醉中老。

此图取东坡题石苍舒醉墨堂诗意。

重题陈补勄碧山栖遗照

几年曾写碧山栖，世事尤难物我齐。旧画重看无寸进，伊人已往有余悽。纶疏晚钓闲鸥梦，韵冷秋琴点燕泥。草阁把书情宛在，竹风蕉雨不堪题。

题兰竹后与徐漱石

紫芽新茁露初干，绿节才匀粉未残。一种清芬含远思，湘云湘水不胜寒。

朝朝玉版劝加餐，饱向晴窗弄墨看。可是胸中有成竹，一梢风影舞青鸾。

题杨妃病齿图

宛如西子捧心颦，香唾时教湿绣巾。一曲霓裳歌不得，海棠寂莫过残春。

和徐秋雪病中见怀之作

止酒陶元亮，安心苏长公。得闲缘谢客，独醒怕惊风。久弃看山屐，难移钓渚篷。遥怜同卧病，来往递诗筒。

题秋林待月图

水曲山坳引步迟，一林筇竹夕阳诗。行吟未尽幽人兴，更待秋林月上时。

画竹

低枝细作铁勾锁，大叶横坡金错刀。禁得秋声连夜雨，过溪亭下听萧骚。

题栀子萱草

花耽禅悦草忘忧，六出香林雪共流。一种清芬饶韵致，晚凉山馆雨初收。

题秋海棠

苦无金屋贮娇姿，锦簟银灯又一时。别有睡情寒色里，露华几点湿胭脂。

题筱岩入山小册

不知山路遥，但赏山中趣。樵唱有时闻，更入云深处。

冬花庵烬馀稿卷下

题画绝句

渺渺沧波漠漠烟，水南茅屋住诗仙。知君好句初成后，秋月芦花放钓船。

石壁盘空鸟道回，关仝气势压崔嵬。便教坐我蓬莱阁，千里沧溟入望来。

老笔盘空万马驰，大痴诗境见当时。春寒梦破僧窗雨，一曲烟江帆到迟。

一坞寒云半坞松，翠涛晴卷碧芙蓉。掩关镇日客来少，卧听隔林萧寺钟。

筲箕泉冷一峰高，绝磴危梯置屋牢。意境自闲人自远，松风时复起寒涛。

过雨声高走石泉，秋林曳杖思悠然。子真谷口云封处，归去弹琴屋数椽。

江南半幅思无涯，石法虞山写断麻。一脉画禅随欲尽，密林流水冷烟霞。

旧画重题三十年，松风犹是宕云烟。此生已了尘缘尽，只合来参水月禅。

谷口云深雨意多，倚楼人自费吟哦。烟芜漠漠平桥晚，春水桃花一钓蓑。

秋阴凉覆石泉清，竹树萧疏淡远情。想见大痴贪看水，湿衣苍霭傍岩生。

霜樾苍凉满碉阿，山人曳杖出烟萝。闲将清俗观流水，奈尔淙淙不住何。

百屯云拥一峰寒，雨后泉声处处滩。性懒不随鸥鹭去，溪头闲煞钓鱼竿。

欲酹秋光酒一罂，西风篱落散金英。明当放策南山去，独立高冈啸晚晴。

野屋临溪足寄居，四山烟翠一床书。近来闲较沙鸥甚，秋水月明闻夜渔。

城东花事又将过，我亦怜香汎小舸。底事晓窗频刺眼，一梢残月露华多。

梦里应愁雨露濡，惜花何似惜名姝。知君缱绻情尤甚，乞我豪端春晓图。

篱门临水竹风凉，起拂桃笙整笔床。知有前溪夜来雨，归云犹是拥山冈。

扁舟随意水云乡，雨后春山转杳茫。分得闲情到鸥鹭，落花风里棹歌长。

兀岸超奇气转增，荆关遗法见谁曾。江南枉杀倪高士，淡淡平峦写数层。

冻颖频呵手指僵，枯煤拂落气苍凉。天寒买醉前溪酒，来听松风卧草堂。

闲将散笔写倪迂，树色岚光淡欲无。心似孤篷随去住，一窗寒雨梦江湖。

小阁回阑映水光，东风无絮不飞扬。江南记得桃花浪，一片春帆带夕阳。

沙岸风微水不波，林居高下隐岩阿。便当此地从耕钓，月一犁锄雨一蓑。

山中习静漫焚香，万树梅花映草堂。夜鹤归来无觅处，满川晴雪月苍凉。
屋后修篁屋外山，石林苍藓点斑斑。此间合著倪高士，吟尽斜阳曳杖还。
雨馀犹阁岭头云，树影岚容湿不分。此是董家新说法，巨然心印付敷文。
远浦平沙淡几层，夕烟秋雨满溪藤。虚和解到倪迂法，转入孤高又未能。
茅屋高低烟树重，阴厓飞瀑玉淙淙。溪翁不放寻诗艇，荷锸劚云何处峰。
竹烟松霭湿苍苔，小结团茅面水开。不觉秋容已如许，时流红叶过溪来。
一径绿通千个竹，三闲青绕万重山。客来萧淡无他供，卧听秋声昼掩关。
桐阴静处一蝉鸣，竹影翛翛弄晚晴。书卷乍收香篆息，隔篱闲倚短笻行。
桃花流水绕村回，春涨新添鸭绿苔。料得溪翁无个事，钓舟时逐白鸥来。
碧涧潆回十八盘，渔家犹隔白蘋滩。剩教画里添游兴，几叠云峰带雨看。
一片春烟湿酒旗，杏花红压竹间离。雨多到处溪流急，独拄吟笻立少时。
月冷澄空雁叫霜，芦花风急水烟荒。无端笔底惊秋思，唤起江湖客梦长。
鸂鶒鸬鹚占一滩，秋来最爱水云宽。不知更有闲家具，雨笠烟蓑钓月竿。

雨多湖水过平滩，昨日兜舆兴未阑。试就云林写萧淡，溪阴留得数峰看。

兴到云林翰墨香，半窗疏影竹风凉。鸥沙渔浦苍茫外，著我临溪旧草堂。

山僮涤砚弄清波，正我吟情满芰荷。却笑炎尘吹不到，池阑面面柳风多。

山深一径绝尘氛，琴爱无弦香罢焚。坐我忘机向空翠，别峰含雨欲生云。

秋雨秋风作暮寒，芦花枫叶满鸥滩。频来拨棹沧波里，独把船头竹一竿。

临水数峰无限好，最宜雨外复云中。今朝溪上移舟去，看到残阳又不同。

山居清课未全非，听水看云坐钓矶。送客夕阳还醉卧，又迎凉月入松扉。

水亭幽处绝尘氛，山冶如妆带薄曛。正坐忘情省闲思，一溪花雨湿春云。

闲移艇子碧溪湾，看尽江南雨后山。一夜霜风吹转急，乱捎红叶出林间。

雨余云气护山家，一径纡回略彴斜。春水欲生风力软，趁将蓑笠侣鱼虾。

散策行吟野水涯，板桥西去暮云遮。参差茅屋疏林外，山色浑疑是若耶。

寒坡竹树自萧森，幽涧泉声带苦吟。坐久不知衣袂湿，一圭山影夕岚沈。

山泉带雨声逾急，溪树含风叶转疏。埽榻煮茶留客久，北窗闲论枕中书。

一局楸枰幻世新，布袍不染市朝尘。枫林茅屋芦花艇，著我樵云钓泽身。

藏山藏壑似浮家，六六峰头阅岁华。欲识襟怀宽几许，荡胸云海渺无涯。

看雨高楼云脚齐，郭熙画格较应低。移来小朵峰犹湿，合著林亭坐涧西。

流光弹指等浮沤，已见星星换黑头。剩醉苏公隄上酒，侭将豪气付沧洲。

夕阳流水绕孤村，数点归鸦烟树昏。怪底竹风无赖甚，又吹寒月入柴门。

一曲清溪一钓舟，芦花深处伴闲鸥。桥西酒价休嫌贵，尽醉霜林树树秋。

水曲逢回境转幽，霜红著树始惊秋。闲来不学嵇康懒，载菊寻僧一放舟。

千顷芦花看作雪，数峰寒翠远堆烟。道人拨棹不归去，自爱五湖秋水船。

空山无人径屈蟠，峡束怒流百道寒。支笻访隐忽竟到，读书声隔青林端。

篱落萧萧野竹秋，夕阳溪上起渔讴。吟眸未尽闲中句，又逐芦花送远鸥。

一峰含雨一峰晴，晴意无多雨意生。石径盘盘泉落处，杖藜扶出李长蘅。

吞吐方壶一片云，巨师心印付敷文。忆从京口看江雨，山入南徐湿未分。

宴起林间事事慵，雨晴溪口淡云容。西山有意如留客，排闼先来枕上峰。

一筇随意水云涯，复磵重岩引兴赊。满径丹黄迷落叶，不知何路到山家。

数峰苍霭湿斜阳，老树疏篁间草堂。隔浦平沙渺何许，西风吹雁下横塘。

苍峭凌虚俯碧潭，捎空霜樾拂烟岚。满前秋色收难住，别起寒汀照水庵。

谡谡寒涛涧底松，风回刚应上方钟。山僧不管门前事，一任闲云过别峰。

漠漠平墟烟草荒，剩教高柳占陂塘。白鸥不管人愁思，犹带沧波飞夕阳。

烟林遥隔数峰低，远渚平芜入望迷。正似旧游来腕底，一篷寒色过苕溪。

归鸦数尽夕阳村，坐久西泠钓石温。最爱秋来连夜雨，湖波又过旧沙痕。

虚堂临水敞云烟，合住人间翰墨仙。欲雨乍晴苔色里，沙弥参得巨师禅。

木末秋山水际亭，碧蒲红蓼散鸥汀。何当放艇频来此，不著鱼经著鹤经。

石上流泉韵最幽，风篁戛雨更飕飕。此声易到诗人耳，又费清吟过一秋。

泉声天半玉龙飞，老树悬崖覆钓矶。倚杖不知山近远，数峰岚翠湿春衣。

萧淡生涯侭得闲，听松听水屋三间。朝来忽觉牵诗兴，百叠春云过雨山。

弭棹溪头酒乍醒，风蒲猎猎满鸥汀。高人不费烟霞税，长占西山作卧屏。

笔自纵横意自闲，写山随意似游山。临溪知有高人住，林木萧疏屋数间。

篱落西风几本斜，好将佳色傲春花。养和欲酿延龄酒，合取枝头白露华。

霁景初回雪乍消，寒云犹是护山腰。坐来始觉溪流活，昨夜春风到柳条。

芦花瑟瑟水悠悠，记取江南一段秋。正是西风晚来急，数声寒雁下沧洲。

百尺苍崖倚暮寒，仙源无路欲通难。晚来急雨添飞瀑，只许幽人隔岸看。

翠影玲珑月上初，晚凉看枕北窗书。清风不用一钱买，听到秋声忆旧庐。

青霜著树叶辞柯，山骨棱棱见更多。溪上独来横野艇，竹枝歌罢又渔歌。

见说清修李孝廉，焚香小筑昼垂帘。便从乞得萧闲手，野屋扶苏取次添。

阁雨藏烟拨不开，一峰苍翠出崔嵬。分明梦里钩云手，亲拓虞山面目来。

结茅岩下隐人家，摇落江天思转赊。正是客怀萦旧梦，秋帆远带夕阳斜。

绝壁崚嶒起暮寒，芦花如雪暗前滩。横舟欲觅清新句，又被疏梅冷眼看。

渚宫烟冷晚风微，摇漾秋容上客衣。彷佛汉皋初解佩，一时还驾碧云飞。

一枝低亚一枝斜，翠影玲珑忆我家。从此墨池求粉本，萧萧伴我作生涯。

寒云苍藓点斑斑，子久高情未可攀。墨色灯光浑不辨，明当湖上看真山。
夹岸晴岚翠欲流，疏林斜日带平畴。西风不尽萧闲意，只属清溪一钓舟。
江上青山系梦思，画禅中断怅何之。太常拍手尚书笑，我是低头拜大痴。

跋

《冬花庵烬馀稿》亦松生大令所属叔迟校琴者也，为诗洒落自喜，潇然尘壒之外。盖其人以画名，诗亦具有画意，故不求工而自工。而叙其诗者曰，向使铁生挟其技以游于世，则海内外亦孰不钦其名者，资其贽币立可以致富。呜呼！此非铁生之所欲闻也。诗画虽小道，苟一浸淫于利，则必不能工，亦安能以致富？世之以诗自鸣，傲然称名士而以之贽于公卿求其所欲者，其视铁生相去何如哉！书至此，清风骤至，毒热顿回，同治壬申六月，南清河吴昆田书后。

奚冈印跋

三十三本梅花屋

城东梅花三十本，正是先生栖隐处。主人爱客并爱花，留客看花十日住。春风昨夜入庭来，酒痕绿泛玻璃杯。老苔酒酣好作隶，升一数尊诗思催。泉唐奚生甚好事，重把梅花面目开。主人爱才心若渴，尊前更以印求刻。奚生老陋更不辞，奏刀并赋七古诗。人生聚散如朝露，安得常如今日聚首留名石上时。

壬子正月十三日，偕桂未谷、查一升饮于黄震苍三十三本梅花屋中，余为作长卷，未谷倾倒，谓绝似张伯雨，震苍醉后属刊此印，并赋一诗，不自知其陋也。铁生。

狂歌痛饮

一夕西风木落凋，送君此去路迢迢。二分无赖红桥月，依旧清光照六朝。

癸丑三月，敏之仁兄将宰邗沟，是夕与君痛饮至三更，晨起作此印，并锓小诗其上，以志别情。铁生冈。

归砚草堂

云屏先生画初无稿本，亦不喜临仿前迹，而笔下自能兼综各家，任意挥洒，皆成妙构，家蓄一砚甚宝爱，失去怏怏，旋迹得之，以重价赎归，遂颜其居曰『归砚草堂』。属予绘图作印，并锓数语于石，以志完璧之喜。乾隆丙午春三月，鹤渚散人奚冈作。

画中诗

明僧某素画于石田翁，寄一绝云：『寄将一幅剡溪藤，江面青山画几层。笔到断崖泉落处，石边添个看云僧。』石田画其诗意答之，此诗中画也。赵元默云：『昔人评诗，谓有诗中画，画中诗，如「微风轻飏茶烟起，知有人家在水西」，则画中诗也。』兰士耽于六法，尤善吟咏，能以有声之画、无声之诗并传。余虽略解画理，而于诗则乏辋川之才。兰士高人也，吾当师事之，并作数语赠之，以志一时清兴云。铁生弟奚冈再记。

不求甚解

陶诗『但识琴中趣，何劳弦上音』，以不求甚解之妙旨也。处世以撮其大纲为要，水至清则无鱼，人至察则无徒，使必刻意求深，不伤于穿凿，则失于支离也。鹤渚生。

不非庵

天下事有是必有非，而非人之非则易，非己之非则难。不非己非，徒非人非。宜乎想入非非，而百非交集也。

笠江先生以不非名庵，虽有冥心，实为寡过。爰治此印，并为箴曰：『百岁如流，白驹过隙。红尘扰扰，无时间歇。何以寡非，是庵为则。常存此心，可仙可佛。』铁生奚冈。

山静居

兰坻畏友，山水花卉皆得宋元人秘法，其赋色不落小家，恽瓯香后一人而已。今画岁朝清供长幅见示，属作『山静居』印，因识数语于石。奚冈。

置酒乐饮

谁不愿天上神仙，谁不愿人间富贵。然而二者难兼，何如及时行乐，对酒当歌。菊边送酒，妙得良辰。橘里弹棋，适逢佳节。和来白云，实□太白之楼；气吐丹霞，转胜还丹之术。爱取旧句，以志兴云。铁生冈。

模山范水

迈庵学博，工诗文，善山水，墨香谓得子久、山樵二家法。余曾见其小幅，笔墨秀润，意境脱略，则近董思翁。今属刊印并赠以诗曰：『此理妙解在明暗，董家乙乙陈其情。吾友迈庵最精到，一洗时习毫毛轻。』奚冈。

脱落蹊径

补罗从余学画，喜其天资高迈，凡山水、仕女、花卉、竹石不事摹拟，涉笔便有天趣，殆夙慧也。刊印贻之，盖美之也。铁生。

泼墨

仿汉官印法，为蓬心先生制。泉唐奚冈。

此二印系余数年前为太仓王君蓬心所作。蓬心今归道山，其族人转赠兰士，而易其画，今邮寄属予加跋语。余谓蓬心善承家学，兴酣泼墨，簸弄烟云，岩壑峻深，大含细入，而兰士前与予论画书云：『不拘难易须雅驯，以法裁情得画旨。』读此数语，亦不让蓬心，用以钤书画无不宜也。鹤渚生奚冈跋。

不堪持赠

仆少好吟咏，长耽绘画，旁涉篆刻。凡投赠篇章，征暇缣素，求刻印石，日不暇给。自返寸衷，颜甲颡泚，不敢高其声价，刻此印以志愧焉。鹤渚生。

子孙保之

云梅二兄好金石，喜朋友，凡与订交者，必长于书画，今游广陵，得一古镜文曰『君宜高官』四字，径三寸七分，手拓其文贻予，属作小印。奚冈并志。

日饮无何

曹孟德诗云：『何以解忧，惟有杜康。』以魏武之豪情壮志，而寄怀杯酒藉以解忧，余性亦嗜饮，终日无何，举觞自适，盖以浇块垒，散郁陶，其用最神，其功最捷也。故治诸印，以策其勋焉，乞奚九篆之。小岘记并隶。

乾隆三十年夏五月，小岘先生属作是印，喜其有同嗜焉，因仿汉官印法于冬花庵。奚冈。

（以上见秦祖永《七家印跋》）

汪氏书印

近世论印，动辄秦汉，而不知秦汉印刻浑朴严整之外，特用强屈传神。今俗工咸趋腐媚一派，以为仿古，可笑。己丑正月，萝龛外史制于翠玲珑馆。

粟田

印至宋元，日趋妍巧，风斯下矣。汉印无不朴媚，气浑神完，今人不易学也。近代丁龙泓、汪巢林、高西堂稍振古法，一洗妍巧之习。吾友黄九小松，丁后一人，犹恨多作宋印为病，其道亦难言哉。丙申三月，铁生为粟田良友六兄篆此并记。

龙尾山房

龙尾山自南唐采砚后，其石著于星源。石之铿铿，水之泠泠，他山无或过焉。汪君雪碉，大阪人也，侨居广陵，榜其室曰『龙尾山房』，因刻此印以赠，美其不忘故土之志，工拙在所不计也。庚寅秋，萝龛外史奚冈记。

烟萝子

高君迈庵读坡翁诗，有『辟间一轴烟萝子』之句，因自号烟萝子。作诗以报铁生云：『迂叟痴翁揔绝尘，偶然同癖亦前因。拘牵我愧烟萝子，闲散君真鹤渚人。欲署翻怜纨素涩，试称先觉齿牙新。赋诗相报应狂喜，好斗尊前现在身。』铁生和云：『君好烟梦迥出尘，我名鹤渚亦同因。艺追郑老都三绝，闲爱坡公只二人。竹篾去看江色晚，松堂来醉月痕新。漫言宿世犹今世，未必前身即此身。』乾隆辛丑中秋后一日，铁生记。

凤雏山民

『相公凤麓经游处，画里松堂俨昔时。此日赐书留手泽，凤雏又见起清池。』余题梁文庄公《凤巢书屋图》句。公旧居凤山，其小山曰『凤雏』。今为公文孙匠诲兄刻此，即以当凤毛之颂。铁生记。

频罗庵主

印刻一道，近代惟称丁丈钝丁先生独绝，其古劲茂美处，虽文、何不能及也。盖先生精于篆隶，益以书卷，故其所作辄与古人有合焉。山舟尊伯藏先生印甚夥，一日出以见示，不觉为之神耸，因喜而仿此。铁生记。

鹤山后人

友人黄易诗翰固妙，而画不如吾。石刻一道，吾实不如易。是刻成。适易从淮南寄四印至，视之，真不啻有大小巫之谓。松窗其哂存焉。铁生。

接山

匠诲四兄生于贵州之遵义，时尊甫司空方守是郡，署后接山，因以名堂。属龙泓丁文篆诸石，迄今三十有三年矣。匠诲出以示余，且将以自号。余曰：『是亦不忘所生之意也。』遂刻此以赠，并质之尊伯山舟先生，以为何如？壬子九秋，铁生记。

日毌斋

《说文》：『毌』读若『冠』，穿物持之也。毌贯通，取其古致，遂为不翁尊丈作『日贯斋』印。时甲寅清和，铁生记。

师竹斋

『竹本虚心是我师』，此白香山句也。铁生为又愚贤友以「师竹斋」三字作。时岁在乙卯八月十有二日。

金石癖

作汉印，宜笔往而圆，神存而方，当以《李翁》《张迁》等碑参之。戊申五月，铁生。

（以上见《中国历代篆刻集粹》）

中国古代书画家诗文集丛书

西泠八家诗文集

（下）

丁敬等 著
萧建民 点校

西泠印社出版社

黄易卷

秋盦遗稿

岱岩访古日记

嵩洛访碑日记

嵩麓访碑记

黄易印跋

秋盦遗稿

序一

济宁李君汝谧，磊落负奇气，喜设纵横王霸之略为文章，究心古作者，不苟随流俗。余来是邦所见东人士夥矣，顾心所寄赏者，无如李君。一日，出一帙相示，乃钱塘黄小松先生遗著，篇首有女某序，女即李君高祖母也。余于是知李君，非独其才过人，抑家学之胚胎有自矣。小松先生以乾隆间服官山东，于时翁覃溪先生为督学，孙渊如先生为粮储道，皆一时方闻笃雅之儒。先生于其间追随应和，集中诗什多与二先生唱酬之作，想见承平无事，士大夫优游清宴，泳歌文藻之盛。生平沉酣古籍，擅长书画，又好考订金石文字，如嘉祥武梁祠、肥城孝望山、济宁学宫诸汉刻，皆搜集散佚，建石室以护之。今所存题跋一卷，评隲精审，多具特识，信考古家之精笩也。先生去今已百馀年，世所流传独其书画，至诗古文词不少枕见。今李君出其家藏，累世之遗将以付梓人，公之于世。余嘉李君之能保守先泽，而叹今日古学沉霾，能如先生之雅识孤怀，令人意远，多不可得也。辄书数语简端，以志其流连慨慕之意云。宣统二年庚戌四月，罗正钧。

序二

秋盦先生为外曾王母尊人，以专精金石之学名于世，与钱竹汀、王兰泉、翁覃溪、孙渊如、阮文达诸公并称。画山水亦入逸品，都人士偶得尺幅，珍若球璧。相传有小蓬莱诗而未之见。今一山表侄出示斯册，诗词题跋皆具厓略，虽吉光片羽，而先辈遗型宛然在目，一山将付石印以传，敬题数语归之，他日如得小蓬莱诗，再为之赓续印行，尤盛事也。宣统二年二月，桐乡劳乃宣识。

序三

先君博学，嗜古士也。宦游鲁、卫二十馀年，其与贤士大夫交，皆以道学文章为酬应。生平之博爱者秦汉金石，古迹残碑。多能者真行篆隶，作绘刻符。至言乎诗词题跋，尤称工雅。夫汉唐以来名家多矣，若音节之壮，采色之鲜，抑扬涵泳，堪作当世金针者，莫逾此。润，巾帼也，才识蠢愚，未尝学问，曩者弦诵讲堂窥见先君著作，嗣先君懋绩宣防，兼任锁钥，而政事之暇犹究心诗古，由是知言志当以赋诗，赋诗即能达政，不亦善乎。爰辑遗编，略传先君能事之一。是为序。

嘉庆七年，岁次横艾阉茂修皋月，归陇西女润芳六氏百拜识。

秋盦诗草

题翁阁学父子趋直图

簪豪同直拜恩光，瑰题文章重庙堂。我却羡公金石富，老欧阳又小欧阳。
校书先后照藜青，叶扫秋宵课不停。报国寸心犹未尽，更教士子尽研经。
诗境轩前乔梓荣，客来惟听读书声。今看冠珮銮坡上，还似趋庭把卷行。
玉堂草制拂鸾笺，书体家传上讲筵。天上坡仙知亦羡，立朝未得共斜川。

春筵即事，和巡使和希斋命作

月地云阶舞柘枝，偷闲却诵称心诗。歌翻旧曲兼新曲，句选征之与牧之。腊雪未消灯已闹，
春杯才举醉难辞。感公岁岁容疏懒，手版明晨许到迟。

和希斋大人新拜阁学观察，率丞牧于南池奉觞，时方上巳又值清明，希斋首倡丽句，敬步二首

插柳兼修禊，风光并一池。花飘唐苑日，人醉曲江时。绛阙来新喜，琼笺纪好诗。兰亭

无此迹，得石拟镌之。

城隅怀往事，船小进南池。胜地逢佳节，千秋此一时。觞飞供奉酒，卷把杜陵诗。菱熟蝉鸣候，相期再过之。

浣笔泉葺成，饯和阁学希斋还京，和壁间刘荻江韵

瓣香河岸拜南池，更向城东问古祠。泉浣彩毫仍胜迹，人逢盛世异当时。送行争劝旗亭酒，怀古欣酬画壁诗。尚有开元明月在，楼头来照旧相知。

种竹莳花暎小池，喜随星使到新祠。好当旌旆将还日，及见楼台乍起时。复古有情缘问水，留公无计且刊诗。许宽礼数亲风雅，贺令真邀李杜知。

庆都军生子赋诗属和

丈夫志四方，尘扰谁能已。况当乔木荣，勋名济世美。封疆张鼓旂，华省耀簪珥。圣主重股肱，良材必显仕。清门皆栋梁，食报不虚矣。公方强仕年，渐衰发与齿。昨春欣举雄，读书有种子。岂惟号阿翁，更庆娱尊妣。抱儿如抱孙，呼娘复呼姊。头角已峥嵘，腾骧

行可俟。文章具夙根，直径无烦指。熙朝乐事多，家瑞从兹始。百福心所基，夫宁不可恃。

读公诗意新，见猎弥心喜。为羡根本深，赓章述原委。

春松刑部昔年赴官过济州南池，承留赠二律。嘉庆三年夏，刑部出守扬州，重经斯地，漕使者邓公兰溪、观察孙公渊如攀留话旧，为作此图并和原韵

何日明湖共画桡，风尘岁岁太无聊。自怜乡思浓于酒，可叹流光迅似潮。问水那堪波浩瀚，买山深悔计迢遥。南池重话当年事，第一魂消合涧桥。

灵源出壑亦清流，诗格高寒定寡俦。一种淡怀浑似水，满襟春气不曾秋。喜联水部题梅句，更上樊川载酒舟。秉宪虚怀空若谷，少陵祠外月如钩。

从观察归梅坡先生游虞山

沧瀛结秀势崚嶒，拂水岩深策杖登。身似层云盘健鹘，心同大泽踏春冰。折崖仰拾苔中翠，蹑蹬遥窥壁上灯。绝顶归来趋坦道，犹看晚岫兴飞腾。

乾隆甲寅六月送归观察梅坡先生南还

结庐河岸识公时，但读渊明归去辞。岂意迁官转多累，遂初已悔十年迟。

河声岳色自高寒，官路艰于蜀道难。历尽崎岖如闲适，一窗竹影报平安。

惟将廉石峙清门，数树寒梅发故园。两袖萧然归亦好，且餐冰雪伴黄昏。

盛世由来重世臣，几回特简紫泥新。今番许作元真子，消受烟波总圣仁。

丹青神妙数虞山，古桧参天绕翠鬟。恨不陪公游屐到，闲将粉本写荆关。

到家正喜饱莼鲈，秋月秋风满尚湖。此际如邀石狮画，不须重仿辋川图。石狮道人所摹《辋川图》，公最赏爱。

廿年我独受知深，日暮河梁泪不禁。也欲归田归未得，片帆南去最惊心。

二月十一日，渊如观察约游紫云山，访武氏祠作图。观察题句，依韵奉和

梁苑邹枚幕府开，古碑满案共低徊。谁知踏破荒苔碧，同向祠堂扪石来。

衮衮长安踏软尘，犹从绝学破迷津。而今按部兼寻古，政事文章并一身。

翁阮衡文六七年，八骀难得到碑前。公来便欲添祠屋，文字精灵定夙缘。

三体诗，题梅坡观察小照

家邻香雪海，冰玉照四座。境清心更清，不受点尘涴。

粤峤楚江游遍，何如吴水吴山。寻胜不须笠屐，开窗即是烟鬟。

出岫春云任好风，芳时到处锦成丛。画图却爱南田冷，身在罗浮万树中。

孙渊如观察得司马迁三字铜印，题二绝句

篆势雄浑迥不群，斯文也合妙香熏。龙门手泽先生握，天许词坛共策勋。

内使印归虞秘监，书家物又付书家。姓名三字分明在，寄语吴君莫漫夸。昔在张止原斋中见吴竹堂所藏史迁铜章，以为太史公物。余疑是姓史名迁之印，不若此印为真也。

题刘观察纯斋忏心图

身经万里头初白，名已千秋心自清。慧业忏除禅味好，筼筜深处听泉声。

题邱铁香太守百十二家墨

北山秋水名相亚，古墨生香一样新。记取芸窗拈素手，尚书传里两夫人。时方得龚、钱两尚书墨，邮书寄之甬上。

白门烟柳舞东风，江上蘼芜态不同。只有西园旧桃李，春来得气美人中。

先生宝墨如宝贤，隃麋百二罗窗前。古人亲迹摩抄遍，此乐人间便是仙。

杨母田太恭人节寿诗

南湖堤畔水盈盈，曾识留贻清白名。争羡簪缨绵世泽，还从闺阁播芳声。谢家舞絮才如锦，鸿庑齐眉德比琼。一夕寒飚生镜匣，三春孑影罢鸾笙。授书膝下亲开箧，洗手堂前洁奉羹。每助频繁吟在涧，时操纺绩听残更。当年辛苦茹水蘖，此日恩光被里闳。珠树连枝承湛露，纶封五色锡殊旌。遥瞻婺宿辉长耀，应卜松筠色倍荣。东国徽音传口遍，愿将彤管纪幽贞。

书院看海棠，和麓门山长韵

雨后娇花分外红，嫣然一笑向东风。也同桃李门墙盛，总在先生养育中。

望来楼上露新妆，翠袖朱颜似有香。开到十分惟淡粉，匀涂毕竟属何郎。
多情好鸟叫花天，豪饮酣歌胜日前。自笑依然栖幕下，陪公诗酒即神仙。

李孝廉绳寄赠卫辉诸石刻，作此报谢

入春尝苦贫，扪碑兴便足。故人书远将，汲县残碑六。铜盘新更奇，（周思宸重刻铜盘铭。）圣迹质而朴。忠贤后代崇，魏唐兢祠祝。（元魏孝文帝吊比干墓文。唐追谥《比干碑》。太康修庙文，书者即裔族。最爱武定刻，（元魏武定造石像颂。）小如稧帖缩。字比十三行，晋体极精熟。惜文未称意，鑿像希佛福。何不肖圣贤，此词亦珠玉。卫辉本殷墟，考古繁著录。吾友载笔间，怀我意良笃。物聚于所好，饥者逢粱肉。晨起盥漱忘，弗厌再三读。金石千载坚，奚止一时欲。毫素托深心，君其恕痴俗。

送青斋师归里

河岸秋风吹蓼花，宦情已淡爱归槎。波平如镜帆安稳，缆解南池即是家。
还记仙源绛帐清，金丝堂列鲁诸生。文澜学海先生志，书院犹题分水名。

倚马千言存信史，治河三策又成书。显扬以后无他愿，万壑松风静结庐。

胜地重新浣笔泉，无人不喜礼三贤。休言李杜高风少，镜水归舟亦是仙。

衙官我独受知深，拜送依依泪不禁。感极寸心惟祷颂，愿公途次得泥金。

题杨云谷负米图

负米何勤劬，不负何所赖。为恋倚闾人，行行夕葵外。

济水遥连浙水，登楼极目孤吟。烟树风帆满眼，惟看寸草关心。

游屐艰辛养志真，囊书载笔几冬春。披图只我怜君意，同是天涯负米人。

题龚仲扬小照

风雨挑灯记昔年，图中丰度胜从前。碧梧翠竹吟怀好，占得闲身便是仙。

奉亲负米各天涯，怀古思乡只自知。赢得姓名存艺苑，小松金石楚香诗。

题史红亭小照

旧闻日下说何详，公子曾薰粉署香。山左近来词客尽，对君真是鲁灵光。
冶春高唱酒边听，梦到扬州梦亦灵。修禊再逢林古度，红桥诗后又红亭。

郑鲁门得停云馆遗砚

边阑题认黄初字，小印镌疑国博文。合与先生书篆隶，雨昏时候起寒云。
忠孝家传两相名，一门翰墨冠前明。风流已往贞珉在，此亦人间玉带生。

题钱素心种竹图

不爱繁花爱修竹，虚心坚节本超群。移栽得地千云上，始信清高是此君。
风流如竹玉亭亭，七泽三湘见典型。若画扁舟与蓑笠，渔童更复配樵青。

为张荫堂兄作载书图并题

把卷扪苔各自知，峄山济水喜追随。忙中握手无他语，君问奇书我访碑。

宦场还似带经锄，是处缥湘载满车。记得小长芦句好，世间风汉乃耽书。
送人作郡转无聊，怕说鹏程万里遥。图里山川齐鲁色，卜君依旧返星轺。

题画梅与柴德和

世外佳人自绝群，肯从凡卉斗芳芬。一枝萧洒孤山麓，宁羡无心出岫云。
能住深山即是仙，寒梅作伴更悠然。画成令我添乡思，不到西溪已卅年。

题颜衡甫、吴竹虚游石门

高秋啸咏古藤阴，曲曲溪流响石琴。他日春游应更好，花开万缕紫云深。
得闲选胜约良朋，载酒囊诗共担簦。如此清游良不恶，披图羡煞打包僧。

送陶皃香归娶

得意归帆美满风，载将新唱满诗筒。一枝斑管先珍重，好向闲窗扫黛工。
春到苏台处处花，书堂妆阁万横斜。词人自有温柔福，却扇楼前更赌茶。

送郭十四南归

踏雪送君去，江南笋正肥。花随春雨密，帆逐乱云飞。归兴浓于酒，波光绿上衣。官闲贫亦好，来往总忘机。

杨兄鹤洲购赠元氏赞皇石刻，有汉篆三公碑，甚奇，喜极，复求沈君愚溪觅之

古人不可见，古迹亦有数。灵奇闷幽邈，难致空怀慕。杨兄元氏来，古物欣所聚。启箧见百幅，如涉山阴路。墨翠开春岩，字明点烟鹭。坛山强弩张，周穆王吉日癸巳篆。白石神虎步。汉《白石神君碑》。封龙残字四，亦得褚欧趣。唐《李公绪碑》。最奇三公碑，琳琅汉玉筋。虫蚀二百字，瘦蛟蟠老树。疏密任意为，篆隶体兼具。或屈玉折刀，或悬针垂露。或疾若风行，或郁若云布。辨文知冯君，祷降甘雨屡。绝类五凤砖，证字亦有鲁。有『鲁』字，类『五凤』砖字。欧赵录不同，或未身亲遇。我见诚奇缘，狂喜不能语。平生嗜古癖，于此得饱饫。汉代六名山，元氏碑尤著。便欲策杖探，羁栖苦难越。官阁有休文，神交托心素。遥结岁寒盟，可同金石固。驰求三百番，疗我烟霞痼。

题钮云门养萱图

古人重禄养，亲饱自忘忧。宫袍即菜采，俸钱胜束修。官舍饶景物，板舆足嬉游。惟君沾五斗，充腹恒典裘。往往捧檄出，子职马能修。白云望咫尺，欲返苦羁留。缅思养志乐，直可轻公侯。树萱寄石间，当夏新萌抽。丛丛向日荣，金碧辉千秋。我亦同此志，展图心悠悠。相期脱尘网，菽圃诚良谋。榴火照高树，葵册明远畴。养萱萱更茂，百卉难与俦。亲欢子亦欢，乐极复何求。

三体诗奉题龚燮堂大兄小照

无田食破砚，踪迹与君同。桐竹山堂外，红莲绿水通。

谁写溪云冷处，忙官都羡林泉。磐石坐来觅句，偷闲即是神仙。

招隐他年结草堂，武林一水接吴阊。吾家再构蓬莱阁，蘅圃重开红藕庄。

题杜宫声指画

自且园创作指画，传闻山与杜君师之，颇得其三昧。如书家之折钗股、屋漏痕，天机自然，轶乎六法规矩之外。图兄嗜此，属为题识，其胸次高旷，不染点尘，可以想见，为题二绝句以归之。

蔡家曾见降旌旗，赫奕居然大将仪。此亦神人施狡狯，爪痕幻出翠蛾眉。

美膳行厨擗麟脯，金盘玉斝进长春。蓬莱又见扬尘后，自觉神仙接待亲。

张弼字汝弼，华亭人，成化进士，官南安，书学怀素，名动四夷，人目为神仙太守。杜堇号柽居，丹徒人，成宏间居京师，工人物、树石、鸟兽，无不精妙。吾友王君介亭旧藏张草书画牛诗，爱其狂逸，欲余补图，自愧弗工，以杜古狂牧图联为一幅归之，并题二绝

莲花幕里几冬春，才得颜公写告身。华发相看都老境，劳薪那不厌风尘。

羡君闲似神仙守，笑我忙驱拽重牛。也想同君早归去，春林散牧自悠悠。

唐卢颢然嵩山草堂有倒景台、樾馆、枕烟庭、云锦、淙期、仙磴、涤烦矶、幂翠庭、洞元室、金碧潭诸胜，所图十志旧藏谢樗仙手摹，颇得幽深之趣。此册后归姚制府两人，嘱画册为图此一段。鸟倦知还，安居最乐，吾两人之志也，并示以诗

廿年前见樗仙画，羡煞唐贤旧草堂。何事河堤尘滚滚，半生辛苦饱风霜。

与君把盏更看花，不管灯前两鬓华。图取嵩阳岚翠好，无边风月属卢家。

何梦华招集西湖葛林园录别

无计买田还食研，才归又去话匆匆。故人怜我征尘满，洗向僧庐止水中。

溪山如此不得留，回瞻松柏空悠悠。羡煞诸君发清兴，不看梅花不出游。

题李君佩小照

剪烛论心十载馀，画中风度胜当初。此翁乐趣谁知得，有子能摹争坐书。

林亭佳处尽勾留，泉韵花香静里收。不羡太行秋色好，登山毕竟逊临流。

为汪兰舫作兰舟载玉图

玉生明艳善歌，兰舫爱之，具小舟送归，因为作图。

蕲口兰舟送客行，四条弦上带离声。不随我去随君去，潭水桃花自有情。

歌珠迸处总温柔，叠字声中姓暗留。恨少扬州牛节度，护君夜夜过红楼。

重来此地玉人空，岸上桃花一树红。多少相思无处说，为君描向画图中。

过寺前，玉生来舟见图，戏作『玉』字寄兰舫，颇具八分体势。姜孤雁词云：『写不成书，只寄得相思一点。』兰舫得萧娘一紙，正不知一日几回肠也，更书二十八字于后

留得香痕认浅深，八分一字抵千金。署名不敢私添姓，只有先生解此心。

题王介亭松风琴韵图

指上悟微妙，临池敌右军。琴纹寒溜直，松影宝钗分。托意本高洁，置身宜水云。披图发清兴，天籁隔窗闻。

画兰竹送李润田入都

君子之交淡如此，发生虽异性情同。莫嫌笔墨无高致，好向京华拂软红。

题徐定远雪港旧庐图

曲径依稀记远村，瓜皮艇子到柴门。剡溪诗境相思久，水墨描来认故园。
节孝关心治河说，殊方下榻计非疏。砚田有获营华屋，不爱新居爱旧庐。

梦华三弟自仙源挈侣南返，出画册索题为赋二绝

故人写出态缠绵，淡月轻烟寒食天。遥想当年仙掌路，女郎曾此吊屯田。
井华汲处唱新词，肠断春风杨柳枝。何地暂消离别恨，晓窗临镜画眉时。

题金临川画梅

二树诗豪画亦超，淋漓粗笔放长条。爱君扫尽乡人习，冷韵疏花淡淡描。
煮石山农繁蕊后，薪传高格到冬心。若将画比林逋句，从此梅花属姓金。

癸丑仲春题刘镜古灌花图

抚松倚石独徘徊，取镜高闲绝点埃。莫谓生来花富贵，朝朝清课自栽培。

千里崎岖出太行，东来爱住水云乡。赏音扪碑皆清福，不羡河中绿野堂。

铁生此画风致嫣然，而骨格秀挺，寄呈晴村大人必邀赏爱也，谨题一绝附正

怪他一管清寒笔，能写三春富贵花。正似鄱阳姜白石，新词曾到石湖家。

调郑震堂纳姬

东风才放六萌来，书带堂西绣阁开。怪道今年春信好，梅花香在绮罗堆。

前年君赋感春诗，虚负吴阊荡舻枝。今日明窗闲作楷，定教红袖界乌丝。

韦晴帆纳姬而贫，诗以调之

韦皋未老玉箫来，沛酒朝朝共举杯。歌韵悠扬邀笛和，吴音宛转泥郎陪。舞衫典后馀荆布，艳卉完时见雪梅。债主雁行都不问，心花且对可人开。

量珠十斛太憨生，歌曲盟心更有情。疏影暗香姜白石，晓风残月柳耆卿。词人合享温柔福，薄宦难禁豪侈名。只我酸寒全写韵，不曾平视效刘桢。

题画梅送友人入都

雪霜过后暗香来，雨露深滋发古苔。不管秾桃与繁李，孤标毕竟占先开。索画寒花兴更清，心肠原是铁铮铮。一枝携向长安挂，争识人间宋广平。

哭汪雪礓

河上逢南客，惊闻石友亡。心酸不能语，义重敢相忘。聚散卅年事，情怀千里长。何堪冰雪夜，洒泪向江乡。

浙水连邗水，轻舟便过从。方期招隐遂，岂意旧欢空。心血存词卷，声歌付小红。他时酒垆痛，再过小玲珑。

群雅唱新声，词坛有我兄。塞垣悲雁断，江表念鸥盟。万里双魂返，千金一掷轻。玉箫诸旧侣，数载几经营。兄与妾之榇返自塞垣，赖雪礓与橙里先生之力也。

君藏唐翠墨，为唐拓汉武梁祠像。乞取太戆痴。天欲从人愿，碑皆自我移。易得原碑于嘉科。感深珍许赠，痛极识先知。君来书云：『余已衰暮，此拓相赠，有日读之怆然。』尺素常怀袖，临风不忍披。

舟中三体诗

遵陆风尘苦，浮航兴味便。挥毫兼把卷，处处小神仙。

沼流烟柳茫茫，望中断续风樯。莫道销魂无处，舵楼伫立吴娘。

雨后长河新涨生，桃花竹箭舵牙轻。羡他簑笠元真子，最好头衔是散人。

登封九月十三夜作

鸡唱蛩吟那得眠，高寒古县早霜天。伤心卅八年前事，此日辞亲上客船。

游洛阳道中

嵩少归来指洛阳，崎岖历后尽康庄。人夸走马看花地，我爱寻僧选佛场。苔藓残碑迷汉魏，战争旧垒认隋唐。前贤只羡西崖好，配食香山葺小堂。

题梅竹小影

淡碧溪山常入梦，披图爱煞数枝春。江南最好香雪海，早订他年共结邻。

松风谡谡竹疏疏，身似闲云任卷舒。调鹤摊书消永昼，此中真乐更谁如。

过东平有感

本是膏腴地，连荒奈岁何。盖藏齐鲁少，道路困穷多。求饱趋烟火，遮寒采薜萝。我惭分半刺，无计起沉疴。

过汶河

此水原东指，偏令转野桥。激冰声细细，赴壑气迢迢。润壤资农乂，浮船责我曹。民生兼国计，临履敢辞劳。

夜过德州

浪游二十六年前，瘦马崎岖腊雪天。此是朝天非作客，氈车安稳似登仙。

雪后蟾光分外明，长河如练马头横。行人欲睡不得睡，爆竹声中过五更。
来本匆匆归又忙，朝朝迎送柳千行。可怜尝尽江湖味，旅店安眠即故乡。

烟柳柴门图　为唐雪怀画

明湖秋水净如练，京国风尘吹我面。千亩之宅五亩园，万钟之粟何足羡。烟村柳岸深闭门，书满匡床酒满尊。况复鹊华秋色好，披图那不一消魂。

包灯

明扬州包副使北行创制，今仍其名。厉樊榭征君集中有：『乡思酒边怀越酒，唇闻灯下话包灯』之句，盖指此也。辛亥上元，快雪初晴，苍黎告庆，济上闹灯比昔年为盛。包灯适从扬州携至，喜为赋此。

绾金剪采艳朝霞，绝胜徐熙没骨花。点缀良辰铺锦绣，匡扶卿月露英华。广陵市上春初丽，宪府筵前兴同赊。包副使所制。却忆家园行乐处，看桃时节向包家。乡中包家桃花最盛，厉樊榭有诗。

离家

欲慰慈亲意，归期先计程。敢云冰雪重，遑计帽裘轻。菽水惟清俸，征淦仗故人。离家今渐远，难遣此时情。

吴门夜雨

虚负吴阊六日留，残冬哀柳系行舟。独听一夜萧萧雨，也当春宵卧小楼。
故人泥我过红楼，怕对红妆是白头。犹话江郎当日梦，月痕香影桂花秋。

得月楼作

把卷扪碑兴不孤，更于花下倒金壶。旧时月色征新句，也似姜夔访石湖。
冶坊滨唱冶春词，一曲香溪万柳枝。倚槛何人能顾曲，西楼风月让袁丝。
临川曲子本轻清，佳玉歌唇更有情。记得梅村诗意好，殢人肠断眼波横。
钜公三五此楼过，剪雪裁冰赋绮罗。翠袖不忘薇省客，谓赵味辛中翰。馆名应号小鸥波。
陶写中年悔已迟，尊前自笑鬓成丝。诸君才妙吾深羡，红袖添香正及时。

养花楼作

曲曲楼临狭巷斜，最繁华下寂无哗。胆瓶棐几安排好，为养人间第一花。
任汤而后更何人，粉印青编绝点尘。记得钱塘诗老句，曾攀苏小是乡亲。
曲侣诗朋合唱酬，今年止此月当头。莫嫌此会酸寒甚，翰墨风花并一楼。
壁上欣逢良友迹，尊前最爱女郎词。倾城名士原同调，请看奇章礼牧之。
四库三仓侭力储，钱君汲古更谁如。天公留得斯人在，好约看花并读书。
小技惭非大匠材，近来笔砚况尘埋。何当万卷楼中客，亲到歌筵乞画来。
瘦金书韵自轻清，悲壮淋漓让小琼。唱到花间携手处，不辞烂醉到天明。
酒阑偏唱伤春曲，听到春情泪半含。尝尽天涯滋味苦，年年春雨梦江南。

元夕作画于袁江

薰炉闲炙砚池冰，听雪茅斋淡若僧。写得荒寒好风景，胜他丝阁看春灯。

题画竹

写竹何殊写字，真行篆隶皆同。撑出一枝半节，自然全体胸中。

无题

态比花娇曲更娇，客中难觅此良宵。赠诗胜似缠头锦，活脱丰神笔下描。

万花丛里啭流莺，百种温柔画不成。少小也知伤薄命，鹍弦自拨尽愁声。

罗巾细认旧啼痕，粉泽衣香过处闻。毕竟诗人解怜惜，天涯知己得朝云。

题画竹扇

雨洗修篁分外青，萧萧如在过溪亭。世间都是无情物，只有秋声最好听。

祝李梅村六十寿 赠金寿门八分册

八分一字千金值，雄健谁如金寿门。传世千秋惟纸寿，故将片幅寿梅村。

羡君有子总能文，才学挥毫便不群。也似画家名父子，居然大小李将军。

除夜归自黄河，和姜白石除夜自石湖归苕溪韵

渐觉年来壮气销，归心最怕路迢迢。无端身入王维画，风雪骑驴过灞桥。

列炬围炉辟晚寒，椒花柏叶尽登盘。今年更喜添孙子，守岁喧哗不厌看。

手障狂澜不易成，宦情浑似踏春冰。剧怜此夜黄河上，处处高悬照路灯。

夕阳鞭影逐归鸦，不信今宵却到家。岁事老妻都办了，自移小几供梅花。

一肩行李两奚随，谁识分符佐郡归。却笑儿迎同候吏，着来品服当斑衣。

征声援笛记欢娱，也似姜夔访石湖。前度风情难再得，空萦春梦绕姑苏。

夜夜寒深酒力微，朝朝飞雪上行衣。泥涂敢计劳行役，多少思家人未归。

心丝吐尽比春蚕，客路情怀我最谙。不道今年逢此夕，椒花筵上脱征衫。

人到衰年厌宦场，凋零师友最凄凉。官贫幸守图书在，遣闷时时味古香。

一抹烟浓冻未消，金乡积白满山腰。遥林已逗新春意，浅碧娇黄发嫩条。

吊李亲家作霖

别后怜君病，愁肠日几回。何期鸿影到，却是讣音来。痛极不能语，夜深惟独哀。谁知三月别，渺渺隔泉台。

济上勾留久，论交廿载深。多君重义气，愧我太清贫。不道朱陈契，翻多管鲍情。归来瞻穗帐，那不泪纵横。

秋盦词草

绮罗香

此青斋夫子令先祖崃轩赠公之行看子也。公以吴兴世德蔚起东南，上继前徽，下开来学，敦仁乐善，慷慨倾家当。天怀旷逸之馀，效广平梅花之赋，偶为此图，以寄一时兴会。意蕊心花，本非实境，得王百谷书《十美图》额，与画意适合，乃联为一卷存之。厥后，清门寒洁，长物无多，惟此卷岿然尚在，夫子珍重手泽，重付装潢，命敬观，因填一阕。

牡牧寻春，姜夔载酒，争说吴兴花好。八咏幽怀，一缕冰丝袅袅。频记取、琴韵棋声，看谁擅、诗笺画稿。羡居然，小宋风流，修书围列翠鬟巧。　王郎亲迹共标，今古欣联几席，此情殊少。寓阁先人，湖上旧曾倾倒。百谷先生游湖上，寄先七世祖寓林公书云：『山中寒甚，不堪独宿，拟归城中。』令侍儿爬背痒耳，且以寓林公绛帐风流，独少丝竹。此札犹存。忆昔日、绛帐风情，喜今见、锦函眉扫。把丹青、暂付彭宣，也同堂后绕。

高阳台

介圃所植腊梅，繁枝丰蕊，得势争奇，任城无二本也。今年花放，介圃邀史红亭、戴栎岑、李铁桥与余醉咏其下，栎岑有词记事，余复图写兼填此阕。

檐挂条冰，苔凝古雪，何花敢傲空庭。只此寒香，横斜点点圆金。瓣痕朗润明于纸，似硬黄、瘦本兰亭。喜沾来、董酒温馨，觞咏幽情。　尊前争把新词唱，羡六家采笔，同清又说。题花当年，坡谷峥嵘。味香怀古人人醉。任冬冬街鼓三更。更张灯，选折繁枝，付与诗闲。

买陂塘　冯户部鱼山所收横波夫人画兰卷余见于都门，携归欣赏为填一阕以还之

展吴绡，乍疏还密，芬芳幽谷清晓。相如作赋无人买，争乞美人香草。随意扫，问楚雨，湘云从里添多少。图成一笑，怪红杏尚书，淋漓史笔，却识数行小。　湘兰派，沿传到眉楼巧，词人谁不倾倒。前朝金粉江流尽，只有横波萦绕。欣看饱，悔不向晴窗，索取亲临稿。鱼山工写兰。如君丽藻，倘生在当时，臂金鲜赠，未肯让朱老。用竹垞见夫人事。

买陂塘　题李梅村题崖图

趁东风，嫩寒轻暖，小窗春气初透。烧灯影里横斜好，诗味野桥开候。招韵友，共索笑，

巡檐吸尽临汾酒。君偏捲袖，扫素壁挥毫，蔡钟体势，不让铁桥有。君八分与李铁桥并妙。

离还聚，幽馆萧森似旧，残碑零墨相守。任城不少栽花地，岂必家园十亩。图画就，飞梦到西溪，邓尉村村秀。相思又逗，只记取南湖，粉团香阵，清福尽消受。

买陂塘　过富庄驿有感

又南来、严裴王路，停骖落照时候。前番杜牧寻春地，惟见冷烟衰柳。重忆旧，尚隐约，盈盈十五眉尖瘦。临岐执手，记软语叮咛，采裙持赠，重到莫相负。

堪伶事，听说萧娘去后，琵琶一曲仍奏。不知甚处藏花密，一朵何人消受。因坐久，认枇杷一树。今还有，当年杯酒。谁料定司勳，紫云易惠，转恨绿阴骤。

百字令　题介亭伴梅图

万花如雪，坐交枝径里，松根孤石。冷淡依依惟独伴，未许招携狂客。顾渚春芽，罗浮香瓣，韵味皆清白。家鸡堪爱，居然羲献风格。

阿谁杀粉调铅，烘云染月，芳草为茵席。似我前番湖上路，探取逋仙踪迹。如此家山，廿年离思，忍见描姑射。何时同去，一枝筇趁游屐。

台城路 题菽圃执经图

几年书剑随征雁，家园梦中春草。陌上鞭丝，江头帆影，水驿山程不了。开图一笑。羡静笠闲锄，秫田青绕。分馌人携，一经奇字问多少。

欢游长记岭表。越王台上望，珠浦花早。荔子红娇，素馨雪艳，不数山阴古道。孤云缥渺。又上谷香尘，暗飘吟帽，无恙柴门也，思归去好。

台城路 送方逸青入闽

谁怜落拓江南客，天涯洒人吟侣。二妙才华，五陵豪气，也爱联盟，鸥鹭。闲情同赋，记苏小门前，画船箫鼓。握手匆匆，几番空自载诗去。

堪惊蓬断絮。舞等闲千万里，又唱南浦。岭绕仙霞，滩迴黯淡，何况云山修阻。翻欣逆旅，应迭奏埙篪。满囊新句，有梦寻君，月明江外路。

国香　题马湘兰画兰便面

斑管多情。醮花梢凉露，点染芳馨。素纨叠纹如水，摇漾湘云。自负生来高洁，只依依、瘦石寒筠。同心写三四，冷韵幽香，着意温存。　腕舒嫌钏重，倩王郎卷袖，放叶轻匀。六朝金粉，千载剩得斯人。记取十忙遗事，我生迟、名让何君。俗谓金陵十忙，何长卿刻印，湘兰翰皆兴焉。纵横尚满纸，挂向东风，细认春痕。

庆春泽　题莲湖小筑图

峰涌莲花，云铺黄海，本来人住天都。泉石缘深，书堂恰占莲湖。空明不放纤尘到，只笔床、茶灶疏疏。涤烦襟，帘卷窗虚，猎猎风蒲。　水光十里平如镜，但香浮清韵，露泻圆珠。载酒移船，望中红翠相扶。宦情未淡宾花老，慰相思、聊展新图。约他年、打桨招呼，同押鸥凫。

青玉案　芥圃主人招予与史红亭诸君小集，即景为图，并题一阕

叠山疏沼林亭扫，正秋锦，当轩绕。四五吟朋佳约早。采笺拈韵，绮窗评画，那不

清尊倒。　自来芥大须弥小，为圃幽深深更悄。随处琪花共瑶草，金门傫宜，苏门啸咏，惟有清闲好。

南歌子　题陈戟门小照

俊味书千束，闲情锦一丛。吟声歌韵两惺松，却爱霜芦江雁、闹西风？君喜画芦雁。　榻外茶烟细，花边酒晕红。谁能冷听午时钟，偏画蒲团滋味、寂寥中！

南歌子　题孙介圃小影

窗锁书千帙，池铺玉一泓。晚来把卷向西风，消受东篱手种，几枝红？　曲爱梅溪细，谓史红亭。书怜北海工，谓李铁桥。瓯香韵冷小亭中。又见秋宵庭院，一花翁。用宋孙花翁句。

思佳客　用玉屏韵题陈曙峰师竹斋图

长夏都无暑气侵，笔床萧淡墨池深。每当月色摇清影，合写箫材寄赏音。　闲把情毕竟谁真假。

薄命真同蝴蝶耍，对舞翩翩，是处随高下。满座飞觞吟尔打，济宁人呼相战曰打拳。多落花原遂东风嫁。四载重来，可是三生也。有恨春宵歌半夜，何如此扇摇长夜。

蝶恋花 女郎佛喜肩头作朴蝶图，和燕亭元韵

卷里看来多旧雨，恨我无因，一掉山阴去。今喜苏公堤上住，吴讴越唱添新句。胜地欣逢风雅主，溪上飞花，又见群贤聚。冰雪诗成重作叙，山川人物皆千古。

凤栖梧

箫声月下，藕花风里，怅望明河如练。旧时王谢燕重来，占得香泥一片。簟凉如水，帘空如画，寂寞宵深小院。薄情最是绿杨丝，偏不系，斜阳一线。

鹊桥仙 谢安愚莲池谱词见寄倚声

卷，更横琴，故人邀我几登临。土龙已往良师在，露叶烟竿结素心。

又书一绝补空

行酒调丝性最灵，尊前谁不惜飘零。佛恩若许拈花笑，金屋添营燕喜亭。

减字木兰花 乙未五月十有二日，奉访云庄大兄，雨窗画禊溪载泉图，并填一阕请正

甘香新汲，不数中泠称第一。帆转吴门，错认江湖载酒人。竹炉妙迹，诗卷长留三友石。韵事图成，又是斯泉不朽名。

摸鱼子 莲池看捕鱼

趁新晴、爪皮艇子，青篙撑出烟渚。镜奁开映疏疏柳，湖上那人眉妩。花自舞。又负了花时，三载天涯度，幽怀似缕。认曲曲栏干，深深窗户，都是断魂处。千丝网、网得狂鳞个个，渔师机事辛苦。谁怜我亦丝牵定，同是身心难主。伤倦羽。飞不到段家，桥外嬉春路。何年任去，算十亩花塍，批红抹白，也彀伴吟侣。

赐江南河臣兰端砚、边有蟠龙，拟作砚铭

嘉庆元年正月四日，太上皇帝、皇上赐千叟宴，臣第锡叨餐大酺荷賚群珍。斯砚出自尚方，从此奉为家宝，谨拜手为铭曰：

文府之珍，云龙蟠结。器比天球，光分太乙。磐固千春，欣逢大耋。质润全河，恩昭奕叶。品重端溪，义取廉石。守此清坚，长砺臣节。

为李铁桥画扇铭

有酒同倾，有碑共赏。谁比交情，竹君石丈。

黄石山樵自制砚铭

片玉自琢，合乎旧椟。以静为用，从心所欲。画法何人，苇间书屋。

秋盦题跋

为张砚村跋王石谷画卷

画学至石谷，萃唐宋元明诸名家之法，精深博大，无美不具。查悔馀谓其落笔妙天下，信哉？然非烟客、湘碧诸君指授之精，收藏之富，亦莫能成其业，故石谷为太仓诸贤挥洒卷轴，合作尤多。铜山张将军薇山性嗜翰墨，与太原王氏戚好，石谷辈画家常主其家，此将军官常熟福山时所作，景物苍茫，体极宏远，长卷精善，无一懈笔，真奇宝也。

题青桥小影

此日本校书青桥小影也，得于吴门龚氏秋野轩。龚云：『彼国建唐人城，悉中华人聚处，有女校书往来其间，中土与彼国之奇珍异器多假手粉黛互市焉。国有禁约，商舶东返时，校书不能随行，惟许静守三年，逾期失约，始觅他缘。独青桥逾六七年，居然燕子楼中人也。商舶复来，欢好如昔，商感其义，绘小像以归。』两峰道人重为临写，属予记其事于上。日本在海东，其地严冬不寒，故妇人多赤足，着屧金线纫成，颇亦工丽，梳头用香蜡，取其光润。余有日本木枕，漆面微蚀，龚云：『此发蜡粘损所致。』图中女奴所携奁具，有笔砚、香炉，轻细可爱，龚赠一具尚存。吾乡蘅圃侍御《红藕山房词》所咏倭奁，即是此器。器美若是，想见染翰焚香，定饶逸事，谁谓海上无幽人异境耶。

题王莲湖汉铜印谱

济宁吴氏所藏古铜印章五百馀，谱首郑居实序。汪水部纫庵、潘中翰毅堂见而心艳，屡求卒不可得。近时印渐散失，易初得十馀。居寔子鲁门自金乡持来六巨椟为印五百四十，又小匣为印二十有七，吴氏物居多。易力薄，留小匣趣，王刺史莲湖购六椟官印。『大司马建威校尉』『鹰扬将军』『彭城左尉私印』『李广』『任贺』等章，皆极精妙。『翱』字一印，易辨为谢皋羽物。高贤手泽，宜同西台竹如意并传于世。莲湖得兹多宝，足以自豪，手成一谱示易。茶熟香温，闲窗评赏，真堪与关中松谈阁、淮阴程荔江诸谱后先争胜，辉映艺林，不独海内嗜古之士一时妒羡已也。

为翁阁学作薛公祠图跋

薛文清公督饷过蜀，得一砚于浣花草堂，篆杜诗『万里桥西一草堂』七字刻之。嗣以少宗伯视学山东，后人敬慕正学，建薛公祠于济南城北湖滨，在今学政署之外。覃溪先生在都时见此砚，曾赋长歌，今亦以少宗伯督学来东，中丞吉公适以此砚相赠。学署前百花潭上有小沧浪诸名胜，先生复刻『百花潭水即沧浪』七字于砚旁，地名恰合，官复相同。先生喜甚，手奉斯砚拜谒薛公祠，复嘱余作图，联砚铭为一卷，以纪盛事。余未历济南，图中结构想像为之，恐未能悉合也。先生以品学受主知，莅东后惟研经复古，勖励多士，与薛公《读书录》后先辉映，四百年来，河汾再见，他日齐鲁诸生定以先生配薛公，学海同源，徵于斯砚矣。

跋李铁桥小照

济宁学宫汉碑向止五通。李兄铁桥初得胶东《令王君碑》于庙门古松根，继得庐江太守《范式碑》于棂星门墙下。余为作《得石雨图》，吴竹虚又图其事，属为题识。夫古来仙佛神奇往往范形炫世，功名烜赫则写貌凌烟，至若修禊兰亭、西园雅集之类，或因人传事，或因事成图，事有可传而图非泛设也。我、铁桥对酒读书以外，惟扪碑为乐。铁桥好碑，碑亦屡出，疑有鬼神呵护。秘守千百年待人待时而发者，生平快事无过于斯。事本可传，宜其图写不已，垂示艺林于无穷。同嗜好而多古缘，莫余若也，故欣然而为之书。

汉三公山碑

余客南宫时，寄书杨君鹤洲拓元氏诸刻，旋得古篆碑一通，磨泐已甚，细辨乃汉《祀三公山》，篆文：『永□四年，常山相冯君到官，承饥衰之后，祀三公山之神，甘雨屡降，吏民刊石纪焉。』元氏之山如白石无极，封龙三公，咸得法食。洪氏《隶释》有三公山碑，乃八分书，与此不同，此碑久在野中，前人所未录，恐致湮没，亟烦元氏令王君移置城内龙化寺，与汉白石碑同置一处，为王君作《寿古图》记其事。

跋陆朗夫中丞画

此中丞朗夫先生之笔。先生不以画名，而画特神妙。盖昔年与富阳董文恪公同朝，六书八法精微，尝为论及晚年文章，政事之馀，信笔点染，聊以自娱，真得南宗三昧。哲嗣尚之兄宝守是册，以易荷先生知遇，出示欣赏，如登名岳，涉大川，但觉元气浑融，天然古淡，恍接先生言笑，晴窗展对，一何快幸。

跋汪雪礓摹禊帖缩本

贾秋壑玉枕，定武已奇，李宓所缩尤更小更奇。雪礓兄两摹之，不差毫发，谁云今人不及古耶？王虚舟吏部初得李宓刻石于燕市，不知其人。吾友陈照圃自闽来，云：『李宓，字羲民，闽之龙溪人，家于万关下。明万历间以书名，梵宇琳宫多其遗迹。董文敏慕其书，每具币求之。事具邑乘。陈君曾见小楷《黄庭内景经》，手刻于龙池片石者，极精妙，为海丰张外郎穆庵购得之，藏于家。』其说可信。王吏部云：『余得李宓刻石，绝珍爱之，不忍终没，精拓数十本流布人间，李宓有知，当引王生为知已。』今雪礓兄妙手精心，广名迹之传，亦古人知己。惟余生也晚，未见吏部，不能以陈君之言相告，一为标快，然有雪疆见知之，亦良慰矣。王枕是经麈室中手缩，麈与李皆闽人，异苔同岑，后先媲美，何闽人多艺与。

题石谷山水卷

观石谷此卷浑然一气，取境幽深，设色点缀无不神妙，是其生平合作。薇山先生官虞山时，石谷尝馆署中，从容挥洒，故所写与寻常酬应者不同。卷失后，为先生后贤砚村太守购得，赵璧复归，更足宝贵。惜有污痕，余携至吴门，命工装洗，复还旧观，谨题以还之。

跋南汉铁塔字

金石之文传于世者，金最少。是塔远在岭表，拓本尤希。纽谷农部以易有金石癖，从南涧先生假得寄示，乃获欣赏焉。十国之主伝佛铸金，若是大安寺铁香炉题名、钱氏金涂塔绘像之类，不可悉数。然范金之字，比石为难。易藏金涂塔瓦拓本有二十余字，近拓衡水古钟隐隐有『贞元元年』字，皆丑拙无足取，益信金文不可多得。此拓书虽不工，饶有古趣，且只字必收，多前人所未见，金台倦客，累日摩挲，何多幸与。

题颜心斋所藏邹满画卷

周栎园侍郎与子雪客寓江南，日好书画，喜宾客，极一时之盛。山左颜氏乐圃与赖古堂文采风流雅足并峙。余所见白下诸贤翰墨，为周氏作者颇多，若此卷笔墨闲逸，尤为杰作。昔在乐圃与心斋茶话，匆匆展观，越八年，假至济宁廨舍，把卷累月，恍若置身山水间与昔贤晤语。惟卷后鱼门、荭谷、瘦铜诸老不可复见，感怀旧雨，能无怆然。

跋米书露筋碑

王虚舟给谏过高邮，瞻露筋祠，访此碑已不可得，不知何时再出。前年拓得与戏鸿堂刻本对勘，惟『绍圣元年十月中岳外史』一行缺蚀，神采焕发，异乎他本。润甫六兄得此，宜乎终日爱玩不忍释手也。宋苏黄蔡三书固天机清妙，若米书直追晋人，评者以为第一。观王大令诸帖，始信剑拔弩张之态非米老臆造，然结体之谨严，实自欧阳率更行草中得来。

内敛而外拓，故其峭拔之致人不可及，无怪米老自诩云：『余书无一点俗气也。』暑窗展对，顿觉清气逼人，文与书足以动人，如此为题，数语还之。

跋江秋史手摹朱龟碑

乾隆戊戌，蔗畦先生以亳州所拓《中和石幢》见寄，书云：『亳境古刻最多，今不可得见，以此区区偿《朱龟》《元宾》《土飨》诸碑之缺，未免令人齿冷。』先生文章政事之馀，嗜金石尤笃。易每得翠墨，必以副本寄赏。乙巳得《朱龟碑》旧拓本，狂喜不可言，时先生哲嗣秋史官翰林，及寄都门请秋史摹寄先生以副夙望，讵知装池未竟，先生归道山矣。伤哉！先子与宾谷、蔗畦两先生订石交，易既得奉教于两先生，尤与秋史莫逆，两氏储藏往往互出考证。易近年搜出汉碑石最多，拓本亦不少，先子皆未得见，正与秋史同此深痛也。

题庐刻金石录

吾友鲍以文获宋雕本，曾刻一印曰：『金石录十卷人家。』后赠江玉屏、何义门手校，翻阅一过，如对故人，秬香宝此，得所归矣。

汉西岳华山碑

国初时，华州郭允伯有此碑，商邱宋牧仲亦有此碑，文字完全。郭氏藏本不知何时流转至新安人家，十馀年前为黄教授文莲所得，以赠安徽学使朱学士筠。余昔在学士家见之，浓墨精拓，光彩奕奕，郭髯命小史装池完好，题跋具在。郭氏所藏帖书恐人触污，刻印约言数语揭诸簿面，此碑锦套内幅亦粘约言纸也。宋氏所藏本不知落于何处，有钩本传世。吴江陆封翁虔实摹写数百本，吴门历下两有刻石，如皋姜任修曲阜玉虹楼复以钩本重刻。近时翁宫詹覃溪摹朱学士本，陈编修崇本用枣木刻于京师，诸跋俱备。闻陕西毕中丞又刻于华阴庙。原石虽亡，后来摹刻可谓多矣。

题杨大瓢十三行跋

十三行玉版本为翁氏康馆所得，杨大瓢曾题跋刻于端州石。今玉版不可得见，杨跋犹在人间，武林都秀才礼得之。跋有空处，即以为砚。《观妙斋金石略》曾录此跋，考辨已详。如此拓本，盖当时至佳本，余有二本不及也。正以兰亭五字未损，焦嶷居士可不宝诸。

跋欧阳小楷

欧阳率更小楷《九歌》，董香光、孙退谷有宋拓本。《庚子销夏记》云：『石刻于长沙，南宋后已不存。』乾隆丁酉丰润明府潘皆山告余，丰润人获欧书四残石，为王君安昆所得。余亟遣工拓致，乃《九歌》六段、《千文》六十四句耳，后有宋人周越子发跋，宋刻无疑。是长沙本否？不可知也。世传率更《千文》只有大楷，此草书莫可考，然书体清润，襄阳所云『直到内史』良非虚誉。惜虚舟老人已往，不能使之一见，穷源溯委耳。箧中佳拓为友人索尽。戊戌春在河东幕府晤容照兄，出此欣赏，遂赠之。此拓僻在边鄙，他时不易致也。

跋两张公葬邓宗伯文后

邓宗伯视学浙江，拔士最盛，儒林怀德，至今勿衰。梁侍讲山舟奉栗主于葛林园，手书条约，俾子孙馨香勿替，尤谨严也。先子轶事中，有宗伯赠故人子三十金为葬亲娶妇，其人莫知所从，先子为足成之。宗伯古道若此，乃后贤清窘，马鬣未封，海内士大夫所共惜者。侍讲出公之门，宜其感念弗已。若观察穆庵张公虽宗伯乡人，太守任斋张公亦浙中士族，然去宗伯宦浙时已数十年，未必有师友渊源之雅，而追念前贤，助葬恤后，直引为己责，今复乞文纪美传示艺林。两公高谊，皆足千秋，益见宗伯之盛德感人者深矣。

跋王逸老书饮中八仙歌

王升字逸老，汴人，草书奇伟。宋宣政间被召补官，南渡后寓嘉禾羔羊里，高宗召对尤称赏。《楼钥攻愧集》云：『绍兴庚午，逸老书《饮中八仙》，时年七十有五，羔羊居士乃其自号，圣采为所居之堂。』赵希鹄《洞天清录》《道园学古录》并言逸老草书有颠旭转折。贝清江、王元美、都南濠皆有逸老真迹，为艺林珍重如此。此册有项氏、李氏诸藏印，必禾中故家之物，后归真定梁相公，手自题签，装池精妙，望而知为梁氏物也。易见此于任城，书极雄肆，无一笔冗以后人规格，烟霏雾结，纸墨有光，逸老书于绍兴己巳，年七十有四，与《楼集》合，真迹何疑？故典衣之兴又不可遏。

跋重刻郙阁颂

先生见此碑于都门，爱其隶法之古，以珍物易归，宦游任城，嘱易详考之。按，汉武都太守李翕拆里桥，《郙阁颂》刻于建宁五年，文二十九行，行二十七字，颂后有诗又数行，刻年月及书撰人石师名。原刻本无后数行，今重刻有之并『县令申如须重刻』七字。今在略阳县郙阁栈道中。此本重刻无疑，虽失真，饶有古意。余收汉刻最多，独僻远难致，箧中无之，晴窗展玩，何多幸与？《郙阁》《樊敏》《郭有道》诸碑阙失虽久，国初尚有拓本见于孙北海、朱竹垞、顾亭林诸书，历历可考。前人重刻诸碑，何不尽取原本泐之，乃己意仿书，欺惑后世，是可慨也。

景君铭

此碑去西汉未远，书体犹有秦隶遗意，惟碑穿在文字中央，碑阴列名后又作韵，与他碑不同耳。

武荣碑

碑材甚大，文字仅书其半，与韩仁铭相类，碑侧有曹仲经题名一行，金农题字二行，皆墨书也。

郑固碑

《郑固碑》久碎为二段，州人李浩斋得其下段，嵌明伦堂。其子复将上段嵌入，座内之字出之，多每行十余字。此本联接装裱，较康熙年间张绍释碑时字数稍多也。

尉氏令郑季宣碑

《郑季宣碑》易既扶升嵌置，多出七十余字，碑前有横纹一线，方知额为阳文，石质极松，难免剥落。此本存字无多，恐他年漫漶，即此亦不可再得，宜珍宝之。

鲁峻碑

《鲁峻碑》奇伟神妙，传为蔡书，洵非虚誉。碑阴两列，顾氏《隶辨》误以为三列，阴尖有张绍墨书题名。

范式碑

是碑初得篆额于龙门水口。易有宋拓本方欲补刻，李铁桥得正碑于𣗳星门下，知其碑阴洪氏误以为鲁峻之阴，较易藏本尚少数百字也。

跋

先君子秉承家训，少而力学诗古文词，直入古大家堂奥，兼究心于金石碑版。迨壮而远游，继复官河上，历幽、燕、青、兖、徐、豫、荆、扬之域，凡遇名山大川以及残碑古碣，无不登临搜访，诗文益复奇肆，惟兴到偶成，旋即弃去，并未汇成一册，故存者绝少。元长生也晚，不及见先君子少壮之作，近岁以来，偶于趋庭之时闻有吟咏，辄为抄存，兹复于书帘中翻阅，共得诗词题跋若干首，录为一册，藏于家中，尚拟质之当代名公鉴定付梓，冀不没先君子好古力学之志尔。嘉庆七年七月，不孝男元长谨识。

岱岩访古日记

嘉庆二年正月七日，欲赴两城山物色女娲陵，同李婿此山及其姪出济宁东门十里，路旁石刻佛象疑其下有字，命拓工顾仆记明再拓。过黑土窑，车泥不前，百计出之，抵袁庄日暮，仅行二十五里宿。婿舅张翁圃中翁云：『东南路皆河漫，两城径阻，赴兖亦泥泞，道邹为便。』遂决计改辙自西而东。

初八日，渡泗河至柳沟，道旁见大德十年吴祥书《忠显周公碑》。抵邹城，宿婿家质库。晚步城南孟庙观诸碑。过断机堂，见元至正年张铨一碑面刻『暴书台』三篆字，元贞年张须一碑，至正四年潘迪分书一碑。南门城楼得金大安三年铁钟，有『□威将军□□、张□克、匠人李勍』等名。城外桥面残石，文曰：『泰山石，天辅四年定。』北门外岗山、小铁山、尖山、葛山诸崖壁俱刻佛经，风大不及观。

初九日，至曲阜，风大，寓西关，谒孔子庙，拓诸碑。余前得南关外熹平二年残石，何梦华所得永寿元年《孔君碑》，俱置同文门下。后魏《李仲璇碑》侧有王长孺书一行，宋大中祥符元年《张齐贤祀庙碑》后有河东裴瑀书一行，向未拓取，今补之。

初十日，过孔林，东至洙泗书院，见元碑二。饭歇马亭泰山庙，内有宋元丰何嵩等造小石幢。过大汶口石桥，长百馀丈，河中滩石崚嶒，势若潮涌，水流石罅，淙淙可听。望徂徕诸峰，近逼眉宇，晚宿河东茅店。

十一日，至泰安府，乍看岱色，游兴欲飞。县尉张君松岩云：『岱麓盘路，尚积冰雪，未可登陟。』游城中岱庙，见宋金元诸碑，甚奇伟峻极，殿前铁瓮二，铭云：『宋建中靖国元年李谅等造。』炳灵殿前汉柏六，延禧殿前唐槐一，甚古，余尤爱。大殿西偃柏势奇而叶茂，其旁飞来柏寄生桧各一亦有奇趣，阶下怪石九，尤爱西一石，腹刻大安元年奉符吴衍题字。过冥福院，观后晋天福年石幢四，后殿有元大德九年铁钟，命拓之。

十二日，出泰安城，车行荦确间，过大佛岭，礼铜像，宿张夏。四望皆山，顿忘行役之劳。

十三日，至历城西关。江秬香遣人来言，泰安太守金素中邀寓省馆，遂止焉。

十四日，见权廉使孙公渊如，纵观嘉石轩所藏吉金款器，命工拓之。

十五日，见摄莱郡吴念湖诸君，晚饭臬署。

十六日，摄历城令徐刺史招饮小沧浪亭，同秬香、李婿诸子乘小艇泛大明湖，都人士女登北极阁，喧阗满路，踏月看灯而还。

十七日，晤伊中丞公子后，孙公招集臬署，与王莲湖、吴念湖饮嘉石轩。

十八日，至抚署，与高君青士茶话。金陵史兄朴园，三十年旧好也，闻余至，亟出见，言亡兄塞外旧事，听之黯然。

十九日，孙公与权兖沂观察、金公招游大明湖，饮净香斋，画舫银灯，绿波红树，何灭江南风趣。

二十日，孙公奉急符赴钜野，中丞伊公命酌，谈崂山风景云：『地多古松，为奸人侵削，刘令培守甚力，宜嘉勉，示禁之。』中丞擅草圣，命刻二巨印。同幕中高青士、史朴园、张碧川诸君观其真珠泉，纵棹小溪，往还二里，白石清泉，引人入胜。薄暮出署，街鼓报初更矣。

二十一日，同秬香、李婿叔姪驰马三十馀里至龙洞，径转峰回，峭壁苍翠，岩悬古柏，颠峙浮图，侧视横看，奇态万状。洞中凿数巨佛，秉炬可行半里，溪流奔迅，穷源幽远，历下奇观也。方伯康公祷雨获应，聿新祠庙，增葺亭馆。廉使孙公两弟偕嘉定钱君阳湖、王君来同游，遍历洞壑。余惫未从，坐看工人拓碑。洞后得后魏天平四年《骠骑大将军汝阳王叔□造像铭》。宋元丰《韩铎祈雨题名》及元延祐造像数碑。县志云：『洞后壁间有隋刻及墨书数行。』遥望壁上模糊，路险莫能逼视，宿山馆，夜起看山，别有景象。

二十二日，同人游佛峪，僧骑而导，五里拾级，登山至般若寺。寺在悬崖之腹，后筑精舍踞胜凌虚，奇峰欲滴。当面凭窗，远眺苍翠，胜于龙洞。崖上刻佛像涂彩如新，崖间有隋开皇七年《比丘尼静元造像》，石壁有唐乾元四年《遇缘造像》，开成二年《金刚会碑》。山中多雪，阴崖悬冰如匹练。余谓之干瀑布，同人笑之。寺外翻经台势如石笋，康方伯欲葺小亭其上，亦快事也。午后返城中，顾仆拓《佛峪碑》，后复至龙洞尽拓诸碑。

二十三日，辞诸司，同周孝廉曼亭饭王司马应亭斋中，与郑柳田、吴南芗访朱敬敷，观所藏沈石田仿大痴青绿细笔山水极精，渔洋山人心赏物也。陈道复没骨花大帧亦佳。禹鸿胪为朱君之祖，子湘先生写小像及徐易画山左诸名宦像，甚工妙。余嘱柳田摹李文襄、高念康二像，以志景慕。

二十四日，出城五里游千佛山，至兴国寺，就山凿大士相极庄严，石崖隋刻佛像有开皇七年至二十三年题字十馀段。阮学使芸台搜拓止四段，龛内涂饰处之刻字未尽见也。元人刻『唵字咒』四行，亦自龛内得之。登高俯瞰城北，湖波清淼，鹊华二山并峙。昨见偃师王大令秋胜有禹鸿胪摹赵文敏《鹊华秋色图》，景象逼真凤台。陈明轩与郑柳田、吴南芗招饮潭西精舍，观吾友桂明府未谷所书联额精甚，中悬余书小额，自愧弗如。陈君又嘱书『谈助亭』额。看七十三泉，喷珠响玉，沁人心脾。得明《诗综》第三函，补余之阙。晚酌金太守斋，与陈二州剧谈。

二十五日，访杨明府杏川弗值，出西门游豹突泉，寻赵文敏题句不得，泉岸巨石玲珑，有翁阁学题字，知是明殷相国圃中四石之一。过罗园，看水竹文鱼殊有野趣。

二十六日，出门八十里至长清五峰山。矗立三面，气象幽远。宋金敕建道院，翠柏满山，盘路直上山半，有灵泉构亭可坐。银杏树大可三人围，扶疏森茂。三清殿前，元定宗二年刻崔真人像并传，上元好问、刘祁等题字。五峰洞《真观碑》，元好问撰，又大定元年洞贞观敕。问莲花洞隋刻，僧云在山后，晚不及访，宿新构广庭间。

二十七日，拓莲花洞隋刻五十馀段，宋嘉祐、元祐张度等题名二种，阮学使仅得其半也。宿张夏。

二十八日，行三十里至靳庄，折而南行，望明孔山宛如弥勒侧坐。行数里，过『灵岩胜境』坊，山翠扑人，峰攒万笏，浓绿间隐隐古寺。辟支塔、功德顶、证明龛踞最胜处，入寺古碑满目不能数计，看摩顶松，甜般若殿，视顾仆与僧人拓碑。江秬香与李婿叔姪衣短后，易轻屩，鼓兴登山，直上功德顶，狂啸爆竹，声震岩壑，余徒仰视，叹羡而已。

二十九日，扶杖山行数里，瞻行宫楼阁。至甘露泉，坐朗公石，俨然一僧。扪铁袈裟，其上分书三字，下有篆文剥蚀难辨，或云此铸钟未成也，说亦近理。功德顶佛座间之字段赤亭，尚未尽拓。石壁及狮象身皆刻字，巢鹤岩盘道及观音洞宋人刻字最多，命工尽拓之，看滴水岩积冰如绿玉，驱车出山，宿长城岭。

三十日，至泰安郡城府县，金、蒋二君与少尉周旋，止岱庙雨花道院，觅数竹舆次早登山。晚饭金太守斋，肥城程大令与幕中冯、唐、黄三君谈宴欢甚。余欲移肥城孝堂山石室内郭巨塑像于外，露室后石壁，俾得全拓诸刻。金、程二君欣然许之，果成，亦金石奇缘也。

二月一日，同江秬香、李婿叔侄登岱，磴转高危，愈上愈妙。至对松山，两岩浓碧，石势尤峭，至十八盘，望南天门在云际，过此始履坦途。拜元君上庙，瞻明皇摩刻，计廿四行，行五十一字，其左宋赵德甫题名，下得开元二十年道士董灵宝题名，其右唐东封时从臣诸名及宋元题名甚多，稍东石壁拓得乾封元年设醮题名。三登玉皇顶，憩浴日养云亭，俯视诸山俱在足下，云物旷远，天下奇观。后石屋岩岫深幽，林树尤密。游人忽指山下一狼奔突，攀崖远眺，隐隐入后石屋而没。看岱顶无字碑，厚大光润，相传此石非山所有，余视其质与磴石无异，传者妄也。右边得一行书『帝』字，类宋初院体，偃师有宋仁宗书『帝』字刻，此或真宗之笔。晚宿孔子岩下斗室中。

初二日，早至日观峰，天明后始见旭日初升。道士云：『看日出，宜秋霁澄空，乃有异趣。今方春仲，云雾半翳，无甚奇也。』游石屋，冰凝盘道，风殊甚。至蜡烛峰，看古树而返。午后同江秬香诸子下南天门，坐壶天阁，孙廉使、金太守来叙啖面。孙公欲余再登山，余苦登危辞之，秬香复同登焉，余还憩雨花道院。

初三日，孙廉使下山，言高危难达，不可再往，招余在山足畅游，观王母池、吕公洞诸胜，扪老君堂唐鸳鸯碑，饮白鹤泉，上道院遍游岱庙，看汉柏唐槐，晚息岱麓书院。廉使为余篆题名刻岱顶。

初四日，孙廉使返署，其甥杨君耘珊小留，同游天书观。神宗所范九莲菩萨，怀宗所范智上菩萨，侍天女四像，极工伟，各为母后创造。庙貌崇大，今栋折垣颓，谁复过问。至观看铜殿，鎏金光耀，目所未睹。至高星山，观后晋石幢而返。

初五日，同李婿叔姪乘车返济。秬香赠余李北海《麓山寺碑》旧拓本，黄仙鹤等字尚在，后有米元章题名，亦作北海体，精妙可爱。唐《姜遐断碑》书亦古秀，割爱可感也。留顾仆在泰安灵岩，尽拓诸碑再还济宁，此行所得不少也。

嵩洛访碑日记

嵩洛多古刻，每遣工拓致，未得善本。尝思亲历其间，剔石扪苔，尽力求之。嘉庆改元之秋，携拓工二人自兰阳渡河驱车径往轮蹄小住，辄问贞珉，得即捶摹，篝灯展勘，不减与古贤晤对也。

九月初六日，祥符相国寺拓元祐经幢。市间得汉镜，文曰：『宜君乐，乐未央，大富昌。』余苦肝患，医者云宜散郁乃愈，读此憬然。又购唐镜一、古币四、汉印二。

初七日，至郑州开元寺，殿圮，重葺小构仅蔽风雨，存两石佛：一天授二年侯文衍造弥勒像，一开元八年王元度造蒲台像。殿后尊胜经幢，中和五年僧祖愿书经篆额，天成二年重修，幢上层四面镂佛，边阑复刻画像，题字有天福五年僧敬璋及上柱国杨璋等名。秋阳曝纸，施拓殊艰，寺傍东里书院学徒见猎心喜，咸来按纸助力，俄顷拓全，惟浮图北面窗壁对嵌二石，疑亦古刻，高八九丈，莫能致也。

初八日午抵荥阳。汉《闻喜长韩仁铭》在县治仪门内，西向露立，顶作乘虹，足半入土，剔至碑座，其下与碑阴两侧俱无字。唐景龙御书《赐县合卢正道勅》，阴刻卢公《清德颂》，额作佛像，旁有行书二行，碑侧唐天宝八载卢重华、贞元五年刘士陵、贞元十五年关士约、贞元十八年王皋等题字。宋天禧五年《王鉴记》，各拓一纸。申刻至汜水县东关，登高阜，至等慈寺。《齐武平五年造像碑》在后殿窗壁间，唐高宗《纪功之颂》、颜思古《等慈寺碑》在寺外。《高原纪功颂》碑阴之上，有『从官臣勣』等字数行高不可拓，惟拓得下层开元十三年史叙书《御制途次成皋诗》及崇宁四年王评题名。荥阳以西崇岗壁立，车行狭道间，仅容一骑，居人穴土为室，沟深路峻，俯视悚然。

初九日五鼓，逾虎牢关，高下数里，车陟高危，骇人心目。顶上关帝庙有碑，昏夜莫辨。北趋坦途，望黄河如带。循芒山而西，过巩县，渡洛水，问净土石窟寺，纡道难达，不及访碑，行洛岸坡石间，达偃师境，近城见王辅嗣墓，元吴炳八分碑立道旁。晚抵县署王大令秋胜欢然道故，言武君虚谷在鲁山修志，约俟余至必归，驰书趣之，假余竹舆，命役导引，次早赴嵩山。

初十日，出偃师南门，山田多井，辘轳相望。久安耕凿，童叟熙熙言：『今年麦稻、棉花倍收，数十年所未有也。』饭府店铺望嵩少诸峰，愈近愈翠。登崿岭口，入登封境即古之轘辕关，峭坡盘曲，数夫牵舆而上，回视巩洛，山川历历可数。及巅达县城，山冈起伏，悉皆坦途，始知此境已在云霄之上，经行岩谷间，曲涧奇峰，应接不暇。薄暮至少林寺，登千佛殿，拜达摩血影石，观紧那罗王藤像威严若生，旁镕铜铁二像不及也。寺当少室之阴，列如屏幛，少顷月上，忆施愚山『翠屏横少室，明月正中峰』句，至此始信诗境之真。篝灯寻碑，拓得天平二年《僧洪宝》、武平元年《冯晖宾》二巨碑、永兴等《四面造像碑》、天保八年《僧静明造像碑》、《观音大士像》、大安已巳《邵公悦疏馀碑记》。明再拓。山僧夜起诵经，诵毕习手搏。山中故事，日以为常。余心弗好，高卧不问也。

十一日，过邢家铺，对少室之御寨，数峰攒立如莲花。扪少室石阙篆书画像，虽极剥落，石质坚刚，自然朴古。篆铭『从林芝□绵之』上列有字，前亦有字，阙侧有字三行，『从林』之下，隔石二列露一『伊』字。东阙题名『李客』之下有直格，隐隐有字，皆前人所未见，四面多作人物鸟兽，褚峻所图弗确也。拟游会善寺，依僧而息。登封赵大令使者来迎，遂馆城中书院。

十二日，大风不能出游。添募拓工，广摹少林诸碑，先购得天保八年《碑楼寺碑》、齐武平年《宋始兴碑》。

十三日，风定，乘竹兜出城五里，游嵩阳书院。遥见门外《唐天宝碑》高如坊表，雕刻精工，徐季海分书整洁。余藏本少碑额，命工补全碑侧明人题刻，碑阴中间宋熙宁时张琬、宣和间卢汉杰题名二段。进书院瞻大将军柏，大七人围，扶疏古茂，南面木理洁白。余题名一行于上，以志欣幸。二将军柏大三人围，亦苍郁可观。庭心紫薇一本殊秀雅，廊下获文潞公、张梅、王郅题名三石。东墙得元符二年宋传小楷书《真武经》，极工。柏下旧有石柱，宋人题名，求之弗获。行三四里至崇福宫，殿塑三清像及王天君、赵元坛二像极雄伟，宋金时所塑也。殿阶下邱长春《海市》诗及《二元碑》，壁间□川仙裔题名，炉座宋景祐残刻。东行数十步观启母阙，西阙檐石小损，画像亦多，向未尽拓，铭词『开母庙兴』一行之前有『川郡阳』一行，又『二月』一行，堂谿典请两铭之首『维时』二字，其言维何下有『嘉』字，皆向所未见。其上里许，观启母石高三丈，广如之，绝类吾杭西湖之寿星石，正面平削，西若广厦，石缝嵌钱，盖村人好事者所为。循山行七八里，逾小崿岭，至中岳庙，楼殿辉煌，气象雄大，太室石阙离庙百步，砌石整齐，画像亦多，上层锥凿如新，二千馀年划痕犹历历可辨，亦一奇也。庙前两石人，冠冕执殳，比曲阜鲁恭王墓前二石人较小，制作皆同。武虚谷疑身间刻字，曾嘱余遣工剔土细验，拓其形以归，信为无字矣。兹余亲辨东石人冠顶上一『马』字深刻极古，真汉人八分。两石人之背有孔八九，镕铁尚存，或当时门阑嵌置之故。进西华门，宋金四巨碑对立峻极，门外东阶见《魏寇谦之》等碑，已有拓本，惟唐咸通六年《修庙碑》并碑侧题名未有，大殿前两铁狮金正大年铸，铁炉元至元年铸。大门内守库铁人四，内二人有治平、熙宁等款四段。

十四日，出南门，过懊来山，陟崇冈，望嵩顶，见太室正峰，形势厚大，其右少室宛若拱侍。至告成周公庙，观测景日表，登观星台，台后平铺石槽，漏水以算日影。东原有断碑，首曰『大唐洛州告成』等字漫漶难读，稍东龙华废寺断石幢二，俱刻佛经，半已漫灭。行数里，循平洛涧，至石淙，怪石淩空，面面灵瘦，涧水奔流，深潭澄碧，诚奇观也。武后游石淙时，北崖刻诗，南崖刻序。下临潭水，拓工架木求之。北崖诗刻之上，石穿数孔，昔年架屋之迹也。后尝避暑于此，当年构造自极工妙，今惟山空水深，奇峰满壑而已。余至此，听泉扪石，想卢鸿隐居之金碧潭、云锦淙诸胜定亦如此，惜径荒难达，诸胜莫可踪迹矣。石淙题刻不少，余寻见宋人范忠宣数种，他多近人所题，磴壁危滑，不能驻足遍视，为可惜也。

十五日，出北门十里，积翠峰下游会善寺。门外银杏大可四围，古柏亦相等，苍茂可爱。入寺仅见东廊唐大历二年《会善寺碑》、《戒壇敕牒》。问他碑，山僧导至西原戒壇旧址，见东魏天平二年《嵩阳寺伦统碑造像》，精工两面俱刻，向获拓本止下层八分书一段，馀皆未拓，其上篆额与诸佛名刻字，工人弗顾也。戒壇获法石像碎卧荒草间，唐开元时道安禅师残碑半埋土壤，惟《净藏禅师塔铭》尚嵌塔身，巍然西峙。元僧数塔在寺东，碑刻封号极崇大也。

十六日，再游中岳庙。古柏廿馀，比曲阜孔庙之柏大而矮，东一柏最大，过于嵩阳书院之二将军，殿后偃柏二，亦古峭，惜萎其一。拓唐、宋、元诸碑，铁人、铁狮、铁炉诸款，再观太室阙题名。其上问卢岩寺及嵩顶径窄路荒，前年有显者欲往，治途半月始达。余无济胜之具，遥瞻山翠，叹息而已。

十七日，游老君洞，大风扬沙，至谷口而返。再游嵩阳书院，移文潞公、张梅、王郅题名三石于东偏小室，嘱登封赵大令嵌置壁间。明登封令傅君梅作存古书院，收诸寺残石置此，今改文昌宫，余往扪索，得宋、金、元石刻九，内横石刻天王神鬼像极工，有吴道子、李龙眠笔致，必宋金名手之作。赵闲闲题达摩相诸刻亦佳，亟拓之。景侍郎冬旸说：『嵩云戒壇寺石幢有唐宋人题字，傅君梅初移署中，旋载归邢台，故不复存。』余思傅君移置诸石，保残守阙，良费苦心，何嵩境有名石幢反移归私第，理或未然。考《几辅志乘》邢境并无此幢，景说未可尽信。余访询登邑，拓工言传闻幢已断缺，恐官追问，久已埋藏，寺僧云数十年前，重修诸寺，旧碑大半移埋，此说为近也。饭赵君官署。赵名时，号及庵，莱阳进士，清勤为政，登人爱之。幕中胡君赤霞贤而才，皆乞余书，笑而应之。

十八日，早将行，拓工携少林诸碑至，琳琅满目，捆载而归。赵令、马尉郭外作别。

少室山光清翠可恋，山高风大，登陟良苦，臧获辈有忧色。望永泰嵩麓法王诸寺，不及留览，下轘辕至缑岭，山不高而清旷幽远。登仙君庙，凭虚四望，二室诸峰环绕当面，昔人谓是仙境，良非虚语。阶东《武后升仙太子碑》高大工致，今犹完整，碑侧宋卢功裔题名甚工。阶西宋谢绛修《大殿碑》，拓得碑侧济南李格非等题名十一段，碑阴亦有宋人题名，晚不及拓，宿府店铺。

十九日，至偃师，虚谷已还，饭斋中纵观金石揭本及古玉圭、晋刘韬碣石，赠余拓本数十种。同至学宫明伦堂观所收魏、齐至宋、元诸石刻，是虚谷数十年所致也。补拓数种。秋塍先至洛阳，书来约余同虚谷往洛。

二十日，虚谷携子愚溪约余赴洛，饭义井铺。稍北平等寺旧址，齐碑四通并立，半为土掩，地名四里碑，安邑宋芝山误闻此是《刘宽碑》，今乃释然，烦秋塍遣人剔出拓之。过白马寺，大门内至顺钜碑书甚工，宋《苏易简碑》已碎。大殿前魏造像幢、后殿唐麟德年《苏宝才造像》、壁间晋《开运造像》、宋《摩腾人汉灵异记》、元《至正诗刻》。后殿元贞铁钟一，阶上《宁远将军造像》残石。余与虚谷、乔梓寻金时方塔，前列金碑一，塔间旧多碎碑，今尽失之。望双碑凹，一是《魏王基碑》，一是唐《狄府君碑》。府君，梁公父也，虚谷云：『昔狄氏后贤访问祖墓，得洛城道旁一石，题曰「唐忠臣狄梁公墓，」遂以墓穴在是。』封鬣表之，不知双碑凹为确也。过二十里铺，庙中见五代《罗周敬碑》，道旁神龟二年造像刻石。晚抵洛阳，与秋塍、虚谷翦烛快谈，新安邹大令霞城能文嗜古，亦来订交。

二十一日，同秋塍及虚谷、乔梓出南郭，渡洛河，谒关忠义陵，极崇丽。游龙门、宾旸诸洞，观诸佛像庄严博大，旁多刻字。齐《洛州老人佛碑》、唐《岑文本三龛记》俱刻洞外石壁，《僧言三龛记》旧有褚遂良款，石片碎落，昔藏寺中，旋失去，老衲谢草犹见之。饭临河小阁，望香山如图画。饭毕，循山而南，石壁凿洞不能数计，登老君洞，观魏、齐诸刻。洞上老翁王樵夫居之，自言年九十有三，或以为仙，蒋学士独敬礼之。夕阳已西，不及至香山而返。

二十二日，为虚谷先人吏部公书《神道碑》及鲁山令董君书巢索书联额。书毕，偕虚谷步县学东看魏《大觉寺碑》，惜文已磨尽，刻明人《修庙记》止存篆额。欲访董湘涵友汉草堂，闻其孙析居，不果，从其族人购得董氏所藏《孔和碑》、《陈德碑》及太和十二年《宕昌公造三级浮图碑》、唐《张嘉祐墓志》、《卢杞书其父碑》十数种，砖塔铭半幅、石鼓文九纸，皆精本也。

二十三日，秋塍、虚谷先返偃，余宿龙门镇，视工人广拓诸刻。佛洞多在山半，虚谷欲登最高之九间殿看张九龄书《牛氏像龛刻》，力惫未果，余竟登之。大卢舍那佛像高八丈五尺，石磴宏敞，唐奉先寺基也。大历十年造《卢舍那大像碑》、《内侍省功德碑》、《牛氏像龛记虢国公残碑》、宋《丁裕题字》俱刻石壁。

二十四日，渡伊河，游香山寺。及巅，眺龙门山石壁危峭，凿佛如林。卢舍那大像坐半山中，别有景象。寺无古刻，惟唐白少傅栗主、国朝汤西崖少宰右曾配食焉。堂悬西崖书『石楼风月』小额，缘山寻碑，佛屋刻武后时《书经》极工、唐人《大足等年造像铭》、宋《王曙诗真宗龙门铭》。归寓，邹大令霞城遣苍头来索书楹帖，为秋塍作《龙门览古图长卷》。

二十五日，视工人拓龙门诸刻。山僧古涵精摹拓，亦来助力。僧知伊阙洞顶小龛有开元刻字，猱升而上，得一纸，乃《邱悦赞利涉书》，向所未见，非此僧莫能致也。

二十六日，欲行雨阻。工人冒雨拓碑，持来纸湿，余为熨干，得香山诸刻及唐人《党晔辛祕》等题名，惟少大足一刻。龙门石洞内见顶刻『大唐永隆』等字，圜转巨书。老君洞顶之刻几遍，架木高危，不能拓取，叹息而已。住龙门六日，拓碑三百馀种，得汉镜文曰：『九子明镜，世异寡双，服者卿公。』又『长宜子孙』镜一，『位至三公』镜二。

二十七日，雨止成行。行后望龙门诸山在云雾间，荒原翠碧，宛若春郊，伊水滩声，荡涤尘俗。午过白马寺，拓诸造像、镜铭，至义井铺寻《四齐碑》，业田者奋锸出之，不肯受值，索余书而去。晚至偃师，署秋塍斋中。蓺菊四列，与武虚谷叔侄及嵩县朱大令持螯小酌，剧谈风雅。幕中山阴金临川为余写墨梅甚淡雅，胜童二树多矣。座中人索书小联，尽应之。

二十八日，秋塍又招友赏菊。虚谷见赠岳麓寺碑额碑阴并唐李吉甫等《永兴石室题名》、《超化寺元遗山、王黄华等题名》拓本十数种，秋塍《惠升仙太子碑》及《灵岩山人诗》、《吴会英才集》等书。

二十九日，别秋塍东归，出城十里，登芒山望宋会圣宫碑，南见太室、少室诸峰在层云之上，北眺太行隔河雄峙，山腰红黄色疑秋叶也。上下坡磴远于虎牢关，至马候午饭，相传是伯夷、叔齐扣马处。渡孟津黄河，宿孟县城南。

三十日，早步学宫忠义祠，魏、唐、宋、元诸石刻嵌置工整，钦州冯户部鱼山主讲此地时所收也。拓补篆额数种。晤孟尉张君葺亭，同访崔君梅轩观所藏《范中立修福》、《董香光盘谷图》。梅轩新得唐咸亨年《司马兴墓志》，拓惠二本。饭葺亭处，赏菊看砚，为书『四砚山房』小额。出城至花封书院，见鱼山八分书碑绝类韩勅，叹吾友词翰之美，今时何可多得。望太行山色，竹木渐繁，渠流清洁，始知历代名园多在此山之阳。晚宿怀庆东郭。

十月初一日，至清化镇。兴县康孝廉少山好古嗜学，久思过从，至此问康君住北山，尚隔十里，不及返晤，驰书通问兼索济渎诸碑，夜宿恩村。康君覆书云：『诸碑皆有，惟唐《玉真公主受戒碑》鱼山前访时已佚。』恩村崇恩院有大定二年牒，秉烛拓之。

初二日，至获嘉，问法云寺不得。遇空车百辆，鱼贯而东，知征楚之兵过新乡，获境之车助力也。

初三日，过新乡白鹤观，拓宋政和刻《刘海蟾仙迹碑》、金《皇统碑》。晚宿卫郡西郭，直隶兵夜抵城外，星驰赴楚。

初四日，至卫辉府治衙神庙，洗剔晋《太公吕望表》两断石，始见碑侧有『诸□□』者，又『□□□□饬表上』八分书一行。后周《郭进屏盗碑》碑阴两侧俱有字。寻武定八年《太公庙碑》，已嵌置北门外新庙，悉拓之。饭别驾毕砚山署，观孙雪居《双柏图》、董香光《怀新堂图》，甚工妙。砚山之弟静山孝廉出观明人尺牍，宋仲温、姚广孝、于忠肃诸公数十家，皆精美，见题跋知为吾友江秋史旧藏。良朋仙去，物亦云烟，对之怃然。署多奇石，为砚山作『石供山房』匾。知楚氛稍定，弇山师破当阳，邀赐世职。江南丰县决河计日可塞也。

初五日，过卫郡，命工拓城隍庙元时铁钟，得张稚恭山水立幅、程穆倩题跋、漳州经幢拓本。宿滑县老牛店。

初六日，大风，至东明郭外宿，展观晋刻《齐太公断碑》，粘连接缝。

初七日，抵曹郡西郭外，见穹碑，验是元《修济渎庙碑》，商琥撰书，考论济水源流，历朝迁徙之故，文极该博，书复清挺，上有明侍郎王永和题跋，命工人拓得一纸。

初八日，出曹郡，遇滕令周君护兵赴豫。晚住钜野龙堌集，拓《视祥符》，所得唐镜文曰：『仙山并照，智水齐名。花朝艳采，月夜流明。龙盘五瑞，鸾舞双情。传闻仁寿，始验销兵。』凡八言，销兵既兆，楚贼即平可庆也。

初九日，过钜野县，在学宫明伦堂见元统年谢端书《朱子语》横石，有《瘗雀铭》风格，将来拓之。晚宿嘉祥县，于大令来见，知汶令叶九忽化，才而不禄，可伤也。

初十日，抵济，计嵩洛拓碑四百馀，得旧拓本四十馀，以副本分赠铁桥、梅村、镜古诸君子，大快事也。

跋

右《嵩洛访碑日记》一卷，国朝黄易撰。案，是书为亡友黄石溪明经钞存本，无撰人名氏，相传为黄小松笔云。考翁覃溪《复初斋文集》，《黄秋庵得碑十二图序》称其方欲搜讨嵩山三关上下岩洞秘文，云木蓊郁，灵境霅然矣，又当作《嵩洛访碑图》云云。又，《黄秋庵传》亦有南游嵩洛语。又，小松筮仕济宁，而是书末有初十日抵济语。又，覃溪所撰传称李铁桥亦以金石之学世其家，与君最契，而是书有以副本分赠铁桥等诸君子语；传又称镌诸石者安邑宋葆淳，而是书复有『安邑宋芝山，误闻此是《刘宽碑》，今乃释然』语，芝山，葆淳号也。又，小松工书，而是书屡言为人书碑版联额；又，《墨香居画识》称其写山水得北苑、巨然正法眼藏，而是书自纪为《秋胜作龙门览古长卷》。又，小松钱唐人，而是书有『绝类吾杭西湖之寿星石』语。又，阮文达《小沧浪笔谈》称小松尝作《得碑十二图》及《嵩洛泰岱访碑图》，以秀逸之笔传邃古之情，得未曾有，『则小松果从嵩洛访碑且作图矣。定是书为所撰，似非臆断。小松名易，字大易，号秋庵。其父树谷号松石，故又号小松。官至兖州府运河同知，护运河兵备道。精於金石六书之学，著有《小蓬莱阁金石文字》及《小蓬莱阁碑目》等书。《蒲褐山房诗话》称其官济宁，凡嘉祥、金乡、鱼台间汉碑悉搜而出之，而《武氏祠堂书像》尤多所见，《汉石经》及《范式三公山》诸碑皆双钩以行于世。则其生平嗜古，随处搜罗，而是书则访碑嵩洛时所记也。孙渊如《寰宇访碑录自序》称：『又值同世通人名士搜奇好异，邮示所获，扩其见闻，若今王少寇昶、钱少詹大昕、阮抚部元等，而小松与焉。』又《寰宇访碑录》所载，如在河南洛阳《熹平石经〈尚书〉〈论语〉》残字，在河南南阳《圉令赵君》等碑，俱注已佚，则非此行所得，而亦谓浙江钱塘黄氏藏本，其搜讨谅非旬月矣。是书卷帙无多，殆未经刊刻。余恐其不传也，亟付梓焉。咸丰甲寅上巳后四日寒食节，南海伍崇曜跋。

嵩麓访碑记

叙

崧高维岳，作镇中土，带以孟津、太阳、轘辕、伊阙，却略而罗峙，俯视周京，鼎邑隆隆，炎精再耀两魏。继宅杨、李，东都銮辂时游。天水、西京，耆迈咏集，山川之气绵发数千百年。劖石范金，奇文奥字，出没于榛莒砂甓之表。耳目之所接，搜剔隐括，其所不及十常八九，莫得而际也。然终明晦有时，维好之笃或出矣。不遇珍惜，及珍惜之过，群趋众骛惊，反摧坏之者其有焉。黄君簿领跋涉，遂有嘉想，炳焉箸录。石卿掇其残蠹，表而章之。天下嗜奇振异之士，瞑默梦想如造其域，亦各适其适也。日月易得，山川可游，君若归乎玉女、少室之间，余将振策迹其后焉。咸丰元年四月，山阳鲁一同。

开元寺

嘉庆九年秋，自携拓工二，渡河至开封相国寺，仅拓得元祐石幢。至郑州，访至城西开元寺，颓圮重葺，小构仅蔽风雨，得两石佛，妙相庄严，座间刻铭：一『二年矦文□造弥勒像』，一『开元八年王元度造蒲台像』。殿后『尊胜幢』篆额三字奇伟，中和五年僧祖愿所书。天成二年重修，上层四面镂佛，边阑复刻画象，天福五年僧敬璋、上柱国杨璋等所造。秋阳曝纸，摹拓殊艰。寺傍东有书院，学徒咸来助力，俄顷拓成。惟浮图高处二石似古刻，莫能致也。至荥阳县治，拓汉《闻憙长韩仁铭》、《唐中宗赐县令庐正道敕碑》，碑阴《清德颂》两侧有唐宋人题记。晚抵汜水。

等慈寺

在东关二里许，高原寺东。《唐高宗纪功之颂》阴列从官李绩等名，其下开元十三年史叙书《明皇途次成皋》诗及崇宁四年正评题名。寺西，《唐颜师古等慈寺碑》侧刻『元丰乙丑杨□』题名。荥阳以西，崇冈壁立，穴土为屋，轮蹄经狭道间至虎牢关高下数里，頫视悚然。冈颠有碑，昏夜莫辨也。

缑氏山

在偃师城南三十里。一峰隆然，四望平野，山颠有仙君庙，凭虚远眺，嵩山诸峰环列如屏，诚仙境也。东阶《武后升仙太子碑》石材坚大，完好如新，侧有宣和二年卢功裔题名。西阶宋明道二年谢绛撰修殿碑，碑阴宋人题名碑，侧有绍圣元年济南李格非同侄述谒祠及王巩、于所等题名，山门外卢功裔宣和四年题字，向所未有也。

小石山房

偃师武君虚谷得《晋征东将军刘韬碣》，因构小石山房藏之。余造访扪石，润如元玉。虚谷又出古玉圭共赏，堪称二妙。赠余龙门造像碑百馀种，李北海《麓山寺》碑阴、碑额，李吉甫等永兴石室题名，元遗山、王黄华等超化寺题名。同至学宫，观所收魏、齐至元诸石刻，皆奇观也。

白马寺

偕虚谷赴洛至白马寺，礼方塔仅金时一碑。入寺见至顺年《洛京白马寺祖庭碑》书甚工，《苏易简碑》碎为数段。殿前魏造象石幢，殿后宁远将军及天福年造象、唐麟德元年苏宝才造像，壁间宋天禧五年《摩腾入汉灵异记》、元人诗刻。

石淙

石淙在登封县中西四十里。平泉涧怪石清空，面面灵瘦，滨潭澄碧，谿水环流，诚嵩麓奇观也。武后游时北崖刻诗南崖刻序，后有范纯仁等题字，下临潭水，拓工架木求之。北崖凿数孔，疑昔人架屋之迹，后尝避暑。石淙构造自极工妙，今惟山空水滨，奇峰满壑而已。石壁多近人刻，路滑难行，不能细视。稍东周公庙有断碑，首曰『大唐洛州告成』等字。龙华寺断石幢二，刻佛经漫漶难读，闻碑楼寺《魏豫州刺史刘君造像碑》尚隔数里，日暮不及访也。

少林寺

在少室五乳峰下，寺前削峰如屏。余抵寺日暮，少顷月上，忆施愚山『翠屏横少室，明月正中峰』句，至此始信诗境之真。秉烛扪碑，得天平二年僧洪宝、武平二年冯晖宾、天保八年僧静明造象诸碑。唐高岑书《尊胜经碑》侧刻《唐人佛象辛祕题名》，廊下有至元二年钟铭，甬道东西列十数碑，钟鼓楼下及东西墙壁嵌小碑画象，皆唐宋迹也。开元时刻《太宗赐少林寺主教裴漼碑》及《赐杨谷庄碑》在钟鼓楼前。《赵韦裕公》、《董韦道公》二碑甚钜，并立东院，僧云昔年碑石如林，修庙时大半埋藏矣。

嵩阳书院

嵩阳书院在太室南麓。门外唐天宝□载徐浩书碑最高大，阴刻宋熙宁辛亥张琬、宣和乙巳庐从杰题名。院内墙角得嘉祐庚子文潞公大观、庚寅张杲政和戊戌王祁等题字，东墙有元符二年宋传小楷书《真武经》最精。旧有宋人石幢及翊圣真君祕诰今佚。瞻将军柏二，大者七八围，次三人围，俱森茂可观。院中有堂有楼，毕秋帆师抚豫时葺也。

轘辕

轘辕一名□领，在少室之北，壁立千仞，盘旋而上，其颠设关。至此，领转峰回，尽嵩境也。有《宋县令马仲甫碑》，访之弗获。山高无水，居民苦之，有溥洛池蓄泉济之。

消摇谷

嵩阳观左数里，两山夹涧，曰『消摇谷』。进为承天宫，唐道士潘师正栖真处，有圣历二年《潘尊师碑》。景冬暘说：『嵩云碑阴侧宋崔□之祖无择等题名十五□，今碑卧难拓。』观右数里嵩岳寺，《唐珪禅师》及《大证禅师碑》，余至二处，风大扬沙不能登蹑，至谷□而返。越日，遣工拓诸碑，得《潘尊师》、《大证禅师》两碑篆额，向所未有。山中雨后处处涧流，无桥徒涉，行者苦之。今幸秋杪至此，山泉俱涸，笋舆行荦，确间无阻隔之地，然卢岩飞瀑未及快观，又怅然也。

中岳庙

中岳庙在嵩山黄葢峰山之阳，居正履中，众峰环拱。前百步太室神道双阙垒石坚完，层层画象。汉元初五年《吕常朁阙铭》八分书在西阙南向，中岳太室『阳城』篆额其下，《颍川太守铭》八分书在西阙北向，文雅剥落，而簷阴刻凿如新，二千余年划痕历历可辨，亦一奇也。庙前双石人比曲阜汉鲁恭王墓前者稍㲊，冠冕执殳制作皆同，土掩其半，虚谷疑身间刻字，属易遣人出之，出之摹其形以归，信为无字矣。兹易见东石人冠顶一『马』字，八分古劲，真是汉刻，然莫详其义。进庙见古柏二十余，东一最大者五围；守库铁

开母阙

开母阙在崇福宫之东数十步，延光五年篆铭在西阙北向，馀三行在阙侧东向。余昔卧菜畦中，寺东元僧数塔石刻封号极崇大，闻元僧溥光所书，荼膀今遂置学宫矣。人已碎，僧之戒坛神像荒废可惜。唐净藏禅师塔魏然西峙，开元十五年《道安禅师残碑》今见篆额曰『嵩阳寺伦统碑』，其前层镂佛，正书佛名镌刻精工，目所未睹，旁卧石原戒坛旧址，见天平二年《嵩阳寺碑》，唐麟德元年移置于此。工人只拓下层八分一段，惟大历二年《戒坛敕牒》一碑在东廊下，阴刻贞元十一年《陆长源戒坛记》。僧导至西

会善寺

会善寺在积翠峰下，北魏文帝□宫，隋开皇间改为寺。门外银杏翠柏甚大，入寺寻碑，唐宋人题名、至元诏旨皇庆二年《中岳投龙简碑》，向所未收，亟拓之。《尉迟汾状嵩高诗》及宋、金等刻，旧有拓本，惟唐咸通六年《李方郁撰修庙碑》，两侧人四，有治平熙宁款，两铁狮金正大二年铸，铁炉元至元十七年铸。见《魏太安冠天师碑》、

遣工拓此，『开母庙兴』之前有『川郡阳』一行，今见其前有『二月』一行，上下虽剥落，疑此行是造阙年月。精楮细拓，比前人所释多辨出二十馀字。其下分书《嵩高山请雨铭》首二字『维时』，末行『其言惟何』下隐隐有『嘉』字，『自为主簿』乃『昔为主簿』，盖叙述太君历官之辞，文义豁然。阙北半里，启母石高三丈，广如之，疑星陨也。崇福宫瞻塑像奇古，宋金时所塑，寻碑惟景祐残刻、宋宣和二年□川峦裔题字、元邶长春海市诗等碑而已。

少室阙

少室双阙在邢字铺西，荒原画象甚多，褚千峰所图未尽也。西阙北面篆文曰『少室神道之阙』，南面刻篆铭，余前遣工细拓，『从林』一行之前有直格一行尚露字脚，其上层有字，今亲验东侧，直格五行亦露字脚，从林下隔石二层，一行之末露一『伊』字。东阙八分题名『李客』，褚图是『李容』，今验是『李客』，『客』字后有直行，隐隐有字，昔人所未见，遂命工拓全阙整幅以归，张诸四壁，不异游嵩扪石也。

龙门

龙门山在洛阳城东三十里，石洞镌佛不可数计。北魏诸寺地惟宾阳洞佛寺尚在，言阁临虚，登临堪眺三洞门凿佛容。大洞外造像石刻，惟北齐洛州《柳城老人佛碑》，余者贞观至德居多岑文本《三龛记》最博大，僧云文内有褚遂良名，石落此片旧藏寺内，今佚。

奉先寺址

在龙门山，俗名九间房。大卢舍那像高八丈五尺，最博大。坡磴危滑，虚谷欲登，晚未果，余竟登之。开元十年《佛龛记》，宋丁裕题字刻佛座后，张九龄分书《朱氏佛龛记》、内侍省《功德碑》、虢国公残碑刻东壁。越日，遣工拓碑，又得大历七年觉晔、元和十二年辛秘等题名。

大觉寺

东魏《大觉寺碑》，韩毅书，见赵氏《金石录》。虚谷得于洛阳城东四眼井，偕余往观，仅存篆额，文已磨去，刻明人《修儒学记》，大可惜也。董相□仅有草堂，其孙析居，今莫可问。购董氏所藏碑拓，得后魏《三级浮图碑》、张燕然虚府等碑三十余种。

老君洞

在龙门寺南里许，凿元元□序，象极大，洞顶上下周刻佛像，题名皆遍。同秋胜、虚谷往游，虚谷见洞门高壁有阳文石刻，指示喜甚，验是太和十二年洛州刺史《始平公像记》。视工人升梯遍拓，仅及二丈。洞左有小洞，门刻古验方。曩拓止东壁，今全得之，得北魏、北齐造像刻百余种，高处刻字莫能措手。佛洞有九十三翁王樵夫居之，升高履险，安若坦夷，亦仅见也。

伊阙

洞壁唐人刻经，凿『伊阙』二大字压其上。余坐洞内视工人拓造像，望阳河石壁皆倪、黄粉本。龙门僧□□工摹拓，亦来助力，知洞外壁顶有唐开元三年利涉书造像铭，猱升而上，拓得一纸，非此僧莫能致也。其旁小洞顶有『大唐永隆』等大字，圜转书刻，惜不能拓。

香山寺

在伊水东。自龙门舟渡，沿山而登，壁凿诸洞有武后时刻经楷书工妙，大□□年造像，宋真宗《龙门铭》及王曙诗刻。登寺见白太傅栗主，吾乡汤少宰西崖配食焉，小轩悬西崖书『石楼风月』榜。

平等寺址

在义井铺北，洛阳界。荒原有齐碑四，半在土壤。秋塍命役出之：一冯翊王《平等寺碑》，有篆额；一天统三年韩永义《造七佛宝堪碑》；一杨慎《际等造像碑》；一武平二年《比邱僧道若等造像碑》。安邑宋芝山疑是上东门汉《刘宽碑》，今乃释然。

会圣宫址

在偃师芒山。宋元祐元年石中立撰，碑甚高大，数十里外遥见之。余嵩洛归途遇此。

及颠见黄河如带，南瞻嵩岳，北望太行，舆人指宋八陵，隐隐可见也。

太行

孟津渡河至孟县，偕县尉张君茸亭访崔梅轩，观所藏诸画，范中立巨幅、董香光《盘谷图》皆精妙。梅轩出新获咸亨元年司马兴志石，两面刻文，拓赠二纸。步学宫忠主祠见冯鱼山收置魏、唐、宋诸石刻数十种，嵌置坚整，墙后有大中石幢。出城东归，无日不见太行山色，秋树丹黄，林壑如绣，真画境也。

太公庙

晋太康十年太公吕望《表庐无忌文》旧在卫郡治，碎为二。余昔年访得碑阴，有『主簿钜鹿和□』等字，今过此，验碑侧有《魏寺容太公庙碑》，阴刻『诸□有人□□□□饬表上太公裔孙尚那』等名属。太德君逐诸碑置北门外太公新庙，今知止逐魏碑，其晋碑在府治卫神庙，殊可慨叹。庙内立后周卫州刺史郭进《屏盗碑》，前后两侧皆刻字。九月自开封至嵩洛，十月经彰德度卫郡，东还往返四十日，成此二十四图，以志快幸，拓碑刻四百余种，黄易记。

跋

泉唐黄小松先生，官山左运河司马，与翁覃谿阁学、阮芸台相国、孙渊如观察、武虚谷、江秬香两大令先后结金石文字交，往来考订无虚日，而先生搜辑为尤勤。尝于嘉祥紫云山探武氏石室，得汉画象较洪录虽又有残缺，而别得一石有『颜淑独处』等十榜所题百余字，皆洪氏所未见，实艺林一快事也。先生居恒出必自携笔札，披榛易薛，遇有古刻，即识其题额年月及撰书人姓名以归。兹《嵩麓访碑记》稿本，道光庚子得于济宁书肆，涂抹几不可辨，曾手录，慎加编次，藏之行箧逾十稔矣。予家近嵩麓，近复浪迹江淮，每以未得归游为憾，今春黄树斋司寇自都门寄视《己酉北行续草》有嵩游篇，读之益为神往，爰检兹册覆缮校刊，石阙巍然如在目，肯庶它日按籍而求，以补藏弃之缺。惜先生自绘《访碑二十四图》，予客山左渴想有年，尚未得见也。

咸丰建元，重光大渊献如月杨铎谨跋。

黄易印跋

蓬瀛旧史

自唐有十八学士登瀛洲之说，至今传为美谈，而翰苑之义取蓬山由来久矣。鸾坡视草，凤掖簪毫。史传柱下之宫宅赐禁中之地，西清晓直则香惹炉烟，上苑晨趋则露沾宫柳，虽移宫鸟府而托迹青云，旧巢未扫夫九重，双烛记归于午夜，玉堂天上，每多感慨之存，金简殿前，特著丰稜之寄云耳。为庶泉侍御篆。乾隆戊戌秋中作于仪封河上，杭人黄易。

侠骨禅心

剑侠用世之才也，枯禅忘世之人也。两者若格格不相入，然古来英雄豪杰往往混迹空门，待时藏器，及云蒸豹变，勋业烂然。盖惟出世人始能救世，夫固并行不悖也。侠士多奇骨，禅家具慈心，以慈悲济其奇异，斯为世不可少之人，而有裨世道不鲜矣。余雅有慕于英杰之士，故刻之以见志焉。秋盦黄易。

桃红复含宿雨

仿宋元人法。黄易时丁巳秋九月九日作。

柳绿更带新烟

吾浙产石，青田较胜昌化，谓其柔润脱砂，仿秦汉各法奏刀易于得心应手。青田有五色，惟红者尤为罕睹，近日石工采伐殆尽，求一细腻可玩者十不获一，新坑直顽石耳。斯二石旧为新昌王氏所藏，余以贱值得之，刻以志爱。时丁巳仲秋，小松识于环翠山房。

沈印启震

汉印有沈性、沈延年、沈颐、沈子卿诸章，阴文双边，亦汉人法也。属吏黄易谨刻于济宁之尊古行斋。

青斋

乾隆庚子六月十有三日，钱塘黄易谨刻。

放胆文章拼命酒，无腔曲子断肠诗

山左豪游，西湖托迹，往来知己绝少。风人或考订金石，或究心举业，通儒而兼潇洒者能有几人。惟竹汀先生善文章，喜豪饮，解音律，工诗词，每一接见觉爽气西来，快人心目。悲歌慷慨，罕有其人，因取成语寿石以赠，使后人有想慕其风，见此章而为之神往者。黄易并记。

能事不受相促迫

『五日画一石，十日画一水，能事不受相促迫。』此工部题王宰诗也。余集其句刻贻筱饮，盖君之画，朋好求索者未尝拂人之请，不过较王宰尤迟。然余之所求，寒暑迭更，不识纸上烟云何日飞到蓬莱阁也。今寄是印，或足下怜余望眼将穿，不辞促迫，即挥毫落纸寄慰我渴衷也。小松黄易寄答筱饮，时需次山左。

宜子孙大吉利

『宜子孙大吉利。』汉宜子孙铎铭六字，余所藏器也。按，古人以木铎振文教，以金锋奋武卫。《礼乐》记夹振之注云：『夹舞者，振铎以为节。』此器高不过三寸，军政不足以发号，乐舞亦不可以为节，当是铃属。然铃、铎一器可通称，故仍旧名为铎。《说文》解『铎』字云：『大铃也。』余手拓铭文，寄赠芸台星使，乃蒙收入《积古斋款识》，何幸如之。今抚是印，并录全文，余子子孙孙永当宝之。寓阁后人黄易并记。

独坐幽篁里，弹琴复长啸。深林人不知，明月来相照

《竹里馆》，摩诘句。乾隆丙午七月，寓阁后人黄易。

余居嘉兴新篁里，偶游览西湖，于肆市得此印，不胜欣慰，即以『竹里』为馆名。每来郡城，必佩此印，钤之书押。云楼时相过从，见之爱不释手。适云楼庐之西偏新构别墅，种竹数竿，萧然坐对，因亦自韵其居曰『竹里馆』。弹指光阴，已过宋人刻楮之期矣。今与曼生陈君过访，持铭心绝品相赠，余故割爱报之，永失世好何如？即倩曼生奏刀记之。嘉庆壬申九月，张叔未识，陈曼生刻。

楳楮庵

戊戌春初，钱塘黄易刻于济宁之平治山堂。

小松作此印，为云楼得之。云楼书室之外有楮一株，亭亭特立，似其为人，乞余加跋，以楳楮庵为名。

楮之为物也，非桃李之可悦目，无兰桂之吐清芬。然其历雪霜，饱风露，故有类于高人隐士而独能葆其天真。云楼其葆此楮焉，与之结岁寒三友可也。不独小松篆法可宝，是人是树，固相得而益彰矣。为志数语归之，曼生跋。

闲来只写溪山卖

癸未春，同筱饮二兄泛舟西湖，曾取唐六如诗意刻『卖画买山』四字奉赠。盖筱饮二兄于诗古文词之馀妙于六法，风流豪举，突过六如。今复治此印，属仿蒋丈山堂连边朱文，作竟自赏，虽未及蒋丈苍老，个中人定能珍玩耳。但他石渠金马螭坳之上，卖画买山恐勿暇及也。乙酉九月，黄易并记。

一簑烟雨意吴松

烟云杳霭，风雨空濛，变态千端，奇姿万状。或荷篑而戴笠，时钓水以游山。甫里散人每寄情于吟咏，天随逸叟试乘兴以翱翔。波绉如靴，荡漾往来之舟楫；川平似练，萦洄远近之峰峦。仆本恨人，特多感慨，时当平世，大好江山。歌记吴趋，骚客擘笺而斗句；地名淞浦，渔翁摇橹以长讴。小松制并刻。

望美人兮天一方

古诗自三百篇外，必以《离骚》为鼻祖，其辞多托意于香草美人，以写其幽忧之致，厥后得楚骚之深者，莫若东坡《赤壁赋》。怀美人而不见，独渺渺兮相思天各一方。情词缱绻，迄今读之，犹为慨然者久之。余与然圃相别积岁，思欲一见而无由，偶诵坡公赋，有触于怀抱，思古今人虽不同，其结念友生一也。因取公赋语，刻石以贻之。秋盦黄易并记。

楼观沧海

丁已春二月二日，松岳上人嘱镌小印，每书画中必用此印，后被好事者攫去，松翁甚愠之。又十馀年，余归杭州，至韬光，而松岳已下世久矣。其众徒述，故乞更镌一方补之，惜有今昔之感，草草应命，但松岳不能释前愠也。易识。

臣心如水

此汉高密郑尚书之言也。其曰：『臣门如市，臣心如水。』虽言语过讦，有乖圣人逊言之义，然千古为人臣者，固当奉此为格言明训，则自无植党揽权之咎也。乾隆己亥仲春，刻于兰阳行馆，秋庵黄易。

一笑百虑忘

冬心先生名印，乃龙泓、巢林、西唐诸前辈手制，无一印不佳。余为奚九作印，亦不敢率应。赏音难得，固当如是。汪丈讱庵鉴古精博，生平知己也，簿书丛杂中欣然作此，比奚九印何如？冀方家论定焉。丙申四月四日，秋盦黄易客上谷制。

印癖

讱庵先生喜集古人印信，尤笃嗜近人各家篆刻，延请四方佳士至家集刻《飞鸿堂印谱》，属余治『印癖』章，余不揣固陋，勉附骥尾，恐不入水部赏鉴也。秋盦易仿汉印。

秦汉规模，赖以不坠

自秦作小篆，而镌刻之风兴，两汉因之，规模法度固尽在矣。其运腕奏刀，有意集四方名流于家，刻成《飞鸿堂印谱》，而以兹印属余治，愧腕力浅弱，未能副水部雅意也。

小松黄易并识。

乳水汪氏大圻审定金石之记

国朝收藏金石前辈推傅青主、程穆倩、王虚舟诸先生，皆精赏鉴，富收藏，群称具眼。近时有翁覃溪、孙渊如、钱竹汀、献之辈，邃于金石，审定真赝百不失一，乳水大圻汪丈亦精金石之学，考据审定丝毫不爽，固可与诸公同树一帜，因为之治此印，以志钦佩。

黄易并识。

吉金贞石室珍藏

『屋小于舟，人淡如菊。厥藏维何，有金有石。摩娑拂拭，匪朝伊夕。可以永年，可以名室。虚室生白，永贞则吉。』吉金贞石室铭。

大圻汪丈好金石，富收藏，尝构一室藏其生平所爱之金石，宝而玩之，与余有同嗜也，属余铭其室并治此印。秋盦并记。

天藻楼

灊雪先生清溪望族，东海世家，富有五车，穷搜二酉，仰天葉之恩泽，敷藻彩以纷披，凡古今之史册，无不眩目肆心，吞吐出没于胸次也。今以『天藻』二字属颜其楼并治此印，余不揣生涩，强以报命，乞大雅政之。黄易。

太瘦生

昔李供奉之嘲工部也，有『别来太瘦生』之句。盖太白天才横逸，视少陵之造语惊人，品固殊也。余性嗜诗而追琢过甚，攻苦成疾。夫杜公尚被嗤，我辈瘦生固其宜也。小松并记。

越国公孙

昔越国汪公因世变起兵，保障桑梓，捍卫民生，俾宣歙数州，咸蒙其泽，厥后归命有唐，大启土宇，至今庙食百世不绝。其能识天命，知时务，与钱武肃王之保据吴越后先同轨也。剑潭系出于越国，性伉爽，有干略。昔人所称绰有祖风者庶几近之。予为作此印以赠，其在诗曰『无忝尔祖』，剑潭其勉之哉。黄易。

此小松刻赠剑潭先生，不知何时失去，辗转流传，今为汪君吉甫得之，间出以示余，且嘱为加跋语。夫楚失楚得，不害其为弓，况显晦虽不同时，而珍藏仍归一姓，传之艺林，足为佳话。不独述祖德勖孙枝为足重，即其篆刻亦罕与俦，其世守之可也。曼生加跋。

宜身至前迫事无闲愿君自发印信封完

然圃书来，属余仿汉人封完印，石在余处久矣。许我蔡有邻书《尉迟总管碑》，今承见赠，亟摹以报，溽暑炎蒸，挥汗作此，不自知其苦也。乾隆壬寅六月，刻于梁园，小松黄易。

平阳

汪氏之族始于平阳，古币有此二字。钝丁先生摹式为印以赠承斋刺史。昨朱封翁排山寄示《吉金待问录》，此币在焉。乾隆戊戌二月之望，用成先生南还，亦为摹此，聊以志别。归与讱庵水部见之，当必心妒。同里秋盦黄易刻于河东节署之平治山堂。

愿学未能

秀峰水部精脉理，立论著书皆发前人之未尽，其辨温热痰饮脚气，成方折衷先贤，更出心裁，四方就诊纷纷不绝，君不惮劳苦，无力者复施以药，盖今之伯休也。丁丈龙泓曾赠『霍去病』三字汉铜印，水部欣喜累月，以『愿学未能』嘱治，何其学问渊博虚怀若谷也。易不敏，勉仿汉法以报，乞大雅正之。秋盦弟黄易作。

砚田无恶岁

讱庵先生嗜金石，尤好佳研，论研以北宋无端溪，如苏子瞻红丝、米南宫研山均非端石，厥后好尚龙尾、凤尾、金星，则歙之上品，自开星月岩，始有端石，然仅有眉子坑，并非水岩，其不如今之水岩青花翠斑纯粹无疵者远甚。水部藏双龙横沼研，为诸研之冠，更搜罗下洞水岩，得无上上品至三十馀方，铭其室三十六研斋。尝语人曰：『有此研田可不耕而食矣。』因作是印贻之。小松记。

琴罢焚香

昔王黄州作竹楼于黄冈，自记以公退之暇鼓琴适意，焚香默坐，消遣世虑，盖名贤治心养性莫善于琴，而古鼎清香尤足涤尘襟而祛凡念。余困于簿书，迎送不甘与俗为伍，公务稍闲，或操琴一曲，或焚香一炉，纵未能追希曩哲，亦庶几稍远于世俗云。乾隆戊戌秋日，自作于济宁官廨，黄易并志。

寿生得此印赠余，不独篆法浑厚，石亦良美，略作数字记之，如见故人而亲模范也。曼生。

为善读书

『为善读书』四字印，余曾见蒋处士山堂、朱司马德坪两君所作，皆得汉人气味。壬子秋日，小雨初晴，官斋无事，追仿前贤，作竟自赏，虽未及两君苍老，其个中人定能珍玩耳。黄易记。

一不为少

江子九司马作此印，小松仿之，应秋室太史属。壬寅夏五廿有九日。

寿生得此印持以视余。余喜其句新辞简，有吉光片羽、崑山片玉之意，刻亦疏散，的是老手，为作数语归之。曼生跋。

小桐华轩

桐华先生工山水人物，尤擅花鸟，兼精隶古，今名所居曰『小桐华轩』，出石属余治印，久未报命。今苦雨初晴，秋高气爽，偶读君画，辄思此印，亟摹以报，望勿罪迟延之咎也。同里寓阁后人黄易。

不使孽钱

昔贤云：『人生可必好官，不过多得钱耳。』为官使泉，由来久矣。然倚势力，受请托，甚或枉法取财，其为孽也胡可胜言。然泉不任咎，使之者自害耳。予素凛此戒，虽居闲曹，每使钱必问所从来，盖惧有孽也。爰刻诸石，佩诸身，时自省览，用致警焉。仿汉白文法，秋盦。

济世山人

前承慨惠金丹疗余厥疾，婆心济世，妙手回春，盖今之扁鹊也。然必有以报，方惬余怀，聊篆四字印贻之，不过将意，未足答高情于万一也。小松黄易。

拿云

云出于山而丽于虚，随风现态，顷刻百变，观之可以悟文思，通画理，古人所以囊之看山，而世称能事之高者，谓有拿云手也。夫能拿云，则腾天入渊，包括八荒，挥斥六合，尽天地之秘藏，穷古今之蕴奥，文之能事尽矣，画之能事尽矣。余故有取于『拿云』篆之为精进助云。小松自记。

萝月轩

幼时诵少陵《秋兴》诗，爱其『石上藤萝月』之句，比兴清切，情景宛在目前。余家有小轩，庭中树石参差，有薜萝绕之，岁月滋久，雨露灌溉，饶有古致。每坐玩其旁，辄忆及杜公诗句，叹古人实获吾心也。爰以『萝月』名我轩，而自刻于石以志之。小松篆。

琴书诗画巢

砚林翁为冬心先生作印无一方不致佳者，此印仿金农印信，意不如多矣。丙戌重九，易并记。

秋谷八分

秋谷先生工六书，而尤善八分，纵横跌宕，无不合法，知其浸淫于秦汉久矣。余亦喜为八分，而未得神髓，今与秋谷讲论，颇有所得，因仿其法作八分以献之。小松。

金石刻画臣能为

古文篆隶之存于今者，惟金石为最古，后人摹仿镌刻，辗转流传，盖好古情深，爱奇志笃，非苟为适意遣兴已也。余宿有金石癖，又喜探讨篆隶之原委，托诸手以寄于石，用自观览，并贻朋好，非徒娱心神，亦以验学力，因取义山语刻石，明臣所能为也。乾隆丙午，秋盦黄易并志。

臣非老画师

昔阎立本耻以画师名，而王右丞诗有『前身画师』之语。盖右相志骛功名，而摩诘情耽山水，故两人之意趣不同如此也。然非胸有邱壑，日习林峦之变态而老于笔墨者，未易称其名也。余虽从事于画，而甘苦自知，每望昔贤而滋愧，或有以老画师相推者，必语曰：『臣非其人也。』小松自刻并记。

采芳洲兮杜若

怀美人兮，只怕见、葭苍露白。望盈盈、道长且阻，溯洄不得。秋水才添四五尺，白蘋红蓼增秋色。问芳洲，何物最相思，惟杜若。　荡双桨，频频觅，伸素手，轻轻摘。更几番，雨过香销芳灭。整顿云笺书雁字，好将鱼腹传鸿迹。采芳菲，聊以寄知音，慰岑寂。

《满江红》一阕，请筱饮先生正拍，小松黄易作于仪封河上。

诗情画意

予既誓不使孽钱，为子孙累，而宦曹闲冷，乃从事于诗画，藉笔墨聊以佐薪水之需。当夫挥毫为诗，泚笔作画，山容水态，雨意云情，悉驱役于腕下，不知是诗是画。适吾之趣，以应人之求，自谓此钱差不作孽，故并记之，以告吾后人。乾隆丙午七月，取唐六如诗意制两印，仿赵松雪笔意，小松黄易。

三耦

十年宦海，虚负湖山，拟将归隐于六桥三竺间。十亍维耦，余取三焉，今制此印，以作韦弦之佩可也。小松自记。

宦海风波，急流勇退，非个中人不能道也。小松文作此印，莫非有五柳先生之故事乎？寿生属曼生跋。

努力爱春光

少斋司马为青斋观察之华胄，能文章，工诗画，读书之暇，必至余署与谈竟日，第见其好学不倦，诚翩翩佳公子也，因作此印以贻。黄易并记。

一砚梨花雨

秋盦易客上谷作，奉鞠老长兄一噱。丙申四月四日。

雪梅水月

月宜临水，水宜映月。水得月而明，月得水而清。唯雪与梅亦然，铁长老以画来示，颇有此趣，易故作此以贻之。

达巷党人六十世孙

乾隆戊戌秋日，刻于济宁节署之平治山堂。小松作。

师竹

小松黄易刻于袁江舟次，以应竹似先生雅属，时同发山左之棹也。

面山背水一萧斋

切庵先生属篆。小松黄易仿宋元法。

耕山月房

丙申二月，刻奉然圃二兄。黄易作。

（以上见秦祖永《七家印跋》）

陈氏八分

古之隶书即今真楷，欧阳氏《集古录》始以八分为隶，盖取程、李二家兼体以名。《唐六典》校书所掌字体有五，其四八分，石经碑刻用之；五隶书，典籍表奏用之。据此，隶即楷书，八分体例，近古未可概论。王池考据有素，深得秦汉精义，爰志数语，作此以赠。癸未春月，小松黄易记。

卖画买山

『湖上水田人不要，有谁买我画中山。』此唐子畏自题画句也。筱饮欲卜隐居，乃以楮墨谋之，拙矣！得无以此石为他日笑柄耶。乾隆癸未春三月朔，刻于弋溪舟中，小松。

乙酉解元

癸未春，同筱饮二兄先生楚游。舟中闲适，曾取唐六如诗意刻『卖画买山』四字印奉赠。盖筱饮诗古文词之馀，妙于六法，风流象举，突过六如。今登浙江秋榜第一人，复刻此四字印以贺之，昔六如有『南京解元』印，余易省会以乙酉者，记年也。他日，筱饮石渠金马里擒笔螭坳之上，卖画买山之事且勿暇及也。乾隆乙酉重九后三日，寓林后人黄易并记于小松斋。

自度航

先少参寓林公造湖舫，董文敏题曰：『浮梅栏。』东生公亦造船，名『破浪』，樊榭山人《湖船录》载其事。船今无家藏，『破浪船子』一印犹存，仲文所刻也。筱饮解元营自度航，明湖韵事他年续录必传，余是印亦不朽矣。黄易。

梧桐乡人

宋元人印喜作朱文，赵集贤诸章无一不规模李少温。作篆宜瘦劲，政不必尽用秦人刻符摹印法也。此仿其松雪斋长印式，易。

留馀春山房

绾月先生属余刻此五字，迟迟未报。乙未夏客京华，将往握别，始成是印，征夫匆遽，不暇计工拙也。同里黄易在淮上舟中记。

陈氏晤言室珍藏书画

南宫过重九，无蟹无花，萧瑟已甚，惟幽窗长几，罗列图书，一室清欢，不异故国。兴到，为西堂作此以寄，斯时晤言室秋花满迳，晚桂犹香，三五良朋论诗味古，此乐定无虚日，天涯游子能不神往哉。乙未九月，小松刻于邢子愿之弹琴室。

振衣千仞

奚九名冈，欲余作『振衣千仞』印，晋斋曰：『假令李流芳必作「濯足万里」矣。』虽一时谑语，奚九与檀园画实异代同工也。乙未十月，小松。

魏上农氏

文衡山笔墨秀整，沈石田意态苍浑，是画是书，各称其体。余谓印章与书画亦当相称。上农之书工绝，余印殊愧粗浮，譬之野叟山僧置诸绣户绮窗之下，见之者未有不掩口胡卢耳。小松作于淮右之珠溪。

罨画溪山院长

小松仿秦人九字印。

丙申春，黄君小松自南宫寄赠此印。后五年，予客扬州。董君小池赠秦九字玺拓本，方知小松有透纲出蓝之妙。九字玺即顾光禄家经火玉变枯色者，近闻汪中收藏恨未及见。予先世宜兴米元章，为颖叔公作罨画溪山别院擘窠书，迁杭后，数传至明廷晖公，因以颜斋，至今不易。小松篆别院作院长，故著其略。小松名易，小池名洵。乾隆庚子二月廿四日，无越思斋木瓜华下。蒋仁记。

萧然对此君

明诗人毛竹轩居清宁庵，吾友奚九古水翠玲珑馆亦在此地，萧然坐对，惟有此君，故刻竹轩诗句以赠。小松黄易并记。

我生无田食破砚

寂处官斋，欲与然圃论古，终朝杳不可得。东坡所谓『无田食砚』，良可慨也！聊作此印赠之。丙申长至后四日，黄易并记。

苏门所藏

苏门司马嗜学味古，卷册之富不让青父书画舫也。古人收藏印，苟不慎择，翻为翰墨累，天籁阁物最可憎，前人已言之矣。易为司马作此，施诸卷册，后人重司马名，或美此印，正如见金粟道人、云林子诸印，悬知为周伯琦辈所篆。黄易。

覃溪鉴藏

汪雪礓有宋雕《欧阳公集》，属易制鉴藏印印之。覃溪先生得宋刻苏诗，命易作此，亦将施于册首。宋板书传世已不多，易幸见数种，而拙印竟附欧、苏集以传，味古有缘，不胜欣快。乾隆丙申仲冬，黄易记于上谷。

湘管斋

无轩二兄以『湘管』名斋，有图、有记、有诗，友朋美其事，韵语投赠，卷帙益多，独余不能诗，乃赠此石。无轩每诗必印，与诗长留天地间。石不能言，亦自幸得所主矣。丁酉六月一日上谷雨窗，秋庵黄易记。

大司马总宪河东道总督章

汉官印悉刻白文，魏晋以后渐用朱文。唐虞永兴书《成夫子庙堂碑》进墨本，太宗赐以晋右将军王羲之黄银印，亦朱文也，古帖中往往见之，此印师其意。黄易谨篆。

方维翰

画家有南北宗，印章亦然。文、何南宗也，穆倩北宗也。文、何之法，易见姿态，故学者多；穆倩融会六书，用意深妙，而学者寥寥，曲高和寡，信哉！逸青二兄追古法，酷肖程作，今时所仅见也。余学何主臣而未得其皮毛，岂堪供诸大匠，睥以就正云尔。小松并记。

梦华馆印

年来少作印，有惠以铭心逸品则欣然奏刀。梦花居士许我南田便面，可谓投其所好，挥汗作此，不自知其苦也。乾隆丙午七月，小松。

汉画室

唐拓《汉武梁祠堂画像》，石友汪雪礓物也。余得原石于嘉祥，雪礓欣然以拓本许赠。辛亥正月，其弟邻初果践宿诺，鸿宝忽来，可胜感幸。小松并记。

无字山房

梧生司马爱易刻印，走书来索，易方有事济州。马迹车尘，不得少息，忽忽二年矣。闻司马官斋如水，笔砚之外多蓄古人名迹，久思载酒问奇，乃数过东昌，不能一窥清閟，俗吏可为耶。刻此塞责，殊无足观也。黄易并识。

求是斋

李□世兄精于篆□，爱余篆比之何雪渔、丁秋平。余谓：『古人铁笔之□如今人写字然。卷舒如意，欲其姿态横生也；结构严密，欲其章法如一也。铁笔亦然，以古为干，以法为根，以心为造，以理为程，疏而通之。如矩洩规，连动合自然也，固而存之，如银钩铁画，不可思议也。参之笔力，以得古人之雄健；按之章法，以得古人之趣味。合之。』此石丁敬身先生刻跋未竟，秋堂三兄属余制印，黄易。

永寿

『永寿』玉印，见《顾氏印谱》。汪工部于都门市上得之，拓一纸寄示，劲古完好，千载如新，重摹。春淙先生六十寿。黄易。

辅之今年周甲，适得此石，为小松寿梁春淙六十之作。乡贤遗物，永寿因缘，摩挲赞欢，为识之。戊寅，王禔。

葆淳

以穆倩篆意用雪渔刀法，略有汉人气味。丁酉仲冬，小松。

翠玲珑

三尺云根一段烟，玲珑翠影小窗前。欲临白雀馆中画，只在顽礓乱筱边。小松刻于秋影庵。

陈曼生卷

种榆仙馆诗钞

桑理连馆拾遗　诗

桑理连馆拾遗　文

桑理连馆拾遗　手札

桑理连馆拾遗　紫砂曼生壶铭

粤游合笔

曼生印跋

种榆仙馆诗钞

序一

种榆仙馆诗一卷，钱塘陈曼生先生撰稿，为其女夫赵君濑厓所藏。屡欲付手民未果，及余与濑厓同官两淮，出是编，属为校阅付刊。系传写本，字多讹舛。时以海氛未靖，军书旁午，久之未有以应也。今年元日，天气晴煦，三五之夜，月色如银。啜茗展读，芬芳在手。琪花瑶草，仙人所娱。紫凤青鸾，翱翔欲下。记曰：『治世之音安以乐，其政和。』读先生诗不第有以知其人矣。道光甲辰春正月，江右新城陈延恩记。

序二

先生以书名海内，尝为其女夫赵濑厓书小册，自谓不及赵文敏，亦庶乎鲜于伯机。观其纵宕豪逸，驰骤百家，梁山舟学士叹为天才，自负非过言矣。诗名转为书掩，知者恒少，惟官南河时，与万廉山、郭频伽、汪已山诸君子共相提唱，一时名士来游者，凡满宾馆，青浦称风雅之盛自先生始。余曾一过浦，为留数日，惜匆匆别去，未及与于坛社。今冬，客寓邗江，漱厓出其遗稿，属为校勘，始得尽读。乃知先生所诣实臻能品，而金石诸篇尤征典博，则以先生固深于说文之学也，惟河上之作转寥寥焉。大旨诗之雅丽，视其书之雄健，若别具一性格然，则书乃伯机，而诗则遗山欤。道光壬寅除夕日，吴清鹏识。

种榆仙馆诗钞引

此集为先族兄曼生先生所作。前年在邗上，兄馆甥赵漱厓属余校正，并拟刊行此集。余与兄弱冠共名场，嗣并同客京师，同官江左，先后将三十年。今兄久归道山，而余则因眷属之累，频年奔走江湖，未得息肩，栖心元素，久谢楮墨。今年春，重至扬州，携之行箧，篷窗展读，破数日功，校读一过。回忆吟馆对床，长安连襼，都如梦幻泡影，可胜惘然。兄生平以书名海内，诗不多作，一生精华当无遗珠之叹。倘付手民，足以不朽。昌黎文字待李汉而始传。拭目观成，是所望于微云快婿也。道光癸巳三月五日，族弟文述书于惠山舟中。

种榆仙馆诗钞题词

曼生诗稿向不示人。辛巳夏，来吴门就医，因获于案头见之，为读一过，奉题二律。吴门沈廷炤。

琅环馆里溯传薪，接迹风骚数二陈。宫体才华原丽则，方家笔势自嶙峋。林翔著作人嫌少，语恻心灵我爱真。依傍一空归酝酿，可知大雅要扶轮。

汪洋千顷拓襟期，余事矜严冰雪词。三绝聪明仙作骨，平生风谊友兼师。高吟榆馆星辰引，雅集桑阴主客私。桑连理馆余仅再至，弗获叙入故云。略试摩厓燕许笔，弓衣织遍岭南诗。

上卷

秋蝶

绿裙吹散授衣天，太息风光罢舞筵。芳径影低黄叶雨，罗浮香冷紫萸烟。倦依帘幕人初瘦，老厌繁华梦欲仙。凉月满身飞不定，豆花棚下枳篱边。

箫瑟园林暗复稀，羽陵蜕后事全非。颠狂幸未随飞絮，憔悴犹能趁薄晖。篱菊黄迷团露宿，江枫红约隔墙飞。只怜荒草天涯路，望断王孙竟不归。

头衔犹是唤春驹，转眼韶华过隙殊。此日空惊团扇妾，前身只傍荔枝奴。蝉嘶旧雨哀堤柳，雁带新声坠井梧。只待东皇芳信转，万花香梦又蘼芜。

读愿圃先生和钱屿沙、袁存斋两前辈重游泮宫诗，依韵二首奉呈

闲居回首少年场，先生距入泮时，五十九年矣。犹带宫壶雨露香。江上青衫频送客，先生以中书出为太平司马。镜中华发漫愁霜。道人自著逍遥服，贫女空惊时世妆。怅惘风流槐市里，却教鸿笔迈钟张。

同年我亦后来人，惭愧江乡自在身。不分泥涂终甲子，强持形影问庚申。病余自蓄三年艾，仙去甘输九斛尘。差喜阳和真有脚，庭萱侵雪又生春。

自题树萱图

从海昌舅氏斋中移植小庭，忽发一花，因倩高迈庵丈作图并系以诗。

陟屺空留海上踪，依稀草色认丰茸。梦回晓月迷仙蝶，愁约西风断夜蛩。弱态未堪凝露重，寸心犹许入春浓。讵知红锦熏笼处，鹦鹉相呼不再逢。

酬吟陔先生

鹤羽无凡毛，皎皎云中仙。会作沧海游，栖此高树巅。日暮西风来，落叶摩寒烟。相顾失其侣，一一声凄然。人生寄寰区，何处非神仙。游陟掇丹荑，啸傲抚朱弦。一自俗情胜，遂为尘网牵。遥遥安期生，今古畴比肩。我欲凭长风，乘槎拟张骞。丹溪不可胜，俯挹芦葭泉。顾兹一亩宫，居处得静便。登楼纵遐瞩，岚气蒸芳筵。湖上多好山，日暮相流连。高士禾中来，过我萧斋眠。一尊相赠答，新诗满长笺。人生重知己，聚散尤前缘。吟成一挽驾，归思请暂捐。子卿既情种，仲宣非英贤。

芸庄先生归自江右，喜赋二首，即题清秋渔泛图后

王孙底事为淹留，浩荡西江万里秋。入座赋残鹦鹉笔，倾樽贳剩鹔鹴裘。风高衡岳山光远，日落滕王阁影浮。莫道归来相识少，烟波犹剩几闲鸥。

传家坐拥五车书，珍重芸香辟蠹鱼。有子何妨新白发，无田亦爱旧吾庐。林家梅屿堪招隐，葛坞丹房可卜居。最好六桥风景在，扁舟漫忆武陵渔。

和友人分咏烟、波、画、船四字各一首

浓阴幕柳暗丝丝，极浦低含暮色迟。三径落榆寒食过，一庭细草画帘垂。宝炉香泛龙涎候，石鼎涛翻雀舌时。回首故人天际别，江云岭树镇相思。右烟

轻风习习展回塘，别绪同牵春草长。圆月倒窥铺散彩，落红乱点动余香。尘生微步怜罗袜，镜写双眸爱晓妆。我欲通词如可托，洞庭秋色又苍苍。右波

尽态空怜木石顽，肯将能事让荆关。六朝收拾江山外，万里依稀咫尺间。帘月笼来迷粉颊，

瓶花遮处露烟鬟。却愁肝胆浑难写，读罢焚香只自闲。右画

笔床茶灶兴偏幽，甫里招邀许唱酬。烂漫风光天上坐，冥濛夜色镜中浮。相携春水挥余恨，独封寒溪问旧游。无限离情江北路，莫教汴水更东流。右船

白楼有武原之行，口占送之

此去无多日，风光及暮春。农家红雨路，乡市绿杨津。塔影高宜月，湖烟低近人。何如迟十日，挈我苦吟身。以有事不得偕行。

壮志从今始，临歧足破愁。不知他日别，一似此时否。野岸闲鸥艇，孤城近蜃楼。输君濒海望，还胜曲江头。白楼从未出游，故有此嘲。

渡扬子江

落日衔霞上柁楼，大江烟水赴乡愁。风回鹳鹤盘云度，浪蹴蒹葭带岸流。吴楚自分瓜步月，金焦不隔秣陵秋。牙樯锦缆纷如织，可羡忘机自在鸥。

登平山堂，过倚虹园遇雨

楼阁争相胜，谁寻洞口霞。我来红意减，犹爱绿阴遮。急雨战残暑，微香失野花。招凉岂无地，真趣愧山家。

垂虹倚港曲，孤艇趁亭阴。绚烂岂无意，风流见古心。苔痕当罅断，树影就篱深。五百余年地，欧阳自可寻。

阁迥闲斋磬，堂空锁梵钟。探泉知不远，瀹茗笑无从。灯火迷金盌，帘钩动玉容。此情何处著，秋意上芙蓉。

寻曲江草堂遗址

浮名不为故乡留，烟水苍茫淡客愁。一塔横飞高岸影，众山背送草堂秋。量才冀北存真赏，招隐溪西问旧游。剩有门前萧瑟路，惊涛夜夜逐扁舟。

秋雪庵

楼台终古入荒烟，瑟瑟西风动野田。一径芦花飞似昔，百年精舍冷于前。我来自信非穷士，此处偏宜隐钓船。一叶浮沈寒影里，清狂敢傲十洲仙。

白楼题余诗卷，即次元韵奉酬

义山獭祭长吉怪，纷红骇绿惊彩缋。杜陵欲驾谪仙人，境界转因迁徙隘。我闻诗家论宗尚，执荣当途贵分辔。平生作诗不读诗，展卷莫辨三唐派。降心欲附风雅群，却虑见怪动狂吠。柯陵日色薄旌旗，誓持三尺要盟会。李生年少陇右豪，漆胶针芥相当对。凉雨书棂灯炧昏，朔风竿影驹驰快。茗椀不为评诗添，满座兰芬生謦欬。羡君游戏挥烟云，笑我搜索愁荒废。漫将珠玉连翩投，敢诩蘅杜杂沓佩。青眼望到步兵阮，黄绢赏独中郎蔡。呜乎古今知音难，一之已甚其能再。

咏白鸭，和谦山先生

缡褷鹤氅懒飞翀，甫里兰开晻霭中。恐乱鹅群名自唤，漫疑鸥伴色相同。梨云湿压浮波影，柳絮晴连浴浪风。散入玉莲人不见，霜桥冲断一天虹。

长至日同人集俞氏读易草堂，梦池有诗，余亦继和，即送家芗谷入都，寅士之江右，江二秬香之山左

乡国论交日，寒江惜别初。沙痕回岸曲，雨气逗窗虚。杯斝宵偏永，缠绵话有余。春风一回首，寥落子云居。

吾侪感意气，少小事修名。滕阁知犹在，龟山空复情。些歈循俗尚，鹓鹭问前程。家世传清德，峥嵘有阿兄。

岁兰行倦矣，人事故相催。此日休辞醉，他时愿再来。地当蜗角辟，愁向马头开。冷暖凭谁验，微阳北陆回。

草堂宜读易，复卦见天心。图为消寒作，书从快雪临。烟霞饶赠答，湖海拓胸襟。赚得金昆句，迟余刻烛吟。

九九销寒图

大造无心留成迹，百年人事困驹隙。五星日月珠璧联，葭灰惝恍回缇室。察理转为理所绳，

洞庭橘枝词

洞庭湖边柳色黄，洞庭山头山橘香。弄珠游女休相妒，自折青枝怕见郎。

石屋岭寻方思道斋树楼遗址

石屋楼高远市尘。不信人生同泛梗，却持坚节问松筠。
岂知南内谏无人，万死犹然剩此身。白发怀归空有泪，新诗垂老不嫌贫。棠川地僻分乡思，
卷施系住西飞日。坐令阳和周岁同，底须更作垂帘节。
东陵难逐赤松游，白发青为丹砂屈。晨窗封此感叹增，自嗟懒惰尤无匹。安得长绳挂青天，
丽月繁花付虚掷。宁无一二颖悟姿，行或使之止或尼。不然赵北与燕南，朔风远道悲缪粟。
天心七日自来复，壶中藏纳皆方术。管弦杂沓朱门开，义眼纷纷同点漆。黄鸡催晓白乌昏，
姑射仙人瞥相失。生绡若受阳春怜，岁寒冰雪空侵蚀。此图闺阁示游戏，束缚羲御从条律。
何来一帧销寒图，疏枝绰约凌霜出。平分花瓣作九九，诘朝巧趁胭脂笔。染成瓣瓣杏花红，
强持耳目依缃帙。百金购书复不易，暮四朝三问狙栗。苍松翠竹吾师乎，净洗铅华古今习。

洞庭西望见苏台，梧雨苍凉剧可哀。争似橘奴长结子，阿依纤手为亲栽。

龙井寺观米海岳方圆庵记碑

天空夭矫掣云黑，南宫捉举笔奇特。淋漓墨沈点苍烟，惊走乖龙偃且匿。长流喷薄环山限，化作百万玻璃杯。松声云影荡胸臆，风篁拂绿须眉开。辨才此地结茅住，空山锡响霏花雾。名贤往复参四禅，石泉槐火同裁句。白雁西飞四百年，空亭清旷舞胎仙。遗碑扪壁竟三复，漫漶嗟惜重雕镌。我闻智行归方圆，又闻盖趾留真诠。此理同异不可究，当起老佛窥媸妍。摩挲拟拓百番纸，遗迹龙腾类如此。溪桥十里烟冥冥，夕阳送客千山紫。

冷泉亭纳凉

炎天扇埃郁，牢落增丛额。何以消烦暑，难得清凉地。西方小灵鹫，飞来几千禩。一泓贮寒碧，众峰结幽秘。谡谡闻松风，空亭转凉吹。坐久瀹清茗，试领味外味。

七月十三日晚登吴山，同李大白楼、家晴岩作

不到吴山顶，安知薄暮凉。市灯浮地气，江月占天光。家识元方旧，人宜供奉狂。搏沙看聚散，客路更苍茫。

老将

悲笳声划塞云开，射虎雄心老未灰。剑入平津犹电影，马归短栈自龙媒。梦回苜蓿花千里，寒醉葡萄酒一杯。细数箭瘢风雨夜，几人曾向战场回。

老农

须眉古淡见天真，满眼儿孙绕膝驯。茅屋长依晴旭暖，布衣自庆岁华新。但看花柳同熙皞，不解桑麻托隐沦。底用桃源结邻住，眼前总是太平春。

老僧

萧然破衲久忘机，飞锡何年傍翠微。月冷虚廊流梵响，秋深古殿坐斜晖。送迎自说经年懒，

色相从知入世非。解识低眉无限意，天台桥畔屧声稀。

老伎

朱颜镜里擅风流，侵晓妆成怨白头。北里烟花怀旧侣，东家弦管动新愁。人归溢浦三千里，梦断秦淮二十秋。莫怪门前车马绝，王孙敝尽黑貂裘。

题槜李施少峰杂哀诗后

漫将遗泽动哀音，千古孤茕共此心。我隔春晖逾十载，蓼莪痛泣不能吟。
新诗应与泪痕俱，一片商声字字珠。寄语金风旧亭长，棹歌休为续鸳湖。
满窗寒雪引春醪，醒眼重看落彩毫。如此伤心如此语，从来孝子自风骚。

题曹鞠庵松壑清吟图

人世有朝暮，空山成古今。松阴容小住，天籁答清吟。驰逐复何事，萧疏似此心。悠悠潭影散，更与净胸襟。

之江渺烟水，眼界复何如。底爱千岩胜，还同万卷储。泉飞晴日里，秋到晚山初。我欲从高躅，家声愧隼旟。地山宗伯赠先大父之筠川任诗有『登来熊轼吁何暮，碧落银河半壁天』之句。

蛙鼓二首，丙午旧作，偶检箧中点窜存之

几从新绿引香残，此是东皇敢谏官。半亩池塘青草没，六更庭院晓星阑。催花羯动连朝雨，近海龟鸣薄暮寒。偶尔喧豗真聒耳，可堪塞外角声酸。

渊渊震地渺愁予，壁垒新成小甲蔬。绮阁银灯喧铁马，画船烟渚叩铜鱼。寒凝陷阱偷声里，恨满苏台怒目余。乳燕雏莺复何语，垂杨几缕月中疏。

晚春即事

小院浓阴落照微，闲消棋局未忘机。朝来一阵送春雨，满树柳花何处飞。

晓行

晨光点点露檐牙，低压轻阴散远沙。残月渐迷天一角，短帘初挂路三叉。几回铃铎醒仍梦，

终古关山客忆家。惭愧软尘非阅历，可烦肝肺出槎枒。窄袖偏衫意态扬，偶从空阔得苍凉。境缘乍历情尤惬，诗到无心味觉长。村犬假威终倦吠，野花得气亦生香。板桥旧迹依稀在，莫讶秋深便陨霜。

入夏后，苦雨不止，漫书二首

我欲追羲驭，长绳系远天。如何终日雨，不散满林烟。龙气逼檐际，江声落枕边。插秧知已足，莫更汩芳田。

晨兴天已暝，午梦眼俱昏。蜡屐有繁响，炊烟无远痕。虚窗湿鸟下，野岸乱蛙蹲。寂寞柴门里，惟应对酒樽。

偶成

世味感朝露，天心重夕阳。人情多楚越，客梦易沧桑。好鸟娟娟语，名花宛宛香。惟应储酒盏，更为理诗囊。

山中新霁

重阴开曲磴，霁色落平芜。萝壁烟犹湿，松梢露欲无。瘦禽窥涧窦，饥犬蹑山厨。今夜石桥月，还应照上湖。

即席赠别吕彭山二首

旧荫新移召伯棠，相逢小谢古琴堂。尊叔涤圃先生任桐溪令。彭山以事留郡，旅寓僧舍，遂订交焉。春残东郭联游屐，雨掠西湖带酒狂。梵呗清回归梦远，镜台香引别愁长。他时记取尊前话，已胜人间褦襶忙。

毗陵近接越江波，短棹来从胜地过。虎阜莺花三月暮，鸳湖烟雨十分多。壮怀笑我依株兔，退笔输君换帖鹅。煮石山农添旧谱，试镌心版复如何。曾以印石属篆。

题李白楼湖湾觅句图

赢得江乡自在身，小瀛洲外水粼粼。山客疑睇复疑笑，踏破一堤软玉尘。

嘒嘒凉蝉入耳回，断烟疏雨锁城隈。一声清磬夕阳外，塔影远飞隔岸来。

清神应与湖光漾，妙境多从眼界开。似我似君休更问，图中人与余微似。此身同是谪蓬莱。

高柳阴中野艇横，欲携茗碗共君行。却因得句欲归急，笑指天边新月生。

题女史徐兰韫诗草后

曾向随园识故侯，袁安老去秣陵秋。昨来桃李都栽遍，胜事争传到玉楼。简斋先生去春至湖上，集诸女史赋诗，集中有送别诸作。

应知家世本徐陵，赋茗才华夙所称。自有珊瑚留架笔，玉台幽绝写吴绫。

镂月裁云一卷诗，心情未许世人知。可堪月落云飞处，几度神伤奉倩时。

漫道渔洋赏鉴差，白苹江冷记崔华。此君应号徐红叶，高阁烟迷夕照斜。结语即用集中红叶句。

程六尧文属题女史徐兰韫诗草后，更索挽章，复作长歌贻之

我闻昆邱之国阆风苑，树蕙百畮兰九畹。琳宫绀宇缥缈中，飙轮欲驾行程断。岂知宇宙仙凡并，龙蟠凤翥分菁英。相国门楣擅清绮，苕华比似娇姿生。却缘人世有董奉，谪居本出瑶池种。十三学织成素缣，笔如花粲思泉涌。程郎示我锦瑟章，蛮笺细展诗魔降。

道是频年足酬唱，云屏麝暖融金釭。一朝罡风肆摧折，曼陀罗花拾不得。梦断黎云乍有无，鸾镜沉辉璧月缺。我惭殷淳著集表，闺房又愧常璩编。华阳为感安仁悼亡赋，哀弦促节神凄怆。翡翠窗南画屏北，银筝斑管留芳馥。可怜帘外春风吹，不敌林端夜乌哭。郎心转辗妾心柔，织锦机中字字愁。比翼琴心珍绿绮，簪花书格重红楼。况复丹青早流布，零脂剩粉充奁具。惆怅青衫落魄归，凄凉翠袖招魂住。吁嗟乎！精卫难填恨海深，三生何处证同心。只应阿育池边树，留得迦陵并命禽。

王烈妇诗

烈妇王氏，浙漕司运千戎李某妻也。辛亥秋，随夫督艘南还，遭千戎死。遗孤尚幼，妇以其目未瞑，欲殉节死。众百计谕之，即自截左耳，授夫手同棺。贤之，为经记其丧，归里，并征诸同人诗，备采风焉。

从龙家世擅清华，奉使还乘八月槎。两两鸳鸯看照水，岂知一夕忏龙蛇。
妾意如君掌握中，叮咛片语慰匆匆。他年地下应还我，此耳须治万古聋。
丹旐青骡黯夕霏，知君含笑拂云衣。只愁寂寞篷窗畔，三尺寒芒夜欲飞。

题画梅册子，为吴五籞骖作

姑射仙人地，风神绰约中。才教披面语，已许素心同。驿使何劳寄，天心此欲通。乌丝分到我，喜得一枝红。

瓶庐书怀，欲与内弟念孜联句不果，复成次章示之

高馆同耕砚，荒唐又一年。寒云低酿雪，众树淡生烟。海国怜孤雁，江城望客船。吟怀谁与助，惭愧独成篇。

如此诗肠涩，期君听我辞。五车原待读，一字早堪师。雀贮霜前果，蜂寻雨后枝。灵台期日沦，野马莫虚驰。

十二月二十九日哀枝儿作

儿生未三月，哑哑露笑口。赪颜不能发，双眸皎然黝。儿命格固奇，亥寅各妃偶。儿颜亦端庄，最异枝骈拇。瑕瑜不相掩，或者大而久。一夜闻娇啼，谛视棘我手。呻吟何所苦，

呼吸似谁狃。儿慧何太早，儿身已不有。早知儿寄耳，爱宜胜琼玖。譬作烟云看，肯以过眼负。寒帏疑儿声，倚枕重搔首。梦回乍摩挲，儿或犹在肘。起坐顾儿母，有语忍复剖。儿来具夙根，儿去离尘垢。明夕即除夕，与儿一杯酒。知儿恋爷娘，儿仍有意否。愿儿他日来，儿先乞儿寿。

访家秋堂豫钟，问途不得

西风吹不住，问讯过东园。踏叶愁寻径，惊魔怯叩门。乱烟低屋角，野水啮堤根。谢尔将迎意，山城落照痕。

偶检同人秋蝶诗，复咏一律

悠悠万事梦偏长，刀尺声中影亦凉。露叶栖来千树月，桂丛坐去一身香。归从江国莼鲈早，寒入山城橘柚黄。燕燕莺莺复何处，未妨随意过邻墙。

立春前一日，雪后，个亭、易亭两叔邀同许丈端木、桑丈云柯湖上

出城才数武，楼阁尽瑶台。只讶山容近，那知湖面开。客因看竹去，僧为探梅来。不是濂溪老，蹉跎负绿醅。

次日大雪，复同兰沚、晴岩湖上

林鸟已忘机，人家尽掩扉。不知湖似镜，直使玉为衣。近树烟中定，众山天外飞。低徊感鸿爪，听到寺钟微。

云舸丈以长歌纪游，再成一章奉呈

三冬不见雨，腊尽乃得雪。纵入今年看，犹隶去年节。索句常闭门，拥衾比寒铁。招邀出西郭，风景特殊绝。一水湛镜悬，诸山作屏列。龙公昨试手，大地冰壶彻。玉楼与银海，照耀炫眼缬。平桥拾级难，孤屿取径别。放鹤鹤不飞，寒梅守高洁。扁舟渡口催，橹过冰痕裂。爱此清净身，更试广长舌。

题桑闲居士传后，为陆丈晴峰作

束发嗜金石，雕润到今古。湖山恣游陟，披藓快先睹。往岁客瓶庐，寒毡坐风雨。莼羹千里缘，士衡语。怀旧访嵇吕。贞珉十二三，一一驾虬柱。韫如辰匿辉，烂若金耀虎。云是香光书，环溪有余矩。居士号环溪。眉公亦吾宗，作传走灵府。二美既已并，蛟螭不敢取。愿闻得失曾，明珠还合浦。主人济世贤，家声侔隽辅。龙驹与凤雏，奕叶纂遐武。宝此幸勿失，比玉积元圃。我怀居士风，柔毫愧覙缕。

晴峰丈索题五松图，次梦楼先生韵

坐看云起立听泉，绝胜团蕉补绿天。我忆六松亭最似，随园小别又三年。

郁郁葱葱万翠攒，未容桃李作衙官。他时风雨成龙去，白发还来拄杖看。

听泉图，戏集禊帖字

朗抱有殊契，斯人尽日幽。风和极山静，林茂引湍流。老矣情犹永，怀哉乐自修。揽时欣寄托，大地与同游。

方藕堂参军、家春嘘明府过访敝庐，明日奉柬二首

余光东壁付雕锼，敢悔从前尽暗投。一束生刍仍害马，三年虚刃尚全牛。柯亭竹许如椽取，爨下桐经入听收。广坐春风劳解佩，中郎水镜几停酬。用坡公语。

湖山风雅挟行辀，韵事矜传八咏楼。但说生朝夸玉局，都容长揖识荆州。云烟挥洒连双阙，凫鹳飞翔遍十洲。好是清声一江水，同来立马听歌讴。春嘘明府与东坡同生日，两公有唱和诗。

与白楼别三月矣，兹自禾中归，过访瓶庐，欣然有作

往岁予为客，今年君去家。离情一湖水，孤艇正梅花。绿意连秋长，春痕入梦赊。懒吟知有待，细酌紫茸茶。

绵雨养花蕊，惊雷破竹胎。相思已相负，春去故人来。雏燕飞犹怯，游丝去复回。翻怜两无语，握手重低徊。

陆雪庵招同余四藕村、张二怀愚湖上，纪游次章并调余、张二君

山北山南点翠螺，画船闲放不笙歌。桥回玉带春流细，港落金沙夜雨多。煮茗共期寻六一，散花还欲问维摩。凭谁掷杖成龙去，眼底何如醉叵罗。
敢说元龙傲士龙，因缘终古感萍踪。芒萝有女春还在，洛浦无神梦已慵。破胆千金曾几雉，
画眉一抹自双峰。从花匹练如相绕，归路休迟隔岸钟。

题吟陔先生斋壁

萧萧两三个，不减万筼筜。叠石卧清影，开帘受细香。雨丝寒酒盏，花片艳琴囊。迟我
十年到，春桥旧草堂。

访吴丈淡川东津溪舍

长啸华山顶，吟诗沧海秋。步兵余白眼，从事有青州。草长柴门远，花开野水流。相看
不知老，烂醉更何求。
大造有真气，先生得正声。居然后陶杜，复此见生平。思极鬼神下，心高河汉横。三危
多瑞露，一滴润金茎。

归舟阻风，登烟雨楼

晓风相送过楼头，不见鸳鸯见野鸥。城郭青于螺髻拥，人家多似画船浮。女桑十里春阴锁，渔竹千竿港水流。啼鸟落花无恙否，繁烟初散雨初收。

石门县

抱布人初去，衔泥燕未归。东风语溪路，开遍野蔷薇。

闻笛口占

一舸轻于破浪鸥，家山凝望话婆留。笛声吹出团栾月，不是天涯不动愁。

寄舍弟汝铦，时读书海昌

频年吟望北山隈，客路迢迢白发催。年少升沉凭自立，家贫聚散逼人来。看书要具胸中眼，下笔休疑劫后灰。谢舅深恩肯相忘，阳春雨露动根荄。

吟陔丈以诗见寄，次韵报谢

远雁才过影，孤帆又到门。人烟三径阔，暮雨一湖昏。白发新乡思，青灯旧泪痕。最饶高士韵，风竹在华轩。殷勤说吟事，故物两家同。不见春桥叟，频年梦未空。深情惭白腹，多难问苍穹。应识陔兰意，披图感叹中。

前诗意有未尽，再叠元韵二首

善病难禁酒，寻诗肯杜门。江湖遍鱼鸟，晴雨失朝昏。麦浪翻春影，橹枝摇梦痕。登临夸此度，几夜坐南轩。得失等鸡虫，酸心事事同。相看人共在，欲语意先空。月落沈遥响，秋高接上穹。何当采苓去，待入药笼中。

重午日，梦华招集葛林园，分得『水』字

晨光接孤艇，北山行且止。种梅袭远香，抱朴蕴微旨。高柯缀细花，影弄娟娟紫。蒙泉

贮一泓，虹桥驾空起。得无蟾蜍精，划地变流水。山僧故解事，落落无尘滓。主人东阁贤，文酒会非侈。值兹铸镜辰，竞渡惊凫驶。来早归特迟，明湖净如洗。

张二怀愚新得屈姬，挈之归楚，诗以送之

杯酒天涯尽日欢，湖头春事未阑珊。美人与我同相识，输尔珍珠十斛看。
累人归思忽匆匆，饱趁湘江一夕风。只恐张灯照花影，欲销魂处橹声中。
终古良缘洵有因，阿侬家世本灵均。芙蓉薜荔依然在，漫比江皋解佩人。
试学簪花格便超，乌丝红袖镇含娇。风流但属张京兆，不许眉峰一样描。

杂兴

人生如候虫，自鸣亦自止。简册累栋牛，古人当不死。后来居上难，得尺遽云咫。论诗宗浣花，愿望本非侈。岂乏腹笥储，腕下供驱使。咿唔岁月赊，唾余总堪耻。何如方寸间，一拓九万里。大树谢蜉蝣，浮尘落蒙汜。羞学窍中蝇，扫空床下虱。斯道寄天壤，爱古讵薄今。往古既云渺，近今多足钦。岭峤故鼎峙，陡绝梅花林。渔洋风雅宗，汲引称苦心。

丹崖自千尺，青壁疑万寻。结响杂钧籁，庶几为国琛。拟之杜陵叟，安危岂自禁。施宋等王孟，朱汪济高岑。烟波老钓徒，载骤还骎骎。咄哉赵秋谷，眼底一钝吟。要其思力超，挽葛穷岖嵚。西厓亦名流，但苦结舌喑。吾乡赖有此，管辖兼喉襟。所以百余载，后人怀好音。

袁安富著述，举世低头拜。行龙挟云雨，布濩亦云快。铅山及瓯北，旗鼓各相戒。好词绝妙传，一变西江派。搜奇到王孙，万象纷纳芥。何如小仓山，琳琅播金薤。愿蹑昌黎尘，不入东坡界。斯言岂其然，斯人殊足怪。诗教本无邪，孔子一言蔽。新声务悦耳，放之绝根蒂。声诗不相杂，删诗肯滋弊。如何淫奔词，宋人诋郑卫。狡童即非忽，麦秀复焉隶。蹇修与姚姞，三间结遥契。推之玉溪生，岂徒事獭祭。锦瑟与碧城，何人得真谛。风人属风教，所关匪猥细。发情止礼义，比兴各体例。不然彼美人，修词已靡丽。

得树轩赠梦华

我家南城西，君居北郭东。相距既数里，谈笑无由同。昨朝展重午，万绿撑青空。湖山洽游燕，唱和分诗筒。经旬订嘉会，高轩坐熏风。披襟散埃郁，爽逼青黄童。厥榜曰得树，命自南屏翁。庭中问何有，百尺龙门桐。脱甲战骄阳，凉影啼夏虫。下与仇池石，玉色争葱茏。墙隅锁浓翠，植以一树棕。天香展瑶席，独秀不必丛。其余悉屏诸，蔓绿及妖红。翩翩苍梧仙，的的明方瞳。卜居惬幽胜，集古矜群雄。不知座客满，梦与花欲通。我思晋公槐，岂让旌阳枫。树木如树人，感动心忡忡。

次韵寄迈庵先生泰安

近从蒙道士，一过一怀君。画欲凌黄鹤，诗疑割紫云。危峰当几落，辽海隔天闻。岑寂西泠路，何时更作群。

白秋海棠次韵

红分书幌绿侵门，冷艳何因植瓦盆。倚槛独禁青女恨，凌波欲约水仙魂。露蛩啼散高秋影，梦蝶惊回淡月痕。莫道无香更无色，自持冰玉破尘昏。

咏栗次韵

结撰高枝略傲霜，重绒密里许轻尝。剖余并蒂房犹敛，贮过残年色尽苍。粉饵欲题酬晚节，霜饧入和比余粮。推梨让枣同追忆，可耐西风落叶黄。

得树轩吟社赋得『霜叶红于二月花』，限『生』字

红霞烂漫绕江城，一片霜华点染成。桃叶渡头疑旧雨，杏花村店又新晴。白含梅蕊饶乌桕，黄借莺儿让绿橙。只是芳菲争晚艳，停车未许浪愁生。

菊屏

画楼西畔桂堂东，布置何须仗化工。好为帘栊留众艳，可怜篱落剩疏丛。草堂留影招彭泽，团扇惊秋谢放翁。真个锦屏开五色，晚来斜逗夕阳红。

苏堤偶步

堤上日三竿，楼头梦未阑。年年桃李后，萍影倩谁看。

得树轩即事，呈同座诸公

洞庭广乐奏钧天，有约来寻第一仙。几夕西风吹落叶，半阶秋草自寒烟。地缘习静留云坐，客为长吟听雨眠。惭愧灵犀通一点，梦魂不到野梅边。

诸公才藻尽翩翩，几度吟秋思悄然。只喜清班排玉笋，争看丽句写金荃。问谁迹似云中鹤，笑我声如叶底蝉。从此但称仙弟子，不教容易俗尘牵。

题吟陔丈陔兰图卷

古人洁孝养，滫瀡供盘匜。广征取义微，因之谱笙诗。幽兰被兰陔，采采雨露滋。峭蒨青葱间，选句。日月寖易驰。斯图绘已久，犹及亲颜怡。一官虽冷曹，近与停云期。朝登苍岭南，暮宿梅岑西。陡绝严陵滩，明发心自夷。维余尚髫龀，怊怅春晖迟。种萱萱复茂，相视无差池。复为今日看，揽涕更竚眙。霜风吹重襟，惨焉逢百罹。翻令树萱子，补此陔兰辞。勖哉增尔虔，罔或游盘时。

十月二日，夜梦周丈补林彦国，哭之以诗

丈海昌人，予舅氏从表弟也。饩于庠有声，与予结兄弟交，予固长者事之。每春正过，外氏相见尤欢。辛亥春入都，依其妹婿应水部文虬以居。明年四月病悸死，年三十有四。

名心汗漫落燕台，逆旅如君洵可哀。单影未完婚嫁愿，惊魂已被雨风摧。愧无长策筹孤露，仅有遗笺续大雷。白草黄沙归榇远，三千里外泣琼魂。

翩翩才思压江东，忘分忘年旧谱同。谜射春灯人渺渺，寒沈秋枕梦匆匆。片帆落月诗篇富，大雪漫山扇影空。皆梦中事。一一持来相检点，为君涕泪洒西风。

送家秋堂就婚武康学舍

敢夸通德擅清门，豪气同将湖海吞。小琢新词助行色，笔花浓染墨香温。

轻移双桨趁寒流，名士真宜咏好逑。莫便风流师米老，载他金石满扁舟。

苕霅溪光拥镜台，粉痕香影泛新醅。知君便是鸥波客，看到夫人画竹来。

癸丑元日试笔

今朝何处不欢场，雨雪声兼晓梦长。雾色特开新画障，寒威敢逼旧衣裳。髀间肉只春冰薄，颔下髭怜野草芳。阅历无多心计懒，他时可耐辘轳忙。

寄怀吴三芳村、王大泮亹武原官舍

鼓枻海门西，春归客意凄。雨容趋阁暗，潮势啮城低。对酒矜豕胆，论文扫赫蹄。石交应念我，犹作故园迷。

云柯丈见示，修禊日集玛瑙寺看牡丹，复冒雨过葛林园，观梁太史所书兰亭卷，纪游之什，次韵四首

欲持视听趁清辰，不分娇花殿晚春。角扇但寻王逸少，锦帷早卷卫夫人。诗余金粉情尤丽，画染胭脂态亦真。二十五番逢癸丑，岂知胜事此番新。

桃根桃叶可相宜，悔不从前与子期。沽酒客来残雨里，踏花人去晚烟时。独饶觞咏风流古，为爱登临杖履迟。咫尺名园重问讯，苔钱点点柳丝丝。

一树山花锁寂寥，不翁翰墨寄僧寮。舟真般若虚仍住，卷后附书心经。地似兰亭迹未消。槐火石泉吴楚梦，钟鱼粥鼓鬼神朝。稚川化后林逋老，夜雨声中话几宵。皱绿粼粼水漫塘，游踪转眼入微茫。凭谁感到今犹昔，终古花偏色胜香。君去稳浮青雀舫，我来重觅翠璎房。形骸放浪烟霞外，俯仰人间岁月忙。

春晚湖上

湖水不相识，湖光入酒卮。花跗新绿妒，松顶夕阳知。燕老寻巢熟，鱼肥避网迟。殷勤谢湖水，不许号相思。

西湖秋柳词

徐娘老去韵犹存，摇落西泠旧墓门。何似青青松柏在，冷烟疏雨尽销魂。
暮鸦啼散玉条空，芳草王孙辇路通。一片北山山上月，湖西掠影过湖东。
眼波眉黛不胜愁，猎猎西风动客舟。莫恨余情太消歇，四山红树六桥秋。
三起三眠旧日姿，长堤憔悴几丝丝。美人未免伤迟暮，况是离亭欲折时。

湖上饯别

明湖动急雨，桃李争新鲜。扁舟小于叶，群坐惊涛颠。众山跃入云，一鸟冲破烟。密点洒面来，倾倒清尊前。肴核饤乡味，莼丝登初筵。当席各喟叹，别绪相攀牵。汪伦古豪杰，嶙峋耸诗肩。为言素心侣，霄汉期飞骞。詄荡走豪气，一发决奔泉。嗫嚅小儿女，乃眈居处便。故人三千里，游屐如游仙。相思梦中路，岭峤梅花天。

次韵石田翁，自题墨菊图

尺幅生绡貌晚香，不教令节去堂堂。隐囊纱帽停吟策，乌桕红梨助夕阳。几日雨风容我懒，廿年鱼鹿为谁忙。东篱未必殊东阁，拼得无花醉一觞。

禾中访王湘草炼师不值

洪乔肯作寄书邮，待访先生杜若洲。一榻琴书千户贵，半庭松菊四山秋。客来或放孤飞鹤，我到真如自在鸥。读罢黄庭心欲写，仙风吹送海天游。

十月三日，同顺之表弟奉家叔母归自禾中，途次口占

纤月翩然下，前川暮霭平。霜林带烟密，蟹火截流明。骨肉当年乐，亲知此日情。喁喁烧烛短，篷底薄寒生。

一棹杳无际，漫天雾欲蒸。虫声荒岸草，人语隔船灯。梦未江湖惯，途疑险阻增。拥衾殊瑟缩，晓色付瞢腾。

五湖分一曲，七日记淹留。忽复家山近，翻令乡思稠。市争虾菜值，村急稻粱谋。浅绿深红际，都成罨画秋。

赪到满园橘，黄知一艇花。为谁留景色，只是感年华。堠断入城近，桥回计里赊。篙师重着力，归到恍浮槎。

读杨忠愍公集

万言难耸听，死谏特怜公。血肉纵横处，文章惨淡中。蚺蛇同有胆，天鼓独无聪。不见轮回马，年年塞草丛。

仿佛分柑语，从来养虎难。三年尘梦断，一夕朔风寒。尚有忠魂补，能禁异代看。夺门冤狱后，对此泪汍澜。

晓渡太湖

篷底漏朝曦，掀篷意欲驰。波明疑更拓，帆定不知移。峰带霜容出，入随雁影迟。可怜群拍拍，多事笑鸺鹠。

游惠山口号

触热扬舲已往年，九龙山色入寒烟。踏残落叶西风路，来试人间第二泉。

象山县石屋八景，和友人作

雨香庵

山花何缤纷，一雨乃飒沓。结庵花雨间，芳草四围匝。天女期未来，萧然此寒衲。

听秋室

秋声不可闻，况复作意听。鸣虫间落叶，响乱苍苔径。乡梦渐沉沉，又听前山磬。

眠云坞

出岫云自闲，入山心更寂。坞中一晌眠，掩冉尘襟涤。何当朝玉京，下视千寻壁。

招鹤峰

孤山缅高士，放鸐鹤仍至。我来群峰巅，胎禽解微意。举手空中招，天风落遥翠。

洗心池

身垢不忘浴，心垢不忘洗。身心了无殊，垢净乃得已。嗟彼龌龊者，视此泠泠水。

指迷石

说法闻生公，点头见顽石。伊余尚迷途，劳尔为指画。上有云霄青，下有蘼芜碧。

流华涧

潺湲漱鸣玉，奔泉环山腰。山中桃花开，片片飞琼瑶。石梁亘天际，乍遇仙姝邀。

移情台

世岂无知音，所愧不善弹。摩挲无弦琴，徒倚月未残。成连来海上，遇之青云端。

呈袁简斋先生先生为先大父丙辰同年

献赋当时共颉颃，巍然独剩鲁灵光。文章贵到高丽纸，姓氏熏宜西域香。金粉六朝留别业，烟波三折忆家乡。故人已有孙枝茁，六十年应话旧长。

惠山春游词

曲港横桥客系舟，骈阗都作寺门游。辛夷花发葳蕤锁，春在溪山第一楼。

湘帘高下卷初齐，白白朱朱眼欲迷。就里个人真似玉，品泉坐到夕阳西。

第二泉边曲磴斜，香勾步步蹙晴沙。春风不管旁人在，吹落钗头胡蝶花。

杏黄衫子石榴裙，幺凤飞来自有群。昨夜雨声吹梦过，几番愁杀是朝云。

贞女祠边麦浪匀，清泉一曲碧粼粼。纵然流入园中去，不洗儿家罗袜尘。

鹿葬夫子命作江上草堂图，并示七十生朝自遣诗，步元韵四首题后

莫言文字属瘕疣，诗笔如神足扫愁。自有性情征阔达，漫论生死若浮休。春江过雨潮生涧，深夜怀人月上楼。好是向平偿愿毕，更无余事到眉头。

服食何须沆瀣餐，林疏处处露晴峦。出门便作烟霞想，隔岸都成图画看。喜剩幽栖同栗里，断无尘梦入淮安。钓鳌掣鲤殊多事，那肯轻投六尺竿。

怪底陈思赋感婚，终教晨夕侍堂门。楼居苦节能无报，谓太孺人事。市隐高风更觉尊。客子愁经富春渚，诗人合在浣花村。须眉纵使如霜雪，矍铄还能倒绿樽。

杖履追随已廿年，相携弱弟影连翩。幼龄早矢探珠愿，近岁偏艰立雪缘。三径风光无恙否，一江烟水故依然。瓣香敬向南丰祝，珍重深恩好著鞭。

六月七日，同人城曲茆堂逭暑遇雨

门开藕花上，客到午风初。一雨不知暑，倏然静者居。余红疑恋屐，空翠欲侵裾。笑与主人约，重来读道书。

十月十四夜，海昌行馆月色佳甚，藕堂丈挈同关二雯山步至镇海寺，作席地饮，适州署诸友亦至，相与观潮而散

庭月逼人出，才知海宇宽。围将一片白，送到十分寒。天地供馋眼，雷霆走怒湍。冯夷应顾盼，与尔话更阑。

酒杯深似海，满酌待潮生。况复添豪侣，真宜淡世情。城根急砧响，塔背歇松声。此会难图取，龙眠点染成。

水乐洞

群仙敞高会，广乐闻钧天。天籁亦鼓荡，幻出山中泉。铿锵播金石，清越流朱弦。披萝得奇径，壁立摩苍烟。古洞锁幽閟，众水鸣喧阗。此非无声乐，声乃极自然。石脉汇流注，理境不可宣。我欲探身视，衣上珠玑溅。

有怀吴云裳邺、尺帘楷

怡园数见新诗到，怅惘离愁倍黯然。孤艇风严晴买醉，万松月黑夜谈禅。友朋可畏年才少，

兄弟如君志各坚。雪影鉴帏寒料峭，对床依约耸吟肩。

九月七日，同郎丈蠡湖、朱大小米过城曲茆堂，留饮止宿。得诗一首

昼夜偲堪卜，相怜兴转浓。时秋试报罢。主惟防客散，花自为秋容。清梦迟林鸟，深谈敌砌蛩。夙缘殊未了，莫使白云封。

戏咏毡帽一首

一片青浮子敬毡，脱胎重结岁寒缘。当头漫倩旁人整，攲枕偏宜午夜眠。破到风花凌绝顶，暖凭霜雪压华颠。貂蝉莫羡金帐客，献曝茅檐尽自怜。

虎路寺试茗

瀹茗有至味，山行亦静便。采当龙井雨，酌试虎跑泉。老树回风劲，深林落日圆。平冈犹起伏，归路薄寒烟。

吴云裳秋林觅句图

葵写圆花竹写稍，厉樊榭句。回廊觅句费推敲。何如一抹秋林里，检点诗情肯浪抛。
秋雨秋风自不禁，秋林斜日独相寻。红梨乌桕诗中画，让与林禽自在吟。
踏花人去落花天，瑟瑟秋声淡暮烟。我与吴郎同觅句，不知秋色为谁妍。

敝裘

一裘三十载，检点剧生怜。尚为严寒御，难同败絮捐。感如新白发，雅称旧青毡。阿母曾缝处，相看泪涌泉。
故交吾与女，岁晚不胜情。策蹇江南梦，投竿富渚盟。清贫人跌宕，怒暖酒纵横。举世多皮相，披襟为不平。

拟韦苏州园林宴起

东皋罢耕作，霜风激清砧。积雪皓已洁，杂树喧饥禽。昨夜拥衾卧，喜无尘梦侵。朝旭弄暄和，入照窗棂深。披衣起微步，伴侣谁招寻。高树有生意，寒花无冶心。及兹理游屐，仰首西日沉。不如吟事足，浊酒还孤斟。

冬草

塞外朔风骄，平原草尽凋。何如庭砌下，野火不曾烧。雪压痕全没，烟停影亦销。阳和来有意。肯惜马蹄遥。

题乞食图传奇

书画风流旷世才，西江掬破不生埃。会真姓氏分明在，知惹唐生痛哭来。萍飘梗泛信前因，宿草荒原更怆神。寂寞灵岩山下路，梅花吟断月中人。

早梅

梅花成久别，未腊已相思。昨夜梦来访，风前见一枝。林空霜落后，香到月寒时。费尽东皇力，天心良在兹。

甲寅除夕述怀

结绿青萍气未藏，钱神叵耐肆猖狂。送穷文好防悠谬，避债台高任激昂。寒气知从今夕减，春光先为隔年忙。伯鸾庑下吾何碍，珍重相庄有孟光。

平生未肯受人怜，讵料难耕是石田。六诏山川人万里，一家骨肉梦三年。愁添良友间相讯，语爱娇儿学渐便。灯下团栾成一笑，世间何处不神仙。

乙卯元旦叠前韵

要从守岁计行藏，雪后东风作势狂。旅雁三冬仍恋恋，名驹千里自昂昂。索逋声断心初净，投刺人来迹又忙。惭愧大书如意帖，强支倦眼趁晴光。

荆布依然我亦怜，封侯剩有面如田。恒心自赡中人产，力穑端逢秋稔年。天道好还应慰藉，俗缘无累即安便。梅花香里江村晓，读画论诗自在仙。

家秋厓秋溪诗思图

吾宗风雅士，诗思入清秋。爱此疏林下，潺潺野水流。雨深啼鸟涩，烟冷夕阳愁。我亦耽佳句，同君订后游。

归雁

记得江南梦，怀归正此时。重看飞雁影，不是去年思。别语咽遥响，乡心觅旧枝。芦芽沙渚短，知尔怅淹迟。

怡园玉兰盛开，诗赠怡亭

浅舍长廊静不哗，亭亭稳重识名花。抛残粉笔春初暖，舞到霓裳日正斜。冷艳不禁微雨滴，高枝只受淡烟遮。饶他烟雨楼前种，玉树多应属谢家。

莺声

怨绿啼红怪未休，重帘密幄为添愁。春深细雨浓阴里，人立垂阳古渡头。历历似催花外骑，声声直上酒家楼。相思梦断辽西路，惆怅东风黄栗留。

铁蕉

充粮传异域，盆盎展春旗。叶怨雨声小，根嫌土脉肥。弹文辞竹妒，种纸谢毫挥。铁树休相拟，花光淡夕晖。

海昌归舟，晓过皋亭看桃花

野岸暝烟宿，趁晓濛濛起。朝旭渐相照，滉漾溪中水。水光引花光，撩人入篷底。弥望倾城姝，粉黛争妍美。雨过红山腰，渡口霞如绮。疏或倚竹径，密忽通菜畦。翠袖步迤逦，黄花弄旖旎。神仙青海头，鸡犬桃源里。箫鼓竞中流，陋哉焉用彼。

乙卯三月廿八日，留宿万峰山房，诗赠小颠

两年不见阿师面，今日来成欢喜缘。话到无声当大喝，味如食肉是真禅。山云窈窕不藏谷，庭绿弥漫直上天。晓窗老树作人立，唤取诗狂与酒颠。

题方村之先生红豆集

十年重梦到扬州，璧月珠帘破旧愁。静拂乌丝写红豆，一声声彻楚江秋。
颗颗匀圆讶许同，迷离逗入茜裙红。汉皋游女如相见，或比明珠入掌中。
冬郎香艳古无伦，疑雨疑云梦未真。今日一编花下读，铸金更为拜词人。
怕将一曲杜韦娘，恼乱苏州刺史肠。若使红牙齐按拍，沿堤十里藕花香。

松雪画马

试拈秃笔扫骅骝，少陵句。万里邛崃万木秋。不是千金空买骨，悬图声价有人酬。
昔年玉马已朝周，赢得王孙汗漫愁。争似承平置重译，天闲龙种一时收。

哭吴三芳村

昨岁秋风误，文章夺命难。病身怜菊瘦，世事较霜寒。把醽醇同饮，论心泪欲弹。岂知春后别，竟作死生看。

方村之先生索题木兰从军图

此幅家古华太守以为文姬一流人，鄙意良是，无论木兰从军作男子妆，即未去时，亦不应有此结束。因成二首，不免有刻舟求剑之意，非故相龃龉也。

迷离扑索向沙场，那见儿家时样妆。只有文姬乱飘泊，一番回首一思乡。

闺里戎妆待策勋，市头归去话从军。何如伙伴惊惶去，倚马闲看塞北云。

重九日，同人登岘山

不信此重九，登临到岘山。山光挹秋爽，迎客自开颜。鸟下过鸿雁，云中辨髻鬟。空堂思逸老，一碧水弯环。

菰城杂兴

颓垣破屋掩寒芜，尽日西风下井梧。我有尘襟纷欲扫，到来难说一尘无。

占来一榻尚清幽，蛛网蜗涎迹肯留。好月连宵庭院广，照人多处是今秋。

支离老树长官厅，风雨森森走百灵。晓色未开干鹊噪，为怜乡梦搅人醒。

甘蕉浓锁竹阴连，篱菊萧疏亦自妍。薄饮夜深风露重，只宜招落广寒仙。
仿佛农家十亩闲，城根一曲野花殷。不教鸡犬轻相识，怕说先生自在闲。
长烟亭外暮烟微，镜里烟光著处飞。红树夕阳秋一抹，闲情引上钓鱼矶。
空庭幽咽听寒蛩，袅袅牵牛花蔓长。睡起较迟苞已敛，负他颜色照晨光。

青鼠一首

尔质既甚微，尔性亦云恶。尔视殊眈眈，尔行但索索。畏人故敛声，须臾袭帷幕。烛跋与楮尾，到处肆剽掠。衣裳尔颠倒，筐箧尔枘凿。几上余月留，过门快大嚼。有牙墉欲穿，有口金且铄，凭社谢灌薰，处仓幸依托。咄哉尔么畜，复不受束缚。我有丸可转，我有刀可捉。歼类靡孑遗，寒灯花乱落。

接晤桃先生书，诗以志谢，即次藕堂丈寄怀元韵

春愁如海尽眉攒，分我余甘欲破酸。知己深情今日少，才人薄宦古来难。树头红雨迷晴霭，壁上青萍照夜漫。转忆金阊滞行迹，尺书珍重几回看。

游道场山

家居傍湖山，春和惬遐赏。半年殢吴兴，奇胜阻孤往。命俦岘山麓，舍船逐林莽。近畦俯葱郁，远翳挹凉爽。石乱泉响竞，筱密炊烟上。疏红补女萝，瘦云削仙掌。其势折而北，群附独雄长。拾级转渐南，绝顶露平广。塔铃喑不声，天风落虚幌。众鸟起旧枝，一磬度清响。碧湖渺杯水，烟翠拨双桨。此时尘虑空，昔游固可仿。颇闻孙太初，兹山结遐想。方干旧诗侣，近苦缠病魔。沦茗资沁脾，神旺欲荐瘥。希真动狂态，休文流高歌。天气黯将夕，犹复扪烟萝。始知素心侣，形迹无偏颇。新绿媚晴嶂，恍惚逢双娥。低头晕霞颊，如比花光何。相怜更相照，颜色愁春波。

和慈柏游虎跑寺，用东坡韵。是日，竹亭约余游理安，以秋堂病不果

好趁清和试荈香，多君游屐却追凉。泉声激处松阴转，虎迹销余磴道长。宿约未妨迟瘦沈，新愁无那累元方。从知佳境如佳味，未许人间一例尝。

春蚕和藕堂丈韵

满簇休将蠡蠡看，经纶贮腹不辞难。养从谷雨三旬暖，解尽霜风比户寒。汤火沸时新阅历，绮罗从里旧辛酸。蚕娘且免双蛾蹙，心事难随春事残。

蚕词

风檐旧种冒尘丝，记否高麇咒鼠诗。谷雨初晴桑叶小，春寒处处浴蚕迟。

桃枝小摘插门阑，留与闲人仔细看。今日龙精才出箔，剪刀声里劝加餐。

轻拂鹅翎动玉纤，防风镇日静垂帘。叶肥蚕小休多饲，要似炉香细细添。

嫩绿重重箔上铺，不须镂切口能糊。昂昂头角初眠起，尽是侬家千里驹。

梯影欹斜鬟影香，采茶那及采桑忙。鸣鸠谷谷真无赖，密雨低侵薜荔墙。

二三眠起饲尤勤，下笔声疑触耳闻。添热炉香掩重幔，午炊今日又斜曛。

蚕好偏教叶价昂，蚕饥不惜典银珰。无端又怕丝成贱，一日多应九转肠。

关情儿女捉眠头，好嘱纤纤手欲柔。几度分筐筐又满，蚕花喜卜十分收。

列簇家家说上山，满山蚕熟洗愁颜。愿他尽作同功茧，好买黄金约指环。

云雾绵连吐属奇，温和天气更相宜。可怜缄得千重恨，都在匀圆落手时。

纷排丝盎响缫车，百沸汤如溉釜鱼。太息微躯捐不惜，良弓走狗较何如。

满城争唱送春词，鸳绮鱼绫斗艳时。估客亦知蚕事好，金钱十万购新丝。

零落蛾眉尽此生，乱红飞絮扑帘旌。情丝未断还如梦，珍重蚕娘异日盟。

人倦灯昏未肯眠，生防鼠窃转忧煎。教郎明日卖丝去，莫待催科到眼前。

叩门人又征租急，探箧依真渍泪多。侬自与蚕同薄命，年年春色为销磨。

曾从淮海读奇书，亦有三吴旧草庐。村路日斜浓绿散，风光画出麦秋初。

次韵徐秋山明府湖上

疏枝荡高暑，庭院亦清幽。忽诵琳琅句，都忘褦襶愁。晨光随艇去，荷气近人浮。何日从游屐，同投钓鲤钩。

同蒙泉、古巢、慈柏、秋堂过净慈寺

游踪闲散逐沙鸥，浅水平湖一叶浮。岚影淡催山户晓，桂香浓到寺门秋。座边花雨谈初落，胸次烟云醉不收。料得重来又旬日，夕阳红树迥含愁。

九月十六日，夜集宋大蓉裳湖上寓楼

风水抟不起，悄然夜色浮。流云过高树，衔月上层楼。落叶空山梦，渔榔隔浦秋。复为游兴，闲绝木兰舟。

葛岭怀古

明月香风十二楼，平章湖上恣勾留。半闲未许神仙占，后乐何如将士忧。蟋蟀声骄芊草捷，鬼车啼断木棉秋。福华编就看如梦，流水桃花为尔愁。

霜降日集古招贤寺看芙蓉，分得『翠』字

我从入夏来，信宿招贤寺。故人修古欢，商订吉金字。灼灼朱华开，方池弄妍媚。烟暖

香逾清，露重粉尤腻。今日赴佳招，转瞬凉燠异。恰值霜始降，万物苦丛顇。霜飙振林皋，木叶纷纷坠。湖波淡人影，山净敛空翠。径荒浅草痕，门掩疏花穗。何当木芙蓉，涧户斗秾翠。靓妆临镜看，今昔固一致。所以谱群芳，命名作同类。美人隔天涯，渺渺予怀寄。摇落不须愁，此理殊可譬。

九月二十九日，家华南先生招集梅庄。是日，会者四十有三人

六年几度展重阳，未遣彭宣到后堂。忽漫相逢更相访，一林黄叶读书床。

大江南北遍诗人，故里他乡意总真。若为莼羹下盐豉，陆机原是旧时邻。

记从山舫数吟笺，蜗沫虫丝剧可怜。却喜姓名初入眼，画禅诗圣吏如仙。

浮玉山头山翠寒，去年今日白云端。传来塔影风帆句，不道风流是长官。

此间云物本宜秋，平远疏林画帧浮。一港桃花流不见，钓鱼滩外宿闲鸥。

清凉居士旧山居，小调沈吟策蹇余。何似芦花江水上，大开旗鼓掣鲸鱼。

骚坛毕竟属吾家，湖海元龙意气赊。赚得一时前后辈，同倾白坠看黄花。

篱外拒霜花两枝，霜风吹尽柳丝丝。豪情只让徐农部，九日九言九首诗。
我又扁舟苕霅溪，冷烟初起雁声低。夕阳乌戍村边路，好为先生觅旧题。

十月朔日，德生庵晨起，同周采岩瓒、阎鉴波其渊、吴云裳邺、何梦华元锡奉陪华秋槎、家桂堂两先生，登宝石山，用坡公游孤山韵，并调杨大篑山、吴大康如

鸡催曙烟沈，湖羲轮上射。天光无盘囷，磴道屐齿折。村童牧竖齐喧呼，梅花作妻鹤作孥。笑尔逋叟耽幽娱，宝石山头路咫尺。何曾曳杖来萦纡，背山幸结幽人庐。聊群唤起山灵孤，西溪西折渺一曲。秋声瑟瑟摇菰蒲，怪石林立惊壮夫。桃源迷路日近晡，寒晖匿采入苍霭。须臾变幻烟云图，归来雨滴襟袖余。有客清梦犹蘧蘧，披衣忽起追诗逋，诗成与子供描摹。

江上闻笛

身世两悠悠，轻移舴艋舟。新烟沈客路，落日冷山楼。水静鱼龙伏，天空雁鹜稠。悠然一声笛，吹出大江秋。

十月七日，家桂堂太守招集湖楼饯秋，即送归云间，分得『色』字

弦月流寒晖，惊鸿厉群翼。素秋始戢影，万类忽敛息。名公广座开，吟侣坚城待。啸发失砧响，屧满破苔蚀。倾尊蚁浮绿，催咏云沈黑。为言玉铉古，昔侍金华直。笔综河岳灵，手展陶钧力，湖山恣游览，宾从畅登陟。我夸声价增，颇许庭阶植。我如古镜昏，尘埃劳拂拭。贻之瑰丽词，锡以淋漓墨。祖帐自缠绵，摅情敢缘饰。岭梅一路香，堤柳万条织。重来撰杖从，勉焉弟子职。

次韵酬龚印湄雁

西汉才华东晋谭，昔闻书剑滞江南。吟残夜雨长毫在，啸落天风绝巘探。老大相逢缘不浅，萍蓬屡泛我何堪。竹林交尽前村阮，直欲从君醉二三。

重之吴兴，越日，龚印湄过访，即送其归武林

寒日斗霜气，空林聚鸟声。谁为破幽寂，之子意纵横，仅隔经旬面。难忘故里情，早梅

溪水上，香送一帆轻。

怀秋槎、华南丈湖上，兼寄梦华诸君子二首

北郭蕲王宅，孤山处士家。遥知前夜雪，催放早梅花。短策就新酿，长吟起暮鸦。鬓丝飞不尽，何处听琵琶。

溪水尚前度，谁期客又来。青山尘外梦，黄叶雨中杯。简蠹才能理，庭荒那更栽。江关旧徒侣，恐作浪游猜。

屡过杨大拙园夜话

数数谋良觌，子云居未遥。檐禽归独树，湖月冷霜桥。缓步荆重敂，深谈烛屡烧。因缘托文字，不敢负清宵。

归雁一首，赠徐方壶步云

东风留不住，矫翼忽言归。渚剩寒芦短，园抽早笋肥，更谁摇烛影，是处得春晖。应笑衔泥燕，傍人门户飞。

下卷

春游吟

兰浆破春痕，弱柳连溪绿。相望隔篷窗，笑指鸳鸯浴。溪面压重阴，心语眉双蹙。愁风愁雨自年年，此日莺花倍可怜。风缠老树狂，雨洗春山活。美人发新声，自按檀槽拨。历历哢春莺，四弦中一抹。银灯珠箔不胜春，一棹烟波愁煞人。

湖州郡斋壁间管夫人画鸽

从篁拂青霄，新雨沐翠痕。传神到闺闼，摇笔溪烟昏。余工画飞奴，杂沓幕上翻。其数且累百，厥徒乃实繁。敛神遂生物，侔彼造化恩。啄息无所求，罗网安足论。嘉名溯官斋，芗泽异代存。琉璃嵌作笼，目眩手更扪。隐约剩四头，意态翔游鹍。比翼露神俊，灵孕自吐吞。不受塔铃怖，讵佐人日飧。即此饱眼福，宾客戒勿喧。碑版尽埋没，墨妙输淑媛。红羊换尘劫，底用哀王孙。

禾中喜晤王骊泉崇本、丁小鹤子复、钱恬斋昌龄、李香子富孙、金澜遇孙

从菊媚晚照，棋声落秋烟。言偕苕上游，豫结禾中缘。忽忽罢尊酒，一别逾两年。中有畴昔交，烹鲤期亦愆。入春问踪迹，作答心曹然。安得好风吹，携手蓬瀛仙。柳棉舞白雨，历乱空中旋。湿云挟山翠，荡漾浮萍牵。扁舟美清夜，凉梦惊初蝉。到此笑鱼兔，谁欤致蹄筌。敬礼最卓卓，子猷更翩翩。座中最昂藏，口吃云钱钱。重寻大小李，同叩金石坚。双湖烂明镜，照见影不偏。侧闻前哲论，士以才行先。造物苦忌名，一发无余妍。感旧惜良会，愿诵栎社篇。

合欢花，同小鹤、恬斋作

红丝琐碎绿阴稠，暮雨朝云作蹇修。枝叶对当才受月，色香融洽最禁秋。双鸟艳簇迷离梦，一蝶高寻晻霭愁。回首谢家庭树在，可能蠲忿更忘忧。

白莲花

缟衣仙人颜如花，凌波缓步飞素霞。明珰翠羽艳冰雪，阑干十二驰香车。吹香不散坠入水，

谷纹冷浸银蟾死。香月团团结净因，琼枝绰约瑶池起。瑶池隔断水晶帘，一片空濛夜气严。只觉月华添晶皎，教谁香味挹虚恬。无情有恨离离重，天未相思谁与共。记得南山第一桥，铁箫声破闲鸥梦。湖头女儿打桨迎，折花欲赠珠泪倾。娇红未乞邻家种，荷叶荷花空复情。花枝低亸催吟急，铅华洗尽春痕湿。一群翠羽背人飞，十队霓裳向风立。花如彼姝姝不如，容华绝代此芙蕖。晚凉池馆碧云合，醉倒花开月落初。

立秋夜坐月，和小鹤、恬斋

宵月圆如许，微凉不当秋。修梧抱蝉响，斜汉曳云流。有客弄瑶瑟，何人倚玉楼。梯桄最高处，倘许结良游。

次小鹤雨中见怀韵

老柏化龙龙复眠，颔珠颗颗落檐边。白龙湫上神明宰，唱得君诗字字圆。谓李许斋明府。等是怀人风雨夕，别深商略古今心。天涯几日不相见，门外古藤交绿阴。

题恬斋所藏王元章万玉图

懒迂十万图，夷门诧奇绝。就中霏古香，万树横溪雪。雪消溪流清，月落霜华缀。照见冰玉姿，点点同心结。创奇煮石农，但写声骚屑。空色穷形相，麋丸著灵洁。疏密间横斜，规连复矩泄。一枝十丈强，一瓣波三折。满幅荡春光，余景不一设。我昔蕴槎枒，画理商老铁。奚冈。腕底苦不运，说者辄宛舌。回溪草堂开，茶瓜供小愒。先泽富贻留，行行标鉴别。兹图五百年，岂受六丁掣。收藏历三世，缣素未磨灭。奇奥究造化，题句破禅悦。开拓万古胸，过眼白云曳。圆类珠走盘，劲拟筋入节。万玉谁瑕疵，瑶阶寸肪截。始知宗伯画，箨石先生。胚胎授神葪。文章幼颖悟，含饴聆绪说。弄笔尘俗捐，清芬久掇撷。小鹤丁子复。真诗豪，发唱走烦热。嘎玉必万响，我遇气先竭。主人继其声，杂沓促报决。书来夸飞仙，不许閟寒劣。罗浮梦绵邈，西溪笛幽咽。何如招吟筇，邓尉探芳洌。冲烟踏琼瑶，临风振蘘薜。相遇无极翁，共叩长生诀。

柬王大骊泉

秋泾桥外水，日日绕幽居。恐惹秋风早，疏花飞满渠。
良约不得践，秋容何处寻。空阶落桐子，疑是美人心。
凉月不到地，隔墙闲古槐。遥知君忆我，明日棹舟来。

红豆四首，次家古华太守韵

近朱近墨肯依违，簪自垂珠珥传玑。东海千秋精卫恨，南天一曲鹧鸪飞。开来小合脂凝血，别有高楼泪染衣。抛掷相思偏触忤，朱樱烂熟野桃绯。
香篆初残蜡炬移，茜裙逗入影迷离。新桐乳坠迎秋夜，老蚌珠圆抱月时。异彩艳惊红鞢䩞，同心深锁紫葳蕤。歌喉一串愁生涩，不是郎归不可医。
星星结撰本情根，一半苕华刻画痕。尽许郎心分黑白，莫教人意判寒温。梢含豆蔻谁同梦，香到靡芜总返魂。可耐金钱重问卜，青山迢递水潺湲。
啄余鹦鹉稻花风，新样东坡饭二红。摇曳湘筠仍点滴，凄凉郢雪转玲珑。仙人合掌惊初定，玉女投壶笑未通。鲛市蜒船从问价，风流遥谢白头翁。

酒帘次汪秀峰比部韵

滴沥槽床酒乍蒭，青山行脚展双眸。夕阳红树水边阁，朝雨轻尘花外楼，韦曲冶游谁旧识。茂陵渴疾喜新瘳，饶他一色迷杨柳，已有仙人在上头。

题钱顺甫画竹，为李翁沁碧

旧家苕水西，今住鸳湖曲。高馆月来迟，檀栾结寒绿。
竹外湖水清，照见须眉古。挂壁一枝斜，并作潇潇雨。

重九日，骊泉招同吴榕园、钱恬斋集秋泾草堂，分得『枕』字，并柬沁碧、小鹤

西风吹高台，日气散凄凛。秋泾平畴开，纳场喜禾稔。解印果成趣，右丞句。幽栖傲流品。令子十载交，论心每结衽。良辰罢登陟，清尊畅客饮。聆善忘永昼，餐胜遍芳饪。新知与旧欢，此会当镌锓。回舻绕寒芜，烟深鱼鲔淰。渚岸月迟临，从花张素锦。屋瓴幻云山，

谛视始精审。归愁不可道，闭门托高枕。遥思无双丁，复忆东阳沈。沁碧本苕溪沈氏。

小游仙诗

凌虚长啸海天秋，肩拍洪崖作队游。刚到碧桃花发处，蓬莱清浅不胜愁。

百城烟水绕楼居，玉尺纱厨万卷余。龙女擎珠来绰约，夜深伴我读残书。

白榆历历近银河，有客牵牛隔水歌。天上不知离别恨，只应万古笑姮娥。

金枝玉蕊倚天家，看遍长安道上花。无数飞英餐不尽，更骑丹凤取流霞。

月华掩暎六铢衣，万缕千丝细入微。休道绣纹颜色浅，滕王蛱蝶总能飞。

洞庭三万六千顷，值得朗吟飞过湖。只恐神仙还是梦，不知调笑酒家胡。

东封盘道谒天孙，日观光华自吐吞。朝客尽从花底拜，传宣青帝赐琼尊。

铗里谁弹铗外吟，归风送远乍关心。希夷睡起碧花发，邀取玉姜来弄琴。

方回每喜借书看，石室高吟夜未阑。三十六峰松月冷，更无玉女进盘餐。

一曲笙歌空际闻，幔亭高会武夷君。当筵却唱人间好，只恐人间手易分。

狮山云拥翠峦回，闽道峰从太华来。洞口石莲三万顷，五千年后一花开。

南天万里汉蜻蛉，金碧成山玉作屏。人在五云楼阁上，画帘微卷写黄庭。

秋桑次族弟云伯韵

下若惊回淅沥风，绿云吹起碧湖中。攀条别意迟青女，疗眼奇方觅宛童。桑落酒倾陶令宅，柘枝舞散楚王宫。野人不解愁摇落，只喜斜阳到槛红。

弯弯凉月唱初三，折与儿童当簇蚕。刀尺声中人已远，牛羊牧去路偏谙。寒鸡向暖飞枝北，野叟寻秋过屋南。虚说星精能驻岁，不如托命是红蚕。

柴门仍借远山遮，乌桕丹枫艳岁华。著作林疏望归雁，文章树老待栖鸦。寒涛碧海仙人地，野火残烟帝女家。莫怪机丝虚夜月，一时散虫尚腾花。

惊心女伴促装绵，话到渔阳思悄然。秋陌春闺浑似梦，三榆五枣互生烟。年丰早赛鸡豚社，风紧初开鹏鹗天。罗绮从堆谁省识，凭渠衣被总年年。

继莲龛昌招同淡川、周于邰封、小鹤、恬斋、刘春桥熙游南湖

待雪放船好，人疑画里仙。波寒欲无色，木落不成烟。霜鬓千秋意，风鬟万里缘。相逢燕市酒，一笑已明年。

敝裘

风雪满驴背，江湖多雁声。士穷愁晚岁，金尽滞归程。何忍吹毛急，终怜集腋成。卅年交不敝，俭节慕齐卿。

南宋德寿宫『子孙保之』牙印歌

兰亭墨沈流素缣，九经文字纷牙签。烟云滉漾富供养，秘笈一一皆精严。御书绍兴内府宝，明砂灼烁首尾钤。子孙保之亦间用，明示世守重所恢。中和堂中务遵养，德寿宫里祛疑嫌。煌煌垂训在坚忍，廿四载匪图安恬。想自八法得妙悟，留神古雅无怠厌。收复旧藏埒宣政，瑶光入夜辉灵蟾。当时曹宋务鉴赏，龙张郑魏询谋佥。攻玉攻金制印玺，鹏鹈膏淬锋铓铦。

五百余岁叹沦落，累累定作蛟螭潜。琅嬛仙人举铁网，翻腾翰海恣扯挦。得此弥复诧神异，满堂动色毋敢拈。龙身蟠结鳞琐碎，剸截数寸象齿尖。四字工整合缪篆，何人刻画穷毫纤。左侧署字尤朗爽，恍从寿圣窥文奁。古来彝鼎重后嗣，永保用享铭沾沾。榷场重购虑散佚，兹义郑重同针砭。鰕生束发事雕润，不许众妙吾赵兼。谛视往复忍释手，日暮还卷虾须帘。

题谢槜仙苏堤春色图

红椒已破疏篱边，绿芜初化湖上烟。湖堤一道截山翠，琉璃万顷摇澄鲜。吴姬双唱遏云响，玉骢买醉明仙鼇。对花一饮三百杯，月斜花影迷兰桨。昔传戴晋西湖图，今见槜仙墨妙无。携家我更图中住，日日山楼听曙乌。

拟坡公铁拄杖诗

春云漠漠春江黑，千年老蛟翻水立。蛟人试跨出卖珠，瑟缩宛转不得匿。朅来偶过天台山，山中仙人明丹颜。乞取灵蛟作拄杖，骇解鳞甲痕斑斑。竟从大造跃炉冶，变化岂避顽铁顽。刳剔肠胃洗积垢，此中空洞竽簧奏。天风泠泠散襟袖，一笠一屐同枯瘦。一自仙人遗蜕还，问谁更诵痴龙咒。十四州围剑气寒，老年扶杖罢登坛。龙颜日角天边在，冻雀于今度纥干。无端箫院重埋没，苦忆沧波旧郁盘。柳公赠我胡为者，济胜得此乃闲雅。似惜龙钟腰脚疲，不知古色尤堪把。只愁风雨夜腾霄，掀破天瓢乱倾泻。

阮云台阁学师重摹石鼓歌，用东坡韵

我后坡公几辛丑，集古不见六一叟。石鼓又经七百年，点睛欲化长虹走。涌盂渫既聱牙，趩𧽊貙蜀讵适口。何如吉癸字无多，畴兹疑案坛山后。前年天藻重编排，抉剔文义还十九。其胡孔庶𦌾夒，亦有鲂鲤橐杨柳。收缩元气归豪芒，转动天枢灿星斗。从臣才艺简选精，珍宜拱璧悬臂肘。连江伪刻何足论，若粟去秕苗去莠。琅嬛仙人一代宗，龙文健笔苏韩友。金石借证经史讹，斤权函殿悟彀彀。天下流传秘本希，三百余字袭蝌蚪。缅思苏李张窦徐，欧褚虞杜皆前耇。品评墨妙群推崇，猎碣潜驱犬羊嗾。诸侯剑佩骋雄俊，锡以彤弓及鬯卣。大书深刻理则那，昭示日月振蒙瞍。陈仓凤翔踪迹奇，不将荒幻等岣嵝。日炙雨淋致漫漶，要其气体弥深厚。重摹安置郡学中，参订同观志某某。十三经版各辉映，凤翥龙翔属谁有。由来作人邦家基，南山颂栲北山杻。竟拟兼金耀虓虎，肯比朱丝约刍狗。爱古端资汲绠深，如公真与颉籀偶。惜早沈沙更嵌金，遂令读者徒搔首。岁年甲乙从缺略，毋怪亭林事攻掊。我闻神异靖康时，济河风大重莫取。至今璧合珠亦联，圜桥左右离尘垢。文武成康流泽长，中兴遗迹蛟龙守。贞珉况复树东南，文物声名长不朽。吴山峨峨浙水深，猗欤休哉万年寿。

湖上饯春，同吴兰雪、郭频伽、何梦华

一雨失春红，众山如梦中。不知芳草路，绿遍画楼东。别意黯湖水，吟笺擘晚风。归云近南浦，底事太匆匆。

邂逅得良友，春残酒不辞。人兼色香味，船载画书诗。孤岸晚花瘦，暮溪新燕迟。小园留一宿，梅子解相思。

渡江二首

十载曾经地，清江自在流。金焦如旧友，招我话离愁。日气中冷淡，钟声北固浮。乱帆

飞不定，闲适愧沙鸥。

橐甲谁传误，昭关地有无。江山空六代，人物尚三吴。绿树短于荠，白云低似凫。妖氛迷楚蜀，努力问长途。

郯城道中

茅屋低垂杏子黄，枳篱深护枣花香。白云青鸟忽飞尽，怕入先生古锦囊。

金素中太守海外归帆图

去辙随蓬转，归帆测线来。轻如天外鸟，笑尽掌中杯。黑水蛟门动，赪霞鹿耳开。佛桑花艳发，却送使君回。

东岱双旌指，闲登日观峰。飘然渺云海，犹觉荡心胸。觅句扶双鹤，寻碑听远钟。北堂长健在，图取话欢悰。

双鬓未全疏，连宵话旧余。鹧鸪烟际树，麋鹿雨中蔬。辽海那可住，名山聊自如。千秋重清宦，何幸接襟裾。

题画

万缕千条织晚春，溪烟如梦月如尘。扁舟只送落花去，行尽江南不见人。

潭西精舍题壁

漫作终宵卧，惊喧骤雨来。不知阶下水，流绕出天台。月落树初定，潭空鸟欲回。因思宦游者，底任老莓苔。谓未谷明府。

榆柳两三行，阴阴幕短墙。看棋生静悟，画竹引新凉。向晚峰逾翠，初晴荷乍香。他时仿迂老，重叠石琴床。

早发新城

新城门外路，矮屋枕溪流。世事渺云幻，石场警梦游。夜蝉多似雨，晓树暗生秋。颇合支微倦，轮蹄得句遒。

望望帝城近，行行旅思新。青山初迓客，白水尚依人。南徙期予季，西征念老亲。平生仗知己，此度亦前因。

卢沟桥记前人有句云：『题诗笑问桑乾水，曾有闲人过此桥。』戏广其意一首

桑乾河势走苍茫，柳拂红桥觑客忙。尽有不关名利事，谁家儿女祭成行。

初入都门，示莲龛

瓠棱隐隐紫云边，玉燕金乌掠影便。海外槎迟张博望，月中曲待李龟年。君王应问上林赋，壮士罢吟古剑篇。三月征尘挥不尽，寻君姑作对床眠。

偶成一首，示友人

唯灯匣剑有光芒，莫使逢人露短长。初历程如新嫁妇，羹汤先乞小姑尝。

题朱野云舫斋燕集图

萧萧飒飒更毵毵，此是吾乡秋雪庵。却被野云偷卷去，直将蓟北拟江南。

酒圣诗狂欲上天，那论为屋与为船。醒来窗外月如水，只有飞鸿叫冷烟。

梦中作

莫向楼头折柳枝，柔情款绪丝丝。扁舟冲雨冲风去，门外桃花落未知。

酬何水部兰士

记从湖上侍袁安，侈说何家水部官。诗与梅花清一样，文从太室郁千盘。八分书亦临池学，百衲琴还伫月弹。恰好眉山三父子，千秋人作宛邱看。

答伊静亭中丞

春如佳客到，与我极相知。松影淡逾翠，鸟声寒尚迟。胸中常绣佛，花下只吟诗。一饱复何慕，输公饮上池。

除夕接家书，示玉耕

家书刚逐好春来，乡梦何愁拨不开。老父客中常健饭，娇儿灯下伴衔杯。寸心自拓酬恩地，千古谁轻济世才。说与梅花但微笑，此身同住白云隈。

南归后，仍留吴门。骊泉、小鹤以诗见怀，奉答五首。小鹤先有诗，寄不得达，故末章及之，并怀钱四恬斋

鹤唳一何远，骊珠不可探。伤春伤别意，归棹入江南。文史鸳湖侣，莺花虎阜骖。经年劳怅望，月落酒初酣。

九日陶然亭，思君秋满庭。云中白雁少，城上西山青。车马尘如海，关河客似星。凉风吹帽影，搔首问苍冥。

珠泉不可吐，烹茗与谁论。白鹿坐苔影，红鱼翻涨痕。因之悟禅悦，亦复忘侯门。拍手两峰画，罗聘。阮郎空晒裈。

天风荡胸臆，盘道架鼍梁。长啸览齐鲁，前游接汉唐。听泉殊洒落，观海亦微茫。若把浮邱袖，同倾青帝觞。

新诗何日寄，绝似折梅花。欲问浮沈意，其如道路赊。帘栊织烟雨，藤蔓走龙蛇。我又思钱起，秋泾泛短艖。

黄荛圃招集读未见书斋，分得『陋』字，即书余所作赏雨图后

秋林幕疏绿，快雨响急溜。书城百雉开，来从后山后。谓家桂堂先生。列坐萃群彦，入室洽兰臭。客游寡交欢，倾盖如故旧。清谭净尘滓，一洗筝笛陋。红椒谢凡艳，古朴忘年寿。强作赏雨图，六法吾何授。含毫正茫然，天香下襟袖。图成开清樽，花木助吟瘦。吾宗妙挥洒，刺刺道怀旧。主人旋继声，江梦发青镂。何况余子诗，一一有奇构。退避到三舍，不敢闚寒陋。枫江屡溯回，篷窗落遥岫。怅惘聚散筵，记此风雨候。欲读未见书，他日更相就。

英石笔架联句三十韵

灵石产英州，邵騄无咎 欲埒珊瑚架。奇瘦骨峻嶒，陈鸿寿曼生 屹立脚凌跨。荦确难为名，魏标霞城 嵚崎共相讶。拱翼中柱尊，无咎 匼匝四山亚。镵凿穷鬼工，曼生 凹凸孕神化。法从生公听，霞城 巧向天孙借。忽矗孤峰高，无咎 陡裂幽岩罅。旁出露鸪突，曼生 斜倚纵鹤驾。峙若耸肩吟，霞城 俯如鞠躬谢。九曲珠光沉，无咎 一线天影射。面觌枯

禅枯，曼生　髻拥姹女姹。匪铁心尚书，霞城　疑黑面仆射。吐晕晴雾滋，无咎　流润阴雨乍。潜虬绝壑僵，曼生　腐鼠深穴吓。本韵略　蜎缩刺攒肤，霞城　虎卧尾束胯。堆积黯老冰，无咎　脔割弃残炙。桃核搜北潜，曼生　莲萼擘西华。供宜坡公珍，霞城　拜或米颠下。乳滴蜓雨荒，无咎　窍辟粤风诈。深涧溜欲穿，曼生　密箐坠还诧。嵌空羸不支，霞城　谽谺吁可怕。补天炼未经，无咎　砺齿漱初罢。皴皱图画难，曼生　玲珑斧斤赦。轻装六篷船，霞城　屡长五都价。字摹大篆镌，无咎　檀刻重台藉。许结楮生邻，曼生　俨排管城舍。列几现法螺，霞城　点墨走香麝。位置书画船，无咎　摩挲花月榭。垒开风雅军，曼生　雄峙文采霸。濡染何淋漓，霞城　石顶云涛泻。无咎

雪梦图，为万明府廉山作

冷香压梦梦不飞，夜深月上梅花肥。花魂幻出翠眉妩，雪色翻乱红绡衣。黧云漠漠不识路，缥缈罗浮忆前度。瘦影难教倩女支，明妆欲夺姮娥素。珊珊却下疑无踪，雪肤花貌瑶台逢。缓步筠廊清宛转，忍寒纸帐语惺忪。梦中天地同长久，梦醒年华总孤负。一声玉笛起高楼，

飞花如雪空搔首。人生难忘是仙缘，蟾镜分明夜夜圆。雪霁花明江上路，春归梦到渡头船。

访铁舟上人，留饮平远山楼，题句为赠

见面忽不识，频年空寤思。形骸元共外，惊喜那能持。竹叶醉今雨，桃花艳旧诗。可怜湖上路，何处问袁丝。

鄂渚挂帆至，燕山策马来。楼高见平远，于此重徘徊。塔影日斜送，稻香秋暗催。与君探画理，指点白云隈。

消寒八咏之四，次胡西庚祭酒韵

汤瓶

一瓶春似海，资尔梦魂清。新样宜诗脚，奇温敌酒兵。此中真混沌，是处极和平。老妪竟何物，称名笑欲倾。

煖锅

兰肴等山积，外实赖中虚。尽有肝肠热，能令臭味舒。五侯真可合，一饱定无余。颇忆

销金处，清凉旧蹇驴。

烧春

酿秫非无地，传薪别有家。消寒敞高会，烂醉入春华。触火犹胜焰，镂冰亦吐葩。他时预婪尾，还看午桥花。

菽乳

小山留客处，入市价能廉。灯火隆隆磨，膏腴滴滴添。嗜殊昌歜少，爱并菜根甜。况复调羹好，无妨风味严。

题木夫所藏毛子晋汲古阁图次韵

读书必万卷，不因高阻跻。杰阁富藏弆，柱槛辉锦绨。四部既完备，玉蹤兼金题。图画得流播，时地犹堪稽。开尊白云窟，行药新雨畦。虞山自今古，遗址没蒿藜。兴废遂如此，物理何由齐。

招寿阶、非石、木夫集文桥小园

平江足烟水，送客渺愁予。桂圃主人方入都。复尔赋高会，可当读异书。冷花晴蝶外，秋草夜虫余。此月照今古，勿忧双鬓疏。

客里忘重九，座中刚五君。菊迟满头插，雁待隔林闻。我画青松障，尔书白练裙。吟肩斫山骨，齐唱入吴云。

塞上曲

盘马归来画角残，长年风雪不知寒。健儿自具封侯骨，拔剑灯前带醉看。

白骨青磷瀚海头，琵琶一曲起边愁。眼前滴尽征人泪，并作黄河地底流。

弓弯霹雳射天狐，惊落双雕万众呼。好语将军休见妒，凌烟曾见几人图。

桃花马上雪花殷，飞过昆仑第几山。回首江南好明月，只应夜夜梦中还。

汉苑迢遥数雁回，壮心羞上李陵台。美人帐下教歌舞，不虑君王罪诏来。

次中丞师杭州度岁原韵 下此凡中丞师皆阮仪征相国

佳趣愧独享，坡公语未然。一灯小除夕，群咏大罗天。冰柱坚仍幻，椒花醉亦禅。何如万间屋，风雨蔽残年。

嵊县早发

溪流尽处接烟萝，侵晓山山淡翠娥。风定渐团云气白，雨残初觉鸟声多。书生猎食知民困，使者巡方戒政苛。无数梅花隔篱笑，不成香梦奈情何。

新昌道中喜晴

正是人间重晚晴，乱云飞散笋舆轻。好山如友对终日，流水当歌兼四声。旧叶未零还掩映，新藤初长已纵横。明朝才入天台道，恐误桃花溪上迎。

往返天台不得入山，和中丞师韵

紫阳仙去剩丹台，百步溪深泻绿苔。笑我初经便迷路，匆匆两度走天台。

自天台至斑竹馆遇雪口占

吹面琼霙拨不开，封姨邀我访天台，石粱只恐无行迹，不是刘郎不肯来。

自斑竹馆至嵊县，登舟大雪不止，守冻剡溪，有作呈中丞师

积雪压众峰，洞云僵不起。空际断孤云，随风坠溪水。水深云气消，溪响竟盈耳。别有痴顽云，酿雪众峰里。跳珠间舞絮，三日飞不止。初犹露谽谺，渐疑坚壁垒。前峰断樵径，长松短如咫。后峰连云天，但见一白尔。磴滑板桥危，舆夫颠蹶趾。哀如虫号寒，一生恐九死。山城环修溪，登舟始堪喜。篷低拥清梦，直下三十里。稍转滩势平，琼瑶堆涧底。深逾四五尺，冰薄又难履。譬彼脱辐舆，恰当旋泞止。篙师跽陈词，焉得荡舟技。滕六敢为虐，人力窘所使。所以访戴来，棹回子猷子。授餐曳长絙，诗筒兼赖此。玉山自颓唐，绛节还旖旎。作诗告吾师，境遇有至理。春风一夕吹，山阴道上矣。

打冰行

剡溪溪水深，长篙不可及。剡溪冰雪深，舟行忽枯涩。篙师打冰冰不开，上流况涌冰山

来。长竿短梃密如雨，材官力士健于虎。发声振天齐打冰，两船遥遥贯以绳。一击冰碎裂，裂后复合如。积铁再击冰愈严，严冰莹白如煮盐。冰坚追逐玲珑雪，柔亦不腐刚不折。打冰船来争下流，才从一线划鸿沟。小船齐衔大船尾，此时篙师力余几。终赖天公一日晴，四山大发春水声。不然荒溪烟冷少人迹，请与饥禽较肥瘠。

春正侍中丞师台州即事，敬次原韵

海国春风早，山城使节临。忧危公自任。温饱我何心，灯火楼台近，蛟龙窟宅深。平生慕宗悫，诗懒灞桥寻。

归渡钱江

雪霁春犹勒，朝来气转森。山低停凤翥，江冷歇龙吟。翠袖乌篷尾，青松白塔阴。此游仅旬日，乡路触乡心。

皋亭看桃花绝句

桃源本在人间世，鸡犬何因又上天。莫被陶家真赚煞，看花便当小游仙。

桃花人面两相忘，别有柔条踠地长。不及晴丝牵十丈，因风吹送过邻墙。

小艇冲波绿鸭头，翠钿红袖只佯羞。看花又恐旁人见，一半珠帘不上钩。

朱陈嫁娶自成村，山色溪光昼掩门。人在桃花深处住，半年值得为消魂。

花与桑麻一样栽，何妨赚得使君来。频年结子多于豆，莫作闲花仔细猜。

虹桥高跨水当中，花影争扶蜡屐红。转喜我家城里住，不知花落嫁东风。

红云郁起白云微，人在中央花四围。花外夕阳拦不住，一时都化彩霞飞。

题话两图，即送淡川之扬州，四香、蒋山还吴门

登山不宜雨，闭门不必晴。前峰纳庭户，冉冉云初生。云生未肯飞，落花相因依。一夜雨声足，春瘦梅子肥。雕梁梦双燕，人语催银箭。昨日柳如眉，明朝柳垂线。柳线那堪折，同心怆离别。渺渺胥江烟，艳艳扬州月。烟月接天涯，横塘飞柳花。归来重话雨，春在

阿谁家。

绿叶，遥和曾宾谷都转

新桐渍清露，初篁拂轻烟。柳绵舞不起，落花相盘旋。余红引众绿，叶叶含清妍。甘蕉墨池展，幕作小绿天。苔阶净如扫，不许飞榆钱。有时啼鸟缓，乍觉鸣蝉连。生意蔼然足，高咏渊明篇。

送赵介山殿撰、李墨荘中翰奉使册封琉球诗八首

谁从海国谱欢斯，诏命徕臣羽节驰。纶綍九天崇典礼，衣冠一品肃朝仪。小坡风范神仙似，少室声名岛屿知。四十年来重遣使，天恩中外总无私。

巨舰连云鹿耳排，百灵效顺扫烟霾。浮槎犯斗终疑诞，破浪乘风大可怀。金玉城开天有迹，卯辰针定地无涯。不教惊起蛟龙蛰，彩笔新题凤字碑。

星野分躔属女牛，蜿蜒形势俨流虬。应潮乍听天鸡唱，薄晓还鞭石鲃游。沙漏滴残空外月，乌风吹见海中楼。只凭台阁为霖手，遍洒春膏到十洲。

卅六峰雄廿八王，扬帆东指近扶桑。鹤头马齿迎仙仗，虎崒龙岗拱玉章。宣诏台高云结篆，却金亭古墨流香。遥知率土归诚处，不隔重溟万里长。呼吸通天说尾闾，八埏周览意何如。花浓叶壁飞红雁，月冷泉崎走绿鱼。竞渡诗翻新乐府，停云客爱旧楼居。荒唐徐福难征信，莫问嬴秦未火书。一代仙才重列卿，使星如月照东瀛。乞书直下牌金拜，拥彗争看集女迎。五姓语能通汉驿，七司官自掌唐荣。藩臣敬侍簪花宴，阶下三呼万岁声。輶轩录自采风饶，笔压天吴气敢骄。花里楼台秋拜月，枕边风雨夜闻潮。星碁屈曲裁乌竹，日扇玲珑写凤蕉。最是轻装尘不染，鲛人底事献冰销。笠舞花飞敞别筵，洋程从此履平平。测将线影从西指，採得螺纹定右旋。金鹤两行随賮尽，青蜓万里护归船。此行自比游仙乐，题遍中华以外天。

题云伯弟忆花图

雨工缫丝湿琴轸，苔花惨绿团仙菌。纤鳞饱唼妆台粉，青桐露碎幺凤飞。蕉心愁展榆钱肥，一声啼鴂开烟扉。湘帘剩卷唾绒艳，匣中罢响双龙剑。春风不归玉容敛，相思源水荒桃花。
阑干月瘦迟天涯，梦回银烛流光斜。

第一楼

平桥十二走蟠蜒，第一楼开孤屿边。碧水一湖堤注砚，青山三面当题笺。说经只许东西汉，师古何论大小贤。同在诂经精舍里，春风吹满画帘前。

江行杂诗

春山似含睇，冬山如垂眉。美人与老衲，意态各自持。何况雪后来，篷窗展幽姿。南峰翠犹黯，北岭白乃奇。浮图丽金碧，其下蟠蛟螭。远瞰龛赭闲，银涛忽奔驰。江势走三折，气亦少挫之。三千耀神弩，颇怪婆留痴。要其威德兼，今古无间词。图成富春山，吾爱黄子久。一峰翁白云，一峰落虚牖。众峰杂沓来，变幻靡不有。远势失逋峭，近景极清厚。譬之谱君芳，百妍无一丑。山如管送迎，应酹一尊酒。

茅屋结山腰，晚炊出林杪。因风袅寒绿，上与白云袅。烟云迺不分，破以一飞鸟。早梅篱落开，时复斗窈窕。溪回不见人，竹枝歌亦悄。子陵大布衣，兀立旧钓台。台高近百尺，投饵空徘徊。故人同卧起，天子无嫌猜。如何太史奏，客星犯座来。丈人赋招隐，虑非济世才。樵渔久相狎，功名防祸胎。盟此一片石，免委蒿与莱。不然渭滨叟，几以钓自媒。

皋羽贞苦节，堪为子陵亚。明月照空江，云车约同驾。兴亡事等闲，此理不足诧。颇闻瓯江中，古寺閟芳榭。孤臣涕泪横，招之乐清夜。道远其何如，虹梁碧天架。今年从师游，两涉天台山。石梁瀑未见，华顶云自闲。未若桐江行，船尾鞞娇鬟。朔风励冰雪，一笑春为颜。江水作明镜，一曲眉一弯。看山苦不暇，怪我同痴顽。一滩急一滩，滩高水逾浅。巉巉石子露，趹趹篙师喘。长绳赖羁縻，缫动冰蚕茧。帆正乃饱风，得势在一转。严泷亘七里，愁眉那可展。稍稍见林屋，隐隐闻鸡犬。荒荒走寒云，历历指遥巘。残雪横晓光，期君添画卷。

方干抱诗癖，结庐南山陲。园居让摩诘，渔隐陋天随。身隐焉用文，立节不肯卑。迫以干王侯，三拜周中规。守口非无言，悟彻成与亏。后来视昭谏，亦觉徒尔为。延缘自行药，山山啼画眉。

下滩随急流，风逆不胜水。倘复遇顺风，瞬息可千里。上滩与水争，所恃一风尔。施以推挽力，渐进差可喜。水逆风更逆，人力奚所使。山水含清辉，取携戒其侈。利名竞方寸，驰逐昧厥旨。退步即进步，请以质君子。

桐君去不返，晚山云自稠。我遇采药人，不敢辄掉头。长松卷寒涛，密筱俯清流。携锄劚茯苓，恐复惊蛟虬。盛夏水大溢，一决无田畴。使者念民瘼，非为耀旌斿。赍粮拯穷乏，胥吏或侵牟。飞鸿激哀响，听之增百忧。

舟子向客言，水发陡数丈。黑夜风怒号，万壑皆震荡。骤雨泻天河，裂破仙人掌。占梦吾其鱼，不及理轻桨。鸡犬已仙去，妻孥复焉往。稻田花始繁，秋成冀丰穰。冲决如芟夷，演漾罥林莽。水退庐井空，厥土惟白壤。归农十之五，无屋嗟何仰。骨肉随波臣，余生亦惝恍。闻言心骨悲，篷窗废吟赏。

严州

正好著羊裘，寒生古睦州。山空尤抱郭，树短不遮楼。双塔入烟瘦，一江随月流。鱼虾新出网，似为晚餐谋。

兰溪早发

山郭截江开，江船雁齿排。鸡豚喧晓市，儿女聚通街。溪浅泉旁泻，峰攒云半埋。伐蛟遗法在，应触使君怀。

八咏楼

浮云东北掩层霄，岚翠迷濛八咏遥。松韵泉声皆入谱，玉鱼金碗可怜娇。弹文拟罢谁千古，佐命功成半六朝。知否碧湖明月在，照来还瘦沈郎腰。

简王孝廉椒畦乞画

梅花一帧煮石农，千树万树冰雪封。翩然黄鹤摩苍穹，层峦叠嶂烟濛濛。九龙山人杰且雄，山泉酌罢山花红。奉常早岁归吴淞，一身供养烟云中。穿阶裂石迸箨龙，凤毛五色夸超宗。此时廉州符绾铜，衙斋昼静垂帘栊。忽然写出江上峰，笔开万朵青芙蓉。四无人声声入松，四壁唧唧啼秋虫。南田低首石谷翁，太华夜碧闻清钟。使君犹有心如蓬，衡阳绝顶招归鸿。醉后炯炯开双瞳，淋漓挥洒墙西东。王氏作者推群公，摩诘而下吾焉从。先生一一探其踪，书味酝酿无凡庸。朅来逆旅欢相逢，严寒入座披春风。以诗乞画苦未工，君画况与诗境通。珠湖一曲地百弓，野桥积雨明垂虹。先为中丞师作《珠湖草堂图》。

宋自公堂后双古柏

玉池双桐近百尺，天台古藤垂万年。昔从泰岱问封禅，攫拏龙虎盘风烟。空堂无人老狐入，夜深屋脊鸺鹠泣。白雁飞归五百年，两行苍翠沾衣湿。一株藓蚀稍空腔，一株劲直不肯降。离纚琐碎散璎珞，砚池乱落柏子香。题名远纪熙宁代，东坡旧友分明在。籍田手诏保宁军，元畅楼高碧山对。

载咏楼图为江墨君题

芙蓉欺寒烟，朵朵艳清晓。妆成逾矜严，不肯浓黛扫。小楼俯孤城，无人纳飞鸟。窗虚自辟阖，云密但缭绕。瘦沈去千载，元畅览八表。斯地踵前修，载咏酌清醥。宾主皆贤豪，簿书戒纷扰。登临各俯仰，谁寻旧鸿爪。忽闻斫地歌，歌成脱画稿。双溪湛墨华，片片流素抱。畴平风不交，帆落舟更小。清影瘦群木，微吟戛丛筱。闻雁感中泽，怀人怅天杪。知君梦中花，一夜开未了。

九里洲看梅花，奉和中丞师作

十万梅花九里洲，花田如雪替花愁。色香似尔始清绝，何不一年开到头。
花开偏要待春风，开向春风自不同。我道年前看花好，万山寒翠月明中。
花前低首揖群仙，花片纷纷坠玉钿。不是蕊珠宫外路，如何垦作种花田。
铜坑邓尉记前游，那及桐江江上洲。寒雨半天云半岭，万重香海一扁舟。
梅花自解迎诗客，村犬何妨吠长官。踏遍花间三万顷，只知香重不知寒。

竹篱茅舍野人家，花气冥濛花影斜。但问青青老松树，一生看过几番花。
罗浮仙梦已模糊，差煞梅花一树无。犹恐看花如说梦，及须倩写纪游图。
便欲洲边结茅住，只防花落又无聊。不如每岁花时节，来泛寒江上下潮。

送张子白若采之官镇番。子白初选新昌令，旋调

闻君来作宰，刚泛剡溪船。问字我初罢，开缄各粲然。莺花三竺雨，笳鼓六盘烟。凫舄忽飞去，因贪一勺泉。
衙斋拥群绿，花气黯将离。不赋征夫怨，其如季女饥。单车书剑累，独宦古今悲。万里男儿事，功名答圣时。
结客少年场，鞭丝为底忙。频年南北梦，只在碧兰堂。大有缘情什，能无任侠肠。文章投远徼，端望奏循良。

题碧城仙梦图，为云伯弟作

楼台金碧青天高，玉尘八月飞秋毫。群花乱点痴龙脊，万松密舞长鲸腰。谽谺怪石拥城府，兽钚金钥鱼目交。六丁雷电不得启，壁立海水驱风涛。苍水使者扪赤绦，千年一啖绥山桃。蓬莱清浅暮复朝，三株树杪双丸跳。小臣虮虱谁相邀，化为蝴蝶凌烟霄。洞门姹女乖双髻，纨扇一掷扬轻飙。团团桂树山之坳，秋风绣作黄金绦。新香烈射春魂销，空际仙乐闻云璈。寻声觅影杳无处，明月镜转风竹敲。阑干十二通丽谯，金波滉漾鸡鹊桥。是时忽罢紫玉箫，帘中似有人相招。

落叶二首

江枫绚作满天霞，槭槭商声冷岁华。披拂空条愁鸟雀，蟠拏老干走龙蛇。霜横古戍三千里，月落前村第几家。闭户勘书差自喜，不烦哀怨动清笳。

执手离亭罢举觞，江山平远客愁长。但教点地迷苔篆，忽漫飞空乱雁行。万顷寒波维短棹，六朝衰草接斜阳。春风桃李知依旧，况有梅花隔岭香。

莲水自金陵重来节院索赠

一灯如豆只微吟，珍重随园度绣针。烟雨南朝名士恨，莺花北里美人心。相逢经岁韬长铗，无那秋声入断琴。消遣棋枰非赌墅，有时寒榻费招寻。

诗城高筑莫愁湖，直似谈禅喝野狐。穷士性情原跌宕，仙人风骨总清癯。怀君漫读天台赋，一室真成三友图。只怪卯君将别去，惊心寒夕雁相呼。云伯将赴计偕。

送孙渊如廉访补官入都

如此湖山合有公，那禁小住别匆匆。真成廉吏须名士，欲配坡仙只醉翁。胸自千闲开广厦，装仍万卷累征蓬。黄河青岱朝天路，几处曾惊御史骢。

吟鞭旧指鹊华秋，闻说先归白下舟。迟我两年依绛帐，催人几度写丹邱。屡索画未应。欐褷鹤羽逢吴苑，缥缈鸾吟下越州。但祝绣衣重领镇，春风吹遍曲江头。

戏题潇湘馆图

龙女织丝湿红片，雕檐碎玉蝶裙溅。粉箨腻香簇瑶砚，纤鳞隔苹吞桃花。碧云结艳青鸾家，镜槛纳影珠箔遮。稚子啼烟春梦绿，鲛泪向花秋簌簌。绣苔蹴舄鸦锄劚，冰云出匣冰弦凉。老蟾无寐愁寒篑，琅玕戛响迷潇湘。

又题

青凤飞破孤桐秋，红鹅叫醒瓶笙愁。细香滴粉瑶碱冷，翠袖如烟失春影。罘罳约月衔镜奁，鬓云不隔珍珠帘。玉光琐碎玉心洁，泪湿冰绡艳桃缬。捶琴擫笛听可怜，湘江日暮遥扣舷。愔愔花语背人诉，蝴蝶团香作香蠹。寄侬花片化琼杯，浇土重唤香魂回。

茶花

村姬四月采茶忙，凤饼龙团不自尝。赢得西风黄叶路，花开斜插鬓云香。论功合配木棉花，小朵幽香入暮霞。可惜无人传画谱，偏将凡艳写山楂。头衔原署晚甘侯，病渴真宜碧玉瓯。花落花开人不管，空山独占几分秋。似白蔷薇似绿梅，低枝不受雪霜摧。幔亭昨夜张高宴，大有神仙啜茗来。

寒夜同莲水作

落叶不可扫，仰呼明月来。与君共寒夜，只似住瑶台。风响兼新雁，霜痕动早梅。客眠殊未稳，银箭莫相催。

梦游罗浮，吟为云伯弟作

罗浮四百三十有二峰，峰峰落月香芙蓉。芙蓉欲残冷红瘦，涧底盘云涩苔绣。梅花如雪一万株，花酣月大来仙姝。罗裙艳妒五色蝶，蝶梦如烟罥花靥。青鸾舞采唤不醒，玉箫一阕愁娉婷。月姊偷窥动银押，花奴解事防金铃。碧海横影玉龙含，腥滕六睥睨吹鹅翎。虚空击碎琉璃瓶，寒气惨慄不可以。久处仙之人兮向我语，斯是朱明曜真之。洞天上接清虚广寒府，试逐轻飙整鹤骖，夜深同按霓裳谱。

瓢儿菜

十里秦淮菜甲肥，霜畦一片绿云飞。可宜巷里寻诗去，却趁溪边洗耳归。世上愁余瓠落久，尊前如尔笋班稀。个中味竟能知否，珍重调羹侍紫扉。

忆罢莼鲈谱晚菘，一瓢如玉满烟丛。秣陵秋老锄寒雨，陋巷人来味古风。竟有天浆斟斗北，可无诗卷压江东。平生雅抱齑盐志，不敢相轻卖菜翁。

秋艇狎鸥图为徐碧堂司马作

秋艇渺无际，沙鸥点点飞。扁舟最闲适，与尔自忘机。明月冷铁笛，疏花艳石矶。西山初过雨，滴上女萝衣。父老攀留意，使君讵未知。只惊江外雪，飞作镜中丝。送客琵琶恨，游仙蛱蝶痴。莼鲈触归思，可办卖山资。

合欢兰

肯将蠲忿让青棠，好梦征成有国香。自结同心开笑靥，故教入室惹欢肠。蘅皋绰约来仙偶，椒壁玲珑是睡乡。一种柔情如可握，相思软语听花房。

分咏秦汉六朝十印，得后汉『李忠』印

白文二字曰『李忠』。案，李忠有三：一见《后汉书·本传》，一见《唐书·三宗诸子传》，一见《五代史·李自伦传》。此从《顾氏集古印谱》，定为后汉李忠印。

巨莽请刻宰衡印，赤眉得玺重献进。白水真人灵贶甄，李侯所向军威振。黄金斗大刊爵尊，

忠臣必求孝子门。母妻被收势孔迫，杀贼岂足明酬恩。军中驰骒大骊马，绣被清霄烛光炧。不须辨印烦马援，颇恐囊金羞陆贾。围城黯黯弓刀寒，风声鹤唳摧心肝。赐钱千万救不得，背人血泪如珠弹。一朝收复全家属，报仇不忍恣残酷。恩怨分明忠孝兼，莫将成败论棋局。丹阳道上竹马迎，垦田建学致颂声。三公奏课称第一，讼庭花落啼春莺。区区私印传祀载，摩挲合作瑶琼佩。忆解长襦教浣时，不知赐绶今何在。琴亭余泽已迢遥，中水寒流自晚潮。何处残霞横一角，明砂腾采彻层霄。

分题琅嬛仙馆所藏画扇，得十绝句

祝昌峭壁流泉

摩崖题破旧苔痕，浅翠深红拥鹿门。自汲清泉三百斛，不知人世有昆仑。

谢道龄石梁图

界道飞流雪不如，楼台层叠瞰空虚。旧游最忆天台路，华顶归云落笋舆。

赵左秋山霜叶

青山黄叶白云中，转厌繁华二月红。人淡不如秋更淡，寻秋直过小桥东。

王醴秋塘飞鹭

拒霜含艳最清华，鸥鹭同盟过浅沙。秋水一奁天一角，不须怅惘到琵琶。

华鲲柳塘渔艇

春水漫时迟夕阳，钓丝牵得落花香。阿侬不解别离恨，日日扁舟泊柳塘。

周之冕白芦红柿

一夜霜催柿子红，芦花如雪舞西风。西溪莫待探梅去，最好秋痕罨霭中。

陈洪绶携笻独立

飘然谁识古衣冠，海阔天空仰首看。我我周旋宁作我，一笻瘦影话荒寒。

高其佩指头牡丹

尚书胸次无纤尘，十指拂拂生青春。由来国色自富贵，莫以名花例美人。

翁桢仙山楼阁

徐福楼船海上来，侈言三岛盛楼台。只疑蜃气空中撰，不若将军生面开。

李壁草虫

一灯如豆掩疏棂，历历秋河引众星。我自微吟虫自语，更无幽恨倩谁听。

西汉黄龙砖，八砖吟馆分赋

西汉黄龙砖五字曰『黄龙元年建』，又二字曰『一向』。案，黄龙元年，宣帝二十五年也。

咸阳汉龙兴，工筑事稠沓。冠山朱堂崇，瓴甋旅人纳。此砖纪黄龙，铭文椎响榻。苔蚀文多残，测蠡义难合。病已虫蠘成，祥符报杂遝。黄龙见广汉，火及宣室阁。乌啼未央宫，改元岁一匝。当时执拊桴，无为苦批拉。大黄兆威斗，铜仙泣萧飒。残甓埋荆榛，月夜狐狸踏。幸非凿臼科，庶免累层塔。四角暨中央，完好少齿蹹。何年出鄠杜，何时渡涕漯。中有地里书，镐吐复丰欱。吾师志金石，剪灯卜簪盍。虞敦识立位，虢钟辨鞺鞈。五凤时代同，砖珠双韎韐。八砖耀日华，宾从互酬答。研墨铜雀瓦，写诗趁官蜡。

分咏十三酒器，为湘圃封翁介寿，得商子执戈觚

商子执戈觚，腰下作饕餮，兽面纹底，内有铭，作子执戈形。

觚铭奕挽车，又有孙执旗。此作子戈象，不类女帚兹。太常纪武功，飞辔竞飙驰。桑弧及蓬矢，踊跻羞男儿。觚角戒奇衺，卑者当执持。爵觚觯角散，罗列西南墀。洗觚与奠觚，兄弟无差池。献爵酬以觚，顺实严专司。或棱或亦否，制备三代时。削园岂足怪，乃谓炎刘遗。量容二三升，考工昇韩诗。明诚记丹水，不合考订资。此觚洵奇古，完美无瑕疵。庚丁亚父乙，商觚存其辞。比例定时代，子氏无可疑。多闻胜寡闻，学者肯乱之。我忆五觚设，园锐绝倾欹。大觚妙俗厨，尝巧能疗饥。紫觚俪嘉玉，陟降延景厘。我师盛勋业，海上董武师。挥戈息鲸波，积古亦自怡。灵椿八千岁，用作介寿卮。诸郎适林立，头角争岐嶷。提戈取金印，不负远大期。阮氏永宝用，补凿款识宜。腾觚请益算，式礼非愆仪。

清明前一日集第一楼，用昌黎东都遇春诗韵，以分得『更』字足之

客久归亦客，软红苦驰竞。春来客正归，繁花喜交映。新柳解娉婷，夭桃展幽靓。宿雨

旧侣半乖隔，黯春愁，朝晴起花病。芳草绿未成，马啼已骄横。频年短鬓羞，负此两明镜。红湿尘俗共讥评。高敞第一楼，名流群屐盛。禁烟空湖山，修禊极视听。薄云绕树流，欲催暝。樽残莺未啼，吟永蝶亦醒。众觌转忘言，不知何所罄。和风吹广陌，农祥告晨正。抚景悟逝波，赏心绝机阱。幸乏蚊虻缘，遂适鱼鸟性。懊依谁复歌，欢伯剧可聘。划桨拨烟去，春痕自涵泳。照水坠玉钿，眉黛相与净。菜畦远交绮，麦陇斜布径。磴虚苔篆缘，阶欹竹胎迸。幽探今雨逢，奇情古力并。登堂揖郑许，入室斗韩孟。香光证画禅，墨池倾草圣。绠修汲乃深，师偏出尤劲。不为金谷游，奚事严觞令。座中十九人，谭谑不忘敬。百年鼎鼎新，簪盍总堪庆。兴阑花欲然，日斜酒重命。诗仍击钵催，画始调铅竟。留传后人看，或者羡难更。

润州同袁二人恺、郭兰池、镜我、昆季、小石上人访张舸斋饮绿山房，即席赋赠

青山无恙白头新，襟上犹飞东海尘。寒雨十年横远梦，峭帆一片瘦吟身。莼鲈味触思乡客，蔬笋禅参隔座人。想象灵和旧杨柳，烟波岂合老元真。

次日重集江楼，坐雨作

江雨撼重阑，江风作旧寒。江云吹不落，江树隔江看。低酹瘦蛟舞，高吟铁笛残。千秋重良会，跳掷谢双丸。

扬州双树庵小集

老树双撑鸭脚黄，虹桥流影入虚堂。青衫依旧琵琶歇，裙屐来参古佛光。诗中有画画中禅，我类人间十种仙。万里归装仍作客，不如鸡犬尚升天。

淮上赠谭七子受

吴云燕树渺含愁，孤剑单车怯远游。怪底落花飞不定，铁箫吹过十三楼。

题梅庵宫保吴淞筹海图

清宴千秋颂，韩欧闲代儒。治河还旧迹，筹海补新图。旝动风初肃，弓弯月未孤。楼船开万舻，指顾靖萑苻。

吴淞流浩渺，往岁动妖氛。帷幄挥神策，戈鋋扫彗云。令严诸葛垒，威慑亚夫军。裘带觇风度，哦诗对夕曛。岛屿三盘险，山川百粤雄。几番行海上，经岁在师中。风雨千行上，鳣鲵一笑空。尚余囊底智，濡笔侍明公。门生门下士，我出四公门。愧未韬钤习，偏夸衣钵存。雪途来李愬，泽国走孙恩。更读河渠志，从公细讨论。

安东道中寄云伯弟

更无绿字授灵龟，剩有微茫走浊河。浅水鲫如名士少，荒村犬怪长官多。折腰我自惭篱菊，肿背谁能辨橐驼。扶梦冲寒踏残雪，六张五角奈愁何。

万里归来百感生，马前一笑大河横。霜柯不隔栖鸦影，茅店初停压酒声。璧授怀中宜短褐，剑摇天外谢长缨。对床风雨当年事，人世相逢几弟兄。

自题种榆道人三十九岁小像

白榆种历历，青春去堂堂。入世解任达，颇异释老庄。
古人皆可师，今人皆可友。一镜湛虚明，方寸别妍丑。
大事不胡涂，小事厌烦数。欲语羞雷同，孔子亦猎较。
长卿徒四壁，杜陵乃万间。亲朋不相顾，物理无循环。
穷达自有命，彭殇亦难齐。四十无所闻，笑我同醯鸡。
十五悲失恃，识字忧患初。前年父弃养，至今违墓庐。
历涉三万里，捷径恐窘步。一视齐州烟，再读天台赋。
早梅庾岭香，荔枝未饱啖。握手多故人，曷勿倾肝胆。
国士我何敢，众人亦不屑。遭逢名公卿，惭愧虚前席。
三月下扬州，莺花送客愁。黄河天上落，并作海门秋。
秋气入虚斋，秋声感壮怀。貌成还自纪，流响动长淮。

题兰真小影

凌波微步玉珊珊，一曲伊凉酒意寒。重订宫闺小名录，呢他吹气果如兰。

兴公遮莫赋天台，十丈红莲护碧苔。蚕缕茜香缠左臂，落花如雨鸟衔来。

龙华小劫悟前因，画笔休描世界春。一剪红兰一杯酒，重帘低话唤真真。

大云寺藏贯休画十六罗汉像

选佛大云寺，僧为佛缓頬。请持玉画义，张轴展重叠。贯休遗墨存，传衣注谱牒。白象散天花，金猊拱云叶。团蒲敛双趺，长眉蔽两睫。梵放怖鸽驯，钵咒痴龙贴。十六貌庄严，一一妙香挹。忆昔访圣因，瞻象心神慑。今兹法相同，圆光耿禅褋。巨手善雕搜，文心似刘勰。我乏探微才，过眼云烟捷。寒具慎品尝，毋为食指捻。

蒲快亭出塞图

昔年命酒题襟馆，今日征诗出塞图。怪似健儿身手好，属车影里射天狐。

长杨赋上听传宣，青石梁高激怒泉。我正天台从刘阮，第三松畔小游仙。

吾家小谢走滦阳，寄读新诗一寸强。呼与髯翁拈竟病，不知旗鼓可相当。
南经岭海北幽并，愁听黄河呜咽声。万里封侯应让尔，可怜骨相是书生。

题红拂小像

捲帷乍见可怜颦，阶下传呼语未真。剥啄声喧灯影灺，低头直欲拜天人。
邂逅髯兄事亦奇，神龙瞥忽费猜疑。一尊遥酹扶馀国，重话当年邂逅时。
人海茫茫七尺躯，只愁飘泊老菰芦。平生难得惟知己，况是惊鸿绝代姝。
赫奕犹夸佐命功，楼开燕去夕阳红。如何鉴别风尘眼，翻在歌裙舞扇中。

梦奚九，丙寅十二月三日夜

觞政严于律，谭锋涌似泉。但言多病后，止酒已三年。碌碌视余子，匆匆记别筵。黄垆安可作，珍重梦中缘。

同裕盦谒岱庙作

七十二君封禅地，百年几度得登临。出云降雨遍天下，山色泉声无古今。闻道大夫松已化，可无仙子梦相寻。扬鞭历指旧游处，记取长吟更短吟。

病鹤，和宋玉泉同年

十洲三岛遍翱翔，戢羽闲庭病不妨。瘦似老梅还突兀，懒于高士总昂藏。缟衣乍怯三更月，丹顶何愁两鬓霜。笑指鸡群健犹昔，肯从尘壒饱膏粱。

送褚叶村学博还云间

秋风生海上，何事忆莼鲈。叶落淮南道，人归木下庐。执经趋弟子，话旧到潜夫。他日来相访，还容侧座隅。

彭芝音同年锄月种梅图

梅花如高人，偃蹇荒山中。健步自远移，补此苔院空。荷锄一再掘，拓地三两弓。月影忽破碎，横斜入帘栊。花光亦零乱，掩映随西东。标格谢凡俗，臭味相和同。浑忘出手寒，豪吟回春风。肯羡千头橘，绢税收霜红。只许十亩竹，隔墙窥玲珑。举杯酹花月，一笑扶奚僮。

题友人桐阴读画图

桐翠罨若云，桐绵落如雨。幽人此结庐，一碧漫庭宇。拾叶诗可题，牵萝屋可补。高庋万卷书，居然群玉府。于今桐始华，却喜初月吐。森森百尺枝，灿灿九苞羽。双丁问字余，清绝绿琴抚。

甘敬侯墓碑册

金柜悲鸣事最神，古邱千载叹沉沦。求碑笔未烦任昉，置守官谁似谢询。露檄威灵青史重，孙枝蕃衍白杨春。忠贞冢舍相邻近，定有栽花酹酒人。

马晴湖春星带草堂图

开轩群动寂，烧烛此静坐。露深花气香，月黑星光大。鹤梦洽苔砖，茶烟郁土锉。微闻流水声，竹吹遥相和。

我种白榆树，仙都恣游骋。天空光历历，写入草堂景。清才颂长笛，幽妙出心领。定然太乙藜，午夜发高冏。

题谢文节公琴图

谢公浩气留天地，大节煌煌悯忠寺。此琴不与人俱亡，铭刻犹存叠山字。碧血长埋几载更，土花绣蚀漆纹横。当时合谱冬青树，今日同珍玉带生。吴郎知音兼好古，深夜焚香再三鼓。传出孤臣一片心，建阳市上泪如雨。雁足龙唇尚宛然，为琴写照永流传。盾形零落知何处，春草六陵啼杜鹃。

喜汪均之至

茶谱古香帖，兰寻空谷盟。人先芳札到，春与大江横。花萼喜无恙，烟霞洵有情。龙眠山下路，曳履梦偕行。

金石交真固，文章道不磨。与君两番别，相忆各如何。新柳受风软，浅山衔月多。江南容傲吏，归棹待重过。

观稼图

一卷农书手著成，蓝田烟暖玉光横。君归正值春犁动，卧听儿童叱犊声。
东皋西崦碧芊芊，漫兴诗成贺两篇。识字耕田生计足，不须更问出山泉。

采芝图

迷迭香销蕙帐空，五铢衣袂御天风。那堪重过芜城路，顾影神伤旧寓公。
不修眉妩去天涯，棹艇迎将计总差。知否小鸾难久住，蕊珠宫里待司花。
玉扃深处接蓬莱，游戏云峰采药回。画笔通灵能降影，姗姗迟向夜中来。
遗挂凄凉只益悲，悼亡潘岳有哀词。满天明月霜华里，一寸愁心独雁知。

哭蔚堂

廿载论交眼最青，兴公词赋豫州经。江皋鱼鸟客相狎，吴苑莺花笔有灵。佩我韦弦谭娓娓，怜君劚凿发星星。凄凉偶卧文园病，便有新宫待著铭。
春初书札订重临，噩耗惊传涕不禁。未许巨卿通寤寐，无端子敬痛人琴。斋中旧榻悬尘久，槛外新桐引恨深。极目沧浪渔梦醒，乌雏啼月尽哀音。

李兰卿归娶图

弱冠簪毫重羽仪，鸳鸯社接凤凰池。即看红药翻阶日，合是黄姑下嫁时。喜字乍宣金殿勅，
艳情先咏玉台词。风流试数诸前辈，仙李春秾又一枝。
遥指三山爱日长，归来家庆拜恩光。双眉替画修书笔，复帐浓熏侍史香。定有新编成博议，
好搜乡乘话曹仓。洪桥便似蓝桥路，合卺刚盛荔子浆。
仙郎儤直去蓬莱，瀛侣同舟锦缆开。驿路诗牌多俪体，春风鬓影上疏梅。合欢壶配金闺供，
归娶图仍铁岭来。从此早朝应更早，宫衣才护有人催。

题赵北岚国山碑亭图，图为太仓王子若作

我生嗜古同嗜痂，楚诅鲁鼓搜盈车。高张四壁卧其下，画肚细读唇为哆。字迹漫漶偶辨识，
有若痒处当搔爬。自来濑上悠蒐辑，榛莽埋没空嗟呀。宝获唐宋等彝鼎，追视汉魏侪皇娲。
校官碑已去溧水，耳熟旧物心神遐。左界荆溪古吴地，中江直注通舼舥。国山之足董山顶，

椭石如囷蒸烟霞。及欲牵衣走荦确，扪字绎诵披苔花。况复离墨善卷胜，游客到者争相夸。扁舟落手大不易，中有十丈红尘遮。赵君与我共好尚，服官喜驻荆溪涯。汉碑百种昔手积，断简零楮输金镤。天玺旧石在所部，孑旌不惜山程赊。青毡白纸供椎搨，纤波浓点随隆窊。物好乃聚气感召，何啻石鼓桐鱼挝。唐侯作亭近廿载，风水致惑村民哗。樵斤暗入磉础泐，汲绠屡拽宗栌廬。君为解释复注牍，新亭重起临嵖岈。譬彼稧帖载画舫，无虑猎碣罹烧畬。君来过我赠拓本，斑斓满几凝光华。诞词自侈青玉检，前烈已忘黄龙牙。苏建书法夺皇象，盘螭字字纷腾拏。一时谀颂罔足取，千载遗跡深拜嘉。云麓漫钞金石录，考时证义咸无差。释文较今多百字，今者所见尤佤邪。得君为更置蔽障，此碑遭遇皆君家。王郎绘事妙当世，拍手胜举调铅砂。云山眼耳置轧忽，树石肝肺生槎枒。君自访碑我读画，彷佛襟袖临风斜。湘帘著地初放衙，陶壶新试阳羡茶。为君作歌书卷尾，低头古墨渐秋蛇。

题张吉人采菊图

春风春雨一帆迟，罨画溪头访旧时。重写柴桑最高致，两年不改镜中丝。

三绝才名擅郑虔，与君翰墨有因缘。竹胎初破菊苗茁，来泊米家书画船。

又赠张吉人

江光三楚白，山色六朝青。之子不归去，柴门空复扃。吟花香砚几，画鸟入窗棂。未许轻投赠，江山记性灵。

填词图为严小秋作

六朝金绮佐词材，哀艳声情跌宕才。正是杏花好时节，春云一朵渡江来。
竹垞已往迦陵老，此调而今孰擅场。堪与仓山传别派，髯苏门下有秦黄。
刻绿裁红我未知，披图如见倚声时。梧桐叶碎芭蕉卷，并作吟秋幼妇词。
游屐平生几緉消，旗亭传唱有垂髫。他年天禄修书去，添画金莲烛两条。

忆秋图

秋来复秋去，岁岁阅华晏。惟此心上秋，四时常不断。

是秋还是心，随意托清吟。黄叶青山外，苍茫何处寻。

七星岩图

崧台集帝觞，山石郁苍苍。地是南交最，人来北斗旁。洞深钟乳湿，云外木棉香。闻有客星到，操之酌酒浆。

画图如旧识，我亦后时游。岩壑曾无恙，登临又几秋。泠泠出峡水，矗矗阅江楼。高会俱陈迹，输君爪印留。

送吴石帆之五河校官

讲席留洮水，儒林待泗滨。道尊能造士，官冷亦娱亲。廨有栽花地，门多问字人。输君占清福，笑我滞风尘。

弹指五年别，相逢又欲行。新诗难展读，旧雨若为情。草长僧伽塔，云深项羽城。扁舟送君去，桃李正阴成。

题包心如诗集

名法出经学，古合今则歧。谁修商邓术，更取服郑资。先生子良裔，精晰经传疑。摅抱著卮言，老作牧令师。游迹遍西江，余事工为诗。匡庐翠可接，彭蠡帆如驰。都以骚人笔，写出幼妇词。余也共桑梓，颇恨相见迟。一编幸惠读，挹秀忘輖饥。有子登贤书，翩然鸾凤姿。传经得展志，读律谁敢嗤。他日觇治谱，卓鲁不足为。风月归老子，歌啸娱清时。

红蕙为汪小迂作

征来好梦亦离奇，旖旎秋深受露时。百亩应从句漏种，一枝定自赤城移。妆成镜里欺元鬓，艳绝松根俪紫芝。五砚楼空觞咏歇，尊前别有故人思。

书汪奂之诗境图后

春波绿平，春丛红笑。新月衔山，写此娟妙。清散罢弹，紫芳终觌。望极町畦，依然崖壁。

题汪均之荔枝香册

古荔不知年，离离万颗圆。曾闻妃子笑，重证老僧禅。岭海吾未啖，紫香空自怜。输君新乐府，遗事补开天。

赠袁琴南一首

元公多才艺，乃能事鬼神。才艺倘分授，何止了十人。生儿愚且鲁，当作柱石臣。坡语虽詄荡，意颇含酸辛。识字忧患始，赏音渺伶伦。我洗筝笛耳，厌见桃李春。嗜古等嗜痂，籀斯下笔亲。志纷学终落，岁月空逡巡。逢君公路浦，诧为五色麟。云烟妙挥洒，刻画穷嶙峋。弱冠已如此，骐骥奔绝尘。十年重过访，所诣弥精醇。翰墨与金石，后起资陶甄。勉矣进乎道，勿嗟别恨新。

题单企亭照

松石真相赏，超然意不群。天空振鸾鹤，眼底恣烟云。岸帻延朝爽，哦诗入夜分。娵隅极游泳，蛮语问参军。

棘院初联，萧斋又举觞。清言霏玉屑，壮采丽星芒。定有斜川集，言寻华子冈。莺花遍吴苑，静里笑人忙。

题养正图

围棋赌墅意清狂，投笔封侯事渺茫。不肯轻过闲岁月，试将官笴一评量。

选得秋原十里平，拓弓时作饿鸱鸣。知君射法通书法，妙义还从笔谏生。

梦诗图

知是蓬莱第几峰，桂堂曲盝历从容。说来好梦人都羡，只欠君家道气浓。

玉宇琼楼侧侧寒，谁书秘纬教偷看。兰娥游戏传消息，暂遣先生作冷官。

浪浪一夕御天风，欹枕居然小劫同。合署头衔两提举，太清宫与洞霄宫。

宦迹真疑孟尉符，偷闲觅句向澄湖。寒光亭下连天水，问似前时梦境无。

喀清堂春宵听雨图

一从花外漏声稀，沈水香销烛影微。正是风炉新茗熟，萧萧雨脚忽斜飞。
花市桥边旧梦萦，乍闻雏凤有清声。白云迟我还山约，怅触西窗话雨情。

种榆仙馆诗钞书后

温柔敦厚之旨尚矣。自五七言兴，而或以学胜，或以才胜，或以所值之时与所处之地，发为欢愉忧幽之思、崎嵚磊落之慨，前之人创焉，后之人仿焉。其循规蹑矩者，不失尺寸；纵逸驰宕者，不袭故常。而求所谓温柔敦厚之遗，或存，或不存。虽然，温柔敦厚，纯乎天也；才学时地，限于人也。全其所以，纯乎天者而人斯有功。扩其所以，限乎人者而天斯可见。未有舍温柔敦厚而可以自导其学、其才、其时、其地，亦未有舍其学、其才、其时、其地空谈温柔敦厚之旨。遂足以上拟三百篇之作，汉魏六朝而下亦视此矣。

姊婿曼生吾师，奇姿卓识，敏特过人，生长湖山，身值全盛。北至燕，南游粤，中历齐、鲁、吴、楚、豫章之胜，江河湖海之大，其学、其才、其时、其地，虽古人何多让焉。

浚年十三，从吾师负笈海昌，阅岁就传，宜居家塾及城西陆氏佇兰室中。间师赘居石经楼，尤得朝夕撰杖。窃见所为赠今怀古之什，迥异时人之娉婷轻媚貌，取温柔敦厚者。嘉庆壬戌，师以选士被命出宰，吟咏之事少辍，而浚亦踪迹较暌。辛未，自赣榆移任溧阳，复得追随官廨。一时旧雨沓来，郇贤之聚，壇坫之张，有《桑连理馆主客图》纪事。今年，师养疴河上。濬自乡中来视病，既愈，出示《种榆仙馆诗钞》，且曰：『自摅胸臆之语，不必为外人道，录之以示子弟而已。』浚受而诵之，半皆曩时寓目，大都问津国朝诸老辈，而讨源于六朝三唐。其清旷处若云霞之在天，瑰丽处若宝琛之出海，莫可名状。殆即其学、其才、其时、其地之所郁发而不能已者欤。举凡循规蹑矩，纵逸驰宕，发为欢愉忧幽之思、崎嵚历落之概，又无不一本于温柔敦厚之旨。浚孤泪教诲，荒掷岁年，三复斯编，且喜且愧，因历叙亲炙之私，而布其臆说如此。他日师解组归来，啸歌自乐，当更有以进我也。

时庚辰十一月又九日，受业弟高日濬。

跋二

《种榆仙馆诗钞》二卷，曾王父曼生公遗著也。初刻于扬州。咸丰庚申，遭乱版毁。家藏抄本，讹字滋多。

先祖官申阳时，重加校雠，拟付剞劂，已缮写成帙矣。会捻匪围城，急从事防务，积劳成疾，未几解组，遂中辍。先严及毓楠兄弟，风尘奔走，夙夜疚心，大惧手泽之将湮，力图刊行，阙焉未逮。忆昔需次吴下，朱竹石方伯尝从容语毓楠曰：『吾家经注，经斋藏有先德诗钞，髫年展读，爱不释手。自罹兵火，同付劫灰。海内藏书家多宜有存者，盍留心访求，当谋重刻。』

毓楠对以家有抄本，先呈请序，既复物色原刻，久之弗遇，引为大憾。辛亥八月，武昌事起，江浙驿骚。毓楠于仓皇戎马间，抱守遗编，幸未失坠。旋南北底定，而访求之志未敢少衰。邹君景叔过访吴门，袖出一册见贶，则诗钞初印本也。

毓楠怀之数十年而不可得，一旦得之，惊喜若获拱璧。以之互校抄本，中固多讹误，原刻亦间有疑似。初欲以原刻付石印，商之朱象甫君，谓原刻仿宋椠法，刻深而字显，用石印恐难耐久，何如锓木，其传当远，且先志也。方商确进行，而吴君石潜以别本，因聚珍版刷印，为《遯盦丛书》之一，嘱为校勘。毓楠喜其费廉工简，板本亦颇雅观。对读一过，编校勘记附后，另排印若干部，分贻亲友，藉广流传。精本之成，姑俟异日。谨述其缘起于卷末。乙卯五月，曾孙毓楠敬跋。

跋三

有清一代，其书法能自成一家面目者，殆无几人。陈曼生先生超轶于汉晋六朝，并与刻印为世所珍重。间见书画金石，有先生题咏，而惜其诗集不表彰于艺林也。按《种榆仙馆诗钞》二卷，初刻于扬州。咸丰庚申之乱，版毁于火。当时刷印无多，故家藏者极鲜。其后人久谋重锓，然未果也。先生游迹遍历燕、齐、楚、粤，为阮仪征相国门下士，尝与曾宾谷、潘毅堂、吴兰雪、郭频伽、陈云伯唱和最多。顾先生书法与印文，笔力劖绝，雄劲奇诡，不可一世。今读其诗，则典雅流丽，情韵柔愉，与冬心、龙泓辈绝不相类然。句如：『白发怀归空有泪，新诗垂老不嫌贫。茅屋长依晴旭暖，布衣自度岁华新。』亦足觇其襟抱。若品题金石诸长篇，则吴序所谓『征引典博』。先生固深于《说文》之学者，即其独到处也。隐求得同社叶叶舟兄所藏写本，复假先生曾孙家集本，校对无舛，爰用聚珍版印，入《遯盦丛书》，谨识篇末，以质诸向慕先生者。乙卯六月，西泠印社吴隐。

桑理连馆拾遗　一

诗

与焦循、李锐、顾广圻、罗永符、许珩、阮亨诸友登吴山第一峰

绝顶扪萝上，君争弟一流。胸中春自满，天际客同游。寒雨残年尽，晴烟晓郭浮。东西览湖海，别有最高楼。

（见《雕菰集》）

题素春阁斋壁

春江烟水碧迢迢，十里东风荡画桡。何处玉箫人不见，月痕吹上赤阑桥。

（见《颐道堂诗外集》）

武林节院听雨，杨补帆为作春山话雨图因题一首

登山不宜雨，看山不必晴。前峰纳庭户，冉冉云初生。云生未肯飞，花落相因依。一夜雨声中，春瘦梅子肥。雕梁梦双燕，人语催银箭。昨日柳如眉，今朝柳垂线。柳线那堪折，

（以上见《颐道堂诗外集》）

重过恩门事敢忘。欲向江南留掌故，丹青重仿郭河阳。

玉堂科目百年长。先祖与简斋先生同举大科。偶符览揆心先异，图作于乾隆戊寅，即方伯始生之年。

题诗别有苍茫意，世味深同宦味尝。绛帐渊源三世近，先祖以己未鸿博入词馆，受业文端公之门。

泉回白鹿脉原通。秋霜也有春风意，添写枫林几树红。

叠嶂层岩望不穷，离宫高下接琳宫。当窗屏幛三山北，卷幔风涛一水东。松偃苍龙云欲卧，

画本倪黄孰擅能。山水清音胜丝竹，琵琶不数郑中丞。

红藤导客力堪胜，春雨庵前问老僧。古宅开来大千界，远山看到第三层。诗坛元白都相和，

残碑何处篆痕斑。伶才闻说当年事，留得诗人厦方间。

访旧曾题一品集，披图今见六朝山。竹阴啼鸟自来去，天末浮云时往还。断瀑此中琴韵古，

题尹文端公偕袁简斋游栖霞图

阿谁家。

同心危离别。渺渺寒江烟，皎皎扬州月。烟月接天涯，横塘飞柳花。归来重话雨，春在

题雩门花影楼

碧纱虚掩一重重，照不分明蜡炬红。却把湘簾都上了，让他明月坐当中。

（见《是程堂集》）

九日曼生招集吴山，用频伽韵

百年此会刚重九，千里怀人各一方。木落亭皋催旅雁，江空楼阁倚斜阳。且判酒户分中下，岂有诗篇接混茫。却笑登临翻百感，诸君容得次公狂。

晚眺

扁舟初卸落帆风，独立江亭指断虹。东面夕阳西面雨，春阴只在半江中。

题盟鸥图

凉蝉疏柳江南路，烟深认是秋声处。一片掠微波，夕阳影外过。扁舟寻旧约，梦破溪云薄。船尾问樵青，西风恐不禁。

（以上见《灵芬馆诗话》）

见怀

奇哉白眉生，狂态转秀妩。纵谭花欲开，掷笔天可补。碧净鹤湖楼，抱琴向谁抚。

绰有名士风，一笑擅三绝。篆刻世其尊，山衣转嫌拙。榆馆梦春游，岭南花似雪。

和陈晴岩岁末怀人诗

似笼芍药烟中影，欲觅荒芜梦后魂。生长华发原跌宕，隔重香雾更玲珑。

和题藕香小影

投宿处，梅子亦相思。

客况但如此，远游我不辞。酒兼色香味，船载画书诗。孤岸晚花瘦，暮溪新燕迟。园林

求友切，吟赏莫匆匆。

一雨失春红，众山如梦中。叩舷歌小海，把盏饯春风。云墨心胸荡，萍蓬气味通。壮年

戊午春尽日，梦华、兰雪、频伽同集西泠舟中，遇雨留宿葛林园，得诗二首

题疏栟竹石图

秋影不知处，黯然思故人。三生盟片石，后梦亦前因。树老叶易落，竹香寒更新。髯翁与蒙叟，珍重百年身。

题海风碧云夜渚月明图

火敦浑浑神泉豁，九折盘涡飞箭筈。银河万里出龙门，尾闾直赴南冥窟。海涛怒豗天风寒，吐纳搏激生回澜。有时禹力不到处，沈沙积铁横尖滩。元臣伟略精疏凿，帝命东南握管钥。澄心默运摈群谋，欲测鳣波亲量度。不烦供帐屏车徒，长艑缓放穿菰芦。分符大帅亦随侍，指画形势同追摹。此时正际清秋夕，万点霜华没沙碛。毳厨坐拥袂衣轻，夜籁无声孤月白。鲛宫沆漭苍烟横，水光动月月自行。茫茫水月两不辩，但觉上下皆空明。商飚椮槸霜旻远，卵色鱼云细如剪。浮螺隐钓望神山，疑有鸾笙隔清浅。独参景物灵源通，动静倚伙交为功。风行月朗见真性，妙语适契唐司空。归来往事重追忆，屡展溪藤迟点笔。爨桐何意赏知音，特许鲰生掺不律。自惭负锸来淮南，旧曾蠡测停征骖。烟云渲染尚堪肖，济川心迹焉能谙。

方今万井安如砥，海若冯蠵胥顺轨。筹遵庙算慰宵衣，柱石中流功莫比。锡圭天府侪亲侯，大书钟鼎镌文镠。田经贾荣耀青史，此诗此画同千秋。

（以上见西泠印社藏陈曼生作品）

焦山为巨超上人书偈

焦山近东海，正好借庵住。但须立脚牢，不怕随流去。

（见《阮元年谱》）

饲鱼

生民有饥溺，圣人兼忧之。游鯈惧失水，得水或苦饥。物我不殊性，胞与岂有私。高馆启清宴，曲槛临方池。娵隅效恋语，不怪参军痴。密点沫微雨，纲縠惊寒飔。江湖已相忘，钩饵何所疑。唼藻不满腹，待哺如婴儿。饾饤洁新饷，解事夸饼师。细如碾玉屑，滑复流银匙。波臣获分惠，鳞鬣交飞驰。唫喁各吞吐，水梭无停时。我与鱼俱乐，满引琉璃卮。新月忽来下，瘦影横花枝。

（见《八砖吟馆刻烛集》）

奉题季青姻丈大兄文集即政

诗意寄无尽，诗人自得之。花开流水外，衣到惠风时。淡影著盐味，细如抽蚕丝。纷纷论形似，怀抱果谁知。

丁卯桥边路，平生数往还。君家多俊彦，之子更萧闲。托兴西湖水，言情北固山。一编冰雪在，幽思出尘寰。

（见《书画印壶·陈鸿寿艺术》）

春草

林稀花缺见遥山，新沐容光点翠鬟。绿遍深崖开隐隐，拂余幽涧咽潺潺。梅花梦后春不到，燕子归时客未还。南浦从来牵别恨，绝胜杨柳不禁攀。名花犹是旧时颜，芳草柔情只等闲。古道几回嘶玉勒，空山一夜拥烟鬟。青袍色映芊绵外，翠袖春深峭蒨间。总是年年三月暮，不须言别恨缘悭。

（见《颐道堂诗外集》）

题秋海棠画扇

汲得胭脂水，描成绝代愁。三分秋影瘦，一缕梦魂幽。无力如依槛，临风欲坠楼。沉香终古恨，怨粉满荒邱。

（见《书画印壶·陈鸿寿艺术》）

题吴门画舫录

小苍浪水绕城隈，曾见蟠根仙李来。尝遍名泉七十二，忆无花史记瑶台。

（见《吴门画舫录》）

题奚冈黄鹤山樵画

冬华庵主擅六法，脱手倪黄妙剪裁。忽向山樵参变格，筌号真欲问方回。

金石交同书画船，廿年前事总云烟。碧翁梦谁能叩关，未使人间作孽钱。

（见《夑馀丛话》）

桑理连馆拾遗 二

文

禹凿龙门考

水莫大于河，河莫险于龙门。河源不自积石始，禹之导河自积石始，则禹之凿龙门，亦必自积石始，何也？《水经》云：『河出海外，南至积石山，下有石门。郦注：《禹贡》所谓导河自积石也。积石山在陇西郡河关县西南羌中。《汉书·地理志》曰：『左冯翊夏阳县，禹贡龙门山在北，龙门亦名梁山。』《水经注》曰：『导河积石，疏决梁山，《经》所谓龙门也。自积石至龙门，相距五千五百余里。』孔颖达《正义》曰：『三千余里。』按，积石山有二：唐张守节曰：『河自盐泽潜行入吐谷浑界大积石山，又东北流到小积石山。』小积石在河州抱罕鄯州龙支县界。孔氏误以龙支之积石为禹贡导河之积石，故云三千余里。于是，李贤注《后汉书》云：『积石山在今鄯州龙支县南。』杜佑《通典》云：『积石山在今西平郡龙支县南。』与孔氏误同。《蔡传》复因其误，而仍之耳。龙门山亦有二：杜佑《通典》曰：『同州韩注、绛州龙门二县，皆有龙门山。即禹所凿。』颜师古注《司马传》曰：『龙门山其西，在今同州韩城县，其东在今蒲州龙门县北。考韩城，古之夏阳。夏阳有梁山、龙门山。』刘昭补注《郡国志》曰：『太史公曰：迁生龙门。』韦昭曰：『在县北。』魏《土地记》曰：『梁山北有龙门山。』大禹所凿绛州龙门，即皮氏，古之壶口。此河后魏改曰龙门。至宋，又改为河津。《括地志》曰：『龙门山在韩城县北五十里。此河西之山，东与壶口隔水相望，然则当日凿山之始，绛州之龙门固名壶口，不名龙门也。』蔡传引李复说曰：『同州韩城北有安固岭，东西四十余里，东临大河，濒河有禹庙。禹凿龙门，起于张仁愿所筑受降城之东，自北而南，至此山尽。』《元和志》：『三受降城。景云三年，朔方总管张仁愿所筑，在河北岸，以拂云祠为中城，与东西二城相距各四百里，中城在废夏州北八百里，西城在废夏州北八十里，东城在废胜州东北二百里。以今舆地考之，河自大积石山，由陕西西宁卫至河州入塞，历兰州、宁夏、榆林、渚卫复出塞，经废丰州西折而东，经三受降城南折而南，经废胜州东入塞。是三受降城以上河流所经之地甚多，安见禹之所凿独起于东城也。案：东城本汉定襄郡之盛乐县。后魏尝都此。唐置振武军。元和六年，以韩重华为振武营田。重华请募人屯田，东起振武，转而西，过云中界，极于中受降城。李复误以重华营田之所起，为禹凿龙门之所起，谬矣。说者又以导训循行，非施功之谓，则又不然。孟子曰：『禹之行水，行所无事。』言其顺水之性，若无事然，非谓其真无所事也。《吕览·仲夏纪·古乐篇》曰：禹凿龙门。降通漻水以导河。《墨子·兼爱》中篇曰：『禹北为防原，洒为底柱，凿为龙门，以利西河之民。』贾让治河奏曰：『大禹治水，山陵当路者毁之，故凿龙门、析底柱是也。』禹之凿山穿地，非独二孔云。然若谓禹之导河，不过循行故道，非真有穿凿之事，则河源实昆仑。当日何不如汉之张骞、唐之刘元鼎、元之都实之探源星宿，而转自鄯州龙友县之小积石山而止，此则大不可解者。窃谓鲧之治水，已历九载，所施之功，未必全无可纪。特处置失当，怨读烦兴，故绩用弗成。禹席鲧之余绪，加以八年之久，躬儠胼胝，肤不生毛，施人所不能施之力，成人所不能成之功。孔《疏》所谓凿山穿地，自积石至海皆然，其言要自有据。若弟因旧修，辟去其龃龉，以决水势，一桑郦辈足以竟之矣，安见禹之为大禹，之为神也哉。至龙门未凿之先，其故道亦有可得言者。《淮南子》曰：『龙门未辟，吕梁未凿，河出孟门之上，即龙门之上口也。』《穆天子传》曰：『北登孟门，九河之登是也。』《寰宇记》曰：『龙门山北有河口。略似龙门而不能通，相传鲧治水时所凿，名错开河。』朱子亦云：『未经凿治时，龙门正道不甚泄，一派西滚入关陕，一派滚往河东。故此为患最甚。』考孟门山与龙门山相对。当日龙门未凿，由孟门而逆流泛滥横溢，不可底止，及禹治之而后河循龙门，而华阴、而底柱、而盟津、雒内，大伾、大陆，播为九河，同逆河入海矣。李氏有见于积石、龙门相距之远，而故缩里数，以迁就其说。蔡氏则以穿凿为因旧修劈，因述李氏之说，而疑莫能明。后儒则并以穿凿为劳民，遂谓施功之说之不足据，信其所不当信，疑其所不当疑，致令开辟以来一莫大功业，尽烟没于章句小儒之手，是可惜也！李复，字履中，登元丰二年进士，历官熙河转运使，终于中大夫、集贤殿修撰，所著有《潏水集》。先世家开封，祥符以其父官关右，遂为长安人。《朱子语录》则曰闽人。

（见《诂精经舍集》）

蘅梦词

昔枫江渔父为《词苑丛谈》一书，余览之而惑焉。夫流品别则文教衰，摘句图而诗学蔽。花暗淫缛，争价一字之奇。草堂噍杀，矜惜片言之巧。乖道缪典，鲜能通圆。是以耆卿骞翮于津门，邦彦厉响于照碧。词至北宋而一变。石帚、玉田理定而摛藻，梅溪、竹山精密而引辞。词至南宋而又一变。若夫吹律风骚，调钟韶濩，写缠绵于香草，寄哀艳于红牙。则又遥源浚波，酌而不竭。娄斤般墨，高下在心。吴江郭子频伽，少习倚声，长娴诗教，走马磝确，塞上沽酒，乌丸城边，回肠荡气，摇曳情灵，既而端忧多暇，杂于变徵。盖蓄隐而意愉，实怀愁而慕思也。频伽本吴产，年来侨寓魏塘。魏塘为昔贤所歌觞之地，醋坊桥畔，肠断东山，水磨头前，情缘白石。近乃取所为《浮眉》、《蘅梦》两集词刊而行之。余读之，既作而靳之曰：东泽绮语，家世番阳。草窗渔笛，渊源历下。鳩以剪而语慧，杏必嫁而实繁。岂薄虹亭，而心折小长芦钓师耶？频伽笑而不答，遂书之以弁其首。钱唐友弟陈鸿寿。

（见《冬青馆乙集》）

徐氏四世同堂序

在昔，县为石葛，问安者点颔，森若竹立，忘年者披簿前史。斯载挽近罕觏，然而后汉樊重彰礼敬则子孙繁，北朝李几著睦雍则门庭盛。盖善气之应，积累有素。譬种树久，斯固本根茂枝叶。孙之子茁兰芽矣，而翁则席长筵罗。子姓允迪中和，气清神茂，苍颜秀眉，扬衡含笑。鸾锡憖应，鹤算滋永。春税足以代耕，池沼足以渔钓。虽叔宝理遣之谈也。昨岁，予来权赣榆事。徐明经韫山踵门谒，纯和介朴，无矜容躁颜，自学博掾佐，以逮士庶，咸交口誉之，且谓予曰，是所谓柳仲郢有父风矩者，菑患也，施蒙袂，表野谨，捕飞蝗。其奉神祇也，构楠棨。其兴学艺也，助蚖脂。其编志乘也，搜遗碣。抑且均田赋，俾无追呼虞；易质剂，俾得也。其尊甫景成封翁，觥觥束修，谨子弟之率，收族敬宗，则帅众建祠宇。枕经葄史则教子贡成均，而生平劬躬泽物，尤不可偻指。计其恤彦辅，名教之乐，殆无以踰此也。余侧闻斯语，瞿然易容，穆然俯而，深维夫敦厉风俗，长吏之任也。闻之墉基不可瞬息成，天人并应，为之有渐。子女返，凡韫山所以轨训乡里，一禀承于翁，故前之令斯邑者，莫不表其闾，乐宏奖焉。客又曰，翁春秋六十有七矣。韫山既洁养南陔，文孙复骈耀缇骑。今倚伏回环，甚于影响。诚能闻风慕义，虽偎子鳌夫，有不敝席侧行耶。余也行将受代，及欲导扬盛事，遂因诸君之请，书此以为邑人士劝。

嘉庆十有五年，岁在庚午夏五月，权知赣榆县事，钱唐陈鸿寿撰并书。

（见《陈鸿寿之书法》）

溧阳县志叙

天下有公家之书，而成于官不若成于私者，史与志是也。史自两汉三国以迄六朝，父子授受，师友缵续，即有驳杂，必自成家。自改为官书，而芜秽疏略，百弊丛生，或乃颠倒是非，乖反先后。夫经学，莫盛于汉，义疏出而先儒之师说微矣，然好学之士犹能博采而并存之。至于史，则有所不敢议。野纪丛书更难于辨正也。志者，史之派别，而细大悬殊，宜可尽心。然余见近时所修邑志，其中卓然可传者，惟钱辛楣少詹所辑《鄞志》、邵二云学士所辑《余姚志》。两先生皆以绝识博学，考证古今，咸有据依。二云又其邑人，故能精审。若是近则有唐陶山刺史《海州志》，体例不戾于古。他之为志者，类以邑宰主之。其宰而贤有文者，虽少异庸众，然或付托不得其人，或以案牍之劳无暇悉心于此，或漫不訾省，督责迫促之，而其书之可观者尠矣。溧阳之有志自宋始，凡数修，而迄于乾隆之八年，距今盖七十年矣。前志既未尽满众望，而更历岁久，阙焉不纪，有人物翳然之慨。于是，邑之士大夫请于前宰李君葛峰定重修之，举推史孝廉恒斋主其事。余踵葛峰后，承乏于此。越两年，而观厥成。窃谓此举乃士大夫之志，又前宰李君为之倡，余何敢掠美，以为己功，然卒有所不得辞而叙之者，盖此书有系于邑人者一，有助于余者二，何则？志以传信，必信而后可传。恒斋老于文学，熟习掌故，于钱、邵二先生书夙所宗尚，其考证必不苟。余复为定其去取，断无如前所云云者。然则此志可信、可传，当与《海州志》并称。旁邑之士大夫必有见而兴起者，以此志为准。邑之人不与有荣乎，此系于邑人者一也。余初莅官日，邦之风土、民俗都所未谙，因辑是书，随时探讨以为采风问俗之先路，其助一也。自乾隆八年以后，宰是邑者不可以数计，中间数十年，数十人其姓名里居皆茫然无考，故老旧人亦无能言者。今此志成于余为宰之日，志一日传，则宰之姓氏一日不忘，姓氏一日不忘，则其人之贤不肖亦与之不忘。私自惟念，其敢不策虑愊臆，以无为此邦人士之羞乎？是其为助也大矣。用是，不辞固陋，而述为志之难，以塞士大夫之意，挂名简端，庸有以自警也。

嘉庆十有八年六月八日，知溧阳县事，钱塘陈鸿寿叙。

（见《溧阳县事》）

栖饮草堂诗集序

吾友汤君点山著《栖饮草堂诗集》，一以唐人为标准，于王、孟、韦、柳为尤近，大历以后弗尚也。当今海内，不乏作者，其以才华驰骋为豪者，往往烈规偭矩，恃其疾足，而无所于归。又或湔染明七子余习，动以廓落矜张之语，汩没性灵，故愚谓归愚尚书《别裁》之选，诚不足牢笼豪杰之士，然犹赖以提唱宗风于不坠也。点山诗文皆如其为人，有确乎不拔之操，有一往情深之致。严其格，峻其品，而后出言吐辞，一于雅音，翛然自立于尘盖之表。往余与点山论诗，辄相龃龉，旋亦涣然而释，盖所趋不同而大旨不异。夫诗之正变源流，划然不可混淆，此理自在天壤。窃言为心声，得其情之正而人品心术见焉，可与流俗人之所为同日而道哉。然点山不欲以诗鸣，友人汪已山为之付梓，既刻而告之。已山笃于友谊，有古人风，亦可见点山之诗，所嗜又不仅在余也。云择鄙见，以质大雅。

嘉庆乙亥夏四月，陈鸿寿书于濑上之桑连理馆。

冬心先生杂著序

冬心先生以诗画名一世，皆于古人规模意象之外，别出一奇，性情高致，超之亢著。殆所谓逸品者，于画尤自珍惜，每幅或题小诗，或著数语，风趣横生，总之无一凡近语。此卷皆题画佛、画竹、画梅、画马、自画像赞及研铭。扬州旧有刊本，已久不存，近有刻入巾箱小品中者，袖珍小字，苦于翻阅。今为重刻，以广其传。昔人尝谓人之精神，不在正襟危坐中，而时时流露于散发斜簪之际，好锻蜡屐，亦可以见前贤风流。先生往矣，零缣断素得之者，珍于拱璧。此虽小品，犹穆然想见其人百年之间矣。同里后学陈鸿寿引。

题傅山墨迹跋

傅先生山，字青主，初字青竹，别字公之佗，亦曰石道人，又字啬庐，山西太原人。以布衣荐举博学鸿词，未与试，授中书衔。著有《霜红龛集》。《池北偶谭》云：太原傅山，母梦老比邱而生，生后不叹一声，僧至门云：『既来，何必不啼？』乃啼。六岁含黄精，不乐谷食，强之乃复食。读十三经、诸子史，如宿通者。崇祯中，袁阴侯继咸督学山西，为巡抚御史张孙振诬劾，被远山橐□左右，伏阙上书白其冤。马君常世奇作义士传，比之裴瑜、魏邵。乱后，梦天帝赐以黄冠衲衣，遂为道士装。医术入神，有司以医见则见，不然不见也。己未，征聘至都下，以老病寿，与范阳杜越君异俱授中书舍人。归山，工分隶及金石篆刻，入逸品。子眉，字寿毛，亦工画，作古赋数十篇。常鬻医四方，儿子共輓一车。暮抵逆旅，辄篝灯读经史、骚选诸书，诘旦成诵乃行，否则予杖，则其父子皆奇士也。全谢山著《事略》云：先生思以济世自见，不屑为空言。乱后，衣朱衣，居土穴以养母。甲午，以连染遭刑戮，抗词不屈，绝粒九日，几死。门人有以奇计救之者，得免。天下大定，始以黄冠自放，稍稍与客接，尝自叹曰：『变强躍骏之骨，而以佔异朽之，是埋吾血千年而碧，不可灭者矣。』戊午，给事中李宗孔、刘沛先以先生薦，时年七十有四，固辞。有司不可，遂称疾。有司令役夫舁其体以行，至都门三十里，以死拒，不入城。益都冯公首过之，公卿毕至，先生卧床不具迎送礼。蔚州魏公乃以老病上闻，诏免试放还，特加中书舍人以宠之。益都诣先生强入谢，不可，令宾客百辈说之。称疾笃，乃使人舁以入强掖之使谢，则仆于地。蔚州进曰：『止，是即谢矣。』次日，逐归。先生欲曰：『自今以远矣，其脱然无累哉。』既而又曰：『来后世或安以刘因辈贤我，且死不瞑目矣。』阮吾山云：太原古晋阳城中有傅先生卖药处，立碑『卫生堂医饵』五字，乃先生笔也。青主善医而不耐俗，病家多不能致。然素喜看花，置病者于有花木寺观中令善先生者，诱致之。闻病人呻吟，僧即言羁旅无力延医耳。先生即为治剂，无不复手而愈。亭林先生尝以萧然物外，自得天机称之。潘稼堂《双塔寺雅集诗》叙云：出太原，既城南东行可七八里，有寺曰『永祚双塔』，巍然捎云礙日，见三四十里外，浮云若旌幢焉。其下为松庄，傅隐君青主所居也。太守延津周计百于岁之初吉，率子若聓屏驰，从挈壶觞，躬造于庐。竹垞诗所云：凭君传叟暇，即过松庄是也。

兰亭序跋

此帖较定武本肥瘦各别，字画结构亦颇有异同，抚棠侍郎断为神龙本，当有所据。曾记陆柬之摹本，与此绝肖，客邸无可检对，姑俟诸异日也。蝉翼拓之最旧者，神采愈收敛乃愈焕发。此本非宋以后物，殆无可疑者。次立得之，矜为奇赏，爰推姚、钱两先生之说，书以归之。

桑理连馆拾遗　三

手札

与汪梅鼎书

浣筠仁兄大人阁下：昨遣使回杭，曾有数行令其便交贡局催取物件。中秋日两奉惠书，伏承动靖万福，暂驻省门，即旋玉峰。且有以上皇山樵借重长幸之说，欣颂无以其地，闻亦不甚棘手，不可以廉叔及靳君为冰鉴，过于推托。昔人云，实政要人为，处之不当，肥亦瘠矣。当极瘠之地而措复裕如，名实兼收者，翳岂无人哉！云弟择地而蹈，正是大病。质之尊兄，以为然否？贡件系专为万寿需要，若迟至月底，长途仅半月之限，万不能待。顷已专差赴扬另购，不过花弟几两盘缠。然连日焦灼，无以对副帅矣。乞即转致十二叔，竟不必来，只专人将册页合子送到，以了门面，感刻之至。（另书一纸以便转寄）物已过期，从何销售，我不能会。水脚钞也，或者年贡需用，只好请蔚堂自来，以省饶舌，如何？如何？蔚堂从省中寄书来，已复之，其伯母华诞，弟处不能致祝，可否大兄代为一办，或联名最好，千万弗忘。后截并密致蔚堂为荷。新臬使定廿七在扬接印，十八卸扬过印。运口工程渐有端绪，然余家坝正不易办，非九月杪不能蒇事。安澜能邀叙否，尚未可定。两帅期弟改河工，断难承教，一笑。投效章程已到，即在吴门收库，于同好为便，如燮斋欲来工于上，兄时呈明掣，得实收即来可耳。弟欲脱此羁绁，苦无其隙，大约十月必图南下，冀于吴会，略作盘桓也。云弟事光景若何，能不厌弃于当局不？念念甚，切望时为赐示，以慰一一。余无别事，即请叔安，惟竟照，不具一一言。弟鸿寿顿首。

与汪梅鼎书

浣筠仁兄大人阁下：草草尽十余纸，不为不多矣！爱忘其愧，惭感！惭感！伯治弟同此省览，无别语，顺庄已有书致矣。八月十六日。

万寿贡物，前此书嘱，必须八月初十前到，方不误事，否则来亦无用。今来书云，竟须月底方能齐备，如何能赶九月廿外到都？弟初间望信杳然，即施书扬州，另为凑办，一面于旧物中收拾，现已可得十余件，足以成行矣。十二叔如未成行，竟不必功此跋涉，徒费关税盘川，望即速致明为要。弟寿又行。册页合子速望专差送到，拜祷。

与汪梅鼎书

浣筠仁兄大人阁下：前两接手教，知吾兄抱鹡鸰在原之痛，二难竟爽，弱一今焉。知有万不能释然者，因闻有徒阳挑河之役，苍雁少稀，致稽布慰。廿六日，马使至，载奉翰示，兼承百朋之贻，缓急有无，古人之谊而在吾兄，此时自谋亦甚竭蹶，乃蒙念恤周至，远道寄将，真非梦想所及。此情真不废江湖万古流矣。感激之私，子墨难罄。弟奏留事早奉俞旨，已见邸抄，故不录寄。两河帅雅意垂怜，得免泥涂之累，仅派第四段总催，又命随正帅行辕办事，故于望日赴工，至拦潮坝一转而归，仅旬日耳！内署笔墨，日不暇给，搜索枯肠，亦不敢再言其苦。大约挑工灯节可完，初五后仍同正帅前往收工，望后驻节坝上，仲春初旬可望合龙。吾兄经手事而须两旬日，恐赶到稍迟，无大好处。若乘兴而来，以见急公恐后之意，间中着苇，要亦未必无益也，请自酌之。弟半年来寓中耗费仅未盈千，旧雨沓来，万难漠视。有来而即去者，有久羁于此者，浦上尽属新知，称贷颇觉厚颜。牙根咬定，不轻向人启齿，亦复铁铁铮铮。有疑我本系素对者，不知暗中之苦累，惟知己如吾兄，乃深鉴其底里也。意中正极踌躇，意外忽然阔绰，益信饮啄真有前定矣。云弟度岁甚难，其补缺之期亦仅先尊兄一步耳。弟如得归本班，尽先上不过在前后之间，然鄙意总谓皆有命数，无待强求。吾兄工竣，只须赶紧北行为是，明年河工机会尚多，不难再商就绪。闻叶村、丁忧文传闻办漕闹事掣回，然乎？否乎？弟系引见后，分发可兑，再作北行。惟制府有请陛见之折，或其时挈之而去，亦说不得。正帅密片奏请开例，奉谕议复，兹将续奏稿附览，可悉大略，命意措词尚不大谬否。副帅在工度岁，浦上近无他事，投效奏留者娄、朱早自北旋，田、方、陈三君去而未返，月樵旋浦，现派总局办事，兴致尚好。廉叔似可即谋捐复，不宜过于蹉跎，昨闻春田太守化鹤秦中，尤可慨也！外奉信各件，乞觅便妥寄，肃此奉复，并鸣谢。私即请尊安，并贺新禧，夫人兴促，灯下不尽百一。愚弟陈鸿寿顿首。伯治尚可支吾否？甚念之嘉平，廿六日。再如，阁下还过锡山，或晤请浣道人为言刻经之说，少迟却寄，不肯食言而肥也，忽忘，又然。

与陈文述书

云伯吾弟清览：前日足便奉复数行。顷从小谢来差，接书具悉。其第一函为秋塘指困之商，尚未接到也。小谢近况清窘，自当将意随后人便，并寄尊处转致可耳。私则可，公不能也。即问近祉。不尽。兄寿顿首。

与汪梅鼎书

浣药大兄大人阁下：西阁伯治来，接惠书，并询悉政候，万福为慰。西阁携物太夥，当此工务倥偬，难求速售。然既来矣，只好竭吾力之所能图之，或分商邗上耳！渠又云归舟必得两三竿，方可过门，此则甚难。今弟拟西阁同下芜城，而嘱伯治、叔之先归。窃有商者，吾兄处或可暂挪一竿，留与西阁，或先嘱叔之带去，此为最妙，余则弟于邗上图之。且彼时弟之捐项亦可渐渐凑集，总须带往吴门，难得放心之人，惟西阁为最妙。是否可行，即望示覆，其细详伯治札中，不赘。至吾兄事亦曾与梅花庵主谈及，谓非盘盘大才，弗克胜此，然格于成例，恐代庖或可商，久计而题则断有不能。又云前任之累，如何是好，我云有胆力者承之，否则不能也。翁意极属于吾兄，而踌躇者至再至三。鄙意吾兄还得进省，看迟果两翁意指云何，此间必无阻格，特不能遂破例耳。且图久计事甚可行，即不然，以明春交卸亦可，不致掣肘也。春累闻于十一自杭起程，不知日内已过江口否，空运正拥挤，极以为念，希速示为慰。制府于今日上堰盱勘智、礼两坝底，明后日旋辕。廿八、九，三帅赴海口，弟不能不同去，归及初四、五，弟即请假南下，业与副帅说明，至迟初十内当可成行也。头坝屡蛰不已，余家坝又不敢堵合，河务棘手之至，草草肃请叔安，愚弟鸿寿顿首，廿三日酉刻。

与汪梅鼎书

浣筠仁兄大人尊右：廉叔已来，接惠书，旋知吾兄代庖昆山，欣慰无比！我辈不能作木鸡之养，必当避黔驴之诮，若少试辄蹶，辜负平生阅历矣。云弟之锐于进取不足怪，特不知人世间有几许安乐窝可择而取者。饥鹰逐兔，而视其肥瘠，不知网罗之乘。若省中案牍相需盘错以见利器，不愁不得久擢善地，正不在早得补缺，二者相较，又毋庸为此仆仆之矣。卓见以为何如？运河堤岸破败决裂，幸今年拨项较充，不致如前两年之棘手，一两月内或可就绪。制府月底当回白门，弟或趁此作金阊一行，未可知也。伯治仍挈之幕中否？弟所需贡件，恐蔚堂其后也，交案自有一定步骤，何遂冒味乃尔？刺史所复何如，便乞示知，以慰一一。若就此被撤，眼前得大大自在，而后此无立脚，又安知此两月中不受人以柄乎？久不得其一纸书，且邮递迂远，去信亦不能速达，阿兄刍尧之献，又未必俯加采择，为可念也。吾兄秋后能拚半年辛苦从事河壖否？将赴省试，得伯治来为妙，今将原单圈出者录去，乞转致局中，作何送看之法，万不可迟，并望先为示复为荷，肃此驰布，即请尊安，并贺新禧。廉叔、蔚堂、伯冶诸君皆侯纪旋，另致不备。愚弟陈鸿寿顿首。听香属候，七月十三日。

与汪梅鼎书

浣筠仁兄大人尊右：两山寄到手教，藉审吉旋吴门礼次，小有不适，此已霍然为慰。弟回金陵，又至宿迁。迎谒绎翁，顷又为鹾案，奉制高命到扬。惠堂纵私旧案，劳苦如此，行自怜耳！云弟已往宝山，闻家叔当留公馆，晤时乞代为陈白。云弟于名场，最少阅历，悉眷既不可恃，署缺之美丑，亦不宜过于拣择，即辞气间稍不捡点，易为同人揶揄也。便中传述，弟言如此，此药石言，勿以为何汉耳！吾兄又以为何如耶？新进士几人，想不日连翩而来，吾辈万无望补之理矣。有三四十圆付伯治者，嘱向顺庄取之。一书并乞致田、余二君也，投效章程拟而未定，容续寄。念念，奉复，即请升安，不尽一一，愚弟陈鸿寿顿首。闰月廿三日，邗上。

廉叔及非石、慰堂、竹友、伯治诸君并致意。小溪、犀泉均念。

与汪梅鼎书

浣筠仁兄大人阁下：润州道上燕去雁来，迹如相避，吴门见伯治始知之，殊惆然也。月初抵袁浦，满拟可得畅叙，又值吾兄工次，贤身尚悭良觌，同在一方，相晤要当不远。顷奉惠示，伏承动履，嘉福慰颂。无似弟两旬以来，于此间公事稍得端绪，宫保亦甚垂盼睐，后有机缘，或可希异万一。但距服阕尚早，恐格于成例，未便措筹。弟亦不便遽自渎请也。家云伯弟侨寓过久，然不能支惣，须霜降后分别去留之议定，或可仰附骥尾。日内又有仍须速办碎石坦坡之奏，以徐道掌疏请，故需人当亦不少。弟或请派一分，亦只可托人料理。意中云：尔若竞，不必亦甚妙耳。伯治书中所言许缓图否。速则人地生疏，尚艰难报命。便中仍希示及。弟与吾兄神交既久，倾盖如故。吾兄既与家云弟先订兰盟。弟亦当在不弃之列，以后称谓，幸勿涉客气，有书与伯治，望先以大略告之。灯下匆匆。肃请即安，余希面罄。不具。愚弟陈鸿寿顿首。廿三日致。

星更将散，先有一函驰布，当达览矣。弟因河道初通，南船少至，尽为达官坐去，又稍稍交代局务，值至初一日，泛舟而下，荷塘工次又略有逗留，本日午间已抵扬，寓住一二日，即便渡江，快图良晤也。星更、景、吴诸公续又北来，已在煞坝之后。吾兄如何支持，令人眉皱，至僧案连日研鞫，情形何如，即得拟结否！□皋悉俱已到郡否！制府曾云：当来与星更送行。吾兄十分忙迫，殆可想矣，一切尚祈驰示，以致一一，肃此。上承起居不一一。愚弟鸿寿顿首上。

浣筠大兄大人执事：桐村闻已承挪付为感。初五日未刻。尊处办科未交，二百堆为数太多，待用孔急，幸即先为审报，现已购足，一面双运列工乞之，勿泄视也，副帅论岩催又及。顷到扬，携仆人自镇来者，承知皋悉暨苏、常两郡尊俱来石城，又接云弟信，知尊处差使一切已议，公帮或者尚可支拄，慰甚。云弟派挑河渠，欲奉托吾兄处包办，不知其事可行否？渠处看来竟无人可托也。弟初九渡江见沧来先生，且勿提及，但不能不来耳。卢鸥胪竟未见，弟之懒于酬应可想，闻吾兄有信内附，蔚堂书未接到，初五日灯下，匆匆又启。再，弟所借扬君寓所，闻吾兄已安顿上官。弟来时不拘尊处，一叶之地，皆可栖止。敝署独不堪下榻耳，上下不过七八人，特虑搅扰不安，如何，如何？又启。

与汪梅鼎书

浣筠仁兄大人阁下：昨具一缄，内言小溪处汇项计可即尘冰鉴。弟定十三日渡河北发，适接龙潭来信，嘱为少留，大约十五始成行耳。小溪处已有书来云，三月望后可得，请吾兄就近扎询之粮捕印。弟拟起身时，即专差送存本府处。（十三、十五不定）省中如远，有人来望即属其在郡少候，毋庸北来，以省跋涉。卸事文书皆当预备，临时填写数行可也。河口水仅二尺，恐渐不敷济运，总因尾闾不通之故，今年势更急迫，如何，如何？肃此奉布，即请叔安。统希亮察，不具。闻制府已过淮城矣。愚弟鸿寿顿首。嫂夫人安！蔚堂致意不另。十二日申刻。

与汪梅鼎书

浣筠仁兄大人阁下：前日驰递一函，想当彻照。霭司马事商之友人，云渠系理事，向例不准督运，恐渎商制宪，亦属无益，弟昨已审请藩粮，悉兄委督运之人，惟摧兄催开，则自任之，不敢辞也。诸钜公因冰阻大河，须廿外方得到浦议奏。弟日来又为照料局务。日在河口，殊闷人也。康翁所援引之人，昨见中丞复书云，此缺紧要，一时甚难其人，与果老筹之至再，康翁之人夙未见面，不知其才具如何，无已当檄来见之云云，其意亦似不属，与治翁意正合也。然为吾兄尊请，究恐窒碍难行，况觊觎者正没不少。吾兄此时谅不能上省，或密商廉叔，以探意旨，窃意公案大有干系，或静候漕事，越早卸却，别图机会亦无不可。吾辈放开心地，一切不宜沾滞，听之适然最妙。高明以为然否，界首以下空运仍有冻阻。弟欲南下，亦畏陆走之累，姑迟之尔，大约月内不能不来也。肃再奉布，即请叔安，并请伯母大人、嫂夫人安，馀不尽缕缕。愚弟陈鸿寿顿首。十七日巳刻。

与汪梅鼎书

浣筠仁兄大人阁下：前交驿递数行，想早入照，西阁、伯治南下，念念，未获致书，一切近似，询之自悉，不知所商可行否。眷累渡江，蒙遣使照料，感荷无既，尊处已报开仓，外三县谅亦同时启征。弟因星使将来，请假大府，许候海口事竣，再行赴镇，真意如何，其中关键，定荷心照，不烦赘嘱。金山寺僧争洲械斗，马太守猝故，老虎暂署一案，奉旨交吴、托两公审办，应驻镇江，于吾兄未免耗累，希预为备办，彼时弟如同来，可助一臂之力。靳遗之缺，康翁有所商于大府，为鹾务一人地步，大府兄转商中丞而甚非其所愿，深以吾兄不合例为憾事。然则吾兄宜恳泉翁，姑谋迁延之计可也。

西阁如未动身，乞致声其所留玉斧、董帖四件，非他物可比，不可与原物圭划例价值，如不能销，以便归还也。已行亦望札致。肃请叔安，不尽一一。愚弟陈鸿寿顿首。

伯治同此，外一件，乞致敝署为荷。

与汪梅鼎书

浣筠仁兄大人尊右：前接望后舟次惠书，具感骨肉之爱，无微不至。弟中后亦有两缄，想一一达览矣。小春初展，伏承起居万福。

新政必有实济及民者，冀便示一二端，以为矜式也。破廨蒙煤米之贶，俾无啼饥矣。伯治闻暂回吴门，即言旋否。十二叔来此，简慢之至，所携又不能多销，可愧，可愧！弟事终不敢冒昧，拟俟下次制府到浦再当具呈。云弟书来，不知何所闻云，当助我一竿，合之诸大府及吾兄所云。固可奉皇上去矣，必有成数，方可奉托，今友号内，俉此年内为期或不迟也，事未可知，非至好且勿宣露耳。三铺既诸空运畅行，接楫运樯，不日渡江而南，恐催赞弹厌，又添劳冗矣。扬粮两工，谢帅与晓园先生在彼督办，闻上旬可毕事。余家坝及头二坝以水大料少，急切未可就理，海口日淤河尾，北趋淹及佃湖涛身。裘观察与师芑塘往勘，有开挑一套筑堤之议，未知究竟如何也！此又急酒一杯，费约百万，原议各钜工，除智、礼二坝加高坝底外，鄙意努力加餐食而不化，且断无如许钱粮接济，只合一概停止，受镇属各县约于何日开仓征漕，敝衙门有周历督催之，例乞示知，以便预作地步，兼图良晤也。小溪归自吴门，必来相访，乞寄语扬州觅屋，如其所论办理，即寄知为要。十二叔投效呈已批发到司，可告知上，先后开春来亦不迟耳。肃此，奉请叔安。统希亮照不戬，愚弟陈鸿寿顿首。

伯母、大嫂请安，伯冶不另。小春四日。

与汪梅鼎书

浣筠仁兄大人尊右：邵伯埭舟次发驿递一函，想蒙烛照。次早抵荷塘，使节皆北发，局中存项无几，仅领其半，留一仆在彼，以候后命，即附润泉舟而行，十一抵浦，知万载案已交景、吴两公，托侯李钱得供，即复命也。连日尚未定案。那师准于十六长行，情状使人何以为情，为之料量，略得眉目矣。金山洲案折转圣意，以一府一县承审，草率迟延，予以革职，尚觉过轻，交部治罪矣。此尤非意计所及。弟拟就此脱身，而菘帅愿见甚切。制府又微调，如留且俟明后日请谒，再看光景也。首府以常、镇两公及古余先生就商中丞定夺。灯下草草奉报了，即请叔安。不具！弟鸿寿顿首。八叔、蔚堂附候。十二日亥刻。』

与汪梅鼎书

浣筠仁兄大人阁下：昨桃庵之别，归来索然意尽，接读手书，具悉一切。绎帅此行攀卧载道，赠贶者良不寂寥，渠故作铮铮，既纵屏绝，仅梅心两三处迫于情谊，而受之。又命以一竿贻老聃，遂至两处戒涂，皆责于鄙人，不下六千馀金。一时念遽，不得不以兄项应急，然邗上实有二千金。武林又倍之，皆一二月内可到手者，不过与弟捐事有碍，断不肯重累吾兄，千万放心。弟俟于两帅得请，即便南下，月初必来交割也。谓余不信，有如皦白。河局大变，万无留恋之理，故于菘翁处淡泊相遭，以为告退地步。兄当早鉴及之矣。梅翁忽然南去，亦甚不乐于此。弟意亦曾微言之，现在出缺甚多，时不可失。

廉叔尚留竹林否，可否乞吾弟转恳。（迟老更妙）向思泉缓颊，有人所唾弃不屑者，得藏拙焉，尤愈于风尘仆仆也。余详寿之弟扎，肃复，即请叔安，不具！愚弟陈鸿寿顿首。

再，荷塘事竟系和圃先生所举发，兄亦几遭不白之冤，后始知为西厢听琴人言。弟又力剖之，故晓公亦释然矣。附博一笑，又及。

与孙均书

古云仁弟大人阁下：初九晚间至濑上，拟今日留一日，即放棹。其所乞书墓志，已交曼弟，云即为下笔寄上，兹行换书皇清诰封一品夫人孙君夫人墓志铭，校为妥惬。既用条石，亦不必泥古法也，何如？到浦后再寄书，舟次草草，不具一一，鏖顿首。

初十日晨刻，锡模子须用松香熏透，则丝毫必到，此小迂所云以告。点山均此，老爽来代致声，有记事，千万妥当为荷。

古云仁弟大人阁下：初十日接惠书，藉承娱侍万福，潭第宁吉为颂。弟夫人志铭，刻手甚佳，拙书本不善于修饰，若有所改，恐致拙滞。不如就此捶拓，他日到省，就原石亲改其不足者，较为直捷耳。拓就乞以四五十份惠寄为荷。仆崇川之说，已暗中消弭，以示免于蹈海，意近状到水穷山尽，悉向店铺零借度日，而相嬲者仍络绎不绝，食指冗繁，殊堪自哂。然距九秋不及三月，书无过不去，事承垂念，輙后缕缕。点山、爽泉常即来馆舍。葓畦先生在吴门否？晤时望询其有暇能惠然一来否？作一两旬之盘桓，殊思一探画理也。刻碑字者是何姓氏，九秋后烦与数行，嘱其来此，一试其技，并有书院可揽刻也。秋塘光景何以，殊念之，计期当服阕候补，不须入都否。冗次叩复，即请晤子同道怀慈安，并问近祉。不尽。鸿寿顿首，六月十二日。

与孙均书

古云仁弟足下：频老留三日而去，所携书已读悉，刻者他日尚有所试之，工竣乞多惠几本为荷。弟夫人墓志铭，辱推诿所不能办，然其书非仆所长，仅不恶俗而已，尚祈弗姗笑也。琴邬闻来吴门，想常过从，其所事当可勘结，其使中希为道念。昨日举一雄，亦自可喜，附告一笑。即问慈安，并应不尽，鸿寿顿首。点兄不另，廿一日。

与许乃安书

榕皋亲家年老仁弟大人阁下：四月初，阮纪至。接读惠书，并辱多珍之贶，罗列骈繁，拜登滋感，即念亲家吉莅名区，政成化洽，消桀骜之夙习，济宽猛于无形。曷胜企颂。前此帷幄从事，积劳致痗，早已调摄全愈，精神复元，尤为快慰也。比年来，德门集庆，寖炽寖昌，只大兄屡阻鹏搏，旅游两粤。闻令侄颍中，业有摒挡，不知即能了结奏，请开复否。此间海通太三州缺俱开，刘刺史因溧水虚出通关案罢议。金坛梁同年以直州试用，初到不合例，是大兄在苏更无可争之人。而先以事去，固知功名丝毫皆有定命也。俞君谋补通州，才半年而镌职，累转不赀，亦何益之有哉。寿处自去夏荒歉之后，地漕分别蠲缓，催科不事，年余一无所入。而垫解民欠上忙之外，浚河办赈，以及日用所需陡增。私逋三万馀两，度日如年，望九秋犹在天上，而食指上繁重如故。戚友之杂还如故，号寒虫得过且过而已。张中丞到后，查取合例升调之人，江南北只寿一员无钱粮命盗处分，因而议调铜山、江都、南汇、宝山，并议升海州。朝令暮改者，殆无虚日。幸江北应回避，而江南海、疆两缺制府先有属意之人，皆得幸免，继定丹徒，则再四设法而止。前日忽又有崇明之说，为制府所定。中丞不能措词，只合允议司饬完解，参罚银两，羽檄交驰，闻之不胜心悸。然闻制府非有意屏置海外，逢人辄奖其风骨，谓办事结实，如此人可为通省榜样，似此说尚可挽回，已致书瞻园允为设法，因制府为河帅引疾，驻节浦上。未及面陈，故小有曲折。杨方伯处托暂为停待矣，其所以不欲遽离此间之故，缘垫解民欠一万三千，并南米三千石，皆须秋后启征，徐图归款，舍之他人，竟成虚牝，而积逋益无清理之日，且各繁缺，无不因清查后，续亏至三四五六草者，在在皆畏途也。琴邬闻已捐升太守。雩门已于四月廿日到溧水任，钦案以后，仍有续亏二万以外。江南作官之难如此。琴邬亦不可为例，无足艳羡耳。仲恬舍弟随经崖六弟眷船入都，为明岁北闱之计，阻之不可。所赖至戚相依，可免羁旅之苦。想青士三弟亦必无漠视也。儿子因此荒废益甚。鄙人与尘俗为缘，亦无暇督责，未免有忝门楣。昨留金、霞举二兄在此，拟请挈之下榻书院中，稍为温习，亦只可写意而已。令爱产后，体中亦时有不适，其意恐贻两老忧，似有讳疾忌医之意，然此时正是吃紧关头，调理为第一要义。三素得男，正未为迟，后此书来，幸曲喻之。得孙女之后十日，李妾获举一雄，寒家丁不甚旺，得此聊以角嘲。

然甘蔗旁生，究不若含饴之乐也。将来彼此通信，只可由杭为便，恐驿递必有迟误。年伯精神矍铄，杖履优游，又得五弟在家待奉，蔗境无涯。吾弟正可一意建竖，功名达到，拭目俟之。江省入夏以来，雨旸时若，蚕麦告丰，插莳将齐，秋成亦必有望，特米价尚未十分平减，民气固大定矣。清查案，虽有八大臣议定章程，无如原办头绪不清，仍多窒碍，难收实效，续亏之处不少，一掀破便多棘手耳。附及。即问双安，泊郎、爱均吉。余详儿子禀中。惟照不尽，联姻愚兄陈鸿寿顿首。五月廿五日。

僻地殊少土物，去人匆促。薄意不足报璚，惟其中画扇二一，非捉刀人所为。希阁下赏鉴之。亦见穷愁中差有乐境也。鸿寿再拜上。榕皋仁弟知己阁下，各物另单。五月廿六日。

与许乃安书

榕皋同年亲家仁弟大人阁下：五月间曾有一书由杭府附寄，嗣闻吾弟有荣补大竹喜音，而青士既授馆职，经崖又列秋曹，令侄出宰颍上。德门盛事，萃于一时，虽大兄暂踬鹏抟莩末，实与有荣施矣。接大兄书云阁下冬间可以吉莅新任，而令舅来云仍参戎幄，为青海之行。能者多劳，声闻四达，伏想体履嘉鬯，伉俪凝禧，兰玉森森，庭罗佳气，一切俱臻顺遂也，可胜遥颂之至。寿处入夏后亢旱殊常，事多啾唧，幸皆化险为夷，而尤甚者。初大司马勒提上忙，只照额征，不准民欠，名曰『截流清源』，以至全省惊惶，两方伯无幸被议。寿因旧款全清，毫无罅漏，理直气壮，遂以一禀触怒此公，绝大奇文，传钞殆遍，旅见时几至攘臂，旋复揖让为礼，叫跳不休，不得已，又以侃侃数语折之，周旋而出，见者咋舌，闻者快心。然为藩府牢笼，仍不免垫解，以顾大局。今年运气之恶劣，实为生平所未有，徒博强项之名，未脱折腰之苦，而现在成灾，七分地漕全缓，又须赶办赈务，可危可怕。挑河会禀请免，尚不知准行与否，已添急逋巨万，后此非赔累二三草，不能挨至夏秋。此进欲暂卸仔肩而不可得，真令薅恼万状耳。清查案七年未结，今督抚与初星使意见不合，业已歧奏。宽严之间，关系全局不小，大约月内当有眉目，被灾四十余州县，尚可引绳削墨，深文周内哉。小孙女聪颖可喜，明春夏间，当有抱孙之望。豚儿荒落，虽不令废弃，殊少进境。大兄云月内可赴粤西，现尚在金陵寓次，知潭报时通，不烦尔缕也。令舅轻装而行，数千里外，不复侑函，惭愧惭愧。肃问亲家大人、母夫人双祉，膝下均吉。余详儿子禀中，不备。姻联愚兄陈鸿寿顿首。晤王骊泉兄，乞为道念。仲冬朔日辰刻。

与陈文述书

云伯吾弟足下：前两次接书，庶之未报，顷又得惠函，欣知吾弟抱孙之喜，不胜快忭。宝书之名适与次儿雷同，（拟即改第二字，以避熟）皆积书以望子孙之意，然他年竹林小友究有所嫌。兄之长子本以宝名，（荔峰子亦以宝次，恐更有以书名者）只好吾弟处勉强更改也。崇明之说介亭先有书至，不胜心悸，只得求援于睢园，而制府适先出省，其后书云，初问本商及江宁欲调兄往，以回避迁免，后此崇明却未提及，制意无他，不难直陈，然须设法措词，一面且致书迈翁，暂为停待云云。大约书已到苏，故迈翁不甚催办具详，又次翁于瓜洲见制府，卞太守在座。制府误记溧阳为常熟，甚夸阿兄风骨，事事结实可靠，将与崇明以示公允云云，卞唯唯。周留后言，非常所属，乃哑然失笑。周又言陈某为一省之望，大宪又所深赏，若屏置海外，乌足以见所长？不如徐予一闲曹，为左右臂指之，使司一以十三云。制府颔之者再，据此则此事或尚可挽回于万一。司中本拔饰完解，参罚银四十余，案计九百余两。又云初限欠解，耗银一千三百余两，又十八年，法银欠解一厘一毫，皆有碍升调云云。此刻水穷山尽，乌能筹措？亦正可借以搪塞，为拖延斡旋之计，盖完解则题亦合例，不完则参罚难于开单。如侯官故事，不但部驳且干申饬也，太仓本应制府主政，前此须与介亭，本是制意，又不知如何？忽想青浦总亦采石以昭公允之意，而两家各怀意见，又不肯为直接痛快之语，只令司中茫无把握耳。湘案既如此断结，恐中丞必有调局，亦不能泰然自安，行所无事耳。亦都有自取之道，而论改体，则方无胜理，折价五千八百，向有折算之方，开销干净，况现在米价尚未平减，何必混赖乎？华亭抢案不至杀人，即是造福之事，事主既受宋累而又受讼累，诚赃数亦甚便宜也。江宁闹漕书案至，仪征、江浦皆有拾获，可恨之至，其为朱毛俚煽惑人心，因无疑义，然应曰不动声色，而委员四出，又责府亲查保甲。卢太守即有来禀之信，其为惊扰可知。农忙之时更多不便，且正落匪徒术中，亦大可叹也。仲恬自浦上来信后，尚未得到都之期。署中极清闲，摘诗已齐，民气大舒矣！叔美、辛夢皆留此。

阿兄画兴大发，今寄一扇，并前二扇去，可博一笑。『颐道堂印』因月余患目眚未痊，（时发时止）来以印石为报。何如？晤茉畦翁，望嘱其乘兴过我，同人欲求笔墨，且欲观其作法。（甚望云云）子若已偕汪均之赴闽。小迂花卉日臻佳妙，叔美云虽七艿亦当退避三舍，山水亦不弱于子若，但略胆小耳。雨窗草草，奉复即颂。

贤弟、弟夫人洎小云夫妇大喜即候。不具。

叔父母大人前另帖禀贺，兄鸿寿顿首。五月卅日。

侄鸿寿恭叩：叔父母大人曾孙之庆，并请福安。媳妇挈儿媳辈同此声叩。

屡接翰教，重承绮注即稔。

三兄大人潭履均福为颂。缘尘俗万状，以至少稽裁畣，幸希原宥。令友嘱书楹帖，不解其何用，其署款四字，似皆系别号。弟不能捉刀，特别作一联去。茗壶索者多而存者已少，今寄二具并铜刀剪一并附上，察收。弟累后情形未能苏思，近状不足睹缕。即候近安，不尽一一。愚弟陈鸿寿顿首。

与王士锤书

公廨似在瓜洲，一江如衣带，良觌难期迟早，益令溯洄无已也。睢工未举，夏秋大汛可虞，各厅于极累之后，何从为未雨绸缪之计。弟虽数年局外，渐付淡忘，第遇旧游书来，仍不能不怦怦心动耳。又山曾有书来。出山尚早，苟可迁延，正不值轻撄尘网。若江防一缺，是通工第一极乐世界。吾兄且作数月避嚣之计，又奚不可哉。弟处奏销事完，而命案迭出。一关服制，一竟蔑伦。幸而正凶就获，可以一了百了。日内即带犯赴吴门办理，恐不免两旬往返，劳费又可想见矣。余尚粗适，足慰垂尘。前说传有性余十兄大人阁下，春初晤念，亭丈道近，似甚悉，至倾倒襟期不去口，旋奉手示。敬惟台候万福，局务纷披俱掺成算，一扫积尘，知声华腾踔，不仅倚重于上游也。弟懒惰无匹，除以薄饮为课程外，笔墨亦极荒废，又不欲烦床头捉刀人，遂至久稽裁答。离浦上綦久，今昔异势，遂如秦人视越人之肥瘠，漠然不加喜戚于其心，非曩日局外局中动关念虑可比。惟二三知好，以性情肝胆为结纳者，数年苕隔，邈若山河，能不予怀抒轴耶。溪阻承六月初九日始达郡城，先后遇制、抚两公北来，知事已大定，廖公子入手大错，虽聚六州之铁不能改铸，然廉、立二公竟得瓦全人也，而有天焉。可惜者，溧水案内虚出通关之三君耳，大马以攻讦为能，其所以自处者，太簿与制府之削衔，公私有间，择术不可不慎，其信然欤。今年徒阳挑工苦于限期迫促，又因正使强作解事，日日盘旋河干，几令执役者手足无措，累益重于往事。若得天气晴霁，廿日似亦可开坝，不甚迟误。县中无甚事，姑驻此间，以待毕事，与省庵司马常相晤叙，亦悉浦上同人近况为快。豫中又有鞫案，未知其详。铜沛案想无可周内也。晨起草草，即请尊安，并颂春祺不戬。愚弟陈鸿寿顿首。

与陆一钧书

一斋年伯大人尊前：月前在省，虽两次谒侍未罄鄙悰，匆匆发擢，并未得走辞为歉。昨潘福、四溧询悉起居安邕，惟喆孙竟赴玉楼，闻之酸楚，以是儿不死为解。达观者当勿结墙怀抱也。侄旋溧两旬。因阴雨腰腿作楚，侄妇又发旧恙，近日始皆痊。可农忙事简，而意兴亦不甚佳。比闻有调廉之说，他处辞者纷纷。侄转无辞可谢，只合逢场作戏而已。前此在省，本欲少将悃忱，以携箧无多而止。今寄上佛饼百圆，即作中秋月饼之献，幸一笑存之。匆匆，肃请尊安。即问潍生三兄升祉，不另具一一。年愚侄，陈鸿寿顿首。

六月廿二日辰刻。

与陆一钧书

月前托西阁奉呈年伯大人一函，并将薄意，不知已达到否？未蒙赐后为念。弟定廿二三与梁二兄联舫入省，差后或至吴门一行。得图良晤，未可知也。吾兄似亦在顶委之列，竚候佳音之至。年伯大人精神健旺，并乞代为请安，兼问升祺不戬。年愚弟鸿寿再拜。

裕庵闻有至苏之说，想接其来信矣。七月十六日。

与拙庵书

拙庵三兄大人足下：四兄均此，申应、尊谦心俶。

拙庵三兄大人侍史：别又三月，遥想潭候均吉为颂。弟因到宁后，公私碌碌，不能即来吴阊。近日稍有端绪，然急切尚难脱身，恐相见在封篆后矣。前接青逵来信，知弟年内所急需者，先承吾兄允为代篆，本拟到苏面商，奈岁前为日无几，而弟所需皆系家乡应办，事多恐致迟误，必得廿前齐集，带去方好。三兄如不以弟为荒谬者流，能于此数日内代措一竿，先交青逵客，弟到苏补券，足细雅谊于无玩矣。（半年为期，绝不食言）再续，即请近安，不具一一。愚弟陈鸿寿顿首。嘉平十二日承恩寺寓。

所订之事如前日，盘兄式样商之友人，殊觉窒碍，且闻人言定，所本无甚空乏。盘兄所得又系完物，两两相较，弟又乌可冒味出据？今与吾兄约，如伊处实有原说，五方之说凿凿可考，并非临时提取，弟当恪遵原议，认收二方。若数递减，则认之递减，总以三成为断，以此庶为公允。万望三兄转致盘兄，即以此纸为凭，决不食言也。此事拙庵三兄即候日安，弟鸿寿顿首。

与拙庵书

拙庵三兄大人侍史：月前接手发重纫，关爱兼稔。潭候多福为慰，盘齐得遂所愿，可喜之至。所云颇有至交为弟着力者。然捷足之人亦有之，顷已致书友人，不知乱线所发何如？幸兄留意，仍望秘密为主，恐画虎不成反类狗耳。一笑。弟约五月内可以交卸。公私累，实不支，六七月内或来吴门一行，不知能果如愿否？肃此。后请近安，兼问大四两兄安，余不宣究。愚弟寿顿首。四月十六日即丙。

早间接示，知尊处备送府署寿礼，略为交换，极极是是。周三兄信来，为徐大兄摊费事，与我等见亦相同。而封面则系致吾兄者，或同时两封，彼此误发，今将原书寄览，不知尊处所接同一话头否耶？河工详奉稿谬，拟呈送学政，弟不过摭拾人言。吾兄乃曾亲历者，恐有隔靴搔痒之处，总祈斟酌尽善，不可客气也。肃此。上请叔安，统希竟照不具。年愚弟鸿寿顿首上，研溪二兄大人执事。

曼生壶铭

石铫铭

铫之制，搏之工；自我作，非周种。

飞鸿延年壶铭

鸿渐于磐，饮食衎衎是为桑。苧翁之器，垂名不刊。祥伯。

合斗壶铭

北斗高，南斗下，银泻栏杆挂。

古春铭

春何供，供茶事；谁云者，两丫髻。浮眉楼主铭。

横云铭

此云之腴，餐之不癯，列仙之儒。

却月铭

月盈则亏，置之座隅，以为我规。

合欢壶铭

蠲忿去渴，眉寿无害。郭麐。

员珠铭

如瓜镇心，以涤烦襟。

汲直铭

苦而旨，通其体，公孙丞相甘如礼。麐。

匏壶铭

饮之吉，匏瓜无匹。

饮虹铭

光熊熊，气如虹；朝瘟阖，垂清风。频伽。

百衲铭

勿轻裋褐，其中有物，倾之滑滑。老频。

春胜铭

宜春日，强饮吉。

乳鼎壶铭

乳泉霏雪，沁我吟颊。

天鸡壶铭

天鸡鸣，宝露盈。

镜瓦铭

鉴取水瓦，承泽泉源，源润无极。

棋奁铭

帘深月回敲棋门，茗器无差等。

方壶铭

内清明，外直方，吾与尔偕减。

乳鼎铭

洞寻玉女餐石乳，颜色不衰如婴儿。

石瓢壶铭

不肥而坚，是以永年。

合欢壶铭

八饼头纲，为鸾为翌，得雌者昌。

扁壶铭

有扁斯石，砭我之渴。

井栏壶铭

汲井匪深，挈瓶匪小。式饮庶几，永以为好。

提梁壶铭

煮白石，泛绿云，一瓢细酌邀桐君。

钿合壶铭

钿合丁宁，改注茶经。

覆斗壶铭

一勺水，八斗才，引活活，词源来。

牛铎壶铭

蟹眼鸣，和以牛铎清。

井形壶铭

天茶星，守东井，占之吉，得茗饮。

延年半瓦壶铭

合之则全，偕壶公以延年。

笠形壶铭

笠荫暍，茶去渴，是二是一，我佛无说。

胡芦形壶铭

作葫芦画，悦亲戚之情话。

天鸡壶铭

天鸡鸣，宝露盈。

合斗壶铭

斞天浆，润渴墨

无名壶铭

青山个个伸头看，看我庵中吃苦茶。

飞鸿延年壶铭

飞鸿延年，两腋习习招飞仙。

延年半瓦壶铭

注以丹泉，饮之延年。

延年半瓦壶铭

不求其全，乃能延年。

延年半瓦壶铭

不全为全，非人乃天，全人肩肩。（延年半瓦壶）

提梁壶铭

提壶相呼，松风竹炉。

提梁壶铭

左供水，右供酒，学仙佛，付两手。

合欢壶铭

是茶仙胜欢伯，君子以蠲忿养德。

乳鼎壶铭

玉乳泉，宜延年。

乳鼎壶铭

水味甘，茶味苦，养生方，胜钟乳。

乳鼎壶铭

台鼎之光，寿如张苍。

乳鼎壶铭

吾爱吾鼎，强食强饮。

智珠壶铭

中有智珠，使人不枯，列仙之儒。

方壶铭

方山子，玉川子，君子之交淡如此。

瓜形壶铭

五石无用，合世则重。

瓜形壶铭

无用之用，八音所重。

瓜形壶铭

吾岂匏瓜，汲龙泓以品茶。为惠施，为张苍，取满腹，无湖江。

觚棱壶铭

稜可摸觚不能觚，得其精意遗其皛。

井栏铭

井养不穷，是以知汲古之功。

合欢壶铭

试阳羡茶，煮合江水，坡仙之徒，皆大欢喜。

粤游合笔

粤游合笔序

《徐霞客游记》卷帙繁富，浏览山水者奉为枕秘焉。余则偶然涉笔，率就所经历、所闻见者，匠心各出，巧拙分矣。余两客岭峤，愧无奚囊之贮。同年友陈君曼生偕冯君放山、朱君紫山自乡里来，出其途中拉杂书就者受读之，想见其壮游之乐欤。夫山川草木之殊状，风俗人情之异致，缕如掌上纹，韵语间作，亦复抽秘逞妍，庶几哉不负兹游矣。乃引其端，以为风雅之附。嘉庆乙丑八月三日，海宁王有壬序。

粤游合笔自序

自浙及粤，几四千里。自夏涉秋，凡七十日。蓬窗炎郁，闷置如新妇车，皆三人未尝之境，不可无以逭之也，有触即书，各抒所得，不辨谁何笔墨矣。杭人陈鸿寿曼生识。

嘉庆乙丑六月廿日，曼生有羊城之游。晨起治装，送者如云。汤君点山、许氏昆玉各袖诗至。点山诗云：『柳条虽可折，难以绾阳春。杯酒能言欢，难以留远人。盛夏苦炎热，送子临江滨。子负当世名，才艺早绝伦。惜为百里宰，壮志不得伸。况复遭亲丧，四载含悲辛。可知盛名下，造物亦见嗔。念子方伏处，羔雁忽成群。炎州路苦远，去作诸侯宾。从今一分手，知己成参辰。岂无同心者，安能尽如君。』『夷吾昔未遇，鲍叔悯其穷。多取不为贪，交情乃有终。吾子一书生，而有前贤风。引我为知音，相赏如焦桐。我方铩其翮，令我毛羽丰。我性不谐俗，子偏能见容。汝子为我婿，总角方成童。吾女惜早殇，始礼无由通。此情终不隔，因之常过从。子今往南海，使我心冲冲。我亦将远游，莫定西与东。人生若萍梗，安知不相逢。』『广州地异湿，其旁临大海。海中匿群盗，弄兵非一载。商船苦劫掠，旅人遭脯醢。羽书日旁午，奔走劳邑宰。将军发楼船，锐卒擐犀铠。俘获既已多，一一按其罪。豺狼在深山，野心终不改。时方开军门，奇谋屡见采。吾子到幕府，九苞露文彩。决策戎机深，磨盾壮心在。大槊取富贵，我当拭目待。子其树功勋，努力幸无怠。』

许五玉年乃丰诗云：『选胜在选客，知名不藉价。豪情恣磅礴，酷热忘湫溢。谊若胶投漆，气如珀拾芥。北郭花竞移，东邻酒新卖。中座杂离愁，闻将远行迈。身世成搏沙，倏忽异强界。知君不得已，轻装匪宿戒。百粤本腴壤，近乃苦雕瘵。参军古所重，帷谋决成败。蛮语笑娵隅，兵力严鼓鼙。方自争推袁，何必羞伍哙。竖立自今始，驰驱亦云快。君才奄众有，各作不风拜。文采丽金石，岂复限流派。落墨如云烟，百纸不辞惫。渴骥怒腾踔，奔鲸抉澎湃。馀事及篆刻，古质露光怪。意惬趣益水，搔痒剧爬疥。师资忽已远，犹复恋謦欬。垂垂柳带长，脉脉蒲帆挂。双凫忽飞凫，一船送书画。何日重张筵，清樽理情话。』

许六经崖乃普诗云：『斗杓在未岁在丑，诗晴晓日升轩牖。风流照曜来群贤，末座惭予称小友。翰墨倪迂更米颠，文章孟六兼欧九。临觞欲御忽不乐，有客南行待挥手。忆我曾辞鹫岭云，几回远折羊城柳。海月窥门泊蜑船，山花压鬓歌蛮妇。放眼越王台上游，三百荔枝香入口。归来落落已三载，旧植寒梅今在否。此闻潢池多窜窃，革面争归慈父母。期君但以德及之，卖剑如云事南亩。腾骧异日岂可量，况瘁当前亦何有。独怜江上片帆飞，离情一夕浓于酒。』

是日晌午，出凤山门，与朱紫山光宪、冯放山延华偕行。王晋箫学彭将之睦州，亦朴被来从舣棹。江干宾朋话别，周松泉士乾作图以赠，余慈柏锷、江听香步青、夏青郭沐、沈枝三廷槐、汤点山礼祥、李景康剑、高爽泉垲、曾仲文□、陈秋堂豫钟、再莽堃诸君低徊留之不忍去，予弟仲恬儿子宝云则薄暮方归。别泪千行，离云万片，吴山、粤峤情何以堪。最后舆夫万某叩头挥泪不能起，曼生复慰劳之。放山曰：『陈侯他日为政，入人者深，能如是焉可矣。』晋箫曰：『然余将作《舆夫行》以纪其事。』

二十一日，自江口至富阳。放山作七律一首：『半爿山下艇浮瓜，一片愁云遏暮笳。人到壮年多作客，古来贫士惯离家。岭南十载留鸿雪，砚北三秋梦笔花。无限相思托明月，漫拈红豆数昏鸦。』紫山和云：『片帆才返洞庭船，倦翮还冲岭峤烟。几度怕留歌舞地，此生难破别离天。怀中字灭祢衡鼓，梦里心惊祖逖鞭。我亦壮游能习惯，一回折柳一潸然。惊座声名满座春，野王才调复超伦。同心喜结同舟侣，远志休嗟远道尘。江草有情鸥梦熟，布帆无恙浪花新。诸番游兴殊豪迈，好托双鱼慰老亲。』

二十二日，过桐庐，泊上和埠。曼生作『卧云懒仙』印、『簦园』印、『何金之印』凡三石，皆仿汉人法。

二十三日，早过钓台，同人泥于俗说，未许掀蓬。放山趺坐船唇朗吟旧作曰：『青山有狂奴，渔隐成千古。占得钓台高，犹属汉家土。子陵有知得，无厚三重颜。』甲午后，出七里泷，买得鲥鱼，双尾白如截肪，烹食之，极肥美，他日五羊城中啖江瑶柱时，应不忘此故乡风味。

二十四日，早抵东馆。江山船户号驾长，其眷属曰：『同年嫂杨家有女，持绢素乞作楹帖。』曼生为书句曰：『花似美人无碍瘦，山如好友不嫌多。』复颜其额曰『留云仙榜』。午后，曼生为孙三春桥补作徐夫人写落伽梵相赞云：『一品夫人，富贵长寿。修证多罗，积想成觏。匪香檀雕，匪色丝绣。顶上圆光，不律绘就。或活鱼枯，或降龙门。或似太乙，或比张宿。瓶慑金鳌，竹团灵鹫。贝叶莲花，妙谛宣究。转大法轮，慈云普覆。变幻大千，莊严依旧。胆象何缘，归心恐后。喝啰怛那，虔持梵咒。』

二十五日，至睦州。曼生与建德令冯君百史宬为中表兄弟，邀留官廨。晋箫亦束装辞去。紫山、放山对座蓬窗，颇无聊赖，手谭一局。江云欲飞，滩名乌石。日落陈村，港号青芝。人归许步，蓦地管弦声起，唱念家山，又牵惹一番离绪矣。

二十六日，沈君戆窝大釆、杨大秋粟彤华、诸七筠亭光口邀游七郎庙。殿址临江，屋瓴负石，中为别业，由复道迤逦而入，曲廊步屧，画壁流云，桐井竹篱，引人入胜。一池清浅，石笋竖焉，中驾石桥，判池为二。旁有洞门，露台高筑。小山丛桂，分列四隅。呼童煮茗，味有馀清。其上则山河一览阁，日将亭午，不暇攀寻，遂偕戆窝诸君子，从山背别径缓步而下。

二十七日，紫山偕放山城南小步，见临水人家，红薇一枝半垂墙外。放山戏占一绝云：『桐溪小步两三家，亚字墙边种好花。一片红霞遮洞口，可能消息问胡麻。』紫山和云：『谁家楼阁枕江隈，爱惜名花着意栽。似有仙人控鸾背，红云一朵出墙来。』

二十八日，舟发石塘，洪阻风小，住作叶子戏。门残玉采，道出金沙。曼生酌酒论诗，于行箧中捡得《小仓山房集》，逐章点定，存十之五、六，拟为《随园诗钞》，以付剞劂。如：『斑竹云巫山，努力行云雨，一夜溪声助汝忙』，闻丁姬事云『玉儿一死真难得，可惜萧郎货色低』，概从删削。放山云：『此真大有功。』于袁丝者，剧谈永夕，烛炧更阑。搒人报曰：『舟次兰江矣。』

二十九日，许小欧明府元仲发粤中书币致曼生，且先遣人至省，因留曼生衙斋小住待之。放山语紫山曰：『人闲似鹤，日长如年。泛一叶于中流，斗双蛾于隔浦。此间风景，未免有情。』紫山因得五绝句云：『素馨花辫鬓云香，鸥艇轻移暑亦凉。薄暮一江风晼晚，纤腰柔橹背斜阳。』『韵事曾闻纪板桥，评量风月问兰桡。莫嫌春去花光老，瀫水还栽紅藕苗。』『聚星楼上动高歌，埋玉岩边响佩珂。行到峨眉山几曲，四围佛面竹森罗。』『一枝奇树问梿樣，水涨春生面面花。最忆当年胡少室，绿阴深处系仙槎。』『莲开石洞画难真，花放香山白似银。风物撩人堪一醉，几番闲买瀫溪春。』放山和得三章：『懊侬青溪大小姑，碧琉璃滑裹双趺。踏摇一叶沙棠艇，娇为谁人唱念奴。』『肉山谁耐火云蒸，一曲凉州酒似水。艳绝素馨花市里，半江风月半江灯。』『客樯如韭束西门，春买东阳老酒浑。箧衍汉书搜不得，乌篷船尾煮河豚。』诗成，适小欧明府饷蒸豰至，味极精美，饱啖为愧。

闰月一日，曼生同人游大云寺，赠寺僧也颠诗云：『七叶诗僧地，能诗有小颠。阿师真不让，健笔走云烟。茗碗洽今雨，桃花悟旧禅。试拈清妙理，挥尘溅江边。』又题寺中所藏《贯休画十六罗汉像》云：『选佛大云寺，僧为佛绥颊。请持玉画义，张轴展重叠。贯休遗墨存，传衣注谱牒。白象散天花，金猊揲云叶。蒲团敛双趺，长眉蔽两睫。梵放怖鸽驯，钵咒痴龙怗。十六儿庄严，一一妙香裛。忆昔访圣因，瞻象心神慑。今兹法相同，圆光耿禅褋。巨手善雕搜，文心似刘勰。我乏探微才，云烟过眼捷。寒具任品尝，慎毋食指捻。』

初二日，放山夜泊诗云：『云截山腰白苹铺，水面青乌啼孤树。月虫诗语一天星，灯火遥村暗鱼虾。』晚市腥，倚篷聊，假寝幽梦落前汀。是晚苦热，午夜不寐，渔歌四起，星斗横斜，万里火云犹是蒸沙铄石也。先得小欧明府瓜果之贻，灯下剖食之，不觉凉沁诗脾，炎歊退听。

初三日，曼生回舟中，为兰溪绅士作《培土会序》：『大云层叠，废冢千堆。谷水凄清，游魂一片。眺蔓草之荒芜，慨殡宫之零落，和苔蚀角柮沙飞。永夜乌啼，终宵萤火。千年华表，鹤驾空归。一掬藟梩，牛眠奚择。则有天水，诸子雅扇，仁风义传。周甲上规，掩骼之令，肇锡培土之名。金鵶集处，蚁结四隅。白骨埋时，须封三板。悯兹槁葬，力为阡题。纸钱吹上北邙，麦飰浇从东郭。新鬼旧鬼，底用烦冤。大招小招，居然妥侑。此固先民漏泽之遗风，亦即吾乡同仁之嘉会也。缅岁庚申之冬，曾从大中丞仪征师，勘灾婺州，纡回累日，叹金鼍之髭水，悲石马之嘶风。触目堪怜，伤心无俚，兹以薄游粤峤，再过兰江。吾宗 斋学博，责肩倡导心切，表章丐作弁言，陈其旧册，夫合幽明而同爱者，仁也。竭愿力而敦行者，义也。春生朽骨，恩及陈人，持久不疲，于今为烈，福善之报岂待赘言哉。』又为孙二意城补题《兰真小影》云：『凌波微步玉珊珊，一曲伊凉酒意寒。重订宫闺小名录，昵他吹气果如兰。』『兴公遮莫赋天台，十丈红莲获碧苔。蚕缕茜香缠左臂，落花如雨鸟衔来。』『龙华小劫悟前因，画笔休描世界春。一剪红兰一杯酒，重帘低语唤真真。』又题余二起泉《慈柏图》云：『真干何亭亭，初生不盈咫。高堂手封植，苍虬蜿蜒起。盆栽伴古松，庭荫郁文梓。黛色自年年，与母相终始。母兮资柏生，柏兮殉母死。宝兹遗泽存，供养媲毛里。我刻慈柏铭，衔哀亦靡已。』是晚，曼生仍宿兰署。

初四日早，斋学博廷献具蔬笋招曼生重游大云寺，辞不赴。午饭后，作叶戏旋罢。

曼生以前各诗分书卷端，并为何大兰谷德沛合书长幅，封寄杭州，了笔墨旧逋也。鉒斋又以《止酒图》索题，成二绝句云：『花枝摇曳木兰舟，嵇阮年年结胜游。颂酒不如能止酒，人间尽有地埋忧。』『絮语帘栊珍重时，钗头幺凤最先知。擎杯不作当筵劝，翻惹潘郎两鬓丝。』图感一时情事，兼悼亡也。圭影初斜，云头四起。天半虹霓，贴波而卧。未几狂飙迅发，逸兴豪情与之俱壮。放山谓紫山曰：『卯岁羊城见飓风不过尔尔，兹其海啸，信乎？』

初五日，曼生补题陈古华太守《五十学书图》云：『书与年俱老，隃麋万斛春。先生擅能事，今日更何人。笔退都埋冢，砚多堪结邻。云烟资供养，挥洒见天真。亦有涂鸦癖，曾来问字扉。姜芽徒敛手，桂子让传衣。谓未谷。已出右军右，还知非翁非。笼鹅应不少，一棹鉴湖归。』

初六日，鉒斋邀曼生游石亹。原倡云：『欲践寻山约，侵晨暑气微。渡头风正急，郭外稻初肥。数载金华道，生平钓石矶。远公何处觅，谓石亹开山自芬和尚。古刹是耶非。游兴称吴许，谓吴六许三。能诗有我宗。探奇思最古，泼墨兴初浓。止酒三生订，拈花一笑逢。

山间今录别，尺素望重重。』曼生次韵酬之云：『古寺枕幽涧，篮舆接翠微。池空鱼碍瘦，树密鹤羞肥。验岁占禾陇，投竿谢钓矶。平原留十日，浪迹不知非。诗惭呈佛谢，图让卧游宗。落响松钗古，寺有落叶松。霏香栢子浓，归经柏子庵。缘深疑宿契，别易恨迟逢。此去投炎徼，云山几万重。』小欧和诗云：『招凉来石槛，晓色正熹微。官冷羊原瘦，秋迟蟹未肥。披襟循蕙亩，点笔坐苔矶。湖海元龙气，回头觉昨非。留宾才二篋，我爱郭林宗。帆影随风驶，岚光入夏浓。竭来萍偶聚，珍重雁相逢。遥指罗浮境，峰围四百重。』紫山、放山不及同游，放山因连日大风不止，口占云：『女龙新奉东皇勅，十八封姨妬颜色。劫得昆明万斛灰，搅翻青海层波黑。』『红坑乌石黄溢滩，罡输碾断相风竿。石尤助虐中夜舞，吸尽兰江江水寒。』『一昨蟾宫沍月晕，星妃三五含馀愠。土囊何物弄乾坤，拟起灵均续天问。』薄晚，许邑侯复有二篋之饷。

初七日，风少止。晓起拂几，扑去俗尘五斗。午后，假少尉怀忠、陈学博廷献、吴上舍锡清、许上舍元少邀游兰山，兼访灵源，直上振衣高处。古杉修竹，浓翠滴衣，旅怀弥旷，薄暮乃返。放山游兴未惬，复买酒为射覆藏钩之戏。栖鸟啼树，飞虫打窗。放山饮极醉，呕吐大作，与紫山一语龃龉，欢呶不已，时漏下三鼓矣。假少尉号葵士，吴上舍号墨茹，谷人祭酒从弟也。

初八日，曼生记作游所见，以其名与数缀，合作绝句云：『秋深蝴蝶更娉婷，秦苑吹箫梦已醒。万里桐花飞似雪，求凰曲变雨霖铃。』『莫讶刘琨起舞迟，花冠亦自逞雄姿。不争野鹜随人爱，只诩胎仙并立时。』『明星依约近银河。珠树成林鸟语和，夜半素云横一片，神山海上问如何。』『落梅花里笛声残，衣薄如铢亦觉寒。杂组自输长命缕，莫同彩笔梦中看。』丝鸡蜡凤，三五而盈，意不在彼，无所结滞也。

初九日，紫山和曼生绝句云：『丹山归路正漫漫，楚客狂歌入听难。香颈欲回钗股折，谁怜一曲奏离鸾。』『金距珊然骨力张，更阑遮莫下东墙。笑他未肯输雌伏，对镜婆娑舞一场。』『笛声何处弄桓伊，对月衔杯照影迟。薄雾乍消轻露滴，瞿塘峡口泊舟时。』『罗浮蛱蝶妒朝霞，舞傍花骢故放斜。隔岭不教香梦度，恐随飞燕入侯家。』放山和云：『一曲红楼梦觉迟，玉钗压鬓有谁知。客来不敢题凡字，珍重桐花未落时。』『迷香洞口树临风，人去淮南舞镜空。夜雨小窗谈故事，朱朱祝祝认陶公。』『迭唱阳关无限愁，郎当檐铎近高楼。年来遍涨桃花水，不及湘江几霞秋。』『角星底事吐微芒，铁笛吹残点额妆。门外斑骓系杨柳，罗衣不耐晓风凉。』

初十日，许明府纪纲旋自省垣，遂拟明早解缆南行。小欧饯曼生于官舍，仍以珍味分饷舟中二客。讵须束皙，才赋安干。宁假虞悰，惟夸米糈。餍德碎心，令人滋感。更阑酒散，小欧与假君葵士乘夜来小舟话别，珍重再三，读文通赋，酸辛千古矣。

十一日，黎明挂帆，堠柝初残，村烟乍起，夹岸碓舂，云子两山啼㣲画眉，风利不泊，乐不可支。鉎斋遗小吏以诗追送。曼生云：『肃清铃阁暂栖鸾，好为图南刷羽翰。别赋一江阑水绿，怀人千里海风寒。古来治策边疆重，天下官居牧令难。他日循良推第一，绝胜双鲤报平安。』午后即抵龙游，风大作，遂泊七都驿。

十二日，晓发潭子湾，十里许至高堰。曼生访同年宋鲁珍之尊人淡人先生折膂不值，其家人云：『在郡城。』华祝三家拟踪迹之，惜以风雨阻。泊舟杨村，至三衢尚距三十里也。汪应辰永年院里一径蓬蒿，赵子书崇兰圃中几行书画，望古遥集，为之爽然。

十三日，抵衢州。再访淡人不遇，晚泊草子步。环步皆山，山高月皎，凉波漾碧石，齿齿可数。面横平冈，冈坳五老树，阴森如奇鬼，不日逼视。夜半玉澄天宇，织云不流，扣舷而歌，万籁俱寂，风露逼衣，殊有秋意。各作迎秋诗一首：『扬舲触热指羊城，刻意拈毫纪客程。客里迎秋秋亦客，教人主客不分明。』曼生。『桐井西偏是碧城，素娥青女问前程。何人准备云軿去，赤马船头火缴明。』放山。『神宫太白下云程，远道迎来不计程。却为袁宏泛牛渚，玉蟾蜍影十分明。』紫山。

十四日，立秋。竟日晴爽，过九轮滩。滩水淤浅，其一船装重，篙司以肩负手义地，卒不发，乃以行李携置他舟，舟始激宕。一路蹊径逼窄而更纡折，山多平远，若断若续。苍松秃柳，随意布置，疏密掩映有致。两山之麓，间横略彴，樵人牧竖出没其间。曼生云：『当补子久《富春山图》所未及也。』以诗代画，因成《西安道中》五律一首：『风水真无赖，仙舟怯石潭。云山如有意，渲染作朝参。浅草牛羊下，新香橘柚含。痴翁呼不起，粉本向谁探。』放山和云：『草子步头发，俨如图画中。水翻村碓白，山背寺墙红。奴橘杈篱护，官鱼竹虾笼。来朝辞水驿，能事托王蒙。』紫山和云：『一幅新秋画，谁能点缀完。桥危幽涧仄，山净碧云宽。牧笛横牛背，炊烟冒树端。溪藤谁写得，摩诘句中看。』

十五日，抵常邑三里滩。肩舆入城，主周三十家。李耕畲大令洪畴坚留入署，坚却之。陈拙仙佐荛、黄海樵孙灿相见话旧，意各殷然。饮归，已二更许。耕畲复至客邸，订明日小留泉州。叶苕初主薄汝培先于省垣，订至常山同行。是晚，挈行李来寓。歌裁金缕，扇写松树。山火协占，兼得同人之庆。

十六日，海樵拙仙来，曼生邀同往访汪听帆孝廉彭模，旋入县廨。是日，汪迟云中丞之任桂，耕畲极迎送之劳，命其哲嗣菘圃固留且备舆役，以待明日遄征，辞之不得，可感也。

十七日，晓发常山。海樵诸君复来话别。耕畲送至三里亭，执手郑重，且致书粤中故人，为之地道其热肠类此。午后，抵草坪驿。耕畲先遣人治具，咄嗟而办，盘飧精洁，杯酒甘寒，溽暑逼人，殊无旅食之苦。自常山至玉山，路极平坦，负戴者踵相接，万足一心，与道大适。数武许辄有茗馆当垆粲者，昔则遍肆皆是，今已十不得二三矣。山根潴水，多插藕苗，时值朱华竞冒，凭式上襄，芳馨可掬。田家刈稻，乃亦有秋。一路耞板声与沿溪牧笛相应，夕阳在山，归鸟鸣树。行次东津桥，丽谯鼓发矣，即宿何淑英旅舍。

放山诵一绝云：『宾馆标名午饭香，家家松火煮茶枪。当炉暖得梨花白，手涤水瓯劝客尝。』雅近宋人小品。

十八日，分拔四小舠，甫解缆，值雷雨交作，离玉山里许遂泊。

十九日，朝发玉溪。溪河水浅，大舰不可行，其搬运买物者名曰『小舠子』，头尾锐而狭，篷极低，不能屈伸坐，如鹭拳卧，若蜗寄，一昂首，辄受捧喝，拘挛之苦无过于此。幸舟子率以横槊贯艑觜行，不甚欹仄耳，风水俱顺，曛暮已忆河口。署司马吴礼斋明府永清为曼生同年，吴二梅梁之伯父。梅梁尊人渼陂先生永和亦随兄宦游于此。先是山阴陈鹭门振飞与曼生订同粤行，不果，期于河口相见，及遣讯之，则已行矣。

二十日，曼生饭于礼斋司马处，座中为朱君、某苕上人、随宦于江右者平君、某司马坦腹即与鹭门偕来者。韩翁圣书是廿年前旧识。陈梦航嗣昌字光前，为曼生同族兄，髫年见之，不意相遇于此，萍篷之感可胜叹哉！司马饷瓜酒土物。午后，买得叶姓者船，极宽敞，乘风扬帆，视昨日如登天矣。

二十一日，午前抵弋阳，暂泊。粤中又以书至促行。是日，群工为老板寿，即宿水南塘。

船唇斫鲙，篷背呼卢，洵可谱《渔家乐》一阕也。紫山与苕初研练宫商，揣称竹肉人籁，悉本于《天和传示辨声》，诀云：『门唇斑豹，碧邠剥舐，舌当帝滴，都丁口含，呼虎乌胡，故舌卷伊，幽乙谒英，文法粤衍。』不亚杨子云《太元经》。柳州晋问孙可之大明宫纪梦诸制。

二十二日，自南塘至贵溪。其间大岩横石，留口、下村诸胜，或老树孤撑，或细流回带，皆足供人瞻眺。龙虎山为张道陵栖真之地，山势突兀，绵亘数十里，遥列三十二峰，变幻不可方物。山麓有天生石桥嵌空玲珑，表里洞达。推篷遥瞩，终觉双瞳未刮金篦，不见匡庐真面目，呼负负而已。贵溪雉堞皆甃红石，云台月榭高出城头。放山句云『画图金碧照孱颜，人在琼楼玉宇间』颇尽其概。地产伶人，兼擅色艺，俗谓弋阳塍者是也。

二十三日，苕初患河鱼之疾，至安仁，延医不得，紫山拟以正气散投之亦未效，惟漉瓜作饮，得少通利。是晚舟泊，黄金浦返照入江，馀霞炫彩，因风卷舞，迭作奇峰。夜半残月浮空，众山皆白，秋声两岸，客思横生，胸中块垒宜以杯酒浇之。苕初则意兴阑珊，半炊许已三遗矢矣。

二十四日，自泷津镇过木樨湾。曼生于紫山便面作《龙津晚泊图》。放山录旧句云：『轻舟已过木樨湾，卅里官塘暮霭闲。款乃一声湖水碧，卖鱼人唱棹歌还。』此乙卯冬经此，为余淡泉明府题画作也。情如一昨，事隔十年。即景流连，不胜怅惘。

二十五日，大风，泊鄱阳湖芦苇深处。紫山拍斗高歌，大有破万里浪意。放山曰：『予无潘陆海之才，聊作小记，以识梗概。然苦箧搜考不便，约略言之，不无简陋。』曼生欲存其稿，放山已焚付波臣矣。

二十六日，乌溪寨晓发，晚泊赤塘驿。天大暑热，云蒸火炽，水沸烟腾，销夏无湾。挥汗如雨，强理湘兰吊谱以排遣之。金乌初堕，白乌朋飞，一掴一掌血，彻夜不成寐。

二十七日，抵豫章。放山《登滕王阁》诗云：『睇缅最高楼，滕王今在否。片帆分落照，一剑冷新秋。苦竹滩头树，桃花岭下洲。问谁工作赋，才调子安优。』紫山和云：『昌黎作序未登楼，今我重来快胜游。山雨欲空千嶂碧，湖云遥接半江秋。壁间豪兔惊人笔，槛外风乌破浪舟。忆昔卷帘曾买醉，一钩明月百花洲。』

二十八日，曼生宿同年周雨亭澍寓斋。周摄南丰篆以前二日至省垣，恰得相见，亦奇缘也。午间，为黎湛溪司马、蒋殅波别驾、姚质甫参军索书扇幅、楹帖。又访阙雯山于天后宫，拉至雨亭所，王佐勋主薄绅、雷□□司马汝垣、程西泉库使廷泰咸来问讯。雯山别十二年矣。西泉于辛酉都中见之，极话旧缠绵之致。西泉最后去，剧谈至二鼓。

二十九日，曼生晨起回船，索观《滕王阁诗》，和一律云：『杰阁背城闉，窥帘蛱蝶频。断霞孤似鸟，远翠浅于茵。尽吸西江水，难驱客路尘。王郎盛才调，珍重少年身。』是日，水逆风顺，张帆直上，向晚即抵丰城。雉堞排云，龙山横翠。县故张茂先所云：『斗牛间有剑气，命雷焕宰其地者，夜半银河斜耿，其光皎然，疑是太阿出匣也。』

七月初一日，午过樟树镇。镇为新建，伯剿宸濠屯兵之地。河分三岔：一由临江入南楚，取衡阳以至桂林象郡；一下南昌，过九江，入汉阳；一自赣州分道，以达入闽。兀砥柱于中流，度横梁于双石，地理河渠，各擅其胜，江右西偏，称要害焉。

初二日，自新淦长板塘十里至潼口，又十里至仁和村。由乌江二十里即抵峡江县治。江口有龙母庙，俗传许真人降九子龙遗迹。郡志罕详，而《金莲正宗录》亦所未备，传闻异辞置之可也。峡中水曲如织，山列似屏，侔色揣称，宛置身富春江上。曼生于摊饭后，为茗初作《峡江小景卷子》，石法痴翁，树摹北苑，对景挥毫，颇类东坡海外文字，别有异趣。

初三日，三曲滩阻风，长年群和新腔，月琴、檀板歌呼呜呜，击楫按声，足破岑寂，不似桓子野闻歌辄唤奈何也。曼生命仆开瓮犒令，各浮一大白。

初四日，仍泊三曲滩。苦热，联句云：『舟行如甑爨，曼生。水气蒸浮浮。赤日射篷背，放山。火云幂船头。痴龙闷幽壑，紫山。商羊隐崇邱。骄阳擅成福，曼生。宾驭无停留。炀灶祸方烈，放山。破斧薪谁抽。跣足坐涂炭，紫山。炮烙同累囚。局促磨旋蚁，曼生。偪仄泥蟠鳅。家居尠尘事，放山。挥羽登高楼。竹修暑冈避，紫山。荷净凉难收。况当远游客，曼生。触热增烦忧。烧尾鲤馁穴，放山。扑火蛾僵油。捞人习篙纤，紫山。翕气如喘牛。缩项尻益高，曼生。炙背汗逆流。腰围一尺布，放山。已敌严冬裘。肤理尽焦灼，紫山。邪许声啁啾。拟将辞水驿，曼生。长路偏悠悠。寄语热中者，放山。慎勿趋炎州。紫山。』

初五日，至庐陵。城郭倚江，袤长七八里许。万屋鳞次，商贾辐辏。泊南市，稍略得清静。江水下注，清浊判然，不相淆混如淮黄，然此岂清流不屑与浊流相浃洽耶？抑小人君子不妨同途而异驰耶？读欧阳公《朋党论》，当得其解。

初六日，泊张家渡。连日皆西南风，舟行甚难，十许里辄止。舟中蒸热异常，甚于伏暑。俳谐间作。苕初腹痢不止，委顿殊甚，放山以诗谑之，词俚不存，落句云：『三更闻鸟语，布袴下前津。』纪实也。曼生因复以诗嘲放山云：『穷袴艳茄花，双瞳一镜遮。唾壶休击碎，间画蟹爬沙。』相与一噱。

初七日，次七姑庙。曼生诗云：『绛雪碧树路迢迢，那见双星渡鹊桥。只忆乡园小儿女，可曾瓜果设今宵。七姑祠庙枕江边，翠羽明珰亦俨然。倘见黄姑应默笑，机丝夜月枉年年。』紫山诗云：『半钩新月挂银塘，指点灵祠敞上方。不独双星多附会，小姑亦未嫁彭郎。』放山诗云：『花样翻新笑阿奴，七姑庙下奠行厨。纵然乞得双星巧，尚负金钱十万逋。』

初八日，至曲塘。寂空无惧，惟啜茗弹棋并仿前人格五之法以消永昼而已。更阑易以览胜，局局初取穴骼一枚，各坐本色，再用双子，由劳劳山亭而上，清响押盛，颇饶逸兴。放山书五十六字云：『披图展视孰主宰，是象六分司彩骰。双子劳劳山亭发，轫伊始折返羊肠。蓝关易水捷足者，先上长安市反求。诸身莫远具迩竿，木逢场聊复尔耳。』

初九日，自鸡窝滩抵沙洲。凡三十里，沙淤水驶，篙力难支。放山诗云：『曲塘水涩河淤满，舟路湾环窄干管。眠篙兀兀分寸争，艎版旋磨窣有声。擎扛抛顿起还止，没髁泥沙陷艑觜。历历落牵重关客，心欲天心悭安得。』倒挽银河口，直上储潭犒牛酒。

初十日，早过泰和县。县产名酒甚香洌，而味稍淡，与吾乡乌程下若可伯仲也。

十一日，过百家村。村民习谙滩中水性，凡上濑贾舶经此，必沿例请来送过储潭。搒人奉之如神明，号曰『大王公公者』，尊辞也。大王云者，以滩中有大王庙，故以大王系之也，或曰滩师。紫山云：『向游黄山，云海有大力者，负之以趋，名曰海马，今将何以名之。』放山笑曰：『登高则为海马，临深亦当曰水牛。』合座为之喷饭。

十二日，过横岭。天甚炎蒸，密云不雨。偶演岳麓山樵占验法，得四语云：『拔茅连茹，承流当宁。其道大光，为霖为雨。』午后，电掣四围，风搏万里，西山爽气卷雨飞来，较之焦氏《易林》所云『蛤蟆聚语，从天请雨』不更奇验耶？晚宿万安水东门外。

十三日，仍宿万安。曼生即事戏占律句云：『涤器奚童手太柔，一时投盖下中流。已拚花片蓝桥度，岂料明珠合浦收。陶侃督军曾有兆，廉颇遗矢不须忧。楚弓楚得寻常事，可似苓通任去留。』

十四日，早发惶恐滩。放山诗云：『篙师敛神色，诹吉择前路。人与水石争，水石向人怒。晓发惶恐滩，滩神怪雕塑。发凡起例时，闻名已心怖。况复未来者，历历险无数。绵津势最强，武朔性莫忤。白涧黄糜环，石人狗脚互。或如铜鼓悬，或如瓦罐注。或如虎负嵎，或如豹隐雾。天柱与昆仑，喷薄若瀑布。一纤山顶拖，沿缘俨蚁附。全力运两趾，艮趾半垂露。其上绝壁拦，其下奔溜赴。倘使偶倾宕，失足身命仆。舟子暨行人，同悔铸成错。此境谁备尝，倏忽十年度。今兹补旧游，涉险续奇趣。两岸石点头，笑我顽如故。勿歌行路难，勿唱公无渡。出入报平安，山花欹竹树。舵工双颊红，船唇饮福胙。草次纪行程，波涛忠信慕。』自惶恐滩而上，山水奇突，林木郁葱。曲折湾环，如同入山阴道中，目不暇给。曼生作长卷以状梗概。紫山题二绝句云：『万山层迭碧云低，幽境无人鸟自啼。行到断崖帆落处，一村烟树板桥西。』『闻说滩如蜀道难，滩头怪石激奔湍。我来风水真无恙，一片秋帆画里看。』或曰惶恐滩，本名『黄公』以音讹。

十五日，晚泊石人坝。三人者登岸远眺，路若螺旋，石如兽伏，足力不胜而止。广寒启钥，照遍众山。烟树千重，水云一片。恍似曩者月夜泛西子湖登宝石山头振衣长啸时也。

十六日，出滩，次诸潭口。放山偶登舵楼，失其一履，徒跣而归，相与失笑。曼生嘲之云：『舵尾看月上，双屐如飞凫，从者廖非也，从人诛可乎？我家赤脚婢，只配黄头奴。君但跣一足，决踵还胜无。』紫山云：『临流颇似鹭拳无，五两难将一苇抉。圯上有人呼孺子，尊前乞术问梅姑。袜伶洛浦凌波泠，履想东山踏月孤。只恐相思成比目，又教秋水汛双凫。』

放山复以一履投之水中故之。

十七日，由桃园滩抵虔州。虔州即赣郡也，郡设东西二关：一达闽之汀州；一达粤之凌江。贾舶麇集，以待确税，行李往来绝无暴客之警。

十八日，挈行李过会昌，船去。自赣以来始有榕树，大辄数抱，络石在缠崖，枝干樛结密叶，垂阴至半亩许，顾以不材寿，为匠石所弃，并不中樵爨，噫！殆樗类耶？是晚，泊高溇。汛蠡聚如雷，紫山未曾施帐，竟夜不寐。

十九日，瓯潭晓发。溪岸皆累石蓄水，使湍流迅激。竖木为架设大轮，轮夹二重，外轮大内杀之，两轮之间遍缚竹筒以受水，而势稍斜上，又以竹箪抵水，使轮转如飞，水喷薄如雨，挹彼注兹，不费人力。山田悉资灌溉，较小碓法而小变之，更为奇妙。岂地近海南，为西洋重学所见端乎。

二十日，至罗村。村妇皆戴大青布笠，四周垂三寸许，以遮日光。露椎髻，跣双足负荷于道，遇溪水无虑浅深，褰裳径渡，若忘其为女子者。然习于勤俭，如此其可风耶？

廿一日，早过南康县。溪女皆出汲，无不露白足是者。纠纠葛屦，殆可不设。因忆随园叟集旧句云：『一身兼作仆，两足白于霜。』移赠最确。县城依山坳结构，距溪口稍远，值微雨不复登岸。

廿二日，次青龙浦。溪路湾环屈曲，乍南乍北，帆无定指。水清石出，深仅至骭，牵挽而上，船底格格作巨响，又忽沙沙作细鸣。

廿三日，早至大庚。主曾景圣家。适秦小岘方伯自粤赴浙任，曼生请谒舟中，各道浙、粤近事。方伯昔尝观察陈臬于吾浙，提倡风雅，以和平为政，都中人士皆仰望之者也。

紫山在楚幕曾有一日之卸，正拟执雉礼，而方伯行矣。前方伯自楚返惠山时，以书寄别紫山，有『城西草堂，仆之所居，他日者鼓棹遄归，款柴门而谈别绪，老夫健在，愿订后期』云云。

廿四日，度梅岭。放山诗云：『镇重南交气象雄，梅关天险界西东。九龄风度千秋在，百粤车书万古同。穿壁老榕团惨绿，论园香荔失残红。何当再上番禺道，独立花田吊汉宫。』紫山云：『亻亍肩舆破晓烟，攀援直上翠微巅。回头西吸三江水，纵步南通百粤天。绝壁摩云沉古雪，老藤缠　咽新泉。秋深未见梅花发，乡思难凭驿使传。』曼生云：『岩关秋影逼天河，宿雾横排晓日过。通驿定来南越雉，挥鞭不信鲁阳戈。梅枝待雪花犹迟，海气连云瘴恐多。此地自应称设险，曲江风度问如何。』晚抵南雄，宿杨义顺旅馆。

廿五日，自浈阳买舟南下，晚泊罗围塘。

廿六日，早过始与江口。竟日苦雨，行次乱石滩头，奔江永泻，邻岭相葺，忽有如马头昂藏而起者，特立数十丈。或折而南，或拱而北，力将岸争，势与空门，变怪万状。询之搒人云：『此为马归槽。』殆俗称也，志以俟考。

廿七日，抵太平桥关。放山诗云：『蛮烟蜑雨作成秋，十幅蒲帆何暮收。弦索无声歌乍起，满江灯火是韶州。』

廿八日，移坐老龙船。午后，自南皋解维过白兔汛。山石如画家大小斧劈痕，或又如唐子畏摹营邺法，皆奇观也。

廿九日，晓过观音岩。舟子催客起，唤小舟，至绝壁下。砉然洞开，拾级而登，中屈曲如螺旋，昏黑不可辨路，长廊转处皆燃列炬。自水月亭折而上为大士阁。阁嵌石壁，下瞰江水殆数十丈，阁前巨石倒挂类乳结成者，正对佛座如宝盖璎珞。然壁间多前人题咏，未及遍览。老衲朴素无俗态，供茗饮少憩。出至舟中回视，石壁直立天半，面平如削，洞小于窦，自阁至顶正不知几千百丈也。额云『灵境天开』，洵然。放山诗云：『天低雨断烟蒙蒙，矗立峭壁摩苍穹。谽谺一洞陷石厂，擘窠镌牓观音宫。洞门牒子小于叶，问津稳藉慈航通。石磴勾连百千级，如螺脱壳空其中。猱升蚁附诣绝顶，梵王圆相光熊熊。洞垣漏隙纳山入，随僧顶礼来朝宗。槛前钟乳结成盖，之而鳞甲拏高空。置身上方已峻极，俯瞰下界无终穷。我生爱佛不佞佛，亦复膜拜从同同。老衲道我过别径，水月亭折长廊东。

谈禅啜荈趣剧静，剥苔缕石句亦工。天开异境到炎徼，吾乡灵鹫难追踪。沙弥诵忏木鱼响，步虚声下山椒风。可悟篙师促鼓棹，锦句未及夸奚童。回头却顾所来处，旭日正射岩花红。』

三十日，早过清远峡，不及游飞来寺。放山述旧句云：『一水流中宿，双峰擘巨灵。草连沙岸白，山到寺门青。鸟语繁花度，钟声宿雾扃。掀篷看未已，渔唱夕阳汀。』曼生曰：『诗亦佳，可想见寺之胜概矣。』峡旧传黄帝二少子隐此，故又名二禺山。梁时，峡有二神人往舒州延祚寺，夜叩真俊禅师曰：『峡据清远上游，欲建一道场，足标胜概，师许之乎？』俊诺。中夜风雨大作，迟明启户，则佛殿宝像俱已运至山中，因名『飞来寺』云。是晚，泊沙墩驿。

八月初一日，过佛山镇，阻雨泊舟，水驿戒严。曼生、紫山相与谈史，竟夜各撮举得快事若干。放山信手拈成云：『报韩者谁，副车告危，大索不获，快博浪椎。汉留侯张良。冠军养骄，救赵路梗，何惜竖儒，快钜鹿并，拔山入秦。西楚霸王项藉。谁婴其鳞，卤夫侃侃，快鸿门盾。汉舞阳侯樊哙。寒夜行，一矢饮羽，气可平吴，快射石虎。汉将军李广。菽菽有谷，元元无月，善则归君，快矫发粟。汉侍中汲黯。诳众者霸，授汉者天，九鼎东京，快河水坚。汉淮阴侯王霸。糟糠义衰，贫贱交破，见几不辱，快犯帝座。汉处士严光。三十六国，颐指气使，投笔一炬，快得虎子。汉定远侯班超。千里青草，然脐不保，妙算司徒，快有诏讨。汉司徒王允。玩世骂世，老奸心悸，烈也非狂，快挝鼓吏。汉征士祢衡。孙刘同心，龙凤飞舞，乘胜气盈，快赤壁火。吴都督周瑜。荆棘铜驼，此一块土，祖生有鞭，快闻鸡舞。晋都督祖逖。授官起第，忧辱辱死，淝水不流，快折屐齿。晋太傅谢安。君子之戏，大臣之谋，呼吸周唐，快褫翠裘。唐司空狄仁杰。君有丽姝，臣有酒徒，醉入宫门，快天子呼。唐供奉李白。上皇父也，礼失求野，两主间游，快衣白者。唐邺侯李泌。越在草莽，天威尚存，胆落御史，快朝廷尊。唐侍御史李勉。百战不折，六矢不惊，三日救至，快睢阳城。唐雍叩令张巡。一判两冠，岌乎殆哉，天杀穴斗，快令公来。唐汾阳王郭子仪。手无寸铁，逆脑破裂，十年负卿，快击贼笏。唐司农卿假秀实。与猛兽斗，败且不救，隐发其好，快留身奏。宋公王沂曾。料敌何如，当览履车，专之可也，快焚夏书。唐延州范仲淹。故彼佞人，不烦饶舌，或押或难，快自有说。宋魏公韩琦。众欲旧君，故士敌骇，快江上语。宋招讨使韩世忠。显忠未至，王权已归，儒将风流，快采石矶。宋学士虞允文。宋廷无相，郑氏有男，寝皮食肉，快木棉庵。宋会稽尉郑虎臣。』维彼古人，各因其遇，在前哲已有定鉴。吾辈抗心希古，谬与评衡。放山复自成一家言，殆所谓我用我法者。

初二日，早自瓜埠，逾大通，午后入广州。

曼生印跋

纱帽笼头自煎吃

茶饮之风盛于唐，而玉川子之嗜茶又在鸿渐之前，其《新茶》诗有云：『闭门反关无俗客，纱帽笼头自煎吃。』使后之人味其词意，犹可想见其七碗吃余两腋风生之趣。余性嗜茶，虽无七碗之量，而朝夕所啜惟茶为多。自来荆溪，爱阳羡之泥细腻，可以为饮器，故创意造形，范为茶具，当午睡初回，北窗偶坐，汲泉支鼎，取新茗烹之，便觉舌本香清，心田味沁，自谓此乐不减陶公之羲皇上人也。顾唐宋以来之茶，尚碾尚捣，或制为团，或造为饼，殊失茶之真味。自明初取茶芽之精者，采而饮之，遂开千古茗饮之宗，使卢公生此时，其称赏又不知当如何也。余故刻卢公诗句于石，而并为跋，亦以增艺林一韵事也。曼生陈鸿寿识。

襟上杭州旧酒痕

杭州明圣湖秀甲天下，四方骚人逸士文酒流连，诗词点染者无日无之。而校书之聪慧者，往往乘机斗捷，诙诣间作，索帕题诗，刻烛觅句，啼痕笑态宛在目前。余杭人也，少时预诗酒之宴，自出游邗上，每忆西湖如理旧书，津津有余味，诵香山诗句，为怅惘者久之。爰取白公诗刻诸石，盖不独儿时钓弋之地，惓惓不忘如是也。曼生自作并记。

与松柏同心

慈柏先生尝游于铁老之门，深得其画梅之法，老干纵横，繁花万朵，王元章不是过也。自题云：『铁干那可屈，冰肤自耐寒。篱边有鹤守，迟我晚来看。』盖君之命意于画梅，取字于慈柏，今属余治是印，想早有深意存焉。是否欲与松、柏、梅结岁寒三友，订同心之侣也。曼生并跋。

束缚酬知己，蹉跎效小忠

古人以身许人，固非易事。以严郑公、杜工部之相知，宜若脱略形迹，不拘势位矣，而少陵赠严公之诗，有『束缚酬知己，蹉跎效小忠』之句。夫知己而曰『束缚』，效忠而曰『蹉跎』，味其词意，不禁感慨系之。况余疏直性成，迂阔寡效，欲以事人，难矣。

篆杜句为韦弦之佩，所谓前事之师也。曼生并识。

琴书诗画巢

昔人云：『乐琴书以消忧。』而诗酒流连，烟云入画，尤是雅人深致。云楼之为诗也清超无俗韵，又深于书法，精细于画理，虽不以琴名，当亦如陶公之独得弦外意也。余每过禾郡，辄造其庐而访焉，与之探讨诗学之源流正变，又唐宋以来书家之派别，画苑南北宗之分合，娓娓不倦，时有心得之语，未尝不移晷忘食，恨相见晚，而聚首难也。夫古来擅书画之能事者，其人皆享大年，膺后福，如石田、衡山诸公，比比皆是，盖胸次高超，烟峦供养，其恬淡之致，足以忘岁月而延龄算。云楼日从事于书画，而以诗陶写其性灵，固以此三者为巢而已，优游于其中，既无幽忧之疾，又何事于操琴以治哉。余素重云楼之为人，又服其业精而学益进，为不可及也，故刻诸石以赠。曼生陈鸿寿并记。

月明满地相思

天下物之足以动人离思者，莫明月然也。当夫纤钩乍吐，或皓魄初圆，斯时万籁无声，一庭有影，怀美人而不见，独永夜以增思，此陈王所为寄慨，而仲宣于以抽毫也。余与王子苕夫相交有年，自余于役三江，未能朝夕论古，虽音问往返，而胸中之郁结未足宣写其百一。比辱书问讯，适值秋月皎然，清辉满地，对月思君，能无黯然，因作此印，缄以贻之，两地相思，彼此有同情也。曼生并识。

教几个小小蒙童

郑板桥先生所作道情虽似浅俚，然点醒痴顽正复不少，果能随遇而安，亦省却多少怨，尤况蒙以养正圣功之始，未可以其幼小而忽之也。嘉庆己未，岁戏作此印，我辈措大，勿视训蒙为随身竿木，则于世道人心未必无小补也。曼生并记。

陈氏子恭

周书曰『恭则寿』，见于《丹书》。所云盖人之享大年，未有不本于恭者。余既取字子恭，而又刻此印以自佩，且寓顾名思义之意。日夕省览，俾免流于晋人之旷放云耳。嘉庆己酉秋九月，篆于求放心斋之北牖，曼生陈鸿寿记。

汪中字容夫

容夫年伯世居古歙，自先资政以鹾使转运河南，遂卜居江都。应试丁酉选拔，因不乐仕进，闭户著书，有《左氏释疑》、《述学内外篇》、《周官征文》，为世所重，解经别有神识。国朝经学名家自黄梨州先生伯仲维持名教，广益经术，继起则毛西河、万充宗、钱竹汀诸公皆能精液经史，不矜法以自雄。近作可与颉颃，惜未得识荆为恨，去科喆嗣琴南与余为同年，比来京师，时相过从，相见恨晚，嘱为年伯治印，敬识数语，冀得附骥尾，以彰云尔。年姪陈鸿寿并识。

人比梅花瘦几分

余性爱梅，以其质劲挺而不群，其花芬芳而可玩，信足供高人之品题，独怪其涉严冬，冒霜雪，体清而骨瘦，有类山泽之癯。余既好梅，日与梅相习，吟哦其侧，久之亦自觉带孔频移，若东阳之瘦沈。昔之怜梅瘦者，今转而自怜矣。爰取其诗作印，将与梅订同心之侣也。曼生自作。

非若马牛犬豕豺狼麋鹿然

昔昌黎公慨麐之不恒有，非若马牛麋鹿之可知，盖惜殊才异能之动违世惊俗，而拂拭者鲜也。郭子祥伯清才隽上，举止不羁，视世无一当意，而人或目为狂，倘亦有韩子之嘅乎？夫麐长四灵而龟征上寿，郭子负旷逸之才，宜享期颐之瑞。余故聿制此钮，取韩公语刻以贻之，既美其才，且卜他年之寿券云。泉唐陈鸿寿并跋。

金石癖

古人文字之存于今者，惟金石为最久，不独可补史传之阙，摩娑其器物，钩拓其波磔，古意盎然，且有生不同时之憾。余性好吉金乐石，每得一器获一碑，辄流连不忍释手。寿门兄与余同嗜，故作此印贻之，以见嗜痂之癖两人固相同也。曼生并记。

只寄得相思一点

『只寄得相思一点』，西厢句。

寿门兄抗怀好古，与余有水乳之契。自余客维扬，不见者数年于兹矣。适奉手书，倍增思念，因作此印寄赠，以见予两人之交情，有非楮墨所能宣写其万一也。嘉庆丁卯四月，曼生作并记。

默坐

古人有言，焚香默坐，足以消遣世虑，岂不以慧生于静，而心赏乎虚。儒者涵养性灵，默然独处，不惟却病，且以治心，固与圣人默识之功殊途而同归也。迈庵叔性爱恬静，每端居一室晏坐终日，不以言语劳神，不以奔走役身，盖有得于昔贤摄生之旨。而圣人所谓仁者静，仁者寿，可为吾叔操券而取之者矣。寿趋侍之暇，命以『默坐』字作印，并命为之跋。鸿寿谨刻。

迈沙弥

甲寅春二月，迈庵叔自泰山归，因极道天门之胜，枕迹峰峦竞秀，岩壑争奇，千态万状，目不暇给，每向岩石间坐，令人有萧然出尘之想。回视尘寰扰扰，俗务营营，诚不若削发披缁，入山栖寺，寻本来面目，究出世根本之为愈也。因目己为迈沙弥，今命刻诸石，以明素志。夫古来高人奇士结山水之缘，具烟霞之趣，往往皈依净土，一志空斗，非夙有大智慧者不能勇决若斯也。爰承叔命，刻以奉上，他日或能嗣衣钵，且以结一重香火因缘也。曼生姪并记。

平生金石结良朋

昔欧阳公作《集古录序》，惓惓于汤盘孔鼎、秦石汉碑，不独赏其文字与史乘相出入，其古雅渊穆之趣足以广识见，益神智，虽良朋密友之益我者固莫金石若也。余性好古，于金石为尤，结于梦寐，形诸歌咏，由平生之笃嗜，致结习之难移，虽嗤我为迂，目我以怪，不辞也。暇时兴到，辄假石君以宣鄙志，并示交好中与余同有嗜痂之癖者。曼生并记。

撚断数茎

古之诗人于作诗之道每苦心孤诣，穷思毕精，务极其才力之所至而后已。诗莫盛于唐，今人读唐诗，造语浑成如自肺腑流出，宛若天成，不知功力之深，有走入醋瓮者，有落尽眉毛者，至有吟安一个字撚断数茎须，可想见其冥搜默索，琢肝掐肾之精能矣。余性好吟咏，流览载籍，博观古今，辄以唐人为依归，故刻此印以贻小谢，未知以为然否。曼生并记。

癖印书生

『落拓生涯躭笔砚，癖性疑痴，金石供清玩。斐几芸窗何足羡，书生自笑区区愿。花乳桃红争灿烂。刻琢摩娑，镇日情无厌。锦裹香薰徒点染，题词韵事垂文苑。』调寄《蝶恋花》。

余平生笃嗜金石，人皆嗤我为迂，琴南出是句属镌，竟应其所求，喜其同有嗜痂之癖也。壬戌三月曼生并记。

十六椽竹馆

昔王黄州言：『黄冈地多竹，大者如椽，刳竹破节，用代陶瓦。盖竹之为利溥矣。』

余酷爱竹，有王子猷之风，旧家无数椽，而馆中所植森森挺立，玩其风枝雾叶之奇，冬夏异态，晴雨殊姿，令人坐啸其傍萧然有忘世之想。笔墨之暇，兴会所寄，辄以『十六椽竹馆』镌诸石，以见余与竹君情好无间如此云。曼生自制。

壬申秋，竹岩过从见爱，略作数字并贻之。

买丝绣作平原君

四公子中，信陵君尚矣，春申异姓，卿以宗臣而执政柄者，惟田文、赵胜。然孟尝结邻邦，戕宗国，获罪名教；平原才短于信陵，而心正于孟尝，拔毛遂任虞卿，赵国危而复安，实有赖焉。后人慕其遗风馀烈，至欲买丝而绣之，良有以也。余故刻诸石，以志景行之意云。嘉庆乙丑，客羊城作此遣兴，曼生并记。

穷年弄笔衫袖乌

仆弱不好弄，少而业儒。矻矻穷年，仗管城之宣力；孳孳永日，策毛颖以奏勋。文史纵横，图书左右。丹铅纷其并进，毫素杂以交呈。黄卷无穷，抗心曩哲；青灯有味，低首儿时。怪衫袖之半乌，春秋屡易；怆头颅之将白，功业无闻。滴露研硃，似蝇头之钻故纸；辍书投笔，羡燕颔之取通侯。铁砚磨穿，缅想桑公之壮志；锦标夺得，有怀卢肇之新诗。曼生并记。

小谢有新诗

自刘宋以来，诗学莫盛于谢。而小谢之为诗也，清新俊逸，秀色可餐，唐初诸名家无不问津于此。试取沈、宋、苏、张诗集，覆案之固了了也。钱君小谢工于吟咏，所作清而不绮，丽而有则，殆心仪谢氏而得其神骨，故饶有新颖之色，为不同于俗艳也。余以君之字与小谢巧相符合，爰取唐人李从一句，刻以赠之。曼生并记。

杨柳古渡头

水乡之宜植者，莫杨柳若也。由拳古泽国，严子紫莼卜宅即城之西，其地名曰：『杨柳津。』夹岸柳数十株，烟水渺森，徙倚其间悠然有濠濮之想。余过禾访其居，与之闲步湾头，清风徐来，水波成文，尘俗胸襟为之一涤，紫莼取昔人成语属余治印，余亦以其巧相符合也，故不辞而为之跋。曼生并记。

张斌私印

六舟仿汉，时客武林，即有黟山之行。

余锷私印

此夏为慈柏作此二印，即有苕上之游，未及款识。今春暂归里门，与诸君子作文酒之聚，颇畅离悰。时在冬生草堂，早梅已花，弄影于便娟间，间透寒香，沁入心府，因复补此，盖丁己正月十九日也。曼生。

长相思

少长西湖，壮游燕市，对莼鲈而增感。盻断六桥，忆旧雨之睽违，神驰五内，爰作是印，以寄相思。曼生。

不可一日无此君

铁舟上人深得梅道人写竹之法，纵横跌宕，无不如意，自谓平生笔墨于此道殆三折肱，非虚言也。因索刻王子猷语，附记于此。曼生。

西畴桑者

陶靖节不云乎：『将有事于西畴，』而唐风曰：『十亩之间，桑者闲闲。』盖古者耕读相兼，士农无二，以诸葛公之忠勋盖代，而自表曰：『桑八百株，田十五顷，岂非以优游农亩，从事耕耘，视世之奔走驰驱固有霄汉之别耶。』云楼居郡之西偏，结庐城外，远市井而近桑麻，宜其高致雅怀，度越于寻常也。余每过其居访之，辄自叹不如远甚。云楼属余治此印，因刻以贻之，既美其高，且以志予愧也。曼生制。

小红低唱我吹箫

南宋姜尧章精于音律，所著《白石诗词乐章》皆可播诸乐府，被于管弦。至今读其诗曰：『小红低唱我吹箫，』不独可想见南渡时维杨之盛，其潇洒不群之致，高起自放之风，固俨然在人耳目间也。余客游邗上久，每往来二十四桥，辄忆味白石之诗，虽相去数百年，而其流风余韵如白云之舒卷于锋霄，可望而不可即也。因取其诗句刻诸石，纵文采风流不能仰希一二，而歌唱之乐、箫管之雅，古今正不相远，惜不得遇尧章与之追随左右也。曼生自作并记。

努力加飧饭

余少时诵选诗至古诗十九首，爱其情致缠绵，比兴深远，为独得风人之旨，其首章曰：『行行重行行，与君生别离。』未尝不黯然神伤，凄然泪下也。夫友朋分散，天各一涯，觌面无由，抚心增感，虽鳞鸿往来时通，而南北睽违莫释，盖古今之人不同，其思念之诚一也。余与足下订莫逆交，为耐久朋，自行役在外，相见为稀，而念此素心，常用耿耿，子美所谓『落月照屋梁，犹疑见颜色者，殊叹为先得我心也。』比辱书问，情交缱绻，弥觉不释怀抱，因刻是印以贻，盖相去日远，衣带日缓，惟慎眠食，加飧饭，斯则古人拳拳之意，所谓假石友以写心者也。鸿寿。

池塘小谢家

昔谢康乐于诸从弟中，独契爱惠连，每言作诗，见渠辄有佳句，尝在永嘉池上作诗未就，忽梦惠连，即得池塘春草之句，自诧以为神助。夫以康乐天才亮特，雄视古今，而托兴引端，须资感触，盖朋从之启发者深，而兴趣之流通者远也。钱君小谢，幼耽吟咏，于四始六义探讨源流，穷极微眇，与鄙人有水乳契，暇辄相过从，时以篇什酬答，虽为异姓之昆，不啻同宗之雅。余既有感于康乐之诗，而小谢之字又适与法曹相似，千数百年之间，后先文士命名取义若相同若不相同，安知非翰墨因缘巧为符合耶，故刻大谢诗意以赠。曼生记。

轲自从其所好

古人书疏往返，辄自道其胸臆。盖以两地睽违，末由面晤，假笔札以达其所以。古大家韩、苏尺牍可按也。后文人胜，往往以词掩意，文采烂然，真意索然矣。仆以朋友为性命，束发交海内英贤，投缟赠纻，邮筒无日无之，而硁硁之性恐不谅于友生也，故刻此以自明焉。曼生并记。

松柏有本性

兰蕙松柏，各有本性，前人云：『种树种松柏，结交结君子。松柏耐岁寒，君子有终始。』又曰：『砥行碧山石，结交青松枝。余赋性疏狂，不能守身以约。』庚申秋日，坐雨斋中，率成五字，聊遣清兴，工拙不知，盖取其耐岁寒有终始之义，将以自励云耳。曼生自制于无所名斋。

能解事自爱民

余与琴邬屠君闾里相望，时相过从，凡诗词书画无不问难析奇，为忘形交。暇日或步横塘，或驾小舟，追寻山水深僻之地，摩古碑，究文字，乐而忘返，竟十有余年。自辛酉获隽，旋以一官匏击，形迹遂疏。君亦以戊辰庶常出宰仪征，仪邑素不务女红，君以纺织之具课之，龙潭有风波之险，捐资造船以济之，故民歌众母，上游拭目。随园老人寄与楹帖有『办事人多解事少』之句，余即以此意刻赠。曼生弟制。

颇知书八分

人皆劝我酒，我若耳不闻。今日到君家，呼酒特劝君。为此坐上客，及余各能文。君诗多态度，蔼蔼春空云。东野动惊俗，天葩吐奇芬。张籍学古淡，轩鹤避鸡群。阿买不识字，颇知书八分。诗成使之写，亦足张吾军。所以欲得酒，为文俟其醺。酒味既冷冽，酒气又氛氲。性情渐浩浩，谐笑方云云。此诚得酒意，馀外徒缤纷。长安众富儿，盘馔罗膻荤。不解文字饮，惟能醉红裙。虽得一饷乐，有如聚飞蚊。今我及数子，固无莸与薰。险语破鬼胆，高词媲皇坟。至宝不雕琢，神功谢鉏耘。方今向太平，元凯承华勋。吾徒幸无事，庶以穷朝曛。

昌黎诗云：『颇知书八分，仆非能此，亦曰知耳。』乃用其语作印而并刻其全文。癸亥秋，曼生记。

慈柏山房

『寿之荣，没之萎。与母慈，相终始。若丁兰，宜刻此。』慈柏山房铭。

慈柏奉太夫人至孝，常供柏一枝于瓶，以颜其室，更属余制是印，并录频伽铭句。曼生并记。

天门一长啸

甲寅春二月，迈庵叔自泰山归，极言天门之奇胜，心窃艳之，因取太白游太山诗句仿汉凿铜法作此印以赠，将不觉置身于风流绝献间也。曼生姪并记。

秋兰为佩

申江向有兰花会，每至其时，凡有佳种，必聚于一家，互相争胜，任人观赏。余久闻其名，适以事往，暇时约二三同志一睹其盛。主人好客，握手款留，佳肴继进，座间谈论知有荷花瓣、水花瓣等名目，颇为高贵。清风徐来，花香四至，如置身三湘九畹间，为作此印以报，并志一时逸兴云。晼湘先生雅赏，陈曼生篆赠。

青山江上楼

唐人之诗，善于言景，使人诵之若目睹其状，故足多也。余家有小楼，面山临江，每当春夏之交，烟云万状，秋冬之际风雪相乘，变幻无端，与二三知己登楼眺望，可以扩心胸，壮观览，焚香赋诗，逍然自得。因翻阅唐人集，见刘长卿诗有『青山江上楼』之句，宛似为余写状，既叹昔人之先得我心，又以见真景在人目前今古无殊，特能言者先道着耳，故取其诗刻之，以自省览焉。甲寅之春，曼生自作并记。

一醉一陶然

余性好游览，每逢名胜之区，登山跻岭，摩挲古碑，考据金石文字，乐而忘返者盖十余年，今一官匏击，无复曩时豪兴矣。寿生书来，极言粤不有亭曰：『陶然为冠。』盖每日觞咏之地，余故刻香山句以贻之。曼生并记。

小蓬莱仙馆

天外烟峦，谁指点、蓬莱亲切。凭想像、琼楼玉宇，瑶台贝阙。缥缈神仙时隐见，参差宫殿随明灭。独从容，隶籍近瀛洲，藜燃乙。　书万卷，资批阅，云五色，依旌节。灿丹黄，日事校雠经籍。紫府清班登侍从，元都秘笈征波撇。笑红尘、扰扰竞奔驰，谁能识。

调寄《满江红》。曼生并记。

香国头陀

花隐大兄工诗画，好种花，每当春秋佳日，入其室芳菲满座，香气袭人。主人终日低徊花下，而不忍去，遂自号『花隐』。尝谓余曰：『世爱一点红，我爱满庭芳。我愿化为庄生之蝶，乞食于众香国中足矣。』余喜其爱花之成癖，戏为制此印。曼生弟识。

寻乐处

余友莲塘有忧幽之疾，居平每悄然不怡，若重有所苦者。余每造访之，欲解其苦，乃进所乐、昔周茂叔令人寻孔颜乐处，夫以疏食曲肱，箪瓢陋巷，而孔颜自得其乐，然则名教中自有乐地，儒者固不宜以苦自累其天君矣。爰为刻『寻乐处』三字以赠之。曼生作于袁江。

书画禅

书画虽小技，神而明之，可以养身，可以悟道，与禅机相通。宋以来如赵、如文、如董，皆不愧正法眼藏。余性耽书画，虽无能与古人为徒，而用力积久，颇有会于禅理，知昔贤不我欺也。嘉庆乙丑，作于羊城廨次。曼生自制并记。

一多庐

天地一大庐也，人于其中，特千万分之一耳。顾乃穷宫室，侈栋宇，转相仿效，竞尚奢华，不知四大皆空，一生如寄，安用此壮丽为也。云楼结庐于郡之西偏，筑一斗室，仅可容膝，颜之曰：『一多庐。』读书赋诗之暇，焚香默坐，萧然物外。属余治印以见志。予谓广厦万间，寒士欢颜，此是少陵之宏愿。我辈穷而在下，独居一室，取足蔽风雨而已。

以视世之营营于宫室者，云楼之为人自此远矣，故刻以报之。曼生。

安乐窝

宋康节邵子自名所居曰：『安乐窝。』盖取随遇而安，不改其乐之意，信有得于遯世无闷之旨也。余抗志名贤，希风曩哲，虽品学未能仰企，而景行固有深情，爰以此三字镌之于印，因附窃比之意云耳。曼生自作并记。

此两印余于庚申年治，迄今已阅四寒暑矣。寿生过访，见而爱之，索加数语于上。嘉庆癸亥冬，曼生赠。

绿肥红瘦

昨夜雨疏风骤，浓睡不消残酒，试问卷帘人，海棠依旧。知否！知否！应是绿肥红瘦。

余来秀州，主金岱峰世讲家，下榻分绿山房，朝夕吟哦不辍，间论诗馀，考详音韵，别出新裁，好用波峭险韵，颇有曲终人不见，江上数峰青深致，洵天才也。偶拍此词，爱其清新俊逸，属为治印，即录一过。泉唐陈氏曼生并记。

管领罗浮四百峰

余前于嘉庆乙丑客羊城，接山兄丈适宰博罗，索刻此印，两年未报，嗣喆、嗣星子于丁卯九月北行，遇于袁江，始刻成奉寄。不料舟车往返，失去此印，星子时耿耿怀抱，今又遇于溧阳署中，嘱重刻旧印，因并录原跋为赠，用志余两世交情，且以结一重翰墨因缘也。癸酉六月二十六日，曼生重刻并记于桑连理馆。

传语平安

马上相逢无纸笔，凭君传语报平安。古人当关山间隔，为客异乡，鱼书乏便，一遇相识，寄托叮咛，此景此情，非个中人不能道也。余与蓉坪同年，以梓里旧交同居京邸，句留三载，每当风雨连床，诗歌唱和，不啻形影相依。兹得以县尹赴选滇南，万里捧檄，从此道路迢遥，未知何时再叙。诸同年相约祖饯于王村，皆作诗以记事，而余尤为恋恋于其行也。作此印以赠，他日折梅逢使，亦可为艺林之佳话云。己未暮春，曼生作于京邸西河沿寓次。

闹红一舸

丁巳季夏，船山携友饯余于虎阜之藕花深处，座中有女郎执板歌曰：『闹红一舸，十亩荷香。尽来去，回首夕阳斜，妒杀两只飞水鸟，夜夜并头花下住。』余爱其首句新艳，爱刻莺印，云楼见而甚爱之，即以奉赠。曼生并识。

心香

不乱财，手香；不邪淫，体香；不诳语，口香；不妒忌，心香。云间陈眉公奉此四香以颜其居。余谓手与体尚是外境功夫，惟居心恬淡，屏除嫉妒，具见真学问。因检箧中旧石篆『心香』二字，以自励焉。曼生自制。

与花传神

余性好染翰，每当月夕花晨，晴窗净几，案无尘牍，座有嘉宾，或弄柔翰，或抚古印，酌玉川之茶，斟金谷之酒，生绡一幅，杀粉调铅，愧无江淹五色笔，细与群芳谱姓名也。曼生并记于荆溪官廨。

明月前身

古人善说诗者，必以表圣《诗品》为最。有神无迹，使人自得于言外。诗之为道，不可刻舟求剑，要在弃貌追魂。月之明亘古今而不变，吾乌知今世所见之月，非即前身所见之月？月如常而人非昔，知此者可以悟诗无穷。不独月轮照彻，四大皆空，足以发人深省也。曼生自刻并识。

几生修到

草木每寿于人，而树为尤，树之中梅为尤。彼其历冬春，傲霜雪，数百年不改柯易色，惟能耐寂寞，故能阅繁华。扰扰俗人，纷纷尘世，欲希清福，更几世始能修到耶。余爱梅成癖，而俗累难修，故刻之以自忏焉。嘉庆甲子春日，雨窗作此遣兴。曼生并记。

越国世家

嘉庆壬戌重九后五日，曼生作于京邸客次。

求志斋

嘉庆丁卯，曼生作于袁江。

（以上见秦祖永辑《七家印跋》）

德嶷之印

癸丑春仲，积雨初晴，坐体和堂中，祥风披拂，淑气薰蒸，竟日留连，恍可人意。九峰大兄属篆此印，率尔应之，知不免大众掩口胡卢也。种榆道人并记。

萧然对此君

前明毛处士竹轩居清宁巷，有子猷之爱。此印句即处士所作，曩小松黄丈以蒙泉先生所居翠玲珑馆适在其地，曾刻一石为赠。今先生移居十馀年矣，检旧印亦不可得，回忆鸾吟凤啸，几席生香，风景殆如昨日，惟胸中千亩槎枒不可收拾，间一发之豪端互上耳。因嘱重制，并记颠末。丙辰十月十又六日，曼寿记。

南芗书画

南芗大兄与余订交历下，若平生欢论书画篆刻，有针芥之合。其所作印一以汉人为宗，心慕手追，必求神似，真参最上乘者。而于拙作，乃极称许，岂有嗜痂癖，抑非虚怀若谷耶。平生服膺小松司马一人，其他所见如蒋山堂、宋芝山、桂未谷、巴予藉、奚铁生、董小池、汪绣谷诸君，皆不敢菲薄，所相与论次之，所以别正变而峻其防也。古人不我欺，我用我法，何必急索解人。因属刻此，并书以质南芗，不知小松丈见之，以为何如也？戊午六月七日，山左节院珍珠泉上，曼生附记。

绕屋梅花三十树

小溪二兄系衔逋仙，家邻东阁。横斜清浅，影瘦吟身；浮动黄昏，香酥远梦。爰倩奚九为图，更乞孙郎篆句：『三十树梅花开后，当与君骑鹤扬州。十二桥春水涨时，还共我吹箫孤屿。』辛酉十又一月，曼生记并制。

林小溪亦字季修，为吟轩尊公父执。此印陈公佳作，故吟翁尤重之。甲子仲春，让之观为之记。

江郎山馆

吾乡浙东有江郎山，为四明天台之亚。顷游邘上康山草堂，文叔主人宝一拳石，秀横独出，平冈迤逦，中夹溜涧，疑有水声潺然出于石底。同人嗟赏弥日，或谓石状正与浙之江郎山伻肖，殆具体而微者。主人以恰与姓氏合，遂袭其名，并颜读书处曰：『江郎山馆。』属余刻印，以充文玩。嘉庆七年十月十又八日，曼生并记。

江都林报曾佩琚信印

前人论书云：『大字难于结密，小字难于宽展，作印亦然。』曼生此作，于逼仄中得掉臂游行之乐，亦自可存。作印全藉目力，童时游戏遂成结习，恐后此目眵手战难为继耳，小桐其勿轻视此。癸亥四月十五日，曼生记。

非若马牛犬豕豹狼麋鹿然

曼生为祥伯作。祥伯名麐，故用韩句，非敢云刘四骂人也。时观余奏刀者，蕊柏、秋堂、听香、蕉屏、菽雪、小兕及余弟仲恬，后至者点山也。

西泠钓徒

红莲十顷，青山半楼。暮诵初动，一半句留。何须渔隐，耶溪是求。丁卯七月六日，湖上为琴邬作。曼生。

（以上见《中国历代篆刻集粹》）

蒋仁卷

蒋仁诗拾遗

蒋仁印跋

蒋仁诗拾遗

沈生芝山水卷

碧浪湖边水拍村，尚书南北有名园。闻孙异代风流甚，六法微参不二门。

其二

酒量诗肠不可穷，红桥灯火画船通。匆匆二十年前事，展卷分明似梦中。

阿育王山放光松，次钱少詹辛楣韵

华盖虬松似，幢幢翠扫肩。毫光舍利现，劫火石鳞坚。玩世经梁宋，蟠云寿梵天。直愁腾化去，神物二千年。

题徐孝子晨窗舐目图为令子临皋先生作

寝帷晓日光曈昽，华池玉液金多见鎞功。披衣几度心冲冲，快哉一日空花空。授经萝寐调膳通，霜寒苔翠足茧重。见孝子晓行诗。仿佛华黍兰陔风，为人后者尤难逢。先生苕霅涧底松，苏子由诗：『徐君郁郁涧底松。』荜门圭窦气吐虹。至行早过丁绪踪，丁兰绪无量，临平人。形茹神蕊情驱蛩。庚涡癸穴忘蠮螉，但知清嚧豁衰翁。岂期子职怜苍穹，翳垢转为沉瀣浓。跳丸晛之停帘栊，摩尼珠现修罗宫。泛光明海洞针锋，了了地盖星衢穷。春花秋月不负公，一扫烦恼亿劫胸。吁嗟习俗矫饰工，目语额瞬睺瞜傭。希鞲鞠膪纷雕礲，琳瑯椽笔愧蔡邕。几见入海孙法宗，不则郑州碑巃嵸。伊谁慧眼含洁悰，普施法界灯光洪。土苴五鼎千钟丰，生前菽水欢融融。公真砥柱撑鸿濛，大业二年，唐高祖为郑州刺史有为子《世民祈目疾碑》记江经父蒨眼病，饮慧眼寺故井水而愈，张孝始祖丧明三年，孝始转药师经，愿以灯光普施法界，第七日梦者翁刮祖目而愈。黄犊岭回黄鹤峰。峰峰云雾青芙蓉，哲嗣筑堂于其中。巍然七十方两瞳，殷勤索诗及阿蒙。封题烛跋蝇头红，舟胶浦冻长须冲。乃知仲车润源崇，奕叶孝友精诚衷。若矢人矢弓人弓，忆昨探梅安隐东。宝幢沦茗偕鲍溶，元亭载酒遗扬雄。临皋丈与闇斋叔友善，庚戌春信宿芸岩弟心远草堂，同鲍畹香游安隐诸胜，苦雨归舟竟阻，良晤顷得手札，蝇头赤简，章法精严，信寿征也。况复先生归崆峒，轩軿久矣骖茅龙。或骑麒麟翳烟鸿，真人天际何由从。

画图空尔惊丰容，紫芝未识终盲聋。

山阁雨中喜邵四右庵至，即送晚晴山长还山阴，叠涪翁仁亭诗韵

昏沈湖上雨，舒卷云中山。云山抱城走，傑阁凌朝寒。笠屐天际落，古道君一斑。不惮峻岭滑，送客吴越关。行衣尽岚气，笑语倚危栏。相于岁晏里，听雨围炉闲。俄顷雨声止，雾色明江端。贺监从此去，中流应仰观。

丙午十二月五日，雨中答邵四右庵喜予至，三用涪翁仁亭诗韵

贺监峭帆去，余亦归故山。回睇万松岭，云雾霾高寒。君家好兄弟，文采蔚豹斑。不见数十日，迟我风雨关。执手道近状，鸣瀑飞檐栏。小楼日高卧，翰墨有馀闲。折梅怀陆凯，谓绍之。当筵赠苏端。穷达贵适意，其馀曷足观。

初夏同人饮俞香圃新居，即送北上，分韵二首存一

几年琴荐与诗瓢，乐事归吟旧墅饶。笠人斋名。此去天边侣鸡鹭，定知江上忆渔樵。秦关

百二讴歌久，燕市三千驿路遥。拼醉使君樱笋会，莫将离绪系中宵。

（以上见《两浙輶轩录》）

寄蒋处士仁投赠，郭麐以次韵奉答

神交芳讯经年达，暮雪荒村卧疾平。岂有墨皇朝米老，绝怜赋手得兰成。互回终恐虚声误，哀懒何论后日名。闻道江南游览遍，几时放棹武林城。

（见《灵芬馆诗话》）

自鸣钟

相风之车记里鼓，制器尚象从往古。何如此钟解自鸣，鬼王善幻仍合矩。大者为椟复为奁，小或才能弹丸许。虚中木其廓，玻璃嵌四周。悬钟于是间，穹窿如覆瓯。圆瓷蔽之左行字，始子终亥□蟉虬。灵机潜运内不息，玄针右转外可求。每历一时辄一响，殷然而起泠然幽。吾闻历象建大纪，必自细绩日分始。测晨揆景倘有差，归余履端皆失轨。西域之人擅布算，其法尤密概见此。无烦铜仪与土圭，足证勾股兼弧矢。昔者挈壶备有司，所赖渴乌引水知。季世亦传晷刻器，称漏轮漏俱精奇。何年匠作失其式，此得不仍彷佛之。吁嗟乎，海舶南来疾于鸟，百货错陈极淫巧。贾胡趋恐后，虚耗颇不少。懿此吉金之吉慎弗扪，犹为人间报昏晓。闲房净几位置宜，默听清音心了了。不离三百六十五度运行中，直达八十三万余里元气表。

苗刀诗

吾闻群苗洗儿以铁贺，铸为长刀百炼过。君之所佩毋乃是，当轩拔鞘寒生座。气干虹霓利削铁，柔可绕身刚不折。旁行螺结篆姓名，迎刃殷红绣膏血。忆昔古州犯顺年，太平宰相轻开边。侵凌讵识嗟无告，焚掠宁关性本然。此刀斩马称难敌，苗平乃被吾人得。请论改土与归流，始恶凶顽终悯惜。五尺铦锋久不砻，光芒中夜犹惊梦。蒯缑岂有珠玉装，夫君宝此知何用。君不闻昨朝库车捷音至，西方万里销兵气。不逢不若无所试，君曷卖之买犊从农事。

（以上见『蒋山堂印』跋）

周亦庵先生雨中见过，别去兼句，大雪后袖诗往赠，有『幽兴并望酒，世情惟借书』之句。予以他出归来三复不已，叠前韵二首就正，并有开岁探梅湖上之约

先生真绝俗，笠屐过村居。一别连朝雪，新诗冻墨书。野桥停橹熟，饥乌啅篱疏。底事冲泥出，尘劳翻笑予。

放鹤亭边路，梅花雪后踪。何时携酒榼，高会拉山农。岁钥朱颜在，诗情翠羽逢。悬知周茂叔，风月爱揞筇。

（见《卧陶轩诗集》）

蒋仁印跋

百二砚田富翁

冬心先生素有研僻，见佳石不靳重直，收藏至富，可入赏鉴者一百二方。属仁镌小印以志一时之兴，因余与吴兴修能严君有游道场山之约，置之箧中已数月矣。今晨天朗气清，仿汉印法寄之，未识可与斯研并寿否耳！戊辰春三月十有三日，吉罗居士制。

白蘋红蓼人家

修能先生为吴兴知名士，经籍淹贯，性情恬淡，于溪山幽僻处筑室数椽，读书其中，平生不轻交游，而顾与仁最相契。辛未秋仲，放棹武林，清谭竟日，出此属镌，余既领高旷之致，因仿汉人碑额法归之。吉罗居士仁制。

金石录十卷人家

昔冯研程有宋椠本《金石录》，刻印曰：『金石录十卷人家。』长笺短札，帖尾每每用之。见《读书敏求记》。今为玉冒先生有，珍重示余，余为拟汉铜印法制此以赠，艺林中又增一段佳话矣。女床山民蒋仁并记。

学吃亏

百岁如流，富贵冷灰。人生世上，何不吃亏。有忿必惩，有欲必窒。务去矜骄，毋易嘲叱。一言快心，四座叹息。睚眦之怨，祸乃相寻。不学吃亏，焉能保身。欲乞灵丹，此丹最灵。

青原先生精医术，尝语余曰：『世间良药，「吃亏」两字，我愿学未能也。』属余治印，并赘以箴。蒋仁。

北山寓公

秋槎先生罢官后，寓居湖上听月庵已数年矣。兰士为作《北山旅馆图》，一时题咏甚富，夏复嘱余篆小印，美人湖畔固不可少此寓公也。辛亥夏六月四日，吉罗居士制。

桃花源里人家

宿云初散青山湿，落红缤纷溪水急。桃花源里得春多，洞口春烟摇绿萝。摇烟挂绝壁，飞泉下千尺。瑶草离离满涧阿，长松落落凌空碧。鸡鸣犬吠自成村，居人至老不相识。瀛洲仙客知仙路，点染丹青寄轻素。何处有山如此图，移家欲向山中住。

玉几生侨居武林，宅傍多栽桃柳，有高隐之风，属余赋诗并治小印。山堂仁。

逸妻相共老烟霞

西樵先生属制印数事，此其一也。西樵早读万卷书，以磊落英伟之才，慕骚人远游，经赵、魏、梁之郊，涉严濑，泝章江，浮洞庭，入绣湖，所见怪奇幽眇目不给赏。倦游归老十亩之园，优游自足，所谓纳须弥于丈室中，须弥不小，丈室不大也。吉罗居士蒋仁并记。

勤斯补拙

近见丁征君手制印数钮，皆臻神妙，白文浑乎汉人，朱文间有宋元人笔意，品格如岭上白云，非胸藏万卷书不能得其畦径，此作自谓入室矣。山堂蒋仁并记。

名教中自有乐地

嘉禾诸君草庐，余获交十余年，其为人孤介，立行一意，其中穆然，简静专一，遇可辄义形于色，弗随俗嬐阿，于人世荣华声利，视之泊如也。属刻此印，为仿鸥波亭法。甲戌春日，女床山民蒋仁。

太平朝野都无事，且与莺花作主人

幽人持所见，旷然捐世故。岂薄轩冕荣，雅有林壑趣。兴居惟自适，早晏尝暇豫。芳草泽春气，鸟鸣岚光曙。岩花抗韶容，溪云淡吾虑。图史敦夙好，闲游非外慕。招邀具鸡黍，笑言在农务。我来忝符竹，行用课耕助。抚卷怀清风，长吟山郭暮。吉罗居士蒋仁制于行庵。

闲中滋味长

萝轩先生退居玛瑙山庄，余因抱恙亦不出门，晨夕闲谈，颇多领悟处，洵所谓闲中滋味长也。即篆此句，以志聚首之乐。癸巳莫春，吉罗山人仁制。

北平翁方纲观。

蒋丈山堂篆此印赠梦轩先生，覃溪翁书款于前，属余奏刀记之，愧余笔力柔弱，未能似其天趣，今附名于后，不胜腼颜之至。黄易。

曼生经眼。

长留天地间

丙午仲夏，访罗山人云屏于吴中，门巷萧疏，丰神洒落，把臂定交，欢若旧识。其画品格清绝，胸无尘滓，宜其披襟领契，挥洒皆成妙构。或偶有滞思，辄默坐惨淡，及其得心应手，有兔起鹘落之势。写生亦得古法。予为仿六朝人篆意作印奉赠，即正之。山堂蒋仁。

我是玉皇香案吏，谪居犹得住蓬莱

司空表圣论诗贵味外味。余谓作诗者味内味尚不能，况味外味乎？作印亦然，要之出新意为佳，篆法、章法、刀法三者咸备，即不超乎秦汉以上，亦不失乎宋元。此作是也。后人论印者，决不以余言为河汉也。女床山民蒋仁。

美人香草

入春以来，雨雪旬日，盆兰不开亦不香，仁移置西廊，以待东升，忽忽又两日矣。今日新霁，始闻香馥可爱，偶忆美人香草，以赠秋槎先生一哂。甲午二月三日，吉罗山人制。

翡翠巢

罗浮花使先春到，来傍玉楼深处巢。舞雪艳翻杨柳絮，歌云轻压海棠梢。屏间时雾雅头襪，弦断应唧凤嘴胶。却笑雪衣娘太劣，雕笼深处未全教。泉唐蒋仁录杨廉夫句并刻。

小停云斋

冈龄早岁多病，独坐斗室，悬待诏画，终日静对，心凝神寂。目之所注，手之所摹，欲与待诏追逐。当其兴酣落笔，一邱一壑，蔚然苍然。诣门征索者，往往以为文家画目之。

假令生同待诏时，亦当引之入室，而不止于循墙而走也。中岁卜居枫江西塘，莳花叠石，种竹穿池，皆仿待诏画意。予为颜其读书处曰『小停云斋』，并作印奉赠。泉唐山堂蒋仁。

私淑衡山

古之兼诗画者，摩诘外而坡仙、米颠，及赵吴兴、董华亭其尤也。而吴中则莫如待诏文衡山先生。予观其《甫田集》清真古淡，诗品之高与画品同，千百年后，挹其清芬，有馀慕焉。而冈龄生衡山乡，私淑最切，丰采精神独具秀色，而诗复峻洁幽闲，冲和妍雅，可与《甫田集》并传也。乾隆辛未八月，吉罗居士仁并刻。

欸人村

夜宿傍青山，破晓冲烟独往还。乘兴转经峦壑里，弯环枫树，经霜半已丹。生意水云间，柔艣咿哑路最便。好在夕阳增暝色，留连远树，初浮月影织。

余最爱子厚『夜傍青山宿』四句，取作四截句，妙绝古今。舟中无事，衍成一词，调寄《南乡子》并刻赠菊圃老友，以为何如？女床山民仁制。

曾读数行书

秋槎先生天才高逸，既归田，构北山旅馆于宝石岩下，与余居甚近，时相过从，纵谭经史，竟日忘倦，然素性谦雅，实尚友古人。嘱余镌此，素心相契，余何敢辞。嘉庆壬申秋八月三日，吉罗居士制于秋水轩。

长留天地间

文与可画竹胸有成竹，浓淡疏密随手写去，自尔成局，其神理自足也。作印亦然，一印到手意兴具至，下笔立就，神韵皆妙，可入高人之目方为能事，不然直俗工耳。吉罗居士。

雪泥鸿爪

人生何者为真迹，如雪地之泥，鸿飞之爪。雪融泥安在，鸿飞爪不留，转瞬无痕，前尘已沓，如风之过，若云之游，究之何地无雪，何处无鸿，而泥与爪固已渺不可追矣。

此禅家所以譬石火电光也。余暇时记忆恍若前生，辄有悟于雪泥鸿爪之旨，爰作此以志境地之不同也。女床山民蒋仁自制。

余游宦四方，行踪靡定，今阅是印有触余怀，聊作数字记之。小松黄易。

笔砚精良，人生一乐

印章至宋元，风斯日下，然米元章『火正后人』、赵王孙之『水晶宫道人』皆出自亲镌，各立门户，卓然可观，非后生所能梦见。此作摹其篆意，仍运老夫刀法。甲子除日，吉罗居士蒋仁。

多情花鸟，不肯放人

老去年来颇自许，心肠铁石尚一点消磨未尽，感时尝发。红杏枝头春意闹，黄鹂百啭翻新舌，岂花香鸟语太撩人，如何得？吉罗居士蒋仁并记。

赵次闲观于补罗伽室。

长毋相忘

古人造器每取吉利之论。瓦当文始于汉世，其文有曰：『长毋相忘者。』不独笔画古朴可爱，玩其词意缠绵，亦可见汉时风俗之厚。余与李君秋士订交有素，自分袂以来，形迹虽疏，而心神不隔。山居无事，偶阅汉砖，及仿瓦当文以贻之，明余之不忘君也。吉罗山人制。

丽日和风

尝谓一年佳景莫过于春、秋，春之二三月，秋之八九月，日丽而不烈，风和而不暴，山光沐黛，水色拖蓝，于以挈榼登舟，携壶陟巘，放怀舒啸，致足乐也。每当春日与朋好诸子游西子湖，徜徉山水间，天色晴朗，日暖风柔，殊惬襟抱，归来承兴，篆此以志，即贻秋士李君。女床山民蒋仁制。

济阳

查氏之望曰济阳汉县也，属陈留郡。然泉布无此品，班志本不著钱官耳。菽原世侄求作郡望印，即仿汉布安阳平阳为之，金石文字可变通，况皆以其地邪。丁酉三月，吉罗居士蒋仁并记。

（以上见秦祖永辑《七家印跋》）

昌化胡栗

昌化胡氏，代著簪笏。予友三竹秀才英年汲古，独俯视帖括，书画诗臻逸妙品，尤精于鉴赏，收弆秦、汉、唐、宋以来金石文字，题识辨证，眼光洞澈，薛尚功、黄伯思一流人也。侨居南湖之梅东巷，为会城东北最幽旷地，水木蓊翳，云岚屏叠。三竹闭关却扫，茶鼎笔床，日与予辈二三枯寂之士结尘外契，不屑邻曲腾笑。今春偶阅市得旧石，属为之篆，会予有淮南之役，因循半载，旅中无事，信手作此奉寄，布鼓雷门，聊资捧腹。乾隆甲午秋八月廿有六日，罨画溪山院主蒋仁拜手上。

雪峰

自王元章用花乳石刻私印，后人竞尚昌化、青田。青田佳者日少，昌化刚涩，赏鉴家不取也。文、何印石，皆中下品，虽其文采风流掩映爽哲，亦半由山中散木为匠者所不顾，得以幸全其天，正如萧鄵侯不以美产遗子孙，何等识见，而撅坚之徒搜奇斗异何为乎？二月九日，客扬州，与吴兄云峰游浮山禹庙，得此旧石，为作此印毕漫记。乾隆己亥，罨画溪山院主蒋仁。

逢元之印

庚子正月十六日，同吴君苍厓饮孟阳二兄苕华馆，积雪初晴，围炉竟日，户外玉龙天矫，光摇银海，十年来无此快雪容耶！新年第一乐事也。漏三下篆此印，后二十日始刻，亦新年第一作也。太平居士仁。

廉

顽夫先生六法入能妙品，因为篆此印，配倪黄三尺礬头山，亦不落爽然，非优钵昙华也。辛丑五月五日，女床山民蒋仁。

无地不乐

辛丑腊八日，同人醵饮西堂先生琴书诗画巢，出示所藏吴文定、王文成手札，纸墨崭新，神采奕奕，有翁萝轩跋尾，万九沙八分题卷首，曰：『合之双美，无所往庵旧物也。惜为不晓青黄皂白人印记跋语，令人作恶。』后四日，磨兜坚室晨起，为西堂制此印，犹口湔祓尘埃气未尽，乃知世间自有佛头著粪人也。女床山民蒋仁，是夜雷雨大作。

扬州顾廉

龙泓先生为罗两峰制朱文方印，文曰：『扬州罗聘。』古雅之甚，惜两峰风尘自缚，游大人之门，辱先生篆矣。顽夫大兄六法迈过两峰，二十四桥无出其右者，因作此印奉赠，当之庶无愧色，愧余笔法不能追踪曩哲耳。壬寅嘉平媚灶日。是日，翁静岩赠余《茁村集》，韩江吟社自此公始，然其从孙观五昭伀獿薄，家声替矣。蒋仁在磨兜坚室记。

项藁印

癸卯正月四日，雨中闭关，为秋鹤三兄作此印。麁服乱头真美人，则吾岂敢，然与画角描鳞者异矣。迩来小松黄九学力最深，不免摹仿习气，王裕增俗工耳！瓣香砚林翁者不乏，谁得其神得其髓乎？乃知此事不尽关学力也。女床山民蒋仁手记。

物外日月本不忘

是日已过，命亦随灭。双丸跳掷，愚智同归。然赵州云：『诸人披十二时辰，使老僧使得十二时辰，是能于电光石火梦幻泡影中得大解脱，大自在，非一切过去相，现在相，未来相，了无挂碍。胸次洒洒落落，一空大千世界，畴□至也。』昌黎《和卢郎中寄示送盘谷子》诗云：『物外日月本不忙。』陶石篑言中有不湮义在不可作，超然狗苟蝇营之外，一例隐□语□，余谓即赵州本领也。若张南安西飞百日忙于我，南去青山冷笑人，风流萦□六朝名句，然是漆园傲吏唾馀矣。癸卯十一月十八日，女床山民蒋仁在磨兜坚室篆，因记。

真水无香

乾隆甲辰谷日，同三竹、秋鹤、思兰雨集浸云燕天堂，觥筹远曙，遂至洪醉。次晚归，雪中为翁柳湖书扇。十二日雪霁，老农云：『自辛巳二十馀年来，无此快雪也。』十四日立春，玉龙夭矫，危楼傲兀，重醞一杯，为浸云篆『真水无香』印，迅疾而成。忆余十五年前，在隐拙斋与粤西董植堂、吾乡徐秋竹、桑际陶、沈庄士作销寒会，见金石彝鼎及诸家篆刻不少。继交黄小松，窥松石先生枕秘，叹砚林丁居士之印犹浣花诗昌黎笔，拔萃出群，不可思议，当其得意，超秦汉而上之，归李、文、何未足比拟。此仿居士数帆台之作，乃直沽查氏物而晚芝丈藏本也。浸云嗜居士印，具神解，定结契酸咸之外，然不足为外人道，为魏公藏拙，尤所望焉。蒋仁。

韩江、罗两峰亲家装池生薛衡夫，储灯明冻最夥，不满丁印。余曰：『蜣螂转粪。彼知苏合香为何物哉。』女床又记。

（以上见《中国历代篆刻集粹》）

陈豫钟卷

陈豫钟印跋

陈豫钟印跋

寿松堂书画记

奚丈铁生自少工书画，而篆刻亦与黄司马小松角胜，后笔墨繁甚，而篆刻疏矣。此印为廿余年前所作，奏刀用意绝似丁龙泓先生，寻云孙兄不忍令其淹没，属余附名，因记岁月于上。时甲子九月望后五日，秋堂陈豫钟。

汉槎珍藏

此余壬寅岁为吴五兄同学所作赏鉴印也。细玩之，略有汉人刻铜遗意，近日酬应虽多，以此印较之一无长进。抚印三叹，不止斯技也。丙午孟冬望后二日，秋堂陈豫钟记。

素门所藏金石

余夙嗜金石，闻晋斋赵兄搜罗甚富，丙午春造庐往观，时素门兄适至，晋斋谓余曰：『是亦金石友也。』与语甚惬，遂订交于吉金乐石之斋。每遇佳辰良夕，挟所有角胜以为乐，而素门藏书最富，获一古碑佳拓，涵咏词章，意会笔法，取某书细按之，必深悉其始终本末而后已。所藏弆者，品皆精美，事更融会，虽不及晋斋之多，而古人精神已贯通于千载之下矣。辛亥秋，索余拙刻，喜其有同嗜也，固不敢辞，因谓素门曰：『此以识所嗜则可，若钤之纸尾，使余先受撒粪之诮，则得罪古人不浅。』相与共发一笑。秋堂记。

灏水外史

吾杭善篆刻者，国初有丁良卯、顾卓公、周梦坡诸人，白满工致，师法文、何。至砚林丁丈，无美不备，以蕴酿为主。譬之于书，丁、顾止于李唐，丁丈则晋魏也。余制印，每私淑之，识者未知许作虎贲中郎否？癸丑冬，秋堂并记。

希濂之印

制印署款，昉于文、何，然如书丹勒碑然。至丁砚林先生则不书而刻，结体古茂。闻其法，斜握其刀，使石旋转以就锋之所向。余少乏师承，用书字法意造一二字，久之腕渐熟，虽多亦稳妥，索篆者必兼索之，为能别开一径。铁生词丈尤亟称之。今灏水大兄极嗜余款，索作跋语于上，因自述用刀之异，非敢与丁先生较优劣也。甲寅长夏，秋堂并记。

文章有神交有道

『文章有神交有道，端复得之名誉早。爱客满堂尽豪翰，开筵上日思芳草。安得健步移远梅，乱插繁花向晴昊。千里犹残旧冰雪，百壶且试开怀抱。垂老恶闻战鼓悲，急觞为缓忧心捣。少年努力纵谈笑，看我形容已枯槁。座中薛华善醉歌，歌辞自作风格老。近来海内为长句，汝与山东李白好。何刘沈谢力未工，才兼鲍照愁绝倒。诸生颇尽新知乐，万事终伤不自保。气酣日落西风来，愿吹野水添金杯。如渑之酒常快意，亦知穷愁安在哉。忽忆雨时秋井塌，古人白骨生青苔，如何不饮令心哀。』昔丁居士尝拈此诗首句为汪蔗田制印，今已为人磨去，不可得见。余向藏居士印谱有之。赵生之琛，课余之暇肆力篆刻，尤邃意款字，苦于无见闻。余于此虽不能如居士之入化境，工整二字足以当之。簇中适有是石，因仿居士此作，并刻少陵诗于右，俾置之案上，作画家粉本可耳。丁巳五月，秋堂记。

灏水审定

昔人云：『善书者不善鉴，善鉴者不善书。』秉衡宗兄富于收藏，复肆力笔墨，可谓兼之矣。其铭心绝品，余曾尽观，无一赝本。所作诗与文又能时出新意，今人真不可及，视为畏友者，岂余一人已哉。戊午四月，秋堂记。

家承赐书

吾杭汪鱼亭比部喜藏书，插架之富甲于它氏。今年余假馆比部家，与其孙至山孝廉朝夕相处，至山为余言：『乾隆癸巳年，诏征四方遗书，尊甫涤原先生恭进二百馀种，仰蒙御笔题诗二种及颁赐韵府全帙，洵异数也。』因摘庾子山《小园赋》句以奉赠，以庆遭际之隆云尔。嘉庆三年八月望日，陈豫钟识。

家在吴山东畔

年来作印，无它妙处，惟能信手而成，无一毫仿造而已，若其浑脱变化，姑以俟诸异日。戊午六月，秋堂。

我生无田食破砚

黄司马小松为吾宗无轩先生作朱文是句印，圆劲之中更有洞达意趣。余此作易以白文，亦略更位置，然究不若司马之流动，为可愧耳。秋堂记。

结罟斋

意城兄雅好翰墨，尤爱书画，日以文酒为事，取张平子《思玄赋》『结典籍而为罟兮』之句以颜其斋。属余刻制印，亦董子临渊羡鱼之义也，遂握刀以应。嘉庆辛酉二月望日，秋堂并记。

陈鸿寿印

余自丙午岁始与曼生交，至今无闲，言其学问文章，固不能望其项背；即书法篆刻生辣而气横，亦为余所未逮，至工致具体，自谓过之。兼请质之铁生九丈，以为然否？

嘉庆壬戌三月朔日午后并记于求是斋，秋堂豫钟。

最爱热肠人

余少时侍先祖半村公侧，见作书及篆刻，心窃好之，并审其执笔运刀之法，课余之暇，惟以二者为事，他无所专也。十八九渐为人所知，至弱冠后遂多酬应，而于铁笔之事尤夥。时有以郁丈升宣所集《丁砚林先生印谱》见投者，始悟运腕配耦之旨趣，又纵观诸家所集汉人印，细玩铸、凿、刻三等遗法，向之文、何旧习，至此盖一变矣。后又得交黄司马小松，因以所作就正，曾蒙许可，而余款字则为首肯者再。盖余作款字都无师承，全以腕为主，十年之后才能累千百字为之而不以为苦，或以为似丁居士，或以为似蒋山堂，余皆不以为然。今余祉兄索作此印并慕余款字，多多益善，因述其致力之处附于篆石，以应雅意，何如！嘉庆癸亥十一月廿三日，坐雨求是斋漫记，秋堂陈豫钟。

莲庄

昨过曼生种榆仙馆，出观四子印谱，乍见绝汉人手笔，良久，觉无天趣，不免刻意，所谓笃古泥规模者是也。四子者，董小池、王振声、巴予藉、胡长庚，皆江南人。兹为莲庄索篆，漫记于此。甲子十月十有九日午后，秋堂。

嫩寒春晓

黄山谷评华光长老画梅如『嫩寒春晓，行孤山水边篱落间』，此二语最当。宝月山人工写梅，他日定能追踪长老，因摘山谷语刻石赠之。秋堂记。

（以上见《中国历代篆刻集粹》）

赵之琛卷

赵之琛诗拾遗

赵之琛印跋

赵之琛诗拾遗

丁酉端月，偕次白老社友过孝慈庵，次白用佷亭禅师夜过半亩居诗韵呈青雨上人，余亦同作

落日照城阴，烟树覆茅屋。阿师坐高堂，焚香惬幽独。清兴发清吟，散笔写散木，几案净无尘，胸怀虚若谷。我来避喧嚣，对此称快足。莫嫌半亩宽，世界藏一粟。

登六和塔，和夏九松如韵

王气千秋铁霸才，至今江水有余哀。涛声怒夺海门入，山势直冲铃塔来。磴道层层逐级上，琳窗面面倚云开。胜游欲尽登临兴，不到高巅不肯回。

题甘滋苍澍侍师承欢二图

帐隔春风座，难忘杖履亲。寄言同学者，莫羡宦游人。一自嗟匏系，承颜日渐疏。何时与群季，镇日侍庭除。

自题画石

瘦石亭亭面面通，通灵好似玉玲珑。他年得受幽人拜，何必襄阳米海翁。

溪山清旷图

极目云山几点痕，萧疏林木自成村。清风令我襟怀旷，欲送溪声直到门。

赵之琛印跋

神仙眷属

□□琅嬛尺素通，幽怀喜得两心同。双筠佳话天留在，传世须凭郑国公。裴航事迹渺如烟，谁解闲寻物外天。它日玉笥山下住，梅花相伴□年年。次闲题。

云车鹤驭下遥空，始信披香血脉通。它日篷山重聚首，愿为鸡犬托玄风。翩翩子和韵。

咫尺云门路可通，闲身稳稳度天风。证缘尚有金章约，传世全凭玉佩功。龙虎嘉名非浪夸，它年身价冠长沙。秋蟾虽有联芳桂，不及槐天第一花。鹫岭逸民。

惟恨离群五有秋，于今归梦到杭州。只愁一入红莲幕，不得频登黄鹤楼。冲霄子。

足底云轮指上莲，幻踪偶尔寄风烟。它年归向金牛卧，谁识壶中别有天。玉笥山主。

雾幌云屏接紫虚，为缘修道好栖居。可笑七□□经□，传□□□□□□。却喜仙乡信通□，□香万里惯乘风。而今易作南屏路，还忆先生汗马功。千石公侯足可夸，居然寿贵属长沙。南天鹤舞文星见，谁占春风及第花。』嘉庆壬申九月十九日，次闲次韵。

萍寄室

往者尝游齐、鲁、三晋间矣，烟埃涨天，不辨牛马。倦而求息，则执爨执巾都非我族类。仰视屋梁，尘之悬而不解者若古钗脚，使人作数日恶。恶此而无所逃之，中夜忽爽然曰：『止。』予何恶？予旅人也，一夕三迁，俯仰已为陈迹，则夫尘垢秕糠，蜇口惨腹，一切不可堪之状亦直寄焉，以为不知者诟厉耳。彼既寄之，吾又何祈乎而弗寄之耶？以是得无苦岂惟旅人，即世之善居室者，委群材，会众工，基之凿之内之，以口以年，俾各有宁宇，用心勤矣，而曾无异乎万物之逆旅，一宿之蘧庐。是故苞而为竹，茂而为松，飘而为蓬，陋而为篳，竹也，松也，蓬篳也，由君子观之，皆非也，曰『萍也』。不知其聚，不知其散，意东意西，听其所止而休焉，不胶者卓矣，而知其解者，为赵子次闲。次闲，儒家者流，已乃浸淫于柱下史之学，委和委蜕，洋洋乎与造物者游，有目巧之室，谥曰：『萍寄。』朋来出入，不问主宾，晏如也。乃审厥象，命良工规而摹之。来以示予，予惟心犹水也，避碍而通诸海，故任萍之往来于其前而已，无与心犹絮也，沾泥不狂，故任萍之倏忽变幻，而有不变者存，抑此非老氏之言也，大禹言之矣。生，寄也。死，归也。虽周行天下，可以无震于怪物，一室云乎哉！夫次闲既不出户庭而知之，而予畴昔之夜，马烦轻殆，而味者始觉久矣。夫予之犹有竹松蓬篳之见者存也。

是记为吾友汤昼人所作，今昼人已归道山矣。甲戌夏，自制此印并附小诗，以志知己之感。『谁识西湖铁笔臣，尘寰谪下几经春。他年奉诏来云渡，应向玉堂访故人。』次闲。

补罗迦室

《宝积经》云：『譬如补罗迦树，随解之处，中表皆有吉祥之文。』余年来深解得此旨，以吉祥神咒为早课，因颜其室曰『补罗迦』，盖取吉祥意也。吉祥吉祥，昼夜六时恒吉祥。吉祥，会上身心俱吉祥。南无吉祥，会上菩萨摩诃萨，摩诃般若波罗密。稽首皈依，合十谨记，以证吉祥。宝月山南侍者赵之琛，时为嘉庆甲戌如月之吉。

年来淡定作生涯，小隐蓬瓮岁月赊。欲识曼殊真妙谛，吉祥文在补罗迦。

吐出喃喃咒语声，个中妙理认分明。直教心地清如许，水不扬波风自行。

结茅已约南屏路，此日先邀入画图。却喜如如谁得似，新篁景里见真吾。

乙亥九月，自写《补罗迦室图》，漫成三绝，附录于右。次闲记。

求真

求道在心。心求真，真静、真定、真了悟、真觉满、真觉悟。能悟所悟性空空，一物不着却无念。求真，此静境也。丁丑二月廿日，得『求真』二字于浴日，因谨录慈训于右。

噫！名者实之宾，余于斯深有愧焉。之琛。

蔷薇一研雨催诗

『蔷薇一研雨催诗』，右初白老人句也。沈四薇雨属余奏刀，遂为仿汉白文。戊寅四月，次闲。

钱湖华隐

杏楼雅嗜山水，春秋佳日，尝集同人领略西湖风月，遥吟俯唱，逸兴遄飞。余极忻慕焉，因跋数语以志同好。道光丙午五月，次闲并记于补罗迦室。

沈实易和

甲戌长夏，春谷自禾中来，出此石索刻，为拟汉刻铜法应之。小雨初霁，凉爽如秋，山馆清况，正复不浅也。次闲。

（以上见《中国历代篆刻集粹》）

钱松卷

钱松诗拾遗

钱松印跋

钱松诗拾遗

新关里访友

买舟富春渚，访友到新关。水落青沙堰，云封墨顶山。主人三径雅，客子一身闲。且与寻山馆，高风不可攀。

冷泉亭

水冷水始清，泉冷泉方静。人自热中来，愈觉此亭冷。

月夜探梅

暝色淡黄昏，凉月浸疏影。微风枝上来，悠然发清警。

题画

漫黑雾绻螺鬟，风势回狂树半弯。忽报僧厨传午膳，钟声带湿过前山。四围山色尽含嚬，滴翠凝青总是春。不识谁家妆阁底，莺花妒煞画眉人。

钱松印跋

频罗弟子

莲汀先生，吾杭梁山舟学士门人也。龙岩书来，谓其书画罕过前人，索刻此印。予藉可就正于方家，且以为龙岩见贺也。丙午仲冬，耐青并记于曼华庵中。

特健药

道光己酉重九，与傅啸生、孙仲明游湖上，作茱萸之会，论诗、论画、论印。及晚，挨城门而归，馀兴未已，因为听芗同道张灯作此，耐青并记。

壬子初夏，改名鼻山赏鉴印，耐青又记。

胡震长寿

听香精篆刻，深入汉人堂奥，每恶时习乱真，故不轻为人作。己酉岁，来自富春，见予为存伯制印，咄咄称赏，以二石索刻。予最乐为方家作，又不乐为方家作，盖用意过分也。九月十有三日丁未，风雨如晦，兴味萧然。午饭后煮茗，成此破寂，随意奏刀，尚不乏生动之气，赏者难得，固当如是，不审大雅以为然否。耐青并识于曼华盦。老盖为鼻山作七十馀印，此其始也。

胡鼻山　胡鼻山人

予为恐斋弟作。本不敢索应，况此石温润可爱今时罕见，若苟意篆刻，日磨日短，岂不可惜。已酉十月，恐斋有义乡之行，速予奏刀，漫拟汉人两面浅刻之，方家论定焉。耐青识。

胡鼻山

庚戌之春，伯恐我弟偕周子石麓登胡鼻山，手拓宋绍圣二年题记。读其文，古意渊然，因思胡与姓含，且向居山下，即以鼻山为号焉。夫古人手笔烟没于空山者特多，必须因人而彰，兹为伯恐刻印，并志以尔贺之。耐青，立夏前一日。

与绍圣摩厓同丁丑

富春山为吾杭名胜之区，大痴有《富春大领图》。万山如屏，环列江口，其间有曰『胡鼻山』，即伯恐所居处，缘以为号焉。庚戌之岁，伯恐访得宋绍圣丁丑题字，索刻此印，叔盖并记。

我生之初，岁在丁丑。绍圣镌山，岁亦是守。适丁斯辰，丑为之纽，刻印记之。耐青吾友自制，壬子冬仲。

曾经沧海

咸丰三年冬，漕运改道刘河，竟庵因公去凡六月归西湖。偶语同人，是役无他趣，独乘小舟出诸海口，咤叱潮来，危险中一大快事。余心识斯言，欲作是印赠之，日久几忘却。今竟庵将履潼关，登剑阁，时人为歌《蜀道难》，余谓此行其间苍鬱奇峭之气较中流击檝必有改观者。噫！造物无尽藏，竟庵心目中之境亦讵有尽藏欤。四年十二月初七日，叔盖刻于曼花庵灯下。

胡鼻山人胡震之章　字予曰恐　两面印

富春胡鼻山有宋绍圣二年题记，曰：『谢安赜务兴利，放四渡于春江，辟三岭于胡鼻，水陆得以无虞。聊刊此以为记。』三十字语句清奇，字法隽逸。伯恐手拓一纸见贻，索刻此印，乃对所拓录文于上，以补鉴赏之不足。耐青记。

代面　相思得志　两面印

己未夏，艺轩书来，嘱刻封完印信。芸轩好古技赏，诗句闲散之作殊不相宜，为仿汉印面面式应教。『代面』一印见之《汉铜印丛》，『相思得志』金石苑藏印也。叔盖并记。

竹节砚斋　鼻山手拓　两面印

此印余游富春山时鼻山索刻两面者，倥偬未应。兹鼻山自乌程嘱陶石荪来促，明日往拜石荪，即夜成之以寄。壬子五月十九日，东风徐至，几席生凉，耐青记于灯下。

蠡舟借观

篆刻有为切刀，有为冲刀，其法种种，予则未得，但以笔事之，当不是门外汉。甲寅冬，叔盖。

稚禾隶古

甲寅嘉平十一日午后，瀹茗篆此。八儿仲拨侍，即命奏刀。八儿甫七岁领《解说文字》，而未解八法。鼻山尝戏与褒余道，临眇在脱去人欲。今年十岁，渐开见识，窃怪其凿破混沌矣。稚禾好古，鉴之何如？未道士记。

曾登独秀峰顶题名

咸丰甲寅，鼻山游桂林，乙卯归来，属刻此印。五月望，叔盖并记。

独秀峰居桂林城之中，高四十馀丈，三百六十一级方登绝顶。明王国材题『南天一柱』四大字，其状尽之矣。独秀峰下，曰『刘海洞』，曰『读书岩』，唐颜延年读书其中，中有元和孟简题名，岩外有建中元年郑叔齐记。

范禾印信

咸丰五年嘉平之初，穉禾以太和间《始平公造像》贻余，此刻阳文凸起，世所罕睹。穉禾与余搜罗金石，考证字画，夸多而斗靡者也，割爱见贻，余实深感其德。此印就仿六朝铸式，所谓如惊蛇入草，非率意者，奉为审定真迹。叔盖记。

仲水眼福

昔周公谨有云烟过眼□。金石书画但得过眼，便是福缘。仲水此印存未虚室三月之久，一旦自沪来归，亟宜报之。信手而成，我行我法，鉴者当谓何似？余则日不悖乎字法而已矣。丙辰三月十六日灯下，西郭叔盖并刻记。

徐之鉴印

书通隶篆如食之不撤姜，所以通神去□者也。仲水书得鲁国三昧，近嗜八分，更入六朝，令人赏之不置。此石存未虚室久未有以应之，实恐有玷佳书耳。咸丰丙辰六月，叔盖挥汗刻并记。

藏寿室印

开泰徐氏，实称宦族。吾友仲水仁弟明府恬淡嗜古，书画诗文毕臻逸眇。收藏秦汉六朝金石文字，题识考证，眼光洞澈，盖薛尚功、黄伯思一流人。咸丰丙辰八月，以信州匪乱奉守定阳，予集二三知己话别于范氏集虚斋，索作是印，予以懒拙谬为推重，何吝成此？然当此恶珍四郊，军事旁午之际，不禁戎行腾笑也。叔盖记。

恨不十年读书

沈攸之云：『早知穷达有命，恨不十年读书。』伯蕴属刻，为仿煮石山农。戊午七月，叔盖记。

根复

甘亭既更名曰『荄』，『荄』从草从亥，阴消而阳长，复之义也，故字曰『根复』。

宝山蒋君剑人，为作字说一篇，予摹此印，叔盖记于沪城。

鼻山摹古

去日古远，其形易摹，其气不能摹。鼻山善得其神。耐青。

范叔集虚斋印

范叔用『惟道集虚』意名其斋。余作此印，非浸乱也，盖取其用意纯深，不类时俗，因并识之。西郭叔盖刻。

（以上见《中国历代篆刻集粹》）

图书在版编目（C I P）数据

西泠八家诗文集 / （清）丁敬等著 ； 萧建民点校
. -- 杭州 ：西泠印社出版社，2016.12
ISBN 978-7-5508-1935-1

Ⅰ. ①西… Ⅱ. ①丁… ②萧… Ⅲ. ①古典诗歌—诗集—中国—清代②古典散文—散文集—中国—清代 Ⅳ. ①I214.91

中国版本图书馆CIP数据核字(2016)第316085号

西泠八家诗文集 丁敬等著 萧建民点校

出 品 人 江 吟
责任编辑 侯 辉
责任出版 李 兵
装帧设计 王 欣
出版发行 西泠印社出版社
地 址 杭州市西湖文化广场32号E区5楼
邮 编 三一〇〇一四
经 销 全国新华书店
印 刷 浙江海虹彩色印务有限公司
制 版 杭州如一图文制作有限公司
开 本 889×1194 1/32
印 张 二十五点一二五
版 次 二〇一六年十二月第一版第一次印刷
书 号 ISBN 978-7-5508-1935-1
定 价 八十六元